O FANTASMA

Obras da autora

Acidente
Agora e sempre
Álbum de família
Amar de novo
Um amor conquistado
Amor sem igual
O anel de noivado
Ânsia de viver
O apelo do amor
Asas
O brilho da estrela
Caleidoscópio
Casa forte
Cinco dias em Paris
Desaparecido
Um desconhecido
Desencontros
Doces momentos
Entrega especial
Final de verão
Galope de amor
Honra silenciosa
Jóias
Maldade
Mensagem de Saigon
Momentos de paixão
Um mundo que mudou
Passageiros da ilusão
O preço do amor
O presente
O rancho
Recomeços
Relembrança
Segredo de uma promessa
Segredos de amor
Tudo pela vida
Uma só vez na vida
Vale a pena viver
A ventura de amar
Zoya

DANIELLE STEEL

O FANTASMA

Tradução de
EDUARDO FRANCISCO ALVES

Luso-Brazilian Books
Box 170286
Brooklyn, NY 11217
718-624-4000

EDITORA RECORD
RIO DE JANEIRO • SÃO PAULO
1999

CIP-Brasil. Catalogação-na-fonte
Sindicato Nacional dos Editores de Livros, RJ.

S826f   Steel, Danielle, 1948-
         O fantasma / Danielle Steel; tradução de
         Eduardo Francisco Alves. Rio de Janeiro: Record,
         1999.

         Tradução de: The ghost
         ISBN 85-01-05298-1

         1. Romance norte-americano. I. Alves, Eduardo
         Francisco. II. Título.

                                   CDD - 813
99-0710   CDU - 820(73)-3

Título original norte-americano
THE GHOST

Copyright © 1997 by Danielle Steel

Todos os direitos reservados. Proibida a reprodução,
no todo ou em parte, através de quaisquer meios.

Direitos exclusivos de publicação em língua portuguesa para o Brasil
adquiridos pela
DISTRIBUIDORA RECORD DE SERVIÇOS DE IMPRENSA S.A.
Rua Argentina 171 – Rio de Janeiro, RJ – 20921-380 – Tel.: 585-2000
que se reserva a propriedade literária desta tradução

Impresso no Brasil

ISBN 85-01-05298-1

PEDIDOS PELO REEMBOLSO POSTAL
Caixa Postal 23.052
Rio de Janeiro, RJ – 20922-970

EDITORA AFILIADA

Para Tom,
como esperança
e um novo princípio,
com todo o meu amor,
d.s.

Capítulo Um

SOB A CHUVA FUSTIGANTE de um dia de novembro, o táxi de Londres até o aeroporto de Heathrow levou uma eternidade. Estava tão escuro que parecia fim de tarde, e Charlie Waterston mal conseguia ver do outro lado do vidro, enquanto marcos familiares iam ficando para trás. Eram apenas dez horas da manhã. E ao apoiar a cabeça no banco e fechar os olhos, sentiu-se tão sombrio quanto o tempo que o cercava.

Era difícil acreditar que tudo havia chegado ao fim. Dez anos em Londres estavam acabados, concluídos, encerrados, subitamente tinham ficado para trás. Mesmo agora era difícil acreditar no que acontecera. Tudo tinha sido absolutamente perfeito quando começou. Representara o início de uma vida, de uma carreira, uma década de empolgação e felicidade para ele, em Londres. E agora, de repente, aos 42 anos, sentia-se como se os bons tempos tivessem chegado ao fim. Dera início à viagem longa e lenta de descida pelo outro lado da montanha. Durante o último ano sentira como se sua vida estivesse se desfazendo, lenta e inexoravelmente. A realidade desse acontecimento ainda o espantava.

E, quando o táxi parou finalmente em frente ao aeroporto, o motorista virou-se e olhou para ele com uma sobrancelha erguida.

— Voltando aos Estados Unidos, não é, senhor?

Charlie hesitou por uma fração de segundo e depois assentiu com a cabeça. Sim, estava. Voltando aos Estados Unidos. Após dez anos em Londres. Nove deles com Carole. Agora acabados. Tudo. Numa questão de momentos.

— Sim, estou — disse, não parecendo ser ele próprio, mas o motorista não tinha como saber. Tudo que podia ver era um homem bem vestido num terno inglês de bom corte e uma capa de chuva Burberry. Trazia consigo um guarda-chuva caro, uma pasta muito usada, na qual carregava contratos e documentos. Mas mesmo com todos os seus acessórios tão bem escolhidos, não parecia inglês. Parecia exatamente o que era, um belo americano que vivera na Europa durante alguns anos. Lá, sentia-se completamente em casa. E sentia-se agora aterrorizado pelo fato de estar partindo. Não conseguia sequer imaginar viver em Nova York de novo. Mas havia sido forçado a isso e a escolha do momento fora perfeita. De qualquer maneira, não havia mais sentido em permanecer sem Carole.

Ao pensar nela, sentiu como se uma pedra estivesse esmagando seu coração, enquanto saltava do táxi e dava uma gorjeta ao carregador para levar sua bagagem. Só trouxera duas pequenas malas. O resto estava sendo guardado para ele num depósito.

Foi até o balcão para o controle de embarque e sentou-se em seguida na sala de espera da primeira classe, aliviado ao ver que não ha via ali ninguém que ele conhecesse. Era uma longa espera para entrar no avião, mas trouxera bastante trabalho e ocupou-se com isso até a chamada para o vôo. Esperou como sempre fazia e foi o último a subir a bordo. E quando as aeromoças o levaram até o lugar e pegaram seu casaco, seu cabelo castanho-escuro e olhos castanhos cálidos não passaram despercebidos. Ele era alto, tinha membros longos e atléticos e era inegavelmente atraente. Além do mais, não usava aliança e a mulher do outro lado do corredor e a aeromoça que pegou o seu casaco não puderam deixar de notar. Mas ele não prestou a menor atenção em nenhuma delas, ao deixar-se cair na poltrona junto à janela. Ficou olhando para a chuva que caía sobre a pista. Era impossível não pensar no que havia acontecido, impossível não refazer tudo em sua mente, de forma incessante, como que buscando a fenda por onde o vazamento havia começado, o lugar onde a alma de seu relacionamento havia começado a escorrer sem que ele sequer percebesse.

Tudo ainda lhe parecia incrível. Como pôde ser tão cego? Como pôde ficar sem saber? Como pôde ter acreditado que eram tão perfeitamente felizes, enquanto ela escorregava por entre seus dedos? Será que tudo havia mudado de repente, ou será que nunca tinha sido aquilo de que ele sempre se sentira tão seguro? Vivera absolutamente convencido de que eram totalmente felizes e ainda achava que haviam sido... até o fim... até o ano passado... até que ela lhe contou... até Simon. Aquilo fazia Charlie se sentir idiota. Tinha sido tão tolo, voando de Tóquio para Milão, desenhando prédios de escritório, enquanto Carole representava clientes para sua firma de advocacia por toda a Europa. Eles viviam ocupados, só isso, cada qual com sua própria vida. Eram planetas em órbitas separadas. Mas nunca houve dúvida na cabeça de ninguém sobre como aquilo tudo era perfeito, como era exatamente o que eles queriam, sempre que estavam juntos. Até Carole parecia surpresa pelo que fizera, mas o pior a respeito de tudo aquilo era que ela não estava disposta a desfazê-lo; ela havia tentado, mas no final entendeu que não poderia.

Uma das aeromoças ofereceu-lhe uma bebida antes da decolagem, mas Charlie não aceitou. Ela entregou-lhe então o cardápio, fones de ouvido e a lista de filmes. Nada daquilo o atraiu. Só queria pensar, organizar tudo de novo na cabeça, como se o resultado pudesse ser diferente, caso ele pensasse a respeito por bastante tempo e, desta vez, sair-se com as respostas certas. Às vezes tinha vontade de gritar, bater com o punho numa parede, sacudir alguém. Por que ela estava fazendo aquilo com ele? Por que aquele babaca havia aparecido e destruído tudo que ele e Carole tinham desejado? E, no entanto, até mesmo Charlie sabia que não era culpa de Simon; sendo assim, não restava ninguém para culpar, a não ser ele próprio e Carole. Ele às vezes se perguntava por que era tão importante atribuir culpa a alguém. Tinha de ser culpa de alguém e, ultimamente, ele tendia a culpar a si próprio. Devia ter feito alguma coisa para levar Carole a voltar-se para outro. Ela disse que havia acontecido mais de um ano antes, enquanto trabalhavam juntos num caso, em Paris. Simon St. James era sócio sênior de sua firma de advocacia. Ela gostava de trabalhar com ele, às vezes ria das coisas dele, contava como ele era inteligente e como era um escândalo com as mulheres. Já tivera três esposas e vários filhos. Era afável, arrojado, bonito e extremamente charmoso. Também tinha 61 anos, e Carole, 39. Ela era apenas três anos mais nova do que Charlie, 22 anos mais moça do que Simon. Não adiantava lembrar-lhe de que ele era velho o suficiente para ser seu pai. Ela sabia de tudo isso, era uma garota esperta, sabia que isso era uma coisa maluca — e o que havia feito a Charlie. Essa era a pior parte. Ela não quis magoar ninguém. Havia acontecido, só isso.

Carole tinha 29 anos, era bela, extremamente brilhante e tinha um emprego sensacional em uma firma de advocacia de Wall Street. Eles vinham se encontrando há um ano, antes de Charlie ser transferido para dirigir o escritório londrino de sua firma de arquitetura, a Whittaker & Jones, mas a coisa entre os dois nunca tinha sido séria. Ele foi transferido de Nova York, onde havia trabalhado para eles durante dois anos, e estava encantado.

Ela foi a Londres só de farra, para vê-lo, e não tinha a menor intenção de ficar. Mas apaixonou-se por Londres e, depois, por ele. Lá era diferente, tudo era mais romântico. Ela começou a ir para lá de avião, sempre que podia, para vê-lo nos fins de semana. Era a vida perfeita para os dois. Esquiavam em Davos, Gstaad e St. Moritz. Ela freqüentara a escola na Suíça, quando o pai trabalhara na França, e tinha amigos por toda a Europa. Lá, estava completamente à vontade. Falava alemão e francês com fluência, entrosava-se perfeitamente na vida social londrina, e Charlie a adorava. Após seis meses para lá e para cá, ela conseguiu um emprego no escritório londrino de uma firma de advocacia americana. Eles compraram uma velha cocheira em Chelsea, para onde ela se mudou com ele, e pareciam duas pessoas loucas, vibrantes, felizes. Passavam quase que todas as noites dançando no Annabel's, a princípio, descobrindo todos aqueles pequenos e maravilhosos lugares que poucos conheciam, restaurantes, lojas de antigüidades e clubes noturnos em Londres. Era o paraíso.

As antigas cocheiras transformadas em casas eram um dos tipos de moradia mais sofisticados em Londres, mas a que eles compraram se encontrava em tal estado de abandono, que eles levaram quase um ano para restaurá-la. Mas depois de concluída, ficou espetacular, um trabalho de amor para ambos, e eles a encheram com todas as coisas bonitas e maravilhosas que haviam reunido. Iam de carro pelo campo, encontrando portas velhas e antigüidades notáveis, e quando se cansaram de viajar pela Inglaterra começaram a passar fins de semana em Paris. Levavam uma vida sofisticada e, entre as várias viagens a negócios, acabaram se casando e passaram a lua-de-mel no Marrocos, num palácio que Charlie alugara. Tudo que haviam feito fora elegante, agradável e empolgante. Eram o tipo de pessoa que todo mundo queria conhecer, ou em cuja companhia todos queriam estar. Davam festas sensacionais, faziam coisas divertidas e conheciam todas as pessoas interessantes. Aonde quer que fossem, as pessoas adoravam estar perto. E Charlie adorava estar com ela, mais do que qualquer outra coisa. Era louco por ela. Carole era alta, esguia e loura, membros perfeitos num corpo que parecia ter sido esculpido em mármore branco; tinha um riso que soava como sinos, uma voz que ainda o deixava zonzo, sempre que a ouvia. Essa voz de Carole era profunda, sensual, e só de ouvi-la dizer seu nome ele tremia por dentro, dez anos depois.

Era o auge da vida de dois profissionais, duas pessoas influentes, inteligentes, interessantes, bem-sucedidas. A única coisa que não tinham, nem queriam, nem precisavam eram filhos. Haviam conversado a esse respeito várias vezes, mas nunca lhes parecia a hora certa. Carole tinha muitos clientes importantes e extremamente exigentes. Para ela, esses eram seus filhos. E Charlie, na verdade, não se importava. Ele gostava da idéia de ter uma garotinha que se parecesse com ela, mas na verdade estava louco demais por Carole para querer dividi-la. O fato é que nunca tinham resolvido *não* ter filhos, eles simplesmente não os fizeram. E, nos últimos cinco anos, foram conversando sobre isso cada vez menos. A única coisa que o incomodava era que, agora que seus pais haviam morrido, Charlie não tinha qualquer outra família além de Carole. Nem primos, nem avós, nem tios e tias, nem irmãos. Ele só tinha Carole e a vida que partilhavam. Ela era tudo para ele e, agora percebia, além da conta. Não havia nada em sua vida com ela que ele gostaria de ter mudado, durante esses anos. No que lhe dizia respeito, a vida que haviam construído juntos era a perfeição. Nunca estava chateado com ela, nunca cansado dela, raramente discutiam. Nenhum dos dois parecia ligar para o fato de que o outro viajava em excesso. No máximo, isso tornava mais excitante a volta a Londres. Ele adorava voltar de uma viagem e encontrá-la deitada no sofá da sala lendo um livro ou, melhor ainda, deitada em frente ao fogo, cochilando. O mais freqüente era ela ainda estar no trabalho quando ele voltava de Bruxelas, Milão ou Tóquio, ou onde quer que tivesse estado. Mas quando ela estava em casa, era totalmente dele. Carole era boa nisso. Nunca o deixava sentir que ele vinha depois do trabalho dela. Se ele ocasionalmente ficava em segundo plano, quando ela tinha um caso importante ou um cliente difícil, Carole tomava o cuidado de não deixá-lo perceber. Ela o fazia sentir como se o mundo girasse em torno dele... e girava... durante nove anos sensacionais, então, de repente... não girava, e ele sentiu-se como se sua vida houvesse acabado.

Enquanto seguia inexoravelmente para Nova York, Charlie não podia evitar um retorno no tempo. A questão começara exatamente quinze meses antes, em agosto. Ela lhe dissera isso, quando finalmente contou-lhe tudo. Sempre fora honesta com ele. Honesta, sincera, leal. Além do fato de parecer ter deixado de amá-lo, ele não tinha nada a reprovar nela. Ela e Simon vinham trabalhando juntos em Paris há seis semanas. Era um caso importante, repleto de tensão, e Charlie estava num estágio delicado de uma negociação importante com clientes novos de grande monta, em Hong Kong. Estava lá praticamente todas as semanas, durante quase três meses, e os problemas ligados ao caso quase o levaram à loucura. Mal tinha um minuto para passar com ela, o que era raro para ele, e com toda certeza não era nenhuma desculpa para o que ela fizera, a própria Carole concordava com isso. Mas não fora a sua ausência que acabara com ele, ela explicou... foi apenas o tempo... o destino... e Simon. Ele era notável e ela estava apaixonada. Ele a virara de cabeça para baixo, e Carole sabia que aquilo era errado, mas insistia em que não pudera evitar. Tentara resistir a tudo que sentira por Simon, a princípio, mas acabou descobrindo que simplesmente não podia. Ela o admirava há tempo demais, gostava dele demais e, de certa forma, descobrira que tinham coisas demais em comum. Era do jeito que tinha sido com Charlie muito tempo atrás, quando tudo ainda era empolgante e divertido, bem lá no começo. Mas quando foi que tudo mudou?, perguntara Charlie, queixoso, enquanto conversavam a respeito numa tarde chuvosa, caminhando pelo Soho. Ainda era divertido, ele insistiu com ela, desconsolado. Ainda era exatamente como fora antes. Tentou convencê-la, mas Carole limitou-se a fitá-lo e sacudir a cabeça imperceptivelmente enquanto ouvia. Não era mais divertido, disse ela entre lágrimas, era diferente. Eles tinham vidas separadas, necessidades separadas, passavam tempo demais com outras pessoas. E, de certa forma, achava que nunca haviam evoluído. Mas Charlie não compreendia isso. E, ao contrário de estar sempre longe de Charlie, como vinha acontecendo há anos por causa de suas viagens, ela adorava estar com Simon dia após dia e disse que ele cuidava dela de uma forma que Charlie não fazia. Como ele lhe suplicara que explicasse, ela tentou fazê-lo, só para descobrir que não podia. Era mais do que apenas o que Simon fazia, era o mundo complicado dos sonhos, das necessidades e dos sentimentos. Eram todas as pequenas e inexplicáveis sutilezas que levam você a amar alguém, mesmo quando gostaria que não fosse assim. Ela e Charlie haviam chorado quando ela disse isso.

Disse a si mesma que o caso com Simon era só uma aventura, quando finalmente cedeu a ele. Não seria mais do que uma imprudência temporária, prometeu a si mesma, e tinha realmente essa intenção. Era a primeira e única vez que tinha um caso e não queria fazer nada que acabasse de vez com o casamento deles. Tentou romper com Simon quando foram para casa, e ele disse que entendia perfeitamente. Ele já tivera casos antes e admitira para ela que, durante seus próprios casamentos, freqüentemente fora infiel. Lamentava isso, explicou, mas conhecia muito bem o terreno da traição e da imprudência. Estava solteiro na época, mas compreendia perfeitamente os sentimentos de culpa de Carole e de obrigação para com o marido. Mas aquilo com que nenhum dos dois havia contado era o quanto iriam sentir falta um do outro, assim que voltassem para suas casas, vivendo longe um do outro em Londres. Nenhum dos dois conseguia suportar mais a separação. Começaram a sair do escritório juntos às tardes, para ir até o apartamento dele, às vezes só para conversar, para que ela pudesse expressar seus sentimentos, e Carole descobriu que o que mais apreciava nele era o modo como entendia tudo tão bem, como era solícito com ela, o quanto a amava. Dispunha-se a fazer qualquer coisa só para estar perto dela, ainda que isso significasse ser apenas amigos e não mais amantes. Ela tentou ficar longe dele, mas descobriu que não podia. Charlie se ausentava da cidade a maior parte do tempo, ela ficava sozinha e Simon estava presente, ansiando por ela, tal como ela ansiava por ele. Nunca se dera conta antes de como se sentia sozinha, do quanto Charlie era ausente e do quanto significara para ela estar com Simon. O aspecto físico no caso com Simon recomeçou dois meses depois de terem tentado encerrá-lo. E, depois disso, sua vida passou a ser um engano só, encontrando-se com ele depois do trabalho quase todas as noites e fingindo estar trabalhando juntos nos fins de semana. Ele na verdade permanecia na cidade a maior parte do tempo, para estar com ela, e quando Charlie viajava iam até a casa dele em Berkshire, para passar o fim de semana. Ela sabia que era errado o que fazia, mas era como estar possuída. Descobriu que não conseguia parar com aquilo.

Por volta do Natal daquele ano, as coisas estavam perceptivelmente tensas entre Carole e Charlie. Ele enfrentava uma crise com a construção de um prédio em Milão, ao mesmo tempo em que um negócio em Tóquio tinha dado errado, e com isso nunca estava presente. E quando estava se encontrava exausto, defasado com o fuso horário, ou de mesmo péssimo humor. E embora não tivesse a intenção, o mais freqüente era descarregar em Carole quando a via, o que não era freqüente. Estava constantemente voando para algum lugar, a fim de resolver um problema. Era o tipo de período que deixava ambos contentes por nunca ter tido filhos. E fazia com que Carole percebesse mais uma vez como seus mundos eram separados. Não sobrava tempo para conversar, para ficar juntos, ou para partilhar sentimentos. Ele tinha o seu trabalho, Carole o dela, e tudo que restava no meio-tempo eram umas poucas noites por mês juntos na mesma cama, e uma série de festas e jantares a que compareciam. Ela de repente se perguntou o que eles haviam construído, o que haviam feito, o que realmente partilhavam, se é que partilhavam alguma coisa. Ou seria tudo apenas uma ilusão vazia? Já não sabia mais dizer com facilidade se o amava ou não. E, através de tudo isso, Charlie estava tão envolvido com seu próprio trabalho e suas próprias preocupações que não teve a menor desconfiança de que alguma coisa em comum havia acontecido. Não fazia idéia de que Carole vinha escorregando inexoravelmente por entre os seus dedos desde o verão anterior. Passou a véspera de Ano-Novo sozinho em Hong Kong, enquanto Carole passou-a no Annabel's, com Simon. E Charlie estava tão envolvido nos negócios que se esqueceu de telefonar para ela.

Tudo chegou ao auge em fevereiro, quando Charlie voltou de Roma inesperadamente e descobriu que ela estava passando o fim de semana fora. Carole não disse nada a ele desta vez, sequer alegou estar com amigos, e algo no jeito dela, quando voltou para a casa na noite de domingo, provocou-lhe um tremor um tanto desconfortável. Ela parecia radiante, bonita e relaxada, do modo como costumava parecer quando ficavam na cama e faziam amor o fim de semana inteiro. Mas quem ainda tinha tempo para isso? Eram ambos pessoas ocupadas. Na verdade, ele fez um comentário casual a esse respeito, naquela noite, mas não estava de fato preocupado. Alguma coisa lá no seu interior ficara alerta, mas o resto de sua mente ainda estava dormindo.

Foi Carole quem desabafou, e acabou contando-lhe tudo. Ela sabia que, num nível subconsciente, algo mexera com ele, e não queria esperar que algo desagradável acontecesse, por isso voltou para casa do trabalho tarde, certa noite, e contou-lhe. Ele se limitou a ficar sentado, olhando para ela com lágrimas nos olhos, enquanto ouvia. Ela contou tudo, quando começou, até onde tinha ido. A essa altura já fazia cinco meses, com uma breve interrupção após o regresso de Paris, ocasião em que ela tentou parar de ver Simon e descobriu que não podia.

— Não sei mais o que dizer, Charlie, exceto que acho que você deveria saber. Não podemos continuar assim para sempre — disse ela, baixinho, a rouquidão de sua voz fazendo-a soar mais sensual do que nunca.

— O que pensa fazer a respeito? — perguntou ele, tentando lembrar-se de ser civilizado, que coisas assim aconteciam às vezes, mas só o que ele sabia naquele momento era o quanto estava magoado e o quanto ainda a amava. Não conseguia acreditar em como era aguda a dor de acabar de saber que ela estava dormindo com um outro homem. A verdadeira questão era: ela amava Simon ou estava apenas se divertindo? Charlie entendeu que tinha de perguntar isso a ela. — Está apaixonada por ele? — indagou, sentindo mundos colidirem em sua cabeça, seu coração e seu estômago. O que, em nome de Deus, ele iria fazer, perguntou-se, se ela o deixasse? Não conseguia sequer imaginar isso e, sabendo-o, seria capaz de perdoar-lhe qualquer coisa, e planejava fazê-lo. A única coisa que sabia era que não queria perdê-la. Mas ela hesitou por um longo tempo, antes de responder.

— Acho que sim — disse. Ela foi sempre tão honesta com ele. Por esse motivo havia lhe contado. Mesmo agora, ela não queria perder isso. — Não sei. Quando estou com ele, tenho certeza... mas amo você também. Sempre vou amar.

Nunca houvera outra pessoa em sua vida como Charlie... nem como Simon. Ela amava a ambos, a seu próprio modo. Mas ele sabia que ela teria de escolher agora. Poderiam ter continuado daquele jeito por um longo tempo, as pessoas faziam isso, ela sabia, mas também estava consciente de que não poderia. Havia acontecido, agora ela precisava enfrentar. E Charlie também. Simon já dissera que queria se casar com ela, mas Carole sabia que não conseguiria sequer pensar a respeito enquanto não resolvesse as coisas com o marido. E Simon disse que compreendia isso também, alegando estar disposto a esperar para sempre.

— Do jeito que você fala, parece que vai me deixar. — Charlie havia chorado só de olhar para ela, e então passou os braços em torno de seu corpo e ambos choraram. — Como é que isto pôde acontecer conosco? — perguntou-lhe, repetidas vezes. Parecia impossível, impensável, como é que ela podia ter feito aquilo? E no entanto ela o fizera, e algo no modo como olhava para ele disse-lhe que Carole não estava preparada para desistir de Simon. Ele tentou ser racional a respeito, mas teve de pedir a ela que parasse de vê-lo. Queria ir a um conselheiro matrimonial com ela. Queria fazer qualquer coisa que fosse necessária para ajeitar tudo.

Carole tentou tudo que pôde para se acertar com ele. Concordou em buscar aconselhamento e até parou de ver Simon, durante duas semanas inteiras. Mas, no final, viu-se enlouquecida e entendeu que não tinha como desistir por completo dele. O que quer que tivesse dado errado entre Charlie e Carole de repente parecia muito pior, e estavam constantemente zangados um com o outro. As brigas nunca ocorridas antes brotaram como árvores na primavera, e discutiam sempre que estavam juntos. Charlie estava furioso com o que ela fizera e tinha vontade de matar alguém, preferivelmente Simon. E ela admitia que ficara muito infeliz por ter sido deixada tão sozinha, sentia-se como se eles não passassem de bons amigos e colegas de quarto compatíveis. Charlie não cuidara dela do jeito que Simon cuidava. Disse que Charlie era imaturo e o acusou de ser egoísta. Queixou-se de que quando ele voltava para casa de uma viagem, estava cansado demais para sequer pensar nela, ou mesmo para conversar, às vezes, até que fossem para a cama, quando queria fazer amor com ela. Mas esse era o seu meio de estabelecer contato, ele explicou, isso dizia mais sobre seus sentimentos do que as palavras jamais diriam. Mas na verdade isso dizia mais, mesmo, era sobre a diferença entre homens e mulheres. Suas queixas subitamente se tornaram profundas e entranhadas, e Carole o deixou pasmo ao dizer ao conselheiro matrimonial que achava que todo o casamento deles estava centrado em Charlie, e Simon tinha sido o primeiro homem que ela conhecera que se importava com os sentimentos *dela*. Charlie não conseguiu acreditar no que ouvia.

A essa altura ela já estava dormindo com Simon de novo, mas mentia para Charlie a respeito e, em poucas semanas, tudo se transformara numa teia inviável de enganos, brigas e recriminações. Em março, quando Charlie passou três dias em Berlim, ela fez as malas e foi viver com Simon. Contou a Charlie pelo telefone, ao que ele caiu sentado em seu quarto de hotel e chorou. Mas ela lhe disse que não estava disposta a viver dessa maneira. Uma agonia para todos eles, e representava tensão demais.

— Não quero que nos transformemos nisto — disse ela, quando lhe telefonou, chorando por sua vez. — Odeio aquilo em que me transformei com você. Odeio tudo que sou, tudo que faço, tudo que digo. E estou começando a odiar você... Charlie... temos de desistir. Eu simplesmente não consigo continuar.

Para não mencionar o fato de que não conseguia exercer a advocacia de forma coerente, enquanto tentava driblar essa situação insana.

— Por que não? — ele gritou com ela. Uma fúria sincera estava começando a dominá-lo, e até ela sabia que Charlie tinha o direito de ficar tão zangado quanto estava agora. — Outros casamentos sobrevivem quando uma das partes tem um caso, por que nós não podemos? — Era uma súplica de misericórdia.

Houve um silêncio longo, realmente longo, do outro lado.

— Charlie, não quero mais fazer isso — disse finalmente, e ele percebeu que ela falava sério. E foi assim que acabaram. Fosse qual fosse o motivo, para ela estava encerrado. Apaixonara-se por outro homem e deixara de amá-lo. Talvez não houvesse nenhum motivo, afinal, talvez não houvesse culpa. No fim das contas, eram apenas humanos, com emoções imprevisíveis, caprichosas. Não havia como dizer por que aquilo havia acontecido. Acontecera, simplesmente, e, quer Charlie gostasse ou não, Carole o deixara por Simon.

Nos meses que se seguiram, ele ficou ricocheteando entre o desespero e a fúria. Mal conseguia se concentrar no trabalho. Parou de ver os amigos. Às vezes ficava sentado em casa, sozinho, só pensando nela. Ficava sentado no escuro, faminto, cansado, ainda incapaz de acreditar no que havia acontecido. Mantinha a esperança de que o caso com

Simon iria terminar, que ela iria se cansar dele, que ia perceber que ele era velho demais para ela, adulador demais, talvez até que ele era um falastrão pomposo. Rezava por tudo isso, mas nada aconteceu. Ela e Simon pareciam muito felizes. Via fotografias deles nos jornais e revistas, de tempos em tempos, e detestava vê-las. Às vezes, achava que a agonia sentida pela falta dela seria esmagadora. A solidão que sentia agora era assoberbante. E quando não conseguiu mais suportar, telefonou para ela. O pior de tudo é que ela sempre dava a impressão de ser a mesma. Ela sempre parecia tão cálida, tão atraente, tão sensual. Às vezes, fingia para si mesmo que ela voltaria para casa, para ele, que estava viajando, que tinha saído para passar um fim de semana fora. Mas não era esse o caso. Ela fora embora. Possivelmente para sempre.

A casa agora parecia descuidada e sem amor. Ela levara todos os seus pertences. E nada parecia exatamente igual. Nada era a mesma coisa. Ele, por sua vez, sentia-se como se tudo que sempre desejara ou sonhara tivesse se rompido. Não restara nada, a não ser cacos a seus pés, e ele não ficara com nada para cuidar ou acreditar.

O pessoal do escritório notou isso, ele parecia sombrio, cansado e magro. Andava irritado e discutia a respeito de tudo. Já nem sequer telefonava mais para os amigos e recusava todos os convites que recebia. Tinha certeza de que a esta altura todos já estavam completamente encantados com Simon. E, além disso, não queria ouvir falar dele, não queria saber cada pequeno detalhe a respeito do que faziam, nem ter de responder a perguntas bem-intencionadas. Mesmo assim, não conseguia se impedir de ler a respeito deles nos jornais. As festas a que compareciam e os fins de semana que passavam no campo. Simon St. James era extremamente sociável. Carole sempre gostara de ir a festas, mas não como agora. Era uma parte importante de sua vida com Simon. Charlie tentou não pensar nisso o tempo todo, mas parecia impossível pensar em muita coisa mais. O verão foi uma tortura para ele. Sabia que Simon tinha uma *villa* no sul da França, porque o haviam visitado lá, entre Beaulieu e St.-Jean-Cap-Ferrat. Tinha um iate de bom tamanho na baía e Charlie não parava de pensar nela dentro desse iate. Às vezes tinha pesadelos com isso, aterrorizado com a idéia de que ela fosse se afogar, e em seguida sentia-se culpado, pois se perguntava se os pesadelos não significariam que ele gostaria que ela se afogasse. Voltou ao conselheiro matrimonial para falar sobre isso. Mas não restava mais nada para dizer. Quando setembro chegou, Charlie Waterston parecia terrivelmente abatido, e sentia-se cada vez pior.

Carole telefonara-lhe para dizer que ia entrar com o pedido de divórcio e Charlie odiou-se ao perguntar se ela estava vivendo com Simon. Antes de sequer fazer a pergunta, ele já sabia a resposta, e podia facilmente imaginar o rosto dela e a inclinação de sua cabeça, ao responder:

— Você sabe que estou, Charlie — disse ela, com tristeza.

Detestava magoá-lo. Nunca quisera fazer isso com ele. Tinha acontecido, simplesmente. Era tudo. Não pudera evitar. Contudo, estava mais feliz com Simon do que nunca antes em sua vida. E a de agora era uma vida a que nunca aspirara, mas que descobriu amar. Haviam passado o mês de agosto na *villa* dele, na França, e ficou surpresa ao descobrir que gostava de todos os seus amigos. E o próprio Simon estava fazendo absolutamente tudo que podia para satisfazê-la. Chamava-a de o amor de sua vida, de mulher de seus sonhos, e de súbito percebeu nele uma qualidade vulnerável e uma gentileza que nunca vira. Estava profundamente apaixonada por ele, mas não contou nada a Charlie. Isso só a fazia perceber novamente como o relacionamento deles havia sido vazio. Tinham sido duas pessoas autocentradas, caminhando lado a lado, mal se tocando e nunca se encontrando. E nenhum dos dois jamais se dera conta. Ela se dava conta agora, mas sabia que Charlie ainda não enxergava. Tudo que ela desejava para ele era uma vida feliz, esperava que encontrasse alguém, mas não parecia que ele estivesse sequer tentando.

— Você vai se casar com ele?

Charlie sempre se sentia como se todo o ar tivesse sido espremido para fora de si quando fazia esse tipo de pergunta, e no entanto, por mais que se odiasse por isso, descobriu que tinha de fazê-la.

— Não sei, Charlie. Não falamos a esse respeito. — Era mentira, Simon estava desesperado para se casar com ela, mas no momento isso não era da conta de Charlie. — Não é importante agora. Precisamos primeiro ajeitar as coisas entre nós. — Ela finalmente o forçara a contratar um advogado, mas Charlie quase nunca telefonava para ele. — Precisamos dividir as nossas coisas, quando você tiver tempo. — A verdade é que ele sentia náuseas quando ela dizia isso.

— Por que você não faz uma nova tentativa? — perguntou ele, detestando-se pela fraqueza que ouviu em sua própria voz, mas adorava-a tanto que a idéia de perdê-la para sempre quase o aniquilava. E por que tinham de "dividir suas coisas"? E ele lá estava ligando para a louça, o sofá, a roupa de cama? Era a ela que queria, queria tudo que haviam partilhado. Queria a vida deles de volta, tal como tinha sido. Ainda não conseguira entender nada das coisas que ela vivia dizendo.

— E se tivéssemos um bebê? — De alguma forma, ele presumia que Simon era velho demais para sequer pensar nisso. Aos 61 anos, tendo tido três esposas e vários filhos, não havia possibilidade de ele ter um bebê com ela. Era a única coisa que Charlie poderia oferecer a ela e que Simon não podia.

Novamente houve um longo silêncio do lado dela, e Carole fechou os olhos ao tentar reunir coragem para responder. Não queria ter um filho com ele. Não queria ter um filho com ninguém. Na verdade, nunca quisera. Tinha sua carreira. E agora tinha Simon. Um bebê era a última coisa em sua mente. Queria apenas um divórcio, para que pudessem seguir com suas respectivas vidas e parar de magoar um ao outro. Não parecia que isso fosse pedir-lhe muito.

— Charlie, é tarde demais. Não vamos falar nisso agora. Nenhum de nós dois jamais quis um bebê.

— Talvez estivéssemos errados. Talvez as coisas fossem diferentes agora, se tivéssemos. Talvez esse fosse o cimento que sempre faltou entre nós.

— Só ia complicar as coisas. As crianças não mantêm as pessoas juntas, só tornam tudo mais difícil.

— Você vai ter um bebê com ele?

Mais uma vez sua voz soava desesperada. Até ele odiava o modo como sua voz soava, quando falava com ela. Sempre terminava como o suplicante, o palerma coitadinho pedindo de joelhos à bela princesa que voltasse para ele, e detestava-se por causa disso. Não sabia, porém, o que mais dizer-lhe e teria feito qualquer coisa se ela apenas concordasse em desistir de Simon e voltar.

Mas a voz dela saiu exasperada, quando respondeu.

— Não, não vou ter um filho com ele. Estou tentando ter uma vida própria, e com ele. E não quero estragar a sua vida mais do que já foi necessário. Charlie, por que você não desiste? Algo aconteceu conosco. Não estou sequer segura do foi. As coisas simplesmente funcionam dessa maneira, às vezes. É como quando alguém morre. Você não tem como discutir. Não pode mudar. Não pode fazer voltar o relógio ou ressuscitar as pessoas. Nós morremos. Ou, pelo menos, eu morri. Agora você vai ter de continuar a viver sem mim.

— Não posso. — Charlie quase engasgou com as palavras e ela entendeu o quanto ele falava sério. Havia encontrado com ele numa semana anterior e seu aspecto era terrível. Tinha o ar cansado, pálido, exausto, mas estranhamente percebeu que ainda o achava incrivelmente atraente. Era um homem bonito e, mesmo na profunda infelicidade, era muito atraente. — Não posso viver sem você, Carole.

O pior é que ela sabia que ele acreditava nisso.

— Sim, pode, Charlie, tem de poder.

— Por quê? — Não conseguia pensar num único motivo, atualmente, para continuar vivendo. A mulher que amava tinha ido embora. Estava entediado com o trabalho. Queria ficar sozinho o tempo todo. Até a casa que um dia tanto amara parecia ter perdido a graça. Mas, apesar disso, não queria vendê-la. Tinha lembranças demais de sua vida com ela, lá dentro. Carole estava por demais entretecida em cada fibra de sua vida. Não conseguia imaginar um dia estar livre dela, ou que sequer desejaria estar. Queria somente o que não podia ter, o que um dia tivera com ela. Tudo pertencia agora a Simon. O sacana.

— Charlie, você é jovem demais para agir assim. Tem quarenta e dois anos de idade. Tem uma vida inteira pela frente. Tem uma carreira sensacional, um talento enorme. Vai encontrar uma outra pessoa, talvez tenha filhos.

Era uma conversa estranha, e ela sabia disso, mas não sabia como se soltar dele, embora compreendesse que falar com Charlie assim aborrecia Simon seriamente. Ele achava que deviam dividir o espólio, se divorciar e seguir em frente, nas palavras dele. Ambos eram jovens o suficiente para poder levar vidas ótimas com outras pessoas. Achava que Charlie estava sendo um sujeito incrivelmente desagradável e fazendo uma pressão imensa e desnecessária sobre Carole, e era muito claro quanto ao fato de que não gostava disso.

— Essas coisas acontecem com todos nós, em algum momento, ou com a maioria de nós, de qualquer forma. Minhas duas primeiras esposas me deixaram. Não fiquei caído no chão tendo um ataque durante um ano, isso eu lhe garanto. Ele é muito mimado, se quer saber minha opinião — dissera Simon, irritado.

Ela tentou não conversar com Simon a respeito de Charlie, em nenhum momento. Tinha sua própria culpa e seus próprios conflitos para enfrentar. Não queria voltar para ele, mas tampouco queria deixá-lo sangrando na beira da estrada. Sabia que o havia atropelado. Mas não fazia idéia de como ajeitar as coisas para ele, como fazer tudo ficar melhor do que estava, ou como soltar-se dele suavemente. Ela tentara, quisera tornar tudo mais fácil para ele, mas Charlie recusava-se absolutamente a soltar-se dela, e todas as vezes em que conversava com ele tinha a sensação de que ele estava se afogando e, se ela deixasse, no seu desespero, ele iria arrastá-la junto para o fundo. Precisava afastar-se dele de alguma forma, ainda que fosse para sua própria sobrevivência.

No final de setembro, finalmente dividiram suas coisas. Simon tinha assuntos de família a resolver no norte da Inglaterra e Carole passou um fim de semana desesperante liquidando com sua velha casa com Charlie. Ele queria discutir cada item, não porque estivesse tentando tirar alguma coisa, mas porque usava cada momento com ela como uma oportunidade para tentar convencê-la a deixar Simon. Era um pesadelo para ambos e Carole detestava ouvir aquilo, tanto quanto Charlie se detestava por estar dizendo. Ele quase não conseguia acreditar. Mas simplesmente recusava-se a deixá-la partir sem lançar gritos lamuriantes e fazer ruídos odiosos, na esperança de que Carole mudasse de idéia. Mas ela estava longe disso.

Na noite de domingo, ele pediu-lhe desculpas antes de ela ir embora. Sorriu-lhe tristemente, parado de pé à porta. Seu aspecto era horrível. E Carole parecia quase tão mal quanto ele.

— Lamento muito ter sido um chato durante todo o fim de semana. Não sei o que acontece comigo. Sempre que vejo você, ou converso com você, fico meio maluco.

Era o mais normal que ele parecia desde que havia começado o inventário, na manhã de sábado.

— Está bem, Charlie.... Sei que não é fácil para você.

Mas não era fácil para ela, tampouco. Não estava bem certa de que ele entendia. E ele não entendia. No que lhe dizia respeito, ela o deixara. Tinha sido escolha dela. E tinha Simon. Jogara-se nos braços de outro homem e nunca mais estava sozinha, nem por um momento, nunca estava sem companhia e consolo. Charlie não tinha nada. Havia perdido tudo que sempre desejara.

— Isto está tudo muito errado — disse ele, olhando-a nos olhos novamente. — Para todo mundo. Só espero que você não venha a se arrepender do que está fazendo.

— Eu também — disse ela, beijando-o no rosto e recomendando que se cuidasse. Um instante depois, saía dirigindo o Jaguar de Simon.

Charlie ficou de pé, vendo Carole se afastar, tentando forçar-se a acreditar que estava tudo acabado, que ela nunca mais voltaria. E, ao voltar para dentro de casa e ver as pilhas de coisas dela por toda a parte, sua louça empilhada sobre a mesa de jantar, não houve como fugir ao que havia acontecido. Ele fechou a porta e limitou-se a ficar ali parado, olhando, sentando-se em seguida numa poltrona e chorando. Não conseguia acreditar no quanto sentia falta dela. Até mesmo passar o fim de semana com ela, dividindo suas coisas, parecia ser melhor do que nada.

E quando finalmente parou de chorar, lá fora já estava escuro e, estranhamente, ele se sentia melhor. Não havia como negar mais a coisa. Não havia como fugir. Carole tinha ido embora. E ele a estava deixando levar quase tudo. Era só o que lhe restava para dar a ela.

Mas no dia 1º de outubro tudo ficou pior para Charlie. O sujeito encarregado do escritório nova-iorquino de sua firma de arquitetura tivera um ataque cardíaco, um sócio que poderia ter ficado no lugar dele anunciou que estava indo embora para abrir uma firma nova, só sua, em Los Angeles, e os dois sócios seniores da firma, Bill Jones e Arthur Whittaker, tomaram um avião para Londres, a fim de pedir a Charlie que voltasse para Nova York e assumisse. Era tudo que Charlie nunca desejara. A partir do momento em que se mudara para Londres, dez anos antes, entendera que nunca mais queria trabalhar em Nova York, e passara uma década empolgado por estar trabalhando na Europa. Charlie achava o *design* muito mais emocionante no exterior, especialmente na Itália e na França, gostava também de suas incursões pela Ásia, e tinha toda a intenção de permanecer na Europa.

— Não posso — disse ele, com uma cara totalmente refratária, quando lhe propuseram a idéia. Mas ambos os sócios seniores estavam preparados para ser tenazes. Precisavam dele em Nova York para dirigir o escritório.

— Por que não? — perguntaram-lhe com sinceridade. Teve vontade de dizer-lhes simplesmente que não queria, mas não disse. — Mesmo que você acabe querendo voltar para cá, não há motivo pelo qual não possa ir passar um ano ou dois em Nova York. Há muitas coisas interessantes sendo desenvolvidas nos Estados Unidos, neste exato momento. Talvez descubra que na verdade prefere estar lá.

Não queria explicar-lhes que não havia chance. Nem eles queriam salientar que, agora que a mulher dele havia ido embora, ele não tinha motivo para não pegar o serviço. Diferentemente dos outros homens em quem haviam pensado, ele não estava amarrado a ninguém, e era livre para ir a qualquer lugar. Não tinha mulher nem filhos, nem laços de família em lugar nenhum. Não havia qualquer razão pela qual não pudesse alugar sua casa por um ano ou dois e ir para o escritório de Nova York, para tocar o barco, ou pelo menos até que eles pudessem encontrar uma outra pessoa que o dirigisse para eles. Mas Charlie de forma alguma se sentia emocionado com a idéia, ou inclinado a fazer o que lhe pediam.

— É muito, muito importante para nós. Charlie, não há mais ninguém a quem possamos recorrer. — Ele sabia que era verdade. Estavam numa posição difícil. O homem que cuidava do escritório de Chicago não podia se mudar, a mulher havia passado o último ano muito doente. Tinha câncer no seio e estava fazendo quimioterapia, e isso não era época de se pedir a alguém que mudasse de cidade. E ninguém mais na hierarquia no escritório de Nova York era capaz de assumir. Charlie era a escolha óbvia, e ele sabia que isso provavelmente iria alterar sua situação profissional permanentemente, caso se recusasse a ir de forma categórica. — Gostaríamos realmente que pensasse a esse respeito — insistiram, e Charlie ficou atônito diante das realidades que isso acarretava. Sentia-se como se um trem-bala viesse em sua direção, a ponto de pegá-lo. Não conseguia acreditar no que estava acontecendo, e simplesmente não sabia o que dizer. Gostaria de telefonar a Carole, para discutir o assunto com ela, mas sabia que estava fora de questão.

Era incrível para ele que, em questão de meses, houvesse perdido a esposa e agora estivesse sendo forçado a abrir mão da vida que amava na Europa. Tudo em torno dele parecia estar mudando, e foram duas semanas de agonia, enquanto ponderava sobre a decisão. Após dois dias, os sócios seniores voltaram a Nova York, e ele disse que lhes daria uma resposta assim que repensasse. Mas, por mais que pensasse, não conseguia imaginar um meio de evitar dar a eles o que queriam.

Não podia sequer dizer-lhes que sua esposa não queria que ele fosse. Conforme eles sabiam muito bem, a decisão estava toda em seus ombros. E, lá pela metade do mês, entendeu que não havia escolha. Tinha de ir. Nunca o perdoariam se não fosse. Tentou negociar uma estada de seis meses e disseram-lhe que tentariam encontrar outra pessoa para dirigir o escritório de Nova York a essa altura, mas destacaram que isso poderia facilmente tomar-lhes um ano, ou até mais. Arquitetos importantes, seguindo exatamente a trilha certa em suas carreiras, com certeza não eram fáceis de aparecer. Iriam substituir Charlie em Londres pelo segundo homem do escritório. Dick Barnes era um bom sujeito, e Charlie tinha certeza de que ele daria conta do serviço. Na verdade, isso era até motivo de preocupação para Charlie, porque Dick Barnes vinha desejando o posto dele há muito tempo e isso poderia muito bem ser uma oportunidade inesperada para que o conseguisse. Era igualmente talentoso e quase com a mesma experiência, e Charlie temia que depois de Barnes ter dirigido o escritório de Londres com sucesso por um ano, não permitiriam que Charlie voltasse e reassumisse. E a única coisa que ele não queria era ficar preso em Nova York.

No final, assinaram um contrato com ele, para ir a Nova York e passar um ano. E, antes que o soubesse conscientemente, já sentia como se sua vida tivesse chegado ao fim e ele estivesse se preparando para mudar para Nova York. Insistiram em que ele estivesse lá bem antes do dia de Ação de Graças. Carole telefonou-lhe um dia, quando soube da notícia por uma amiga de ambos, cujo marido trabalhava para Charlie. Ela o cumprimentou pelo novo cargo, embora tenha ficado surpresa ao saber que estava disposto a deixar Londres.

— Não considero isso exatamente como um degrau a mais em minha carreira — disse ele com a voz ainda soturna, mas feliz por ela ter-lhe telefonado. Tinha sido um ano ruim para ele, e mal conseguia se lembrar dos dias tranquilos de felicidade e bom humor. Desde que ela partira, alguma coisa terrível parecia acontecer todos os dias. — A última coisa que eu queria fazer era voltar a trabalhar em Nova York — disse ele, com um suspiro. Realmente, detestava sair de Londres, e ela sabia disso. Sabia muito bem o quanto a vida lá significara para ele, e o quanto tinha sido feliz em Londres, motivo pelo qual lhe telefonara. Apesar de tudo, queria mimá-lo, embora soubesse que Simon desaprovaria esse telefonema. Ele falava com pelo menos duas das ex-esposas com razoável regularidade, mas elas haviam se casado várias vezes desde que o deixaram, e não estavam agarradas a ele tal como Charlie estava a Carole.

— Talvez a mudança lhe faça bem por algum tempo — disse ela, com gentileza. — Um ano não é para sempre, Charlie.

— Mas é a impressão que dá — replicou ele, olhando pela janela do escritório, vendo-a absolutamente nítida com os olhos da mente. Ela era muito bela e ainda muito desejável para ele, embora ele estivesse começando a desejar que não fosse. Seria tão estranho ficar assim, afastado dela. Não poderia mais pensar em topar com ela na rua. Agora, havia sempre a possibilidade de encontrá-la num restaurante, ou encontrá-la numa loja, ou saindo da Harrods. Mas não quando fosse embora de Londres. — Não sei como fui me meter nesta confusão — disse ele, pensando em Nova York.

— Parece que você não teve muita escolha — explicou ela, de forma prática.

— Não tive.

Ele não tinha mais escolha a respeito de qualquer coisa, pelo menos não a respeito dela, ou de se mudar para Nova York. Nada disso era o que ele queria.

Então ela perguntou-lhe o que ele iria fazer com a casa. Legalmente, ainda possuía a metade dela, mas não se importava por ele morar lá. Não precisava do dinheiro e com toda certeza não planejava morar lá com Simon. Não havia motivo pelo qual não pudessem simplesmente mantê-la, por enquanto.

— Pensei em alugá-la — disse ele e ela concordou. Mas voltou a telefonar-lhe, dois dias depois. Havia pensado a respeito e discutira o assunto extensamente com Simon, embora não tivesse dito isso a Charlie. E uma coisa, no que lhe dizia respeito, era Charlie morar na casa, mas ela não queria inquilinos destruindo-a, ou desvalorizando a propriedade devido a danos causados. Sob as circunstâncias, ela preferia vendê-la e pediu a Charlie que a pusesse à venda antes de deixar Londres.

Ele sentiu como se houvesse perdido mais um amigo querido quando do Carole lhe disse isso. Ele havia amado aquela casa, ambos haviam. Mas não tinha energia para discutir com ela dessa vez, e estava começando a compreender que não fazia sentido se segurar em nada daquilo. O passado estava concluído e ele podia muito bem abrir mão da casa, também. Pensou a respeito alguns dias e em seguida pôs a casa à venda. E, para surpresa de ambos, ela foi vendida em dez dias, por um bom preço, mas isso para ele foi de pouco consolo.

Quando entrou no avião, o negócio já tinha sido fechado, a casa também já se fora e tudo que ele possuía tinha sido guardado. Carole passara por lá na semana anterior, para vê-lo pela última ver, para dizer adeus a ele e, previsivelmente, foi uma reunião dolorosa, cheia de dor da parte dela, de culpa da parte dela, e de recriminações silenciosas que pareciam encher a sala, como se fossem pessoas.

Foi difícil saber o que dizer a ele, enquanto ela caminhava de aposento em aposento, lembrando-se de pequenas coisas, de momentos engraçados, e finalmente ela ficou parada no quarto de dormir deles, com lágrimas rolando-lhe pelo rosto, olhando pela janela. O jardim estava despojado, as árvores desfolhadas e ela não o viu entrar no quarto, às suas costas. Ele também ficou parado, olhando para ela, perdido em suas próprias lembranças e, quando ela se virou para sair, surpreendeu-se ao vê-lo.

— Vou sentir saudades deste lugar — disse ela, enxugando as lágrimas, e ele assentiu com a cabeça. Ao menos desta vez, ele não chorava. Já havia passado por dor demais, já havia perdido demais. Sentiu-se quase entorpecido, quando ela caminhou lentamente em sua direção.

— Vou sentir saudades de você — disse ele sussurrando. Foi a declaração mais comedida de todos os tempos.

— Eu também — disse ela baixinho, e então passou os braços em torno dele. Durante longo tempo ele ficou parado, segurando-a, desejando que nada daquilo tivesse acontecido. No que dizia respeito a Charlie, se não fosse por Simon ainda podiam estar vivendo ali, ocupados e distraídos, e seguindo seus próprios caminhos a maior parte do tempo, mas ainda assim felizes de voltar para a casa, um para o outro. E se ainda estivessem juntos, ele poderia ter se recusado a ir para Nova York, a pedido da firma. O trabalho dela na Europa era importante demais para que ela pudesse pedir uma transferência.

— Sinto muito, Charlie — foi tudo que disse enquanto ele se perguntava como dez anos de sua vida haviam simplesmente desaparecido no ar. Havia perdido tudo, a mulher, a casa e até sua residência na

Europa. Era como se o relógio tivesse sido invertido e ele fosse obrigado a recomeçar do princípio. Era como descer de escorrega na vida real. Ele havia subido a escada até o topo, só para descer em queda livre e subir de novo. Havia algo de torturantemente surrealista nisso.

Saíram da casa de mãos dadas e, alguns minutos depois, o carro dela deu a partida. Era sábado e ela prometera a Simon que iria até Berkshire para encontrá-lo. Charlie nem se deu ao trabalho de perguntar desta vez se ela estava feliz. Era óbvio que a vida dela estava completamente entrelaçada com a de Simon. Ele só levara nove meses para compreender isso. E cada minuto desses meses tinha sido uma tortura para ambos.

O resto das coisas de Charlie tinha sido armazenado pouco depois disso, e ele mudou-se para o Claridge's, para lá passar os últimos dias de sua estada em Londres, por conta da firma. Houve um jantar muito bonito para ele no Savoy em comemoração a sua partida. Todos do escritório compareceram, bem como vários clientes importantes. Outros amigos tentaram convidá-lo para jantar antes de ele partir, mas Charlie disse que estava ocupado demais acertando detalhes no escritório. Mal tinha visto qualquer um deles, desde que Carole o abandonara. As explicações obrigatórias eram dolorosas demais. Era mais fácil para ele não sair e deixar Londres em silêncio.

E quando saiu do escritório pela última vez, Dick Barnes fez um pequeno discurso muito polido sobre como estariam esperando voltar a vê-lo, mas Charlie sabia que ele não estava. Era óbvio e natural que estivesse esperando que Charlie ficasse em Nova York e o deixasse dirigindo o escritório em Londres. E Charlie não o culpava. Não culpava ninguém, nem sequer Carole. Ele telefonou para ela, para dizer adeus, na noite anterior à partida, mas ela havia saído. Charlie achou que assim era melhor. Não restava nada a dizer agora, exceto o quanto ambos lamentavam, e tudo que ele sempre quis dela foi uma explicação de como aquilo havia acontecido. Ele ainda não compreendia. Carole era bem mais filosófica do que ele a esse respeito. Mas aí, mais uma vez, ela tinha Simon. Charlie não tinha ninguém em sua vida para consolá-lo.

Chovia a cântaros quando acordou no dia da partida. Ficou deitado na cama do hotel durante um longo tempo, pensando no que acontecera, para onde ia, e por que estava partindo. Sentia como se tivesse uma pedra no peito e, por um minuto, pensou em cancelar tudo, deixar a firma, tentar comprar a casa de volta e recusar-se a sair de Londres. Era uma idéia maluca, até mesmo para ele, e Charlie sabia que nunca faria isso. Mas, por um instante, a idéia foi muito atraente, ele ali deitado, ouvindo o som da chuva, tentando se forçar a levantar e a entrar no chuveiro. Deveria estar no aeroporto às onze horas, para o vôo de uma hora. A manhã à sua frente parecia sem fim. E enquanto estava deitado na cama, pensando sobre tudo isso, teve de se forçar não telefonar para Carole. Tomou uma chuveirada longa, quente, vestiu um terno escuro, uma camisa branca e uma gravata Hermès, e às dez horas em ponto Charlie estava à frente do hotel, esperando por um táxi, aspirando o ar de Londres pela última vez, ouvindo ruídos do tráfego que passava, erguendo os olhos para os prédios familiares. A sensação era quase como se estivesse saindo de casa pela primeira vez. Ainda não conseguia acreditar que estava de partida, e mantinha a esperança de que alguém o interromperia antes que fosse tarde demais. Desejava vê-la vir correndo pela rua e atirando os braços em torno dele, dizendo-lhe que tudo tinha sido um pesadelo, que havia acabado.

Mas o táxi finalmente chegou e o porteiro olhou para ele, em expectativa, para que entrasse no veículo. Então não restou mais nada a fazer senão tomar o táxi e ir para o aeroporto. Ela não viria. Não viria nunca mais. Não iria voltar para ele, sabia disso agora. Ela era de Simon.

Foi com o coração pesado que ele atravessou cidade, vendo as pessoas que iam e vinham, ocupadas com suas tarefas diárias, cumprindo obrigações, e a chuva continuava caindo a cântaros. Era uma chuva gélida de novembro. Um tempo invernal tipicamente inglês. E, em menos de uma hora, estava em Heathrow. Já não havia mais como voltar.

— Gostaria de beber alguma coisa, Sr. Waterston? Um pouco de champanhe? Um copo de vinho? — perguntou a aeromoça, num tom de voz agradável, e ele saiu do devaneio em que estava à janela. Já voavam há uma hora e finalmente parara de chover.

— Não, obrigado, estou bem — disse ele, parecendo um pouco menos soturno do que ao embarcar. Todos haviam observado que ele parecia desesperadamente infeliz. Recusou as bebidas e deixou os fones largados sobre o assento a seu lado. Tornou a virar o rosto para a janela e, quando chegaram com o jantar, ele estava dormindo.

— O que será que aconteceu com ele? — sussurrou uma das aeromoças para uma companheira na cozinha. — Parece muito abatido.

— Talvez tenha passado a noite toda fora, enganando a esposa — sugeriu uma das mulheres, com um sorriso malicioso.

— O que a leva a pensar que ele é casado? — A aeromoça que oferecera champanhe a ele parecia decepcionada.

— Ele tem uma marca no dedo anular da mão esquerda e não está usando aliança. É um evidente sinal de que andou pulando a cerca.

— Talvez seja viúvo — disse uma delas animadamente. Suas duas companheiras reagiram a essa idéia com pequenos gemidos.

— É apenas mais um executivo cansado, passando a mulher para trás. Podem acreditar.

A aeromoça mais velha arreganhou um sorriso e seguiu pelo corredor até a primeira classe, com frutas, queijo e sorvete. Parou para olhar Charlie mais uma vez. Ele estava mergulhado num sono profundo, sequer se mexia, e ela passou por ele lentamente.

Sua colega não estava inteiramente errada. Charlie finalmente havia tirado a aliança na noite anterior à partida de Londres. Ele a retirara e ficara segurando-a na mão por longo tempo, apenas olhando para ela e lembrando-se do dia que a pusera no dedo. Fazia muito tempo... Dez anos em Londres, nove deles com Carole. E agora, voando em direção a Nova York, até mesmo Charlie sabia que estava acabado. Mas ainda carregava a aliança no bolso. E, enquanto dormia, sonhou que estava com ela. Carole ria e conversava com ele, mas, quando tentou beijá-la, ela virou-lhe as costas. Não conseguiu compreender, mas ficou de braços estendidos, tentando alcançá-la. E, a distância, viu um homem que os observava... ela ia na direção dele... e quando Charlie ergueu os olhos, viu o homem acenando para ela e foi até ele. Ela escorregou por entre os dedos de Charlie, ele a viu caminhar até o homem... era Simon, e ele estava rindo.

Capítulo Dois

*P*OUSARAM NA PISTA do Aeroporto Kennedy com uma pancada forte, o que fez Charlie acordar num sobressalto. Estava dormindo há horas, exausto das atividades e emoções dos últimos dias, ou semanas... ou meses.... Não havia como negar que havia sido um inferno. Passava pouco das três da tarde, hora local, e quando a mais bonitinha das aeromoças entregou-lhe sua Burberry, ele sorriu e ela ficou novamente decepcionada por ele não ter acordado mais cedo, nem conversado com ela durante o vôo.

— Vai voltar a Londres conosco, Sr. Waterston?

De alguma forma, só de olhá-lo, ela tivera a impressão de que vivia na Europa. Tal como as outras aeromoças, ela estava baseada em Londres.

— Infelizmente, não. — Sorriu para ela, desejando muito estar voltando a Londres. — Estou me mudando para Nova York — disse, como se ela se importasse. Porém, ninguém mais se importava, mesmo. Ela assentiu com a cabeça e seguiu em frente, enquanto ele vestia a capa e pegava a pasta.

A fila de desembarque movia-se lentamente, mas ele acabou saltando, pegando suas duas malas no setor de bagagem e a seguir tomando um táxi para a cidade. Ao entrar no carro, surpreendeu-se com o frio que fazia. Era apenas novembro, mas estava um gelo. A essa altura já eram quatro horas e ele dirigia-se ao estúdio que havia sido alugado pela firma até que encontrasse seu próprio apartamento. Ficava numa das ruas 50 Leste, entre as avenidas Lexington e Terceira, e se não era grande, pelo menos era conveniente.

— De onde o senhor vem? — perguntou o motorista, mascando um charuto e disputando corrida com uma limusine e dois outros táxis. Por pouco não bateu num caminhão, para a seguir mergulhar de cabeça no tráfego da tarde de sexta-feira. Pelo menos, isso era familiar a Charlie.

— Londres — respondeu, olhando pela janela o Queens passar veloz. Não havia um caminho bonito para se entrar em Nova York.

— Quanto tempo esteve lá? — O motorista conversava amigavelmente, sem parar de costurar no tráfego. Mas ao se aproximarem da cidade e o engarrafamento da hora do *rush* congestionar o caminho, o esporte se tornou menos empolgante.

— Dez anos — disse Charlie, sem pensar, e o motorista olhou-o pelo retrovisor.

— Muito tempo. Veio de visita?

— Estou voltando para cá — explicou Charlie, sentindo-se subitamente exausto. Eram nove e meia da noite para ele, e as vizinhanças por onde passavam eram tão lúgubres que ficou deprimido. O caminho de entrada em Londres não era mais simpático, mas pelo menos era seu lar. Isso aqui não era. Ele residira em Nova York durante sete anos, após se formar pela Faculdade de Arquitetura de Yale, mas havia crescido em Boston.

— Não há lugar como isto aqui — proclamou o motorista do táxi, arreganhando um sorriso e fazendo um aceno com o charuto para a visão à frente do pára-brisa. Estavam naquele momento atravessando a ponte, e a silhueta dos edifícios recortada contra o céu impressionava no crepúsculo, mas nem mesmo ver o Empire State deixou Charlie animado. Seguiu o resto do caminho para a cidade em silêncio.

Quando chegaram à 54 com a Terceira, pagou a corrida e saltou, identificando-se em seguida para o porteiro. Era esperado. O escritório deixara as chaves para ele, que deu graças a Deus por ter um lugar para ficar, mas ao ver o que lhe haviam alugado, levou um choque. Tudo naquele apartamento conjugado e compacto parecia ser de fórmica ou de plástico. Havia um balcão branco e comprido com reflexos dourados, e dois banquinhos de bar cobertos com couro branco falso, um sofá-cama, mobília barata com assentos de plástico, num tom horrível de verde. Havia até mesmo plantas de plástico que chamaram sua atenção logo que ele acendeu a luz. Lançando um olhar em torno, ficou parado diante da pura feiúra daquilo tudo. Então, era a este ponto que tinha chegado. Sem mulher, sem casa, sem nada de seu. O lugar parecia um quarto barato de hotel e a única coisa em que ele conseguia pensar foi no que havia perdido no último ano. Era impossível se lembrar de alguma coisa positiva que tivesse saído do torvelinho onde se metera. Só conseguia pensar nas perdas.

    Pousou as malas e olhou em torno com um suspiro. Então, tirou o casaco e largou-o em cima da única mesa que havia no estúdio. Isso com certeza lhe daria bastante incentivo para encontrar bem depressa um apartamento. Serviu-se de uma cerveja que havia na geladeira e sentou-se no sofá, pensando no Claridge's e na sua casa em Londres. E, por um breve momento de loucura, quis telefonar para ela... "Você não acreditaria em como este lugar é feio..." Por que ele sempre pensava em contar a ela as coisas que eram engraçadas, tristes ou chocantes? Não sabia muito bem o que isto seria, provavelmente todas as três coisas, mas não se deu sequer ao trabalho de estender a mão para o telefone. Limitou-se a ficar sentado, sentindo-se exaurido, tentando não ver o vazio do apartamento. Havia pôsteres na parede, representando crepúsculos e um panda, e quando foi olhar o banheiro, era do tamanho de um armário embutido. Mas estava cansado demais para sequer tirar as roupas e tomar um banho. Ficou sentado no sofá, olhando para o vazio. Finalmente deitou-se e fechou os olhos, tentando não pensar em nada, nem mesmo lembrar de onde tinha vindo. Ficou deitado por longo tempo e acabou abrindo o sofá-cama, e às nove horas já estava dormindo. Nem sequer pensou em jantar.

Quando acordou, no dia seguinte, o sol entrava pela janela. Eram dez horas, mas seu relógio dizia três. Ainda estava no horário de Londres. Bocejou e se levantou da cama. O apartamento parecia uma bagunça, com a cama desfeita bem no meio. Era como morar numa caixa de sapatos. E quando foi até a geladeira, havia refrigerantes, café e cerveja, mas nada para comer. Por isso tomou uma chuveirada, vestiu um par de *jeans* e um suéter pesado e, ao meio-dia, aventurou-se a sair para a rua. Era um dia de sol lindo e absolutamente gelado. Comeu um sanduíche numa *delicatessen* na Terceira Avenida e a seguir caminhou lentamente para a parte mais nobre da cidade, olhando as lojas, notando como as pessoas pareciam diferentes das de Londres. Não havia como confundir Nova York com qualquer outra cidade do mundo, e lembrou-se com facilidade de que houve um tempo em que gostou dela. Foi lá que ele e Carole haviam se conhecido, onde ele iniciara sua carreira, onde havia desfrutado seus primeiros sucessos em arquitetura, mas mesmo assim não tinha nenhuma vontade de voltar para lá. Gostava de visitá-la, mas não podia sequer imaginar morar ali de novo. Mas era o que estava fazendo, para o que desse e viesse, e no fim da tarde comprou o *New York Times* e foi dar uma olhada em dois apartamentos. Eram ambos feios e caros, e menores do que ele queria. Mas onde estava morando era pior. E isso lhe foi imediatamente lembrado quando voltou ao estúdio, às seis horas. Ficar sentado num único aposento minúsculo era insuportavelmente depressivo. Detestava estar ali, mas ainda estava meio defasado com o fuso horário e cansado, e não se incomodou em sair para jantar. Em vez disso, passou a noite trabalhando numa papelada que lhe haviam enviado, sobre projetos atuais em Nova York. E no dia seguinte caminhou até o escritório, embora fosse domingo.

O estúdio pequeno e feio ficava a apenas quatro quarteirões e meio do escritório, motivo pelo qual provavelmente o alugaram. Haviam lhe oferecido um hotel, mas ele disse que preferia um apartamento.

O escritório era um espaço bonito no 50º andar do prédio de esquina da rua 51 com a Park Avenue, e quando entrou na área de recepção ficou olhando a vista por algum tempo, caminhando então, a passos lentos, em torno das maquetes. Seria interessante voltar a trabalhar ali. De repente, após todos esses anos, tudo parecia ser muito diferente. Mas nada preparou seu espírito para o quão diferente tudo realmente se mostraria, na manhã de segunda-feira.

Ele acordou às quatro e ficou horas esperando, trabalhando em cima de uma papelada imensa. Ainda estava no fuso horário de Londres, e também ansioso para começar. Mas quando chegou ao escritório não levou muito tempo para sentir que havia uma aura palpável de tensão. Não conseguia especificar o que era, mas os funcionários pareciam estar constantemente disputando posição. Contaram-lhe pequenos segredos a respeito do trabalho uns dos outros quando ele os chamou, um a um, e uma coisa ficou óbvia, ali não havia senso de equipe. Era um grupo de indivíduos talentosos, fazendo tudo que podiam para progredir e montar nas costas uns dos outros. Porém, o que mais o surpreendeu foi o tipo de trabalho que faziam. Eram supostamente talentosos, e ele teve a impressão de que trabalhavam com afinco, mas os *designs* em que estavam trabalhando pareciam bem menos avançados do que aqueles produzidos pela mesma firma na Europa. Deu-se conta de que era algo que nunca havia notado em suas rápidas viagens pela cidade no passado, pois sempre estava concentrado no trabalho pelo qual era responsável em Londres. Este parecia muito diferente e bem menos empolgante.

Os dois sócios seniores, Bill Jones e Arthur Whittaker, estavam presentes e o apresentaram a todos. A equipe pareceu cautelosa, mas satisfeita; todos haviam sido informados a respeito dele e Charlie era esperado. Havia até trabalhado com dois dos arquitetos mais antigos, dez anos antes, quando estava em Nova York, mas o que o surpreendeu acerca deles foi que não pareciam ter progredido muito. Estavam felizes fazendo o mesmo tipo de trabalho de que se lembrava. Era um verdadeiro choque para ele agora, quando foi de mesa em mesa, de um arquiteto a outro, e os jovens estagiários e aprendizes pareciam ainda mais contidos do que as pessoas para quem trabalhavam.

— O que está acontecendo aqui? — perguntou Charlie casualmente, enquanto almoçava com dois dos estagiários. Eles haviam pedido comida para viagem e Charlie os convidara para o seu escritório, uma ampla sala de canto, com paredes apaineladas de madeira e uma vista espetacular do East River. — Tenho a sensação de que todos aqui sentem um pouco de medo. Os *designs* parecem surpreendentemente conservadores. Como explicam isso? — Os dois funcionários trocaram um olhar longo, lento, e ficaram sem conseguir responder. — Vamos, rapazes, vamos ser bem diretos. Eu já vi um *design* bem mais emocionante aqui, quinze anos atrás. Este escritório parece que está andando para trás.

Um deles riu, como resposta, enquanto o outro pareceu seriamente preocupado. Mas pelo menos um deles, Ben Chow, teve coragem suficiente para dar uma resposta honesta. Era o que Charlie queria. Se iria dirigir o escritório com eficiência, precisava de informação.

— A gente trabalha com rédea bem curta — explicou Chow. — Isto aqui não é a Europa. Os figurões estão aqui, e ficam soprando bafo no nosso pescoço o tempo todo. São ultraconservadores, você sabe, e odeiam correr riscos. Acham que os métodos antigos são os melhores. E não acredito que eles realmente se importem com o que alguém esteja fazendo na Europa. Eles querem o mesmo tipo de trabalho que sempre fizeram. Alegam que é por isso que somos conhecidos. Pensam na Europa como um tipo de posto avançado meio excêntrico, um mal necessário neste tipo de negócio.

Mas foi essa crença que havia permitido a Charlie toda a liberdade de que desfrutara durante seus dez anos em Londres. Isto aqui ia ser bem diferente.

— Está falando sério?

Charlie parecia um tanto atônito, enquanto Chow assentia com a cabeça para ele, e seu colega dava mostras de estar extremamente nervoso. Se alguém tivesse ouvido o que acabara de ser dito, haveria sérias repercussões.

— É por isso que nenhum dos estagiários fica aqui muito tempo — continuou Ben. — Eles seguram as pontas por uns tempos e depois vão embora, para os escritórios de I.M. Pei ou KPF, Richard Meyer, ou um dos escritórios que lhes permitem mostrar suas aptidões. É simplesmente impossível inovar aqui — queixou-se Chow, enquanto Charlie ouvia com interesse. — Você verá, a não ser que lhe permitam mudar as coisas de uma forma radical. Eles provavelmente vão apertar você também, se acharem que você pode fazer isso. — Mas, ao ouvir isso, Charlie arreganhou-lhes um sorriso. Não tinha chegado até este ponto, e não tinha trabalhado tanto tempo e com tanto empenho para começar a fazer prédios feitos fôrmas de cortar biscoitos, ou endossá-los. Ninguém ia obrigá-lo a fazer isso.

Mas Charlie não demorou a descobrir que era exatamente isso que esperavam dele. Deixaram-lhe isso claro desde o início. Haviam-no trazido para Nova York a fim de ser um administrador, não para mudar o mundo, e não tinham absolutamente nenhum interesse no tipo de projetos que ele desenvolvera na Europa. Estavam bastante conscientes desses projetos, mas alegavam que se tratava de um mercado inteiramente diferente. As pessoas do escritório de Nova York faziam o que se esperava delas e aquilo pelo que eram conhecidas. Charlie ficou em estado de choque ao ouvir tudo aquilo e duas semanas após sua chegada já estava começando a ficar biruta. Sentia-se completamente violentado, totalmente enganado e completamente desperdiçado. Não tinha sido para isso que viera para Nova York. Era exibido em toda parte, a todos os clientes mais importantes, mas era apenas uma espécie de testa-de-ferro. Queriam seu conhecimento e experiência para vender projetos, mas esses nunca eram nada do que pudesse se orgulhar, e nenhum dos projetos eram idéias que ele conseguiria sentir-se à vontade em representar. Tentou efetuar mudanças, mas sempre que fazia isso ou alterava um *design*, ainda que superficialmente, um ou ambos os sócios entravam em seu escritório a fim de lhe explicar o "clima do mercado de Nova York".

— Preciso ser honesto com você — disse ele finalmente, durante um almoço no University Club com Arthur Whittaker —, o "clima" de que vocês estão sempre falando está começando a me fazer suar frio.

— Eu compreendo — disse Arthur, com o ar de quem compreendia completamente o problema de Charlie. Não tinham o menor desejo de deixá-lo perturbado. Precisavam dele em Nova York, não tinham nenhuma outra pessoa no momento. — Mas, Charlie, você precisa ser paciente. Este é o nosso mercado mais importante. — Não era, e eles todos sabiam disso. Mas era onde o negócio havia começado. Era onde viviam, e estava óbvio que queriam dirigi-lo à sua maneira.

— Não estou bem certo se concordo com você — retrucou Charlie, com a maior educação que pôde. — A Europa tem proporcionado a parte do leão nos lucros da firma há anos. Junto com o Japão. Acontece apenas que os projetos não são tão grandes ou conhecidos quanto os que vocês fazem aqui. Mas, de muitas maneiras, são não apenas mais lucrativos, como também mais empolgantes. Gostaria de ver se podemos trazer da Europa para cá um pouco desse espírito.

Charlie pôde ver, só de olhar para ele, que o sócio sênior estava procurando uma resposta diplomática, porque gostava do que Charlie estava dizendo. O único mistério para ele era por que estavam tão determinados a manter o escritório de Nova York tão tedioso. Tinham parado completamente no tempo.

— Vale realmente a pena pensar sobre isso, Charlie — começou a dizer Whittaker, e então embarcou num longo discurso sobre como Charlie teria perdido contato com o mercado americano, mas iriam providenciar para que ele fosse atualizado o mais rápido possível. Na verdade, já tinham providenciado uma breve excursão por alguns de seus principais projetos em andamento. Havia uma meia dúzia de empreendimentos imensos em algumas cidades do país, e na semana seguinte Charlie fez o circuito completo no jato da companhia para vê-los. Mas nessas visitas, viu apenas os mesmos *designs* cansados, e as idéias que tinham sido tão inovadoras quinze anos antes estavam hoje inteiramente superadas. Ele não conseguia acreditar. Enquanto estivera ocupado em Taipé, Milão e Hong Kong, fazendo coisas realmente espantosas para a firma, eles haviam parado no tempo em Nova York e resistiam a todos os seus esforços para despertá-los e mudar as coisas. Na verdade, deixaram tudo muito óbvio para ele quando retornou e, tendo ouvido o que ele tinha a dizer, mudança era a última coisa que queriam. E, depois que falaram com ele, Charlie sentiu-se profundamente confuso quanto ao que fazer com o serviço para o qual ele viera. A única coisa que pareciam querer dele era que calasse a boca e dirigisse o escritório. Sentiu-se como um inspetor no recreio, e tudo que os empregados faziam era brigar porque estavam muito entediados e frustrados com seus projetos. Parecia uma situação irremediável, e à medida que o dia de Ação de Graças ia se aproximando, o ânimo de Charlie foi afundando. Detestava seu trabalho, e andara tão envolvido com os problemas que vinha enfrentando ali que não fizera qualquer plano para o feriado, não tinha ninguém com quem estar. Na verdade, ambos os sócios seniores o convidaram para passar a festa com eles, mas sentiu-se tão pouco à vontade diante da perspectiva de estar com qualquer um dos dois que mentira, dizendo que já fizera planos com uns primos de Boston. E, no final, ficou sentado em seu estúdio, assistindo a futebol na TV, e pediu uma *pizza*, que comeu no balcão de fórmica. Foi tão horrível que, de certa forma, foi engraçado. Ele e Carole sempre preparavam um peru e convidavam amigos, mas isso, para seus amigos ingleses, parecia mais uma coisa excêntrica, e acabara sendo sempre uma desculpa para um jantar festivo. Mas Charlie ainda não conseguia se impedir de pensar se Carole teria comemorado o dia de Ação de Graças este ano com Simon. Tentou afastar o pensamento e passou no escritório o resto do fim de semana. Continuou examinando fotografias, arquivos e plantas, e lendo as histórias de inúmeros projetos. Mas a impressão era sempre a mesma. Na verdade, às vezes ele quase se perguntava se não teriam usado as mesmas plantas. E, ao término do fim de semana, tinha certeza daquilo que antes apenas temera, ou seja, odiava tudo que estavam fazendo. E não fazia a menor idéia do que lhes dizer.

Na segunda-feira, quando voltou ao trabalho, deu-se conta de que esquecera de olhar apartamentos no fim de semana. Olhando em torno para os colegas que ainda pareciam tão constrangidos com ele, quase perguntou se aquilo não seria um augúrio. Ainda era visto com suspeita por metade deles, os outros pareciam encará-lo como excêntrico. E os sócios seniores passavam a maior parte de seu tempo tentando desacreditá-lo ou controlá-lo.

— Então, o que você acha? — perguntou Ben Chow mais tarde,

naquela mesma semana, dando uma passada na sala de Charlie. Era um sujeito de trinta anos, esperto e talentoso. Tinha cursado Harvard e Charlie gostava não apenas de seu trabalho, mas de sua sinceridade.

— Honestamente? — Charlie fitou-o bem nos olhos e entendeu que Ben nunca o trairia. Era um alívio poder ser honesto com ele, após todo o jogo de esquivas que parecia ser a regra do escritório. — Acho que ainda não decifrei bem este lugar. Estou confuso com a uniformidade do *design*. É como se aqui todo mundo tivesse medo de apresentar um projeto original, ou sequer pensar independentemente. Existe algo de assustadoramente negligente nisso. Até suas atitudes me deixam constrangido. Particularmente o modo como ficam delatando um ao outro. Na maior parte das vezes, não faço a menor idéia do que dizer. Definitivamente, este não é um escritório construtivo, feliz.

Ben Chow riu diante dessa descrição e reclinou-se na poltrona em frente à mesa de Charlie.

— Acho que você captou a coisa, meu amigo. Estamos apenas reciclando *designs* velhos, provavelmente dos dias em que você ainda estava aqui.

Era mais verdadeiro do que qualquer um dos dois sabia. Não haviam feito nada de original em uma década inteira, praticamente desde que Charlie partira para Londres. O espantoso era que ninguém na Europa jamais percebera.

— Mas por quê? Do que é que têm tanto medo?

— Do progresso, acho. Da mudança. Estão usando fórmulas que funcionaram para eles durante anos. Querem ficar seguros. Ganharam um monte de prêmios quinze anos atrás e, em algum momento, quando ninguém estava olhando, a empresa perdeu a garra. Agora, ninguém mais aqui tem garra. Todo o nosso trabalho realmente empolgante está sendo feito na Europa.

Fez então um gesto de cumprimento a Charlie e os dois sorriram. Era um alívio para ambos poder conversar. Ben Chow detestava o que fazia ali tanto quanto Charlie detestava ser responsável por isso.

— Mas por que não deixam uma pessoa fazer o mesmo aqui? — perguntou Charlie, ainda confuso.

— Porque isto aqui é o feudo deles — disse Ben com absoluta clareza e, ouvindo-o, Charlie entendeu que ele tinha razão. Aqueles dois sujeitos que eram donos da firma não iam deixar que saísse dali nada que não fosse exatamente o que queriam. E, no que lhes dizia respeito, o que Charlie fazia era uma aberração que só funcionava no Extremo Oriente ou na Europa.

— Por que você fica? — perguntou-lhe Charlie, parecendo curioso. — Isto aqui não pode ser agradável para você e, nesse ritmo, também não vai ajudar em nada o seu currículo.

— Sei disso. Mas eles ainda têm um nome que atrai a atenção das pessoas. A maioria delas ainda não percebeu aquilo que nós sabemos. É provável que ainda levem mais uns cinco anos, e aí estará tudo acabado. Quero voltar para Hong Kong no ano que vem, mas primeiro ainda quero passar mais um ano aqui.

Pareceu sensato a Charlie e ele assentiu com a cabeça.

— E quanto a você? — Ben já dissera a vários amigos que não achava que Charlie fosse durar seis meses ali. Ele era avançado demais e criativo demais para desperdiçar seu tempo reciclando lixo.

— Eles concordaram em me mandar de volta a Londres daqui a um ano. — Mas ele já estava preocupado com Dick Barnes, que podia não estar disposto a desistir de dirigir o escritório londrino, e isso poderia vir a ser um sério problema.

— Eu não apostaria nisso — disse Ben com um ar de quem sabe das coisas. — Se gostarem do seu estilo, vão tentar mantê-lo aqui para sempre.

— Creio que eu não conseguiria suportar — disse Charlie, quase num sussurro. Estava longe, longe demais daquilo que fizera na Europa. Mas poderia dar-lhes um ano. Havia prometido isso a eles e estava pronto para cumprir sua obrigação. Porém, na manhã de segunda-feira, envolveu-se numa discussão enorme com Bill e Arthur a respeito de uma construção complicada que estavam realizando em Chicago. Transformou-se numa briga que durou a semana inteira, um debate ideológico que por fim pôs em xeque a integridade e a ética de todo mundo. E Charlie não estava absolutamente disposto a recuar. Só que todo mundo foi arrastado para o debates e isso dividiu o escritório inteiro em facções. Lá pelo final da semana, todo mundo já estava finalmente apaziguado, os ânimos haviam serenado, e a maioria dos participantes recuado para posições conciliatórias, embora as questões principais não tivessem sido inteiramente resolvidas à total feição de Charlie. E, em poucos dias, uma discussão semelhante irrompeu a respeito de um projeto em Phoenix. Tudo era sempre sobre *design* e sobre ter a coragem de avançar, em vez de vender os mesmos e velhos conceitos surrados a clientes incautos. Mas estavam apenas fazendo em Phoenix a mesma coisa que fizeram antes e o prédio era praticamente idêntico ao que haviam construído em Houston, só que o cliente não sabia.

— Afinal, o que está se passando aqui? — disse Charlie, em tom bombástico a ambos os sócios, numa reunião fechada em seu escritório, uma semana antes do Natal. Havia nevado a semana inteira e três de seus arquitetos não tinham conseguido chegar da periferia, o que tornou a pressão sobre eles um pouco maior. A batalha de Phoenix vinha grassando desde o início da manhã. — O que, exatamente, estamos fazendo? Não estamos vendendo nada original. Não estamos sequer vendendo *design*. Estamos nos transformando em empreiteiros, isso é o que nós todos somos. Será que não entendem? — Os dois que estavam sentados na sala com ele se encresparam diante das acusações e lembraram-lhe que aquela era uma das firmas arquitetônicas mais respeitadas do país. — Nesse caso, por que não agimos como tal e começamos a vender *design* de novo, e não esta merda que poderia ser feita por qualquer retardado? Realmente não posso permitir que façam isso — disse ele, e os dois sócios se entreolharam, mas Charlie estava de costas para eles, olhando a neve pela janela. Estava completamente frustrado pelo que eles andavam fazendo e humilhado pelo que vendiam. Tinha sido realmente um desastre para ele e, quando virou-se de novo para os dois sócios, ficou surpreso ao ouvi-los lembrar isso a ele. Já haviam discutido a questão várias horas antes e estavam tentando salvar uma situação muito delicada.

— Sabemos que você passou por tempos difíceis... ouvimos falar a respeito de sua esposa — disseram, cautelosamente. — Deve ter sido muito estressante para você, Charlie. E voltar da Europa depois de dez anos também não deve ser fácil. Talvez tenhamos errado em pedir-lhe que simplesmente mergulhasse no serviço em questão de dias, sem sequer parar para respirar entre Nova York e Londres. Talvez precise de algum tempo para se ajustar.... Que tal umas pequenas férias? Temos um projeto em Palm Beach que poderia ir supervisionar para nós. Na verdade, não há nenhum motivo para que não fique lá por algum tempo. Poderia facilmente passar um mês lá.

Quando o disseram, alternando-se nas frases, ambos assumiram um ar um tanto encabulado.

— Um mês? Na Flórida? Isso é alguma maneira educada de se livrar de mim? Por que simplesmente não me despedem?

Na verdade, haviam discutido isso também, mas dado o seu imenso sucesso no exterior, e o contrato que havia assinado, ambos achavam mais do que um pouco constrangedor despedi-lo, e potencialmente muito caro. O fato de ele não conseguir funcionar em Nova York refletiria sobre eles também e, estavam ansiosos para evitar qualquer possibilidade de processos legais ou escândalo. Charlie era altamente conceituado no ramo e despedi-lo, com tudo que acarretava, causaria comentários e controvérsias, o que acabaria por atingi-los. Perguntaram-se se largá-lo na Flórida por algum tempo o faria refrescar a cabeça, dando a eles uma oportunidade de repensar suas opções. Precisavam de tempo para discutir o assunto com os advogados.

— Despedir você? — Soltaram gargalhadas diante dessa idéia. — Charlie! É claro que não!

Mas, só de olhar para eles, Charlie não se deixava enganar. Sabia que mandá-lo para a Flórida era apenas uma manobra estratégica para que largasse do pé deles. E sabia também que não apenas estava infeliz em Nova York, mas também os estava deixando muito nervosos. Profissionalmente, pelo menos, em seus anos no exterior, passara a representar tudo que eles odiavam. Era vanguardista demais para o escritório de Nova York, e, em sua pressa de preencher o cargo, eles de alguma forma deixaram passar esse detalhe.

— Por que simplesmente não me mandam de volta para Londres? — perguntou ele, cheio de esperanças. Mas a verdade era que não podiam. Tinham acabado de assinar um contrato com Dick Barnes, garantindo o antigo emprego de Charlie por pelo menos cinco anos. Dick os procurara com um advogado incrivelmente ladino. Mas o contrato havia sido firmado no mais completo sigilo e Charlie não sabia nada a respeito. — Eu seria muito mais feliz se estivesse lá, e vocês também, pelo que deduzo. — Sorriu para aqueles dois homens que eram os seus patrões. Não eram homens maus, apenas não tinham o menor senso de empolgação artística e, ultimamente, parecia estar lhes faltando coragem. Estavam cansados de tudo que faziam e governavam um Estado policial, a fim de manter tudo do jeito que queriam.

— Precisamos de você aqui, Charlie — explicaram, mais do que nunca parecendo-lhe dois irmãos siameses. — Vamos ter de conseguir tirar o melhor de uma situação difícil.

Mas não pareciam mais felizes do que ele próprio, e buscavam desesperadamente uma solução.

— Por quê? Por que fazer algo que não queremos fazer? — disse Charlie subitamente, sentindo um estranho ímpeto de liberdade. Ele já perdera tudo aquilo que lhe era importante quando Carole foi embora. Não tinha esposa, não tinha laços, não tinha família, não tinha lar em lugar nenhum e todos os seus pertences estavam guardados. Tudo que tinha agora era seu emprego, e odiava-o mais do que jamais odiara qualquer coisa que já tivesse feito. Por que ficar? De repente, não conseguia pensar num único motivo para estar ali, além do seu contrato. Mas talvez um bom advogado pudesse revogá-lo. Um pensamento acabara de lhe ocorrer, enquanto estavam conversando, e ele ficou verdadeiramente subjugado por um súbito senso de libertação. Ele não *tinha* de estar ali. Na verdade, se tirasse uma licença, podiam até se sentir aliviados por não ter de pagar-lhe. — Talvez eu devesse simplesmente ir embora — disse ele, tentando ser prático, parecendo completamente não-emocional a respeito. Mas os sócios seniores estavam muito mais preocupados em perdê-lo do que ele em ir embora. Além de tudo, não tinham mais ninguém para dirigir o escritório, e nenhum dos dois queria fazer isso.

— Talvez uma licença remunerada — disseram cautelosamente, observando para ver a sua reação. Mas ele parecia mais feliz do que em todas aquelas sete semanas desde que chegara ali. Era precisamente nisso que estava pensando. Havia percebido tudo que precisava saber agora. Não eram donos dele. Poderia ir embora no momento em que quisesse. E de repente ele já não ligava para o que acontecesse. Eventualmente, sempre poderia voltar a Londres, ainda que os deixasse.

— Creio que uma licença remunerada seja uma grande idéia — disse Charlie, sorrindo para eles, sentindo-se quase tonto de tanta empolgação. Era como fazer queda livre, como flutuar livre no ar, completamente solto, sem amarras. — Não me importo se quiserem me despedir — disse ele quase de forma atrevida, e ambos deram de ombros como resposta. Dado o contrato que haviam assinado, se o despedissem teriam, de qualquer maneira, de continuar pagando a ele durante dois anos, ou Charlie poderia virar-se contra eles e processá-los.

— Por que não tirar apenas uns poucos meses de licença... remunerada, é claro. — Estavam dispostos a pagar quase que qualquer coisa, nesse momento, para evitar as batalhas constantes com ele. Já os estava deixando malucos. — Dê-se algum tempo para decidir para onde quer ir. Você pode até concluir que afinal não estamos tão errados assim, depois que considerar a questão com um pouco mais de cuidado. — Se ao menos ele concordasse em jogar de acordo com as regras deles, poderiam conviver. Mas, por enquanto, para Charlie, de qualquer forma, isso parecia fora de questão. — Você pode tirar até seis meses, Charlie, se precisar. Voltaremos a discutir tudo quando estiver pronto.

Afinal de contas, era um bom arquiteto e precisavam dele, mas não se estava disposto a remar contra a maré e contestar cada decisão que tomassem a respeito de cada prédio. Mas, não obstante, tinha a sensação de que guardavam algum trunfo na manga e que não estavam sendo totalmente honestos com ele, e não conseguia evitar o pensamento de que em algum momento planejaram mandá-lo de volta a Londres. Podia sempre voltar por conta própria, é claro. Mas agora que estava ali, achou que podia passar um mês ou dois viajando por outras cidades, talvez Filadélfia e Boston. E, depois disso, queria voltar à Inglaterra.

— Gostaria de voltar a Londres — disse Charlie, honestamente. — Não creio que o escritório de Nova York venha a funcionar para mim, nem em seis meses, nem após um longo período de férias. — Não queria enganá-los. — A atmosfera aqui é muito diferente. Posso fazer isso por algum tempo, se precisarem de mim. Mas acho que ficar comigo aqui é contraproducente.

— Pensamos nisso também, de qualquer maneira, após esta conversa — disseram eles, parecendo aliviados. No que lhes dizia respeito, em seus anos no exterior, Charlie se tornara um renegado e um desajustado. Havia trabalhado independente durante muito tempo e se imbuíra de idéias européias demais para poder reajustar seu pensamento, mesmo agora que voltara de lá.

O próprio Charlie se dava conta de que sempre restava a possibilidade de acabar podendo entrar em acordo com eles, ao menos por algum tempo. E talvez, após seis meses de ausência, se sentisse pronto para voltar a encarar Nova York, mas duvidava. Era desconfortável demais para ele, e não conseguiria fazer nenhum trabalho do tipo pelo qual se tornara conhecido. Mas seis meses lhe dariam tempo suficiente para pensar e decidir o seu destino.

Não pôde evitar de imaginar, também, se eles não estariam certos em outro sentido. Haviam deixado implícito que ele estava esgotado, exausto, após seus problemas com Carole. E talvez precisasse de tempo para se recobrar. Deixar o trabalho e tirar um período de folga era a coisa mais desvairada para ele. Nunca fizera nada semelhante antes. Mal utilizava seu período de férias anual e não tivera nenhum tempo significativo de folga desde a universidade, nem nunca desejara. Mas na situação em que se encontrava, de súbito parecia muito atraente. Tinha um contrato com a firma, mas sabia que precisava se afastar do escritório de Nova York, antes que aquilo o levasse à total loucura.

— Para onde vai, daqui? — perguntaram, com preocupação. Por

mais decepcionante que sua volta tivesse sido para eles, sempre tinham gostado de Charlie.

— Não faço a menor idéia — disse ele com honestidade, tentando saborear a incerteza de sua situação, em vez de se deixar atemorizar por ela. Não havia nada para ele, ali. Mas não havia nada para ele em Londres, tampouco. E não queria arriscar a possibilidade de topar com Simon e Carole. Era mais fácil ficar nos Estados Unidos por mais algum tempo. — Talvez eu vá a Boston — disse vagamente. Havia crescido lá, porém não tinha mais parentes naquela cidade. Seus pais haviam morrido há muito e a maioria das pessoas que conhecia eram do seu tempo de infância, pessoas que ele não procurava há eras e que realmente não desejava procurar. Particularmente agora, precariamente instalado, quase desempregado e com uma história triste para contar a respeito de Carole.

Pensou em esquiar em Vermont por uma ou duas semanas, viajando por algum tempo, e depois pegar um avião de volta a Londres, antes de tomar qualquer decisão permanente. Não tinha planos para as férias e estava completamente livre. Ainda lhe restava um bom dinheiro no banco após o divórcio, e com seu salário poderia se permitir ficar à toa por enquanto. Podia até ir esquiar na Suíça ou na França, após regressar a Londres. Mas também se dava conta de que não tinha mais um lar naquela cidade. Não tinha lar em lugar nenhum, e seus pertences estavam num navio, em algum ponto do Atlântico, a caminho para ficarem armazenados. O que quer que ele decidisse fazer no final, sabia que seria muito mais atraente do que sentir que estava morrendo esmagado naquele escritório de Nova York.

— Mantenha contato conosco — disseram, quando contornou a mesa para trocar apertos de mãos com eles. Estavam imensamente aliviados pelo tom e pelo resultado da reunião. Por um breve momento, temeram que ele fosse lhes causar muitos problemas, e poderia ter feito isso. De acordo com o seu contrato, poderia ter insistido em ficar lá, e percebiam agora que as batalhas com ele teriam sido incessantes.

— Manteremos contato com você a respeito do que vamos fazer quando a licença se encerrar.

Tinham concordado em seis meses e, embora ele ainda não soubesse o que fazer com esse tempo, estava determinado a usá-lo e a desfrutá-lo. Mas se perguntava seriamente se algum dia seria capaz de voltar a trabalhar para eles. Não em Nova York, de qualquer forma, e sentiu que, apesar de terem concordado com ele em mandá-lo de volta após um ano, havia algum tipo de pedra no caminho de Londres. Sentiu como se eles estivessem apenas sendo indulgentes com ele, e não estava muito errado, embora não o soubesse. Dick Barnes agora tinha o seu antigo emprego, com um título levemente diferente, e os sócios seniores da firma gostavam autenticamente dele. Era de longe muito mais tratável e fácil de lidar do que Charlie.

Não conseguiu evitar o pensamento, enquanto guardava as poucas coisas de sua mesa, de se algum dia retornaria à Whittaker & Jones, em qualquer cargo, em qualquer cidade. Estava começando seriamente a se questionar.

Despediu-se de todos no fim da tarde. Tudo que levava consigo estava em sua maleta. Já devolvera a todos as suas pastas. Não tinha nada em que trabalhar, nada que levar, nada para ler, nenhum prazo, nenhum projeto, nenhuma planta. Agora, estava livre. E o único que ele lamentava deixar era Ben Chow, que olhou para ele com um sorriso amplo, imediatamente antes de Charlie deixar o escritório.

— Como é que você deu essa sorte? — Ele perguntou, baixinho, e ambos riram. Charlie sentia-se quase eufórico ao agradecer aos dois sócios e ir embora, ainda não inteiramente seguro se acabaria se demitindo, sendo demitido, ou se estaria realmente em longo período de férias. Mas o que quer que resultasse, pela primeira vez na vida ele não estava sequer preocupado. Sabia que o teriam destruído artisticamente se ficasse ali.

— E agora? — perguntou a si mesmo, enquanto voltava a seu apartamento. Dissera-lhes que desocuparia o estúdio pela manhã. O ar frio e a neve em seus olhos o deixaram mais sóbrio. O que ele iria fazer? Para onde iria? Será que queria realmente ir esquiar, como dissera, ou simplesmente voltaria a Londres? E, se o fizesse, o que faria então? Em uma semana seria Natal e ele sabia que estar em Londres nas festas só iria deixá-lo infeliz, pensando em Carole. Ia querer encontrá-la ou no mínimo telefonar-lhe. Ia querer comprar-lhe um presente e depois vê-la para poder dá-lo. Podia sentir o carrossel inteiro de agonia começando a girar novamente, só ao colocar essas questões. Em certo sentido, seria mais fácil não estar lá.

Era difícil não se lembrar de que seria o primeiro Natal deles separados, em dez anos. Ela chegara até a tomar um avião para Londres, só para estar com ele no primeiro ano em que ele morou lá, antes de se casarem. Mas não este ano. Este ano ela estaria com Simon.

A idéia de esquiar lhe parecia boa e ele telefonou a fim de alugar um carro para o dia seguinte, assim que chegou ao apartamento. Ficou surpreso de encontrar um carro ainda disponível, pois todo mundo queria carros para as festas, para visitar parentes e levar presentes. Alugou-o por uma semana e pediu mapas de Vermont, New Hampshire e Massachusetts, calculando que poderia alugar equipamento de esqui quando chegasse lá. Sentiu-se como um menino fugindo de casa ao sentar-se no sofá, pensando no que havia feito. Uma carreira respeitável acabava de saltar pela janela e ele não tinha nem certeza de que isso era importante. Aquilo era uma total e completa loucura. Perguntou-se se não estaria finalmente ficando biruta após o estresse do ano anterior, e pensou em telefonar para amigos em Londres só para sentir a reação deles, mas havia perdido contato com praticamente todo mundo. Não quis partilhar sua dor com ninguém e ficara exausto com as perguntas, as sondagens e as fofocas. Até mesmo a solidariedade deles havia sido exaustiva. No final, tinha sido mais fácil ficar sozinho. E também calculara que a maioria deles estaria vendo muito Carole e Simon, e não queria tampouco ouvir falar disso. Por isso, ficou apenas sentado, sozinho, imaginando o que Carole diria se soubesse que ele acabara de deixar a firma por vários meses, se não para sempre. Provavelmente ficaria espantadíssima, pensou, mas por outro lado a beleza inerente àquela situação era que ele não devia mais explicações a ninguém. Fez suas malas naquela noite, arrumou tudo, jogou fora algumas coisas da geladeira e estava pronto às oito horas da manhã seguinte. Tomou um táxi para o centro da cidade a fim de pegar o carro, e ao passar pelas lojas de departamentos, viu as vitrines de Natal profusamente iluminadas. Estava feliz, agora que ia sair da cidade. Seria difícil ficar vendo todo mundo no escritório comemorando, ouvindo seus planos, ouvindo falar sobre suas esposas, famílias e filhos. Ele agora não tinha nada disso. Não tinha ninguém. Não tinha sequer um emprego. Um ano antes, era um homem com uma esposa, uma casa, um emprego e todos as tralhas que se acumulavam em dez anos de casamento. Mas, de repente, não tinha mais nada daquilo. Havia alugado um carro, dois sacos de viagem e um punhado de mapas da Nova Inglaterra.

— O carro está com pneus para neve — explicou o sujeito na locadora —, mas talvez fosse melhor colocar correntes, se for muito para o norte. Eu diria qualquer ponto ao norte de Conecticut — aconselhou, e Charlie agradeceu-lhe. — Vai passar o Natal lá na Nova Inglaterra? — O homem sorriu e Charlie assentiu com a cabeça.

— Acho que vou esquiar.

— Está caindo muita neve este ano. Não vá terminar engessado! — avisou e então desejou a Charlie um feliz Natal, ao se despedirem. Charlie já havia lhe perguntado se poderia devolver o carro em Boston. Achou que poderia esquiar por algum tempo e depois deixar o carro lá e tomar um avião de Boston para Londres. Não tinha nenhum motivo para voltar a Nova York, pelo menos não por agora. Talvez dali a seis meses. Ou talvez nunca.

Carregou a caminhonete branca rapidamente e atravessou a cidade. Era um carro decente e haveria bastante espaço para os esquis, caso resolvesse alugá-los. Por enquanto, havia apenas seus dois sacos de viagem na caçamba atrás, junto com as correntes que eles haviam fornecido. Estava usando *jeans*, um suéter pesado e uma parca de esquiar que trouxera. E sorria para si mesmo ao ligar o aquecimento. Ligou em seguida o rádio e começou a cantar. Parou e comprou uma xícara de café, um pastel e um pão-doce antes de tomar o rumo da FDR Drive. Olhou para o mapa, enquanto tomava um gole do café, e em seguida deu a partida no carro. Não fazia idéia de para onde ia. Para o norte, tal como dissera ao sujeito, para Connecticut... depois Massachusetts... talvez Vermont. Vermont poderia ser o tipo certo de lugar para passar o Natal. Poderia esquiar durante todo o período de festas. As pessoas estariam bem-humoradas. E, nesse meio-tempo, tudo que precisava fazer era dirigir, ficar de olho na estrada, atento à neve, e não tentar olhar para trás. Sabia agora, mais do que nunca, que atrás não havia nada, nada para pegar, nada para levar.

Cantarolava baixinho, ao sair da cidade, e sorriu, olhando direto à frente. Tudo que possuía agora era o futuro.

Capítulo Três

ESTAVA COMEÇANDO A NEVAR quando Charlie atravessou a Ponte Triborough e seguiu cautelosamente até o parque do rio Hutchinson, mas não se importou. De uma certa forma, parecia mais Natal, e ele sentiu-se surpreendentemente festivo dirigindo para o norte e começando a entoar cânticos natalinos. Estava espantosamente de bom humor para um homem sem emprego, e ainda não conseguia acreditar no que havia acontecido. Repassou os acontecimentos na mente diversas vezes e ficou se perguntando, inevitavelmente, se seus dias com a Whittaker & Jones estariam acabados. Era difícil imaginar o que iria acontecer nos próximos seis meses, mas ele já havia pensado em viajar e talvez em pintar um pouco. Não tinha tempo de sequer pensar em fazer algo assim há anos. Mas a perspectiva agora o atraía. Podia até ensinar arquitetura por algum tempo, se a oportunidade se apresentasse, e tinha uma idéia lá no fundo da mente de viajar pela Europa e visitar castelos medievais. Eles o fascinavam desde a universidade. Mas primeiro ele iria esquiar em Vermont e depois voltaria a Londres para procurar um apartamento. Para ele, isso dava a sensação de um momento decisivo. Pela primeira vez em um ano, não estava reagindo àquilo para o qual havia sido atirado. Ele fizera uma escolha e estava indo fazer o que bem entendia.

A neve começava a formar montes e, após três horas na estrada, Charlie parou em Simsbury. Havia uma pequena pousada, com um aspecto muito aconchegante, que se anunciava como "quartos com café da manhã". Era o lugar perfeito para passar a noite e o casal de proprietários pareceu encantado ao vê-lo. Levaram-no a seu quarto mais bonito, e ele sentiu-se mais uma vez aliviado por ter abandonado aquele estúdio deprimente. Na verdade, toda a sua estada em Nova York havia sido implacavelmente desagradável e estava feliz por ter terminado.

— Vai ver a família nas férias? — A mulher que o levou a seu quarto perguntou num tom de voz cordial. Era pesadona, com o cabelo pintado de louro, e havia nela algo de muito caloroso e amigável.

— Na verdade, não. Estou só a caminho de uma estação de esqui.

Ela assentiu com a cabeça, parecendo satisfeita, e informou-o sobre os dois melhores restaurantes da cidade, ambos num raio de uns quinhentos metros, e perguntou se gostaria que ela fizesse reservas para ele jantar. Hesitou, em seguida sacudiu a cabeça, enquanto se ajoelhava para acender o fogo com os gravetos secos que ela trouxera.

— Vou só pegar um sanduíche num lugar qualquer, mas de qualquer forma, obrigado.

Ele odiava ir sozinho a bons restaurantes. Jamais entendera as pessoas que faziam isso. Dava uma impressão tão solitária, estar sentado, tomando meia garrafa de vinho e comendo um bife grosso, sem ninguém com quem conversar. A própria idéia o deprimia.

— Será bem-vindo para jantar conosco, se lhe agradar.

Ela o olhou com interesse. Charlie era jovem e bonito, e ela se perguntou o que estaria fazendo sozinho. Parecia-lhe estranho que não fosse casado. Calculou que provavelmente era divorciado e lamentou que sua filha ainda não tivesse chegado de Nova York. Mas Charlie não fazia idéia do que passava pela mente dela, ao agradecer-lhe novamente e fechar a porta. As mulheres estavam sempre mais interessadas nele do que Charlie se dava conta, mas geralmente ele não percebia, mesmo. E não pensava em nada desse tipo há anos. Não saía com ninguém desde que Carole o deixara. Andara ocupado demais se lamentando.

Mas agora, tendo se livrado de todas as responsabilidades de sua vida de forma tão inesperada, sentia-se subitamente melhor.

    Naquela noite, saiu para comer um hambúrguer e ficou espantado de ver como a neve estava alta. Havia mais de um metro de neve em cada lado da alameda para carros, cuidadosamente limpa. Sorriu ao sair dirigindo da pequena pousada. O lugar era tão bonito que adoraria estar partilhando-o com mais alguém. Era estranho estar sozinho o tempo todo, não ter ninguém com quem fazer comentários, com quem partilhar as coisas ou com quem conversar. Ainda não tinha se habituado ao silêncio. Mas comeu seu hambúrguer sentado, sozinho, e levou um saco de pãezinhos doces para comer de manhã, e o hotel prometera fornecer-lhe uma garrafa térmica de café. Tinham se oferecido para preparar-lhe um desjejum, também, mas ele queria sair cedo, caso a neve permitisse.

    Quando ele voltou à pousada, a noite estava límpida e silenciosa e Charlie ficou parado do lado de fora por um minuto, olhando para o céu. Estava incrivelmente lindo e sentia o rosto picando ao ar frio, e então de repente riu alto, sentindo-se como não se sentia há anos, e teve vontade de poder atirar uma bola de neve em alguém. Fez uma bola firme bem redonda, com a neve branquinha, só pelo prazer de fazer, e atirou-a numa árvore. Isso o fez sentir-se novamente criança e ainda estava sorrindo quando subiu até seu quarto. Estava quentinho, e o fogo ainda ardia, luminoso. E de repente tudo começou a transmitir a sensação de Natal.

    Foi só quando se enfiou entre os lençóis limpos da grande cama de dossel, debaixo do edredom de pluma de ganso, que seu coração recomeçou a doer. Sentiu vontade de ter Carole ali com ele. Daria qualquer coisa para passar uma noite com ela novamente, e sua alma se contraiu só de pensar que nunca mais faria isso. Ela nunca mais passaria uma noite com ele, ele nunca mais conseguiria fazer amor com ela novamente. Ao deixar a mente repassar essas idéias, começou a sentir uma falta enorme de Carole, mas entendeu, deitado, olhando para o fogo, que não fazia sentido. Não podia continuar fazendo isso consigo mesmo, não podia continuar ansiando por ela eternamente. Mas era tão difícil, diabos, não fazê-lo. Tinha sido tão bom, e por tanto tempo, que ele ainda se perguntava qual teria sido a sua falha que não lhe permitiu ver o que estava acontecendo, quando começou a perdê-la. Se tivesse percebido, na época, talvez pudesse ter feito a coisa parar. Era como se torturar por uma vida que você não foi capaz de salvar. A vida que havia perdido era a sua própria, a vítima tinha sido seu casamento. E ele se perguntava se um dia voltaria a sentir a mesma coisa com relação a alguém. Perguntava-se como ela pôde se sentir tão segura indo embora com Simon. Não conseguia imaginar a possibilidade de confiar tanto em alguém. Na verdade, tinha certeza de que tal não aconteceria.

Levou muito tempo para dormir e, quando isso aconteceu, o fogo já estava agonizando. Os carvões lançavam uma luminosidade suave no quarto e a neve havia parado de cair. De manhã, ao acordar, a dona da pousada estava batendo à sua porta, com *muffins* de uva-do-monte quentinhos e um bule de café fumegante.

— Achei que ia gostar, Sr. Waterston.

Sorriu para Charlie, quando ele abriu-lhe a porta usando apenas uma toalha enrolada na cintura. Havia mandado todos os seus pijamas junto com a roupa para ser armazenada, e não se lembrou de comprar novos. Mas ela não fazia qualquer objeção a ver seu corpo longilíneo, enxuto, musculoso. Só a fez ter vontade de ser vinte anos mais moça.

— Muito obrigado — disse ele, sorrindo para ela, parecendo ainda sonolento e com os cabelos um pouco desgrenhados. E quando abriu as cortinas, ficou olhando para o dia, que estava tão bonito. A neve se acumulava em montinhos graciosos e o marido dela estava lá fora, limpando a entrada de carros com a pá.

— Vai ter de tomar cuidado ao dirigir, hoje — preveniu ela.

— Há camadas de gelo? — perguntou, só para manter uma conversa, mas não parecia preocupado.

— Ainda não. Porém mais tarde vai haver. Dizem que vai voltar a nevar esta tarde. Há uma tempestade vindo da fronteira canadense.

Mas ele não se incomodava. Tinha todo o tempo do mundo e podia dirigir pela Nova Inglaterra de trinta em trinta quilômetros, se fosse necessário. Não tinha pressa para fazer nada, nem mesmo para esquiar, embora estivesse aguardando a oportunidade de fazê-lo. Não esquiava nos Estados Unidos desde o tempo em que morara ali. Ele e Carole tinham ido a Sugarbush, nos velhos tempos, quando ele residia em Nova York. Mas já resolvera ir a algum lugar diferente. Não precisava de mais peregrinações a lugares que guardavam lembranças dela. E muito menos no Natal.

Charlie deixou a pousada uma hora depois, de banho tomado, vestindo calças de esqui e uma parca, levando a garrafa térmica de café. Pegou a Interestadual 91 sem dificuldade e dirigiu-se para Massachusetts. Dirigiu sem parar por um longo tempo e ficou surpreso ao ver como a estrada estava livre. A neve não o atrasou em nada, e em nenhum momento ele precisou sequer colocar as correntes que a locadora havia providenciado. Estava fácil de dirigir, até que chegou a Whately, quando então começou a nevar levemente, e ele ficou observando os flocos de neve se acumularem no pára-brisa.

A essa altura estava cansado e ficou surpreso ao ver como chegara longe. Estava dirigindo há horas, e se encontrava bem nas cercanias de Deerfield. Não tinha qualquer destino particular em mente, mas decidiu tentar continuar por algum tempo, só para que não tivesse de dirigir muito até Vermont, na manhã seguinte. Mas, quando passou por Deerfield, estava nevando de verdade.

A Deerfield histórica era maravilhosamente pitoresca, e ele sentiu-se tentado a parar e dar uma olhada. Tinha ido lá com os pais, quando criança, e lembrava-se do fascínio que sentira ao ver as casas de trezentos anos que haviam sido preservadas. Desde criança que já sentia fascínio por tudo que era arquitetônico, e a visita ao local causou-lhe forte impressão. Mas achou que era tarde demais para parar agora e quis continuar. Com sorte, poderia até chegar à fronteira de Vermont. Não tinha nenhuma rota ou plano particular em mente, queria apenas seguir em frente e estava constantemente pasmo com a beleza do lugar, com o encanto da cidade. Atravessou pontes cobertas e cidades históricas, sabendo que havia uma cachoeira nas proximidades. Se fosse verão, teria parado e caminhado, talvez até ido nadar. A Nova Inglaterra era onde havia crescido. Esse era o seu lar e ele subitamente deu-se conta de que não tinha sido por acidente que fora até ali. Chegara lá para curar-se. Para pisar em chão familiar. Talvez já fosse hora de finalmente acabar com aquele luto e se recuperar. Seis meses antes, não poderia sequer imaginá-lo, mas agora sentia-se como se o processo de cura houvesse começado, só porque havia chegado ali.

Passou pelo Forte Deerfield e lembrou-se de seu fascínio de menino por esse marco histórico, mas limitou-se a sorrir, passando de carro, lembrando-se do pai. Ele contara a Charlie histórias maravilhosas sobre os índios ao longo da Trilha Mohawk, na qual ficava Deerfield, bem como sobre os iroqueses e os algonquinos. Charlie adorara ouvi-las, e o pai sempre teve um reservatório notável de conhecimentos. Tinha sido professor de história norte-americana em Harvard, e viagens como essa sempre foram um legado especial de pai para filho, tal como as histórias que ele lhe contava. Isso fez Charlie pensar nele de repente, mais uma vez, e sentiu vontade de ter-lhe contado sobre Carole. Pensar a respeito dos dois trouxe-lhe lágrimas aos olhos, mas ele tinha de parar de sonhar e se concentrar novamente na estrada, já que a neve começava a cair mais forte. Só progredira menos de vinte quilômetros em meia hora, desde Deerfield. Mas agora estava começando a ficar difícil enxergar.

Passou por uma placa no caminho para uma cidade pequena e viu que estava em Shelburne Falls. Pelo melhor que podia calcular, percorrera uns dezesseis quilômetros para noroeste de Deerfield, e o rio gelado correndo próximo era o rio Deerfield. Era uma cidadezinha pequena, de aspecto graciosamente antiquado, aninhada na encosta da colina, dando para o vale. E, como a neve o cercava num torvelinho cada vez mais furioso, Charlie abandonou qualquer idéia de continuar dirigindo até Vermont. Não parecia prudente ir mais além e imaginou se conseguiria encontrar uma pousada, ou um pequeno hotel. Tudo que podia ver em torno eram casas pequenas, muito bem arrumadinhas, enquanto dirigia. E agora estava quase impossível dirigir.

Parou o carro por um minuto, inseguro a respeito de que caminho tomar, e então baixou o vidro da janela. Conseguiu ver uma rua saindo para algum lugar à esquerda e virou o carro lentamente, decidindo tentar esse caminho. Teve medo de que o carro viesse a derrapar na neve recém-caída, mas os pneus para neve seguraram firme e ele seguiu lentamente pela rua que corria paralela ao rio Deerfield, e no momento em que estava começando a se sentir perdido e achar que o melhor seria retornar, viu uma casa muito bem arrumada, com cobertura de tabuinhas de madeira, um mirante no alto e uma cerca de pequenas estacas de madeira branca em torno. E a placa pendendo para fora da cerca dizia simplesmente PALMER: QUARTOS COM CAFÉ DA MANHÃ. Era exatamente o que ele queria. Estacionou cuidadosamente no caminho de carros.

Havia uma caixa de correio do lado de fora que parecia uma casa de passarinhos, e uma cadela *setter* irlandesa veio saltitando pela neve, abanando o rabo ao vê-lo. Parou e fez-lhe carinho, mantendo o queixo bem para baixo, pois a neve rodopiava em torno dele, e seguiu até a porta da frente, batendo na aldrava de latão bem polido. Mas, por um longo tempo, ninguém atendeu e Charlie começou a pensar que não tinha ninguém em casa. Havia luzes no interior, mas nenhum som, e a *setter* sentou-se ao lado dele, olhando-o em expectativa, enquanto ele aguardava.

Acabara desistindo e começara a descer os degraus da frente, quando a porta se abriu cautelosamente e uma mulher pequena, de cabelos brancos, olhou para ele como se estivesse se perguntando por que fora até lá. Estava muito bem-vestida com uma saia cinza e um suéter azul-claro, tinha um cordão de pérolas em torno do pescoço, e o cabelo, branco como a própria neve, estava puxado para trás num coque, seus olhos azuis brilhantes parecendo examinar cada polegada dele, que parou subitamente. Tinha o aspecto de algumas das mulheres mais velhas que conhecera em Boston quando criança, e parecia uma candidata improvável a gerente de uma pousada. Mas também não fez qualquer movimento para abrir mais a porta.

— Sim? — Ela abriu a porta só um pouquinho, para permitir que a cachorra entrasse, e olhou para Charlie com curiosidade, mas nenhum sinal de boas-vindas. — Em que posso ajudá-lo?

— Vi a placa... pensei... estão fechados para o inverno?

Talvez ela só funcionasse no verão, pensou. Algumas das pousadas procediam assim.

— Não estava esperando ninguém para as festas — disse ela cautelosa. — Há um motel na estrada para Boston. Fica logo depois de Deerfield.

— Obrigado... desculpe... eu....

Sentiu-se constrangido por ter bancado o intruso. Ela parecia tão senhorial e tão educada que se sentiu como uma espécie de vagabundo, irrompendo em cena sem qualquer aviso ou convite. Mas, enquanto se desculpava, ela sorriu-lhe e ele ficou espantado em ver como seus olhos eram vivazes. Eram quase elétricos, cheios de energia e de vida, e no entanto podia dizer, só de olhá-la, que devia estar perto dos setenta anos e que, não fazia muito tempo, ainda tinha sido muito bonita. Era delicada e gentil e surpreendeu-o ao recuar um passo e abrir a porta o suficiente para que ele entrasse.

— Não se desculpe — ela sorriu. — Eu apenas fiquei surpresa. Não esperava ninguém. Acho que esqueci os bons modos. Gostaria de entrar para tomar alguma coisa quente? Na verdade, não estou preparada para visitantes neste exato momento. Só costumo receber hóspedes no tempo quente. — Ele hesitou à porta, olhando para ela, perguntando-se se deveria continuar a dirigir enquanto ainda podia e achar o motel que ela havia recomendado. Mas era muito tentador entrar e visitá-la. Podia ver da porta como a sala era bonita. Era uma casa antiga, magnificamente construída, possivelmente até dos tempos da Revolução, com travas de madeira maciça no teto, assoalho cuidadosamente assentado. E deu para ver que o aposento estava cheio de antigüidades encantadoras e pinturas inglesas e americanas antigas. — Entre... Glynnis e eu vamos nos comportar, prometo. — Apontou para a cachorra ao dizer-lhe o nome e a *setter* grandalhona sacudiu o rabo furiosamente, como que endossando a promessa. — Não pretendi ser tão pouco hospitaleira. Só fiquei um pouco assustada.

Enquanto ela falava, Charlie viu-se incapaz de resistir ao convite e entrou na sala cálida, aconchegante, que parecia absorvê-lo como se fosse mágica. Era ainda mais encantadora do que ele suspeitara da porta. Havia um fogo aceso na lareira e um piano antigo espantosamente bonito no canto.

— Desculpe-me por me intrometer assim. Estava dirigindo para o norte até Vermont, mas a neve ficou pesada demais para que eu pudesse continuar.

Olhou para ela com admiração, pensando em como ainda era bonita e graciosa, enquanto ela seguia para a cozinha e ele ia atrás. Pôs no fogo uma chaleira grande de cobre e ele não pôde deixar de notar que tudo era imaculado.

— Que bela casa a senhora tem... é a Sra. Palmer? — lembrou-se do nome na placa e ela sorriu em resposta.

— Sim. Obrigada. E o senhor é...?

Olhou para ele como uma professora esperando uma resposta e, desta vez, ele sorriu. Não sabia quem ela era ou por que tinha ido até ali, mas no mesmo instante entendeu que havia adorado.

— Charles Waterston — disse ele, estendendo-lhe educadamente a mão, que ela tomou e apertou. As mãos dela eram muito macias e jovens para a idade, as unhas muito bem manicuradas, e havia uma aliança de ouro liso. Isso e mais as pérolas que usava eram suas únicas jóias. Todo o dinheiro disponível que ela sempre tivera fora aplicado nas antigüidades e pinturas que ele via por toda parte. Mas sua qualidade não passou despercebida a Charlie, que vira muitas coisas boas na infância e em Londres para ignorá-las.

— E de onde vem, Sr. Waterston? — perguntou a Sra. Palmer, enquanto preparava a bandeja de chá.

Ele não fazia idéia se estava ou não convidado para o chá, ou se teria permissão para passar a noite ali, e nem ousou perguntar. Se ela não ia deixá-lo ficar, sabia que devia apressar-se antes que a nevasca piorasse e as estradas ficassem escorregadias demais. Mas não disse nada a respeito e viu-a colocar um bule de chá de prata sobre um pano de linho bordado que era muito mais velho do que ela.

— Essa é uma pergunta interessante — disse ele com um sorriso, enquanto ela acenava-lhe para sentar-se a uma poltrona de couro muito confortável, diante do fogo, em sua cozinha. Havia uma mesa de centro George III diante dela, sobre a qual ela gostava de servir o chá. — Morei em Londres nos últimos dez anos e vou voltar depois das férias. Mas acabei de chegar de Nova York; na verdade, ontem. Passei lá os últimos dois meses e estava planejando passar o ano inteiro, mas agora parece que posso voltar a Londres.

Foi a explicação mais simples que pôde dar, sem ter de entrar em todos os detalhes. E ela sorriu suavemente, enquanto o encarava, como se compreendesse muito mais do que ele havia contado.

— Uma mudança de planos?

— Pode-se dizer assim — respondeu ele, enquanto dava tapinhas carinhosos na cachorra. Em seguida, ergueu novamente os olhos para sua anfitriã. Esta colocou um prato de biscoitos de canela sobre a mesa, e era como se tivesse estado esperando ele chegar.

— Não deixe a Glynnis comê-los — preveniu ela, ao que ele riu, e então ocorreu-lhe perguntar se não estaria incomodando. Já estava quase na hora do jantar e não havia motivo para ela estar lhe servindo chá, particularmente considerando que não recebia hóspedes durante o inverno. Mas ela parecia estar gostando da visita. — A Glynnis gosta particularmente de canela, embora ela também seja muito chegada a aveia. — A Sra. Palmer explicou essas particularidades da cachorra, enquanto Charlie sorria-lhe, imaginando se ela teria morado ali a vida inteira. Era difícil olhar para a Sra. Palmer e não ficar tentando imaginar sua história. Ela parecia surpreendentemente elegante e muito frágil. — Vai retornar a Nova York, Sr. Waterston, antes de voltar a Londres?

— Acho que não. Vou agora esquiar em Vermont e achei que poderia tomar um avião via Boston. Temo que Nova York não seja minha cidade preferida, embora eu tenha morado lá por um longo tempo. Acho que a vida na Europa me estragou um pouco.

Ela deu-lhe então um sorriso extremamente gentil, sentando-se diante dele do outro lado da mesinha requintada.

— Meu marido era inglês. Costumávamos visitar a Inglaterra de vez em quando, para ver os parentes dele, mas ele sentia-se feliz aqui e, depois que os parentes morreram, nunca mais voltamos. Ele dizia que tinha tudo que queria aqui mesmo, em Shelburne Falls.

Ela sorriu para o seu hóspede, e havia algo em seus olhos que não foi expresso em palavras. Charlie não pôde deixar de ficar imaginando o que seria, talvez dor, ou apenas lembrança, ou amor por um homem com quem ela havia partilhado a vida. Ficou imaginando se, na idade dela, ainda teria esse aspecto, quando falasse de Carole.

— E a senhora, de onde é? — perguntou ele, tomando um gole do chá delicioso que ela lhe preparara. Era Earl Grey, e ele era um grande bebedor de chá, mas nunca provara um tão bem-feito. Ela tinha alguma qualidade realmente mágica.

— Sou daqui mesmo — disse ela com um sorriso, pousando a xícara. A porcelana era Wedgwood, tão delicada quanto ela. O cenário inteiro fez Charlie se lembrar de muitos lugares e pessoas que conhecera em suas viagens pela Inglaterra. — Vivi em Shelburne Falls a vida inteira. Nesta casa, para falar a verdade, que pertencia a meus pais. E meu filho freqüentou a escola em Deerfield. — Ele achou difícil acreditar, olhando para ela, pois ela parecia muito mais cosmopolita do que se poderia esperar de uma mulher que passara a vida inteira na Nova Inglaterra, e sentiu que devia haver muito mais coisas do que ela estava dizendo. — Quando eu era muito jovem, passei um ano em Boston, morando com minha tia. Achei um lugar muito animado, e foi onde conheci meu marido. Ele era bolsista visitante em Harvard. E ao nos casarmos mudamos para cá, isso cinqüenta anos atrás, completados este ano mesmo. No próximo verão faço setenta anos.

Ela sorriu para ele e Charlie teve vontade de inclinar-se e dar-lhe um beijo. Contou a ela sobre a carreira de professor do pai e que ele lecionara história norte-americana em Harvard. Ficou imaginando se ele e o Sr. Palmer algum dia teriam se conhecido, e em seguida contou-lhe sobre as viagens a Deerfield na infância e sua paixão pelas casas locais, bem como seu fascínio pelos caldeirões da era glacial nos penedos enormes situados no leito do rio Deerfield.

— Ainda me lembro deles — explicou. Ela serviu-lhe mais uma xícara de chá, começou a azafamar-se pela cozinha e em seguida virou-se para ele com um sorriso caloroso. Sentia-se completamente segura com ele. Charlie parecia inteiramente confiável e era obviamente muito bem-comportado e tinha ótimas maneiras. Ficou se perguntando por que estaria viajando sozinho durante as festas, surpresa por ele não ter nenhuma família com quem estar, mas nada comentou quando olhou para ele com uma pergunta.

— Gostaria de ficar aqui, Sr. Waterston? Para mim não é problema. Posso abrir com facilidade um dos quartos de hóspedes.

Ao dizer isso, voltou a olhar lá para fora. A neve caía furiosamente e ela teria achado muito rude mandá-lo de novo para a estrada. Além disso, gostara dele e de sua companhia. Esperava que aceitasse o convite.

— Tem certeza de que isso não iria lhe causar problemas? — Ele também vira a tempestade lá fora e não estava nada ansioso para continuar a viagem. Também gostara dela particularmente. Era como uma visão do passado e ao mesmo tempo parecia ter mão firme sobre o presente, e ele sentia-se aquecido no calor de sua companhia, enquanto ela assentia com a cabeça. — Não quero ser chato. Se a senhora tinha outros planos, não precisa me dar nenhuma atenção. Mas gostaria muito de ficar, se não se importa.

Foi um agradável minueto entre eles, e pouco depois ela o levava para o andar de cima, mostrando-lhe a casa. Esta era toda construída com grande beleza, e ele estava mais curioso em saber como havia sido erguida do que em ver as acomodações, mas quando ela lhe mostrou o quarto que escolhera para ele, ficou parado à porta e sorriu por um longo momento. Era como voltar para casa quando criança. A cama era enorme, os tecidos antigos, mas tudo magnificamente bem-feito. O quarto era decorado com *chintz* azul e branco e havia um conjunto maravilhoso de porcelana antiga sobre a cornija da lareira, um modelo de navio na parede e várias pinturas antigas e excelentes de Moran, retratando navios em mares calmos e em tempestades. Era um quarto no qual ele adoraria passar um ano. E, tal com os outros quartos da casa que vira até aquele momento, tinha uma lareira enorme, com achas de lenha empilhadas ao lado, prontas para uso. Tudo na casa parecia preciso e bem conservado, como se ela estivesse esperando seus parentes preferidos, ou contasse com uma casa cheia de hóspedes a qualquer momento.

— Isso é simplesmente adorável — disse ele, encantado, lançando-lhe um olhar caloroso. Tinha sido muita gentileza dela aceitá-lo, e ele era grato tanto por sua hospitalidade quanto por seu esforço. E ela parecia feliz em ver o quanto ele gostara. Adorava dividir a casa com pessoas que sabiam apreciar coisas boas e compreendiam o que ela estava compartilhando com eles. A maioria das pessoas que se hospedavam com ela vinha através de recomendações. Ela não publicava anúncios e fazia somente um ano que pusera uma tabuleta.

Durante sete anos, aceitar hóspedes a tinha ajudado financeiramente, e as pessoas que ficavam com ela faziam-lhe companhia, evitando que se sentisse muito sozinha. Vinha encarando com temor as festas, e a aparição de Charlie à sua porta havia sido um presente de Deus.

— Fico feliz de que goste da casa, Sr. Waterston.

Ele estava examinando as pinturas de seu quarto quando ela falou, e virou-se para ela com um olhar de prazer.

— Não posso imaginar que alguém não adore isto aqui — disse ele, reverentemente, e ela riu, pensando em seu filho. Houve uma expressão melancólica em seus olhos quando ela falou dele, mas também uma inequívoca centelha de humor.

— Eu posso. Meu filho odiava tudo nesta cidade, e todas as minhas coisas antigas. Ele adorava tudo que era moderno. Era piloto. Voou no Vietnã e, quando voltou para casa, permaneceu na Marinha. Era piloto de testes em todos os seus caças de mais alta tecnologia. Adorava voar. — Houve algo no modo como ela falou que fez com que ele tivesse medo de perguntar, e uma expressão nos olhos dela, a qual dizia que o assunto era muito doloroso. Mas, não obstante, ela continuou. A maneira como se movia e olhava para ele disse-lhe que se havia uma coisa que não faltava a Gladys Palmer era coragem. — Tanto ele quanto a esposa voavam. Compraram um pequeno avião depois que a menininha nasceu. — Percebeu lágrimas aflorando em seus olhos azuis brilhantes, enquanto o encarava, mas ela não vacilou. — Achei que não era uma boa idéia, mas a gente tende a deixar os filhos fazerem o que têm vontade. Se eu tivesse tentado impedi-los, não me teriam dado atenção. Sofreram uma colisão perto de Deerfield, quatorze anos atrás, quando vinham para cá fazer uma visita. Estavam os três no avião e morreram no momento do impacto.

Charlie sentiu um nó na garganta. Instintivamente, estendeu uma das mãos para ela, e tocou-lhe o braço, querendo interromper-lhe as palavras e a dor. Não podia imaginar nada pior, nem mesmo o que ele havia passado com Carole. Esta mulher havia passado por muito mais coisas, e não pôde deixar de imaginar se ela não teria mais filhos.

— Sinto muitíssimo — ele sussurrou.

Ainda tinha a mão em seu braço, mas nenhum dos dois o notou, quando seus olhos o encontraram. Ele sentiu-se como se a conhecesse desde sempre.

— Eu também sinto. Ele era um homem maravilhoso. Tinha trinta e seis anos quando morreu, e sua garotinha, apenas cinco... Foi uma perda terrível. — Ela suspirou e enxugou os olhos. Ele teve vontade de poder passar os braços em torno dela. E então ela ergueu o olhar para ele e o que Charlie viu o fez prender a respiração. Havia uma enorme abertura, uma enorme coragem, uma enorme disposição de entrar em contato com ele, apesar da dor que já havia sofrido. — Creio que aprendemos alguma coisa com o sofrimento. Não estou bem certa do quê, e levei muito tempo para isso. Dez anos tiveram de se passar antes que eu conseguisse conversar a respeito. Meu marido jamais conseguiu. Na verdade, ele nunca esteve bem, depois disso. Tinha problemas no coração, mesmo quando era moço. Morreu três anos depois.

Ela havia sofrido perdas bem maiores do que ele, as cicatrizes ainda eram claramente visíveis, e no entanto ainda estava lá, de pé, segura e firme, sem nenhuma disposição de se deixar abater pelos golpes violentos que a vida lhe infligira. E então ele ficou se perguntando se os seus caminhos não teriam se cruzado por algum motivo. Era muito estranho que ele tivesse de ir justamente até ali.

— A senhora tem outros... outros parentes? Estava sem graça de perguntar-lhe se ela tinha outros filhos, como se o filho perdido pudesse ser facilmente substituído pelos irmãos, embora ambos soubessem que não podia.

— Nenhum. — Ela sorriu para ele e o que voltou a impressioná-lo foi como ela transmitia vigor. Não havia nela nada de amargo, triste ou deprimido. — Agora vivo totalmente sozinha. Vivo assim há onze anos. Foi por isso que comecei a receber hóspedes durante o verão. Se não, acho que ia acabar me sentindo muito solitária. — Mas era difícil imaginar isso. Ela parecia viva demais para fenecer, ou trancar-se em casa e ficar se lamentando por aqueles que havia perdido. Havia em torno dela toda uma aura de energia e vida. — Eu teria odiado desperdiçar esta casa, também. Ela é tão maravilhosa, que parecia uma pena imensa não dividi-la. Meu filho James... Jimmy e Kathleen nunca iam querê-la. Suponho que em algum momento, ainda que ele tivesse vivido, eu teria sido obrigada a vendê-la. — Parecia realmente um desperdício enorme, só falar nisso, e ela não tinha ninguém agora para deixar seus tesouros. Ele viria a se achar no mesmo barco, um dia, se não fizesse algo a respeito de sua própria vida, se não voltasse a se casar, se não tivesse filhos. Mas nada disso lhe era atraente, nem por um minuto. Não tinha nenhuma vontade de voltar a se casar, ou de viver com outra mulher. — E o senhor? — Olhou para ele, antes de sair do quarto. — Tem alguma família, Sr. Waterston?

Ele estava com a idade certa para ser casado e ter vários filhos. Ela o havia calculado um pouco mais jovem do que realmente era. Achou que ele deveria ter mais ou menos a idade de Jimmy. Mas, aos 42 anos, ele com toda a certeza deveria estar bem estabelecido.

— Não, não tenho — disse Charlie, baixinho. — Tal como a senhora, não tenho ninguém. Meus pais morreram muito tempo atrás. E nunca tive filhos.

Ela pareceu surpresa e ficou se perguntando se existiria alguma coisa em sua sexualidade que lhe houvesse escapado, mas não achava que tivesse deixado passar isso.

— Nunca foi casado?

Isso na verdade a surpreendeu. Ele parecia atraente demais, caloroso demais, para ter evitado um relacionamento permanente, mas quando o fitou de novo nos olhos entendeu que havia mais coisas nessa história.

— Já fui. Estou me divorciando. Ficamos casados por dez anos, mas nunca tivemos filhos.

— Lamento muito saber — disse ela com gentileza, soando para ele quase como uma mãe, e Charlie sentiu seus olhos se encherem de lágrimas quando ela o disse. — O divórcio deve ser uma coisa terrível, esse rompimento entre duas pessoas que um dia se amaram, e que perderam o rumo. Deve ser insuportavelmente doloroso.

— E é — disse ele, assentindo com a cabeça, pensativo. — Tem sido muito difícil. Nunca havia perdido ninguém a quem eu amasse, além de meus pais, é claro. Mas as duas experiências devem ser bem semelhantes. Sinto como se tivesse passado o último ano num transe. Ela partiu nove meses atrás. A coisa inacreditavelmente idiota é que sempre achei que éramos radiosamente felizes antes disso. Parece que eu sou extraordinariamente ignorante a respeito dos sentimentos dos outros. Isso não me recomenda muito — disse ele, com um sorriso triste, e ela lançou-lhe um olhar caloroso. Sentiam-se como velhos amigos, embora só se conhecessem há poucas horas. Ele poderia simplesmente sentar-se e conversar com ela pelo resto dos tempos.

— Acho que está sendo duro consigo mesmo. Você não é o primeiro homem a achar que tudo estava bem e então descobrir que não estava. Mas, mesmo assim, deve ser um golpe horrível, não somente para o coração... mas para o ego. — Ela havia tocado no âmago da questão. Ele não estava apenas sentindo a perda e a dor, mas sua dignidade e seu orgulho também tinham ficado mortalmente feridos. — Parece cruel lhe dizer isso, mas você vai superar. Na sua idade, não tem outra escolha. Não pode ficar nutrindo um coração partido pelo resto da vida. Isso não seria certo. Vai precisar de tempo, tenho certeza, mas no final vai acabar saindo da casca. Até eu tive de fazer isso. Poderia ter fechado a minha porta e ficar sentada nesta casa o resto da vida, esperando morrer, quando Jimmy, Kathleen e Peggy morreram... E, mais uma vez, depois que Roland morreu. Mas de que teria servido? Não fazia sentido desperdiçar os anos que me restavam. Lembro-me deles, é claro. Ainda choro, às vezes. Não existe um dia, nem uma hora, nem um momento, em que eu não pense em um deles, e às vezes sinto tanto a falta deles que acho que não vou conseguir suportar... mas continuo aqui. Tenho de continuar. Tenho de retribuir alguma coisa, fazer com que o meu tempo aqui valha alguma coisa. Se não, os dias que me foram dados aqui teriam sido um desperdício total. E não creio que tenhamos o direito de fazer isso. Acho que só temos direito ao tempo necessário para o nosso luto interior. — Ela tinha razão, é claro, e ouvi-la dizer isso o atingiu em cheio. Era exatamente o que ele precisava ouvir, naquele exato momento. E, enquanto pensava a respeito, ela ergueu os olhos e voltou a sorrir. — Gostaria de me fazer companhia no jantar, Sr. Waterston? Eu ia fazer costeletas de carneiro e uma salada. Eu não como muito, e talvez não seja tão apetitoso quanto o senhor gostaria, suspeito, mas daqui até o restaurante mais próximo há uma certa distância, além do que está nevando muito forte... — Sua voz foi se apagando, enquanto ela olhava para ele, bastante cônscia de quanto era bonito e, de uma forma estranha e sutil, ele recordava o seu Jimmy.

— Eu gostaria muito. Posso ajudá-la a cozinhar? Eu até que sou jeitoso com costeletas de carneiro.

— Seria muito agradável. — Deu-lhe um sorriso e Glynnis abanava o rabo, como se compreendesse o que estavam dizendo. — Eu costumo jantar às sete. Desça quando quiser — disse ela, formalmente, e seus olhares se cruzaram por um longo momento. Haviam trocado dádivas valiosas naquela tarde e estavam ambos perfeitamente cônscios disso. De uma forma que nenhum dos dois compreendia inteiramente, sabiam que precisavam um do outro.

Charlie acendeu o fogo na lareira de seu quarto e ficou sentado na cama, olhando para as chamas, por bastante tempo, pensando nela e no que dissera, no que havia vivenciado quando o filho morreu, e sentiu-se emocionado até o fundo da alma, cheio de admiração pela Sra. Palmer. Que mulher notável era ela, e que bênção tinha sido conhecê-la. Sentia-se perdido na beleza daquele pequeno mundo, envolvido pelo calor e pela gentileza que havia encontrado ali.

Tomou um banho rápido, barbeou-se e trocou de roupa, antes de descer. Sentiu-se tentado a vestir um terno para ela, mas isso pareceu muito exagerado. Decidiu-se por calças de flanela cinza, um suéter de gola rulê azul-escuro e um *blazer*. Mas, como sempre acontecia, ficou com um ar impecável, dentro de roupas perfeitamente bem cortadas e com um cabelo recém-aparado. Era um homem bonito e Gladys Palmer sorriu no momento em que o viu. Era raro para ela enganar-se a respeito das pessoas que recebia, e já sabia que não se equivocara com este. Há muito, muito tempo que não conhecia alguém de quem gostasse tanto e, como ele, sentiu que havia um propósito mais profundo nesse encontro. Era como se ela tivesse muito que oferecer a ele, o calor de seu lar, numa época difícil do ano, pelo menos, e ele trazia de volta para ela a lembrança do filho e da família que ela amava tanto e que havia perdido anos atrás. O período mais difícil do ano para ela era sempre o Natal.

Ele preparou as costeletas de carneiro, enquanto ela fazia a salada e purê de batatas, que estavam ambos deliciosos, e na sobremesa comeram pudim de pão. Era o tipo de refeição que sua própria mãe teria feito para ele, e não era diferente de algumas das refeições que ele e Carole haviam comido na Inglaterra. Enquanto ouvia a Sra. Palmer contar suas histórias, desejou que Carole pudesse estar lá e precisou lembrar a si mesmo que era perda de tempo pensar nisso. Em algum momento, tinha de parar de querer incluí-la em tudo. Ela não fazia mais parte de sua vida. Pertencia apenas a Simon. Mas continuava sendo doloroso lembrar, e ele começara a suspeitar que sempre seria. Olhando para a Sra. Palmer, ficou imaginando como ela teria sobrevivido à perda do filho, da nora e da única neta. A dor devia ter sido brutal. Mas, mesmo assim, ela continuara. Podia perceber com facilidade que ela ainda sentia a dor, como se fosse um membro há muito perdido, mas ainda lembrado. E entendeu claramente, nesse momento, que tinha simplesmente de continuar, qualquer que fosse o custo.

A Sra. Palmer voltou a fazer chá e ficaram conversando durante horas, sobre a história local, histórias do Forte Deerfield e de algumas das pessoas que lá viveram. Tal como o pai dele, anos antes, ela era incrivelmente versada nas lendas e nas figuras históricas da região. Falou a respeito dos índios que ali viveram, e ouvi-la fez com que lembrasse algumas das histórias que havia muito esquecera, contadas pelo pai. Era quase meia-noite quando ambos se deram conta de como era tarde. Mas ambos vinham sentindo uma falta imensa de um pouco de calor e contato humanos. Ele contara sobre seu fiasco em Nova York e ela foi espantosamente sensata em sua análise da situação. Sugeriu que ele seguisse com sua vida, utilizasse bem o tempo e visse se queria voltar para a firma ao final de seis meses. Achou que podia ser uma grande oportunidade para explorar novos meios de expressar seu talento, talvez até abrir seu próprio escritório. Falaram sobre sua paixão pelos castelos góticos e medievais e pelo trabalho extraordinário que eles representavam, do ponto de vista dele, bem como sua paixão por casas antigas, como aquela.

— Há muitas coisas que você pode fazer com seu talento arquitetônico, Charles. Você não precisa restringi-lo a prédios de escritórios ou superestruturas. — Ele também lhe contara que sempre sentira vontade de construir um aeroporto, mas para isso precisaria continuar associado a uma firma importante. Quanto às outras coisas de que gostava, poderia facilmente tê-las feito trabalhando por conta própria. — Parece que você vai precisar pensar muito a sério nos próximos seis meses... e se divertir um pouco, também. Acho que ultimamente não andou se divertindo muito, andou? — perguntou ela, com uma piscadinha de olho. Tudo que ele descreveu sobre Nova York, e até sobre os meses anteriores, parecia terrível. — Acho que esquiar em Vermont parece uma ótima idéia. Talvez você tenha até tempo para alguma travessura.

Ele enrubesceu diante do modo como ela disse isso, e ambos riram.

— Não consigo imaginar tal coisa, depois de todos estes anos. Nem sequer olhei para outra mulher, desde o dia em que conheci Carole.

— Então, talvez agora já esteja em tempo — disse ela, com firmeza.

Ele lavou os pratos para ela, que guardou os talheres e as louças assim que ele terminou. E Glynnis ficou dormindo em frente ao fogo, enquanto conversavam. Era uma cena aconchegante e, quando ele finalmente deu boa-noite à Sra. Palmer e subiu as escadas, mal teve tempo de escovar os dentes e se despir, antes de cair no sono naquela cama enorme e acolhedora. E, pela primeira vez em meses, dormiu feito criança.

Passava de dez horas da manhã quando ele despertou, no dia seguinte, levemente constrangido por ter dormido tanto. Mas não tinha lugar nenhum para onde ir, nenhum dever, nenhuma obrigação. Nenhum motivo para saltar da cama ao amanhecer e sair correndo para o escritório. Enquanto se vestia, olhou pela janela. Havia pelo menos um metro de neve a mais sobre o chão do que na noite anterior, e ficou surpreso ao ver que ainda estava nevando. A idéia de dirigir até Vermont não o atraía muito, mas também não queria abusar da acolhida. Achou que seria melhor continuar a viagem, ainda que isso significasse parar numa outra pousada, ou na pensão, em Deerfield. Mas, quando desceu, encontrou a Sra. Palmer toda ocupada. A cozinha estava imaculada, Glynnis mais uma vez dormia em frente ao fogo e ele sentiu o cheiro de biscoitos no forno.

— Aveia? — perguntou, farejando os cheirinhos extravagantemente deliciosos que emanavam do forno.

— Exatamente.

Ela sorriu para ele e serviu-lhe uma xícara de café.

— Está uma tempestade e tanto lá fora — disse ele, olhando para a neve que rodopiava em frente à janela. Ela assentiu com a cabeça. Esquiar ia ser fantástico, se conseguisse chegar lá.

— Está com pressa de chegar a Vermont? — perguntou ela, parecendo preocupada. Ela não achava que ele fosse encontrar ninguém, pelo que ele lhe dissera, ou talvez não lhe tivesse contado. Talvez houvesse uma jovem que ele tenha sido discreto demais para mencionar, mas ela esperava que não houvesse. Tinha a expectativa de que ele pudesse ficar um pouco mais.

— Na verdade não estou com pressa — explicou —, mas tenho certeza de que a senhora tem outras coisas para fazer. Estava pensando em seguir até Deerfield. — Mas, quando ele disse isso, ela mal conseguiu esconder a decepção. — Estou certo de que a senhora tem coisas para fazer antes do Natal — disse ele, educadamente, mas ela sacudiu a cabeça, tentando ocultar sua desolação. Na verdade, era uma tolice, lembrou a si própria, ela mal o conhecia, e ele acabaria tendo de ir embora. Ela não podia mantê-lo prisioneiro em Shelburne Falls para sempre, embora isso a houvesse agradado bastante.

— Não quero interromper os seus planos — replicou ela, tentando não parecer desesperada, porque não estava. Mas vinha vivendo sozinha por tanto tempo que agradecia a Deus por aquela companhia. Conversar com ele tinha sido um verdadeiro presente dos céus. — Mas eu ficaria mais do que feliz se você permanecesse aqui — disse ela, educadamente. — Não é nenhum incômodo. Na verdade... — Ela de repente pareceu muito vulnerável e estranhamente jovem. Ele pôde imaginar com facilidade como teria sido o seu aspecto quando jovem e entendeu claramente que ela tinha sido linda. — É uma companhia boa para mim, Charles. E realmente adorei o nosso jantar, embora imagine que você teria se divertido mais com amigos um pouco mais jovens... Mas é mais do que bem-vindo, se quiser ficar... não tenho absolutamente nenhum plano... — Somente sobreviver ao Natal, seu coração sussurrou.

— Tem certeza? Eu não estava nem um pouco ansioso para continuar dirigindo, mas não quero incomodar.

Era dia 21 de dezembro, faltavam quatro dias para o Natal, uma data que ambos temiam muito, embora nenhum dos dois o dissesse.

— Você não deveria ir a lugar nenhum com esta tempestade — disse ela com firmeza, vendo que ele já estava convencido e imensamente aliviada por não perdê-lo. Gostaria que ele pudesse ficar para sempre, mas mesmo alguns poucos dias eram uma interrupção muito bem-vinda. Ela não se sentia feliz assim há anos e havia coisas naquela região que adoraria poder mostrar a ele, casas que sabia iriam parecer-lhe interessantes, uma ponte antiga, um forte remoto, bem menos conhecido do que o de Deerfield. Havia monumentos indígenas que ela sabia que poderiam interessá-lo, pelo que ele dissera na noite anterior, mas era impossível mostrá-los a ele agora, com aquele tempo horrível. Talvez, com sorte, ele pudesse voltar para visitá-la novamente, no verão. Mas, nesse meio-tempo, havia muita coisa que fazer e ela abriu um sorriso radiante para ele ao servir-lhe o café da manhã e ele sentiu-se constrangido por deixá-la fazer esse serviço. Ela parecia muito mais do que uma dona de pousada. Estar com ela parecia muito mais a visita a uma amiga de sua mãe, e era quase como se ele tivesse sido um amigo de Jimmy que viera vê-la.

Ela estava falando sobre as casas da região e ele lhe fazia perguntas, depois de atiçar o fogo na cozinha para ela, e então ela voltou-se para ele com uma expressão que o deixou intrigado. Havia uma luz em seus olhos que ele ainda não vira, uma coisa feliz e jovial, como se ela estivesse guardando um segredo.

— A senhora está com um olhar extremamente malicioso — disse ele, com um sorriso. Estava para vestir o casaco e sair, a fim de pegar mais lenha para ela. Geralmente, ela esperava até que um dos filhos dos vizinhos se oferecesse para fazê-lo. Mas, como Charlie estava lá, ele queria fazer tudo que podia para ajudá-la. Ela merecia. E, enquanto ele ainda a olhava, ela sorria para ele, e Charlie ficou imaginando o que ela estaria a pensar.

— A senhora está igualzinha ao gato que engoliu o canário.

— É que acabei de pensar em algo... algo que gostaria de lhe mostrar... Não vou lá há muito tempo, mas trata-se de algo que me é muito caro. É uma casa que minha avó deixou para mim, e que o avô dela comprou em 1850. Roland e eu moramos lá por um ano ou dois, mas ele nunca amou aquela casa tal como eu. Achava que era longe demais e muito pouco prática. Ele preferia morar na cidade, por isso compramos esta casa, quase cinqüenta anos atrás, mas jamais consegui chegar a vender a outra. Eu a conservei como uma jóia que guardo escondida, sem oportunidade de usar. Limito-me a pegá-la ocasionalmente, lustrá-la e olhar para ela. Existe algo nela de muito especial... — Parecia quase tímida ao dizer isso. — Adoraria que você a visse.

Ela falou da casa como se fosse um objeto, ou uma obra de arte, possivelmente até um quadro ou mesmo uma jóia. E Charlie agora mal podia esperar para vê-la. A Sra. Palmer disse que ficava nas colinas e ele ficou imaginando se, com a neve, conseguiriam chegar lá, mas ela queria tentar. Parecia muito segura de que iria gostar muito e ele estava mais do que disposto a ir até lá. Não tinha mais nada a fazer naquele dia, e se significava tanto para ela, ele queria ver. Casas antigas sempre lhe aguçaram a curiosidade.

Ela disse que esta havia sido construída em torno de 1790 por um francês muito conhecido na região. Era conde, um primo de Lafayette, que tinha vindo para o Novo Mundo em 1777, com o próprio Lafayette, porém disse muito pouca coisa mais a respeito dele, a não ser que havia construído a casa para uma dama.

Saíram finalmente depois do almoço e ele pegou seu próprio carro, porque era maior do que o da Sra. Palmer e ela ficou mais satisfeita por ser ele a dirigir. Destacou vários marcos no caminho, que o fascinaram, e contou-lhe ainda mais histórias sobre lendas locais, mas disse muito pouco a respeito da casa para onde se dirigiam. Ficava a uns oito quilômetros de onde ela morava, nas colinas, como ela dissera, e dava para o rio Deerfield. Conforme foram se aproximando, ela lhe contou como ia lá, quando era garota, e como amava aquele lugar. Ninguém de sua família, na verdade, havia morado na casa, antes de ela herdá-la, mas já a possuíam há quase 150 anos.

— Deve ser absolutamente notável. Por que será que nenhum de vocês jamais morou lá?

Ele se perguntou se não seria apenas por ser pouco prático, ou se haveria alguma coisa a mais, e o modo como ela falou a respeito da casa o deixou intrigado.

— É uma casa notável. Tem a sua própria alma, transmite uma sensação incrível. É como se você ainda pudesse sentir a presença da mulher para a qual foi construída. Tentei fazer com que Jimmy e Kathleen a usassem como casa de verão anos atrás, e eles fizeram isso uma vez. Mas Kathleen simplesmente detestou o lugar. Jimmy contou a ela um monte de bobagens a respeito de fantasmas que a deixaram aterrorizada, e ela nunca mais quis ficar lá. É uma pena, pois é o lugar mais romântico em que já estive.

Ele sorriu para ela ao ouvir isso, mas passou a maior parte do tempo lutando contra a neve, enquanto dirigia. A tempestade havia engrossado e o vento impelia a neve, formando montes altos em torno deles.

Avançaram o mais que puderam na estrada, e a Sra. Palmer disse-lhe onde podia deixar o carro. Ele não podia ver nada, a não ser árvores por toda a parte, e preocupou-se com a possibilidade de estarem perdidos. Mas ela limitou-se a sorrir, apertou mais o casaco contra o corpo e fez-lhe um sinal para que a seguisse. Sabia exatamente para onde estava indo.

— Sinto-me como João e Maria na floresta — comentou ele e ambos riram. — Devia ter me dito para trazer migalhas de pão — continuou ele, com a cabeça abaixada, segurando-a para que ela não caísse. Apoiava-a com mão firme sob o cotovelo, mas ela era forte, ágil e estava acostumada a ir até lá em todos os tipos de clima, embora atualmente muito pouco o fizesse. Mas o simples fato de estar lá a fazia sorrir, e ela olhou-o como se estivesse para dar-lhe um presente. — Quem era a mulher para a qual ela foi construída? — perguntou ele, enquanto seguiam caminhando, as cabeças abaixadas contra o vento. Lembrou-se de que ela dissera que um francês havia construído a casa para uma mulher.

— O nome dela era Sarah Ferguson — disse a Sra. Palmer, segurando-o para não tropeçar, e ele continuou caminhando bem junto dela. Pareciam mãe e filho, e ele estava levemente preocupado com ela. A tempestade havia piorado nos últimos minutos e Charlie preocupava-se seriamente com a possibilidade de se perderem na floresta. E se estavam seguindo por um caminho já traçado, não conseguia nem sentir isso, mas ela sabia. Não hesitou por um momento. E então começou a contar-lhe a história de Sarah. — Foi uma mulher notável. Veio sozinha da Inglaterra. As histórias a seu respeito são muito misteriosas e românticas. Ela fugiu de um marido terrível... o conde de Balfour.... — Só o som dessas palavras já pareceu exótico a Charlie. — Quando ela chegou aqui, em 1789, era a condessa de Balfour.

— Como foi que ela conheceu o francês? — perguntou Charlie, a essa altura curioso. Havia algo no modo como ela contava a história, com pequenas dicas, e apenas os mais tênues vislumbres do que poderia se seguir é que inevitavelmente o prenderam.

— Essa é uma longa, longa história. Ela sempre me fascinou — disse Gladys Palmer, olhando para ele mas apertando os olhos contra a tempestade. — Era uma mulher de imensa força e coragem.

Mas, antes que ela pudesse dizer mais alguma coisa, as árvores abriram-se subitamente e viram-se numa pequena clareira. Mesmo na neve, ela sabia exatamente o caminho em que se encontrava e Charlie subitamente estava olhando para um pequeno *château*, maravilhosamente bem construído, perfeitamente bem-proporcionado, logo à frente deles. Ficava junto a um pequeno lago, que Gladys Palmer disse ter sido uma vez o lar de um bando de cisnes, mas estes já haviam desaparecido há muito e, mesmo à distância, meio cegos pela neve, Charlie estava perfeitamente consciente da beleza extraordinária do local. Nunca vira nada parecido. Dava a impressão de uma jóia, de uma pequena jóia muito sofisticada, engastada ali, e quando se aproximaram dela, quase que com reverência, ele mal podia esperar para entrar.

Gladys sorria quando subiram os degraus da frente, e ele ficou espantado de ver que eram de mármore. E quando ela tirou a velha chave de bronze e enfiou na fechadura, olhou para Charlie por sobre o ombro.

— Uma das coisas mais notáveis deste lugar é que François de Pellerin o construiu inteiramente com a ajuda dos indígenas e artesãos locais. Mostrou-lhes tudo e ensinou-lhes como fazer o trabalho. Tudo dá a impressão de ter sido feito por mestres artesãos trazidos da Europa.

Ao entrarem, viram-se instantaneamente em outro mundo. Os tetos eram altos, os assoalhos eram marchetados e lindos, havia portas francesas altas e graciosas em todos os aposentos, lareiras de mármore, e as proporções de cada cômodo eram perfeitas. Era tão bonita que Charlie pôde facilmente imaginá-la cheia de gente graciosa, elegante, do brilho da luz do sol, de flores extravagantes e de música requintada. Era como uma viagem na história, e mesmo assim o caráter acolhedor e a beleza do lugar faziam a pessoa ter vontade de sentar-se calada e ficar ali. Charlie nunca se sentira dessa maneira em lugar nenhum e só o que conseguiu fazer foi olhar em torno, de olhos esbugalhados. Até mesmo as cores das paredes eram perfeitas, havia cremes cálidos, amarelos amanteigados e cinzas pálidos, um azul da cor de céu do verão na sala de jantar e um pêssego pastel no que parecia ter sido o *boudoir* de Sarah. Era a casa mais bonita que já vira na vida e só podia imaginá-la cheia de riso, amor e gente feliz.

— Quem era ela? — sussurrou respeitosamente enquanto caminhavam de um aposento para o outro. Então ergueu os olhos em surpresa, ao perceber murais e um folheado de ouro nas sancas em torno dos tetos. Tudo era de um gosto refinado, cada detalhe tinha sido cuidado e executado com extrema perfeição. Charlie tentou imaginá-la quando pararam no que havia sido seu quarto de dormir. Teria sido bonita, jovem, velha? O que levara o conde francês a construir este palácio minúsculo e perfeito para ela? O que ela havia sido, que o levou a amá-la de forma tão extravagante? Charlie sabia apenas que ele tinha sido conde e ela condessa, mas ali havia muito mais. Alguma coisa na beleza e no espírito da casa diziam-lhe, sem na verdade falar nada, que haviam sido pessoas de verdade. E, de repente, viu-se ávido de informações a respeito deles, mas Gladys foi muito econômica no que lhe contou.

— Sarah Ferguson era muito bonita, me disseram. Só vi um desenho dela e uma miniatura que guardam no museu, em Deerfield. Ela foi muito conhecida por aqui. Comprou uma fazenda quando chegou, e ficou morando sozinha, o que aparentemente criou um grande falatório... e quando ele construiu esta casa para ela, moraram juntos antes de se casarem, o que, para os habitantes da época, foi considerado profundamente chocante.

Ele sorriu diante do que ela estava dizendo, desejando poder tê-la visto. Sentiu vontade de ir diretamente para a sociedade histórica local e ler tudo que pudesse a seu respeito. Mas o conde que havia construído a casa fascinava-o tanto quanto ela.

— O que acabou acontecendo com eles? Voltaram para a Europa ou ficaram?

— Ele morreu e ela morou nesta casa longos anos depois disso. Não a abandonou nunca. Na verdade, morreu aqui. — Estava enterrada não muito longe da casa, numa pequena clareira. — Existe uma cachoeira perto daqui, que os índios dizem ser sagrada e onde eles eram vistos passeando quase todos os dias. Ele tinha um grande envolvimento com os índios e era muito respeitado por todas as tribos locais. Foi casado com uma índia iroquesa muito tempo antes de ter se casado com Sarah.

Só de ouvi-la, Charlie já sentia a mente cheia de perguntas.

— O que os reuniu, então, se eram ambos casados com outras pessoas?

Estava fascinado, confuso e queria saber tudo a respeito, mas nem mesmo Gladys conhecia todos os detalhes.

— A paixão os reuniu, suponho. Não creio que tenham ficado juntos por muitos anos, mas foi evidentemente um amor profundo o que eles tiveram. Devem ter sido ambos pessoas bastante notáveis. Jimmy jura que a viu aqui no verão que passaram na casa, mas não creio que a tenha visto realmente. Acho que provavelmente fui eu que lhe contei histórias demais. Às vezes, isso pode criar uma ilusão.

Era uma ilusão que Charlie teria adorado vivenciar. Havia algo na casa e no local, bem como nas sensações, que quase o subjugava, e isso o fez desejar saber tudo a respeito de Sarah Ferguson. Era quase como se ela fosse uma mulher num sonho, e ele subitamente se visse desesperado para encontrá-la.

— É a casa mais bonita que já vi — disse Charlie, quando voltava a caminhar de aposento em aposento. Não se sentia capaz de afastar-se e, quando voltaram a descer, ficou sentado nos degraus, simplesmente absorvendo aquilo tudo e pensando.

— Fico contente por ter gostado, Charles.

Gladys Palmer parecia bastante satisfeita. A casa significava muito para ela, sempre havia significado. Nem mesmo seu marido havia compreendido bem aquilo, e o filho sempre fizera troça dela. Mas sentia algo ali que era impossível de explicar, ou de partilhar, a não ser que a outra pessoa também sentisse. E era óbvio que Charles sentia. Ele ficou tão emocionado que mal conseguiu falar, enquanto Gladys o observava. Era como se estivesse entrando em comunhão com sua própria alma naquele lugar. Sentiu uma espécie de paz que há anos lhe havia fugido e, pela primeira vez em meses, teve a sensação de que havia voltado para casa, para um lugar que vinha procurando. Só de estar sentado ali, olhando para a neve e para o vale bem lá embaixo, o fez sentir algo que nunca sentira antes. A única coisa que sabia é que não queria deixar aquele lugar. Seus olhos estavam cheios de algo muito profundo ao fitá-la, e ela entendeu exatamente o que ele sentia.

— Eu entendo — disse ela, baixinho, e pegou-lhe a mão. — É por isso que nunca a vendi.

Ela amava aquela casa mais do que qualquer outra em que havia morado. Sua casa na cidade era linda, e confortável ao seu próprio jeito, mas não tinha nem um pouco do charme, ou da graça, ou da alma que emanava desta. Esta casa tinha o seu próprio espírito e permanecia cheia do calor e da beleza da mulher notável que havia morado ali, e Gladys sabia que seria sempre assim. Ela deixara uma marca indelével em tudo que havia tocado naquele lugar, e o amor de François por ela havia banhado tudo de luz e magia. Era um lugar extraordinário e Gladys ficou surpresa com as palavras seguintes de Charlie, mas não inteiramente. Perguntou-se se fora por isso que havia se sentido impelida a ir até lá com ele.

— Quer alugar a casa para mim? — perguntou ele com um ar de súplica nos olhos. Nunca desejara nada tanto quanto desejava morar ali. Acreditava que as casas tinham almas e destinos, bem como seus próprios corações, e conseguia sentir esta casa estendendo a mão para ele, como nenhuma outra jamais fizera antes, nem mesmo a casa que ele amara tanto em Londres. Esta era muito diferente. O que ele sentiu foi uma ligação imediata, por motivos que não compreendia, quase como se tivesse conhecido as pessoas que ali moraram. — Nunca senti nada tão forte — tentou explicar-lhe, e ela ficou olhando pensativa, enquanto o observava. Jamais sentira vontade de alugá-la a ninguém. Ela própria residira lá por pouco mais de um ano, quase cinqüenta anos atrás, e Jimmy havia ficado lá com sua família por uns poucos meses. Mas, a não ser isso, estava literalmente desabitada desde que a própria Sarah Ferguson ali morara. Ninguém da família de

Gladys vivera realmente no pequeno *château*. Tinham sido simplesmente seus donos, como uma coisa esquisita e um investimento. Haviam até falado em transformá-la num museu, mas ninguém jamais chegara a fazê-lo. E, tudo considerado, era absolutamente notável que ainda estivesse em tão boas condições, mas isso se devia a Gladys. Ela sempre fizera um esforço considerável para mantê-la e visitava-a com freqüência.

"Sei que isso parece maluquice — explicou Charlie, esperando convencê-la daquilo pelo que ele ansiava de forma tão desesperada —, mas sinto como se tivesse sido por isso que vim, por isso que nos conhecemos... como se houvesse um desígnio de que fosse assim. Sinto como se eu tivesse voltado para casa — continuou, parecendo pasmo e, ao olhá-la, entendeu que ela o compreendia, e Gladys assentiu com a cabeça. Havia um motivo pelo qual seus caminhos haviam se cruzado, um motivo pelo qual ele havia sido levado até lá. Suas vidas eram muitos separadas, com anos de distância, e no entanto eles tinham muito que dar um ao outro. Ela havia perdido muito, e muitos, e ele perdera Carole. Estavam ambos sozinhos, mas suas vidas tinham convergido para que um trouxesse ao outro algo precioso e raro. Era uma força do destino que nenhum dos dois compreendia inteiramente e, no entanto, sentiam essa força enquanto estavam ali, na casa. Ele viera de Londres, e depois de Nova York, e era como se ela estivesse esperando por ele. Ele foi para ela um presente de Natal e agora Gladys queria dar-lhe alguma coisa, e compreendeu que, se o fizesse, ele ficaria por perto. Pelo menos por algum tempo, tempo suficiente para que ela desfrutasse de sua companhia por alguns meses... um ano... talvez mais. Era tudo que ela queria. Ele não era o filho que ela havia perdido, mas significava uma dádiva especial. Viera para ela de forma totalmente inesperada e agora ela não poderia dizer-lhe não. Compreendeu que ele cuidaria da casa. Era óbvio, olhando para Charlie, que ele já amava o lugar. Ninguém em sua família jamais se sentira, sequer remotamente, como ele estava se sentindo. Somente ela.

— Muito bem — disse ela, baixinho, sentindo o coração tremer um pouco. Era um ato de fé alugar a casa para ele, mas ela entendeu que ele percebia a enormidade do presente e já amava a casa. E, sem lhe dizer mais uma palavra, caminhou em direção a ela, passou-lhe os braços em torno num abraço apertado e beijou-a tal como teria beijado a própria mãe. Os olhos de Gladys estavam cheios de lágrimas quando se afastou dele, mas sorrindo. E ele sorria radiante.

— Obrigado — disse Charlie, fitando-a com uma expressão empolgada sem disfarces. — Obrigado... prometo a você, vou tomar conta dela direitinho....

Estava quase sem palavras, de tanta satisfação, os dois juntos naquele lindo salão, olhando pela janela para a neve que tombava silenciosamente no vale.

Capítulo Quatro

No dia seguinte, Charles foi a todas as lojas de Shelburne Falls, e depois às de Greenfield, em busca do que não pôde encontrar nas primeiras. A Sra. Palmer tinha uma cama antiga para ele, no quarto de depósito em cima da garagem, e umas poucas peças modestas de mobília, uma cômoda, uma escrivaninha, algumas cadeiras e uma velha mesa de jantar, um pouco castigada. Ele insistiu em afirmar que só precisava daquilo. Tinha alugado a casa dela por um ano e, quer acabasse voltando ou não para Londres ou Nova York, não havia motivo pelo qual não pudesse ficar em Shelburne Falls durante os próximos meses. Estava fascinado com tudo que dizia respeito ao lugar. E se um dia voltasse à Whittaker & Jones, poderia vir de Nova York nos fins de semana. E, não importa o que fizesse, sabia que se seus planos mudassem a Sra. Palmer não o prenderia ao acordo. Mas também sabia que, se quisesse, seria bem-vindo ali durante pelo menos um ano. Ela parecia tão feliz com esse acordo quanto ele.

Na verdade, os dois pareciam crianças felizes quando voltaram para a casa dela, e ele conversava animadamente sobre tudo de que precisaria. Levou-a para jantar fora em comemoração, e já eram três dias antes do Natal quando ele foi a Deerfield concluir suas compras. Parou também numa pequena joalheria e comprou um par de brincos de pérola muito bonitos, para a Sra. Palmer.

Mudou-se no dia 23 de dezembro e, parado junto à janela admirando a vista, mal conseguia acreditar na própria sorte. Nunca estivera em nenhum lugar que fosse tão surpreendentemente bonito e sossegado. E passou a noite explorando cada cantinho, cada pequeno vão. Passou metade da noite acordado, desembrulhando suas coisas e se ajeitando, embora ainda trouxesse muito pouco consigo. Ainda não tinha nem um telefone, e sentiu-se feliz por não ter. Sabia que, se o tivesse, teria se sentido tentado a telefonar para Carole, especialmente sendo antevéspera de Natal.

Na manhã da véspera de Natal, ainda em seu quarto, sentiu-se melancólico ao lembrar-se de outros Natais. Apenas um ano antes, recordou-se, passara o Natal com ela. E suspirou ao afastar-se da janela, em frente à qual estivera parado olhando para o vale.

Mas sua primeira noite na casa nova tinha corrido muito tranqüila. Não houvera problemas, nenhum som estranho. E sorriu ao lembrar das histórias de fantasma com as quais, a Sra. Palmer lhe havia contado, o filho dela teria assustado a todos com sua alegação de ter visto efetivamente Sarah. Charlie estava fascinado por ela e queria saber tudo que pudesse a seu respeito. Já havia se prometido ir à biblioteca local, e à sociedade histórica, logo após o Natal. Queria ler tudo que pudesse sobre Sarah e François, estava ansioso para saber tudo que existisse registrado sobre eles.

E embora Shelburne Falls fosse obviamente um lugarzinho sossegado, havia muito o que fazer ali. Ele comprara um bloco de desenho e algumas canetas e pastéis, e estava louco para sair e desenhar um pouco. Já fizera esboços da casa várias vezes, só jogando com algumas idéias, e já a havia desenhado rapidamente, vista de vários ângulos. Era espantoso, até mesmo para ele, ver o quanto amava aquele lugar. E Gladys Palmer vibrou ao saber disso, quando ele pegou o seu carro e foi visitá-la.

Ao chegar à casa dela, para o jantar da véspera de Natal, encontrou três amigos visitando-a e, quando eles foram embora, só o que ele conseguiu fazer foi falar sobre a casa. Já havia descoberto vários armários ocultos e o que achava ser um armário de louça secreto, e estava morto de vontade de chegar ao sótão. Ele falava com ela parecendo um menino; ela riu, enquanto ele continuava matraqueando, e ficou ouvindo.

— O que acha que vai encontrar lá? — Ela o provocou. — Um fantasma? As jóias dela? Uma carta dela para François? Ou talvez uma carta para você? Ora, isso seria sensacional!

Não conseguia resistir ao impulso de brincar com ele. Sentia-se feliz por poder dividir seu amor pela casa com alguém. Durante toda sua vida ela fora até lá para olhar, pensar e sonhar. Sempre fora o lugar para o qual ela se dirigira a fim de encontrar consolo. E, após a morte de Jimmy, passara lá muitas tardes silenciosas. E fez o mesmo outra vez, depois que perdeu Roland. Ir até lá sempre a havia ajudado. Era como se a presença benevolente de Sarah aliviasse seu espírito angustiado.

— Quem dera eu conseguisse encontrar um desenho do rosto de Sarah em algum lugar. Adoraria saber como era. Você disse que viu um esboço de retrato dela certa vez — lembrou a sua nova amiga. Ela lhe havia concedido a maior de todas as dádivas, sua confiança junto com uma jóia de *château* que havia sido construído por François para Sarah. — Onde foi?

Ela pensou a respeito por um bom tempo, enquanto passava-lhe a calda de amoras. Havia preparado um jantar de peru, muito adequado para comer com ele no Natal, e Charlie lhe trouxera uma garrafa de vinho. Estaria dormindo novamente no *château*, naquela noite, mas planejava voltar no dia seguinte para dar a Gladys os brincos de pérola. Mas, enquanto o fitava, ela finalmente se lembrou.

— Tenho quase certeza de que a sociedade histórica tem um livro a respeito dela. Acho que foi lá que vi o desenho. Não tenho certeza, mas estou quase segura.

— Vou dar uma espiada, depois do Natal.

— E também vou dar uma olhada nos livros que tenho — prometeu ela a Charlie. — Talvez eu tenha um ou dois livros sobre ele. François de Pellerin foi uma pessoa bastante importante nesta parte do mundo, na última metade do século XVIII. Todos os índios o consideravam como um deles, e ele foi o único francês por aqui de quem tanto os colonizadores quanto os índios gostavam autenticamente. Acho que era bastante respeitado até pelos ingleses, o que deve ter sido um verdadeiro feito para um francês.

— Por que veio para cá? — voltou a perguntar-lhe Charlie, que adorava ouvir tudo que ela conhecia a respeito. — Suponho que a Guerra Revolucionária foi o que inicialmente o trouxe aqui. Mas deve ter havido um outro motivo pelo qual ele ficou.

— Talvez tenha sido só por causa de sua esposa iroquesa... ou talvez por causa de Sarah. Não me lembro de todos os detalhes. Sempre me senti mais curiosa a respeito dela, embora adorasse ficar sabendo a respeito de ambos, quando ouvia as histórias pela primeira vez. Minha avó gostava muito de falar a respeito. Às vezes, eu pensava que ela era quase que apaixonada pelo que conhecia de François. O avô dela na verdade o conheceu. Ele morreu muito, muito tempo antes de Sarah.

— Como deve ter sido triste para ela — comentou Charlie, baixinho. Eram extremamente reais para ele, mas ele também estivera pensando na Sra. Palmer, pensando em como ela deve ter sido solitária, desde que o marido morrera.

Mas pelo menos ela agora tinha Charlie para distraí-la. Tinha amigos em Shelburne Falls, um monte. Mas Charlie era uma pessoa nova, e muito especial.

— Diga-me, ainda vai esquiar, Charles? — perguntou ela, enquanto comiam torta de maçã com sorvete caseiro de baunilha. Dessa vez, ele não havia cozinhado para ela, andara muito ocupado arrumando coisas na casa a tarde inteira, e tudo já estava pronto quando ele chegou, usando um terno escuro e gravata. A Sra. Palmer estava usando um vestido de seda preta que o marido comprara para ela vinte anos atrás, em Boston, e as pérolas que ganhara de presente em seu casamento. E Charlie achou que ela estava linda. Deu graças a Deus por estar em sua companhia. Esse Natal juntos proporcionou-lhe a família que ele já não tinha mais, e ele estava fazendo o mesmo por ela. Os dois combinavam muito bem e sentiam-se felizes em estar juntos. E, na empolgação da mudança, ele percebeu que se esquecera completamente de ir esquiar.

— Talvez depois do Ano-Novo — disse vagamente, e ela sorriu-lhe. Ele parecia muito mais feliz e muito mais à vontade do que quando havia chegado. Agora, parecia até mais jovem e um pouco mais leve. Havia perdido um pouco da expressão angustiada, torturada, que carregara durante todo aquele ano, embora ela não pudesse saber disso.

— Acho uma pena sair agora — disse ele, parecendo distraído. Vermont ficava bem longe de Shelburne Falls, e ir até lá parecia agora bem menos atraente. Ele ainda não queria deixar sua nova amiga, ou sua nova casa.

— Por que não vai a Charlemont? Fica a apenas vinte minutos daqui. Não sei se esquiar lá é tão bom quanto em Vermont, mas você pode tentar. E sempre pode ir até Vermont um pouco mais tarde. — Quando a empolgação com a casa acabasse e ele se sentisse menos impelido a ficar. Ela compreendia inteiramente.

— É uma grande idéia — concordou ele. — Talvez eu vá daqui a alguns dias.

Era muito conveniente. Ele dispunha até de uma estação de esqui a vinte minutos de sua porta. Havia realmente encontrado o lugar perfeito.

Durante aquela noite, conversaram por um longo tempo. Era uma época difícil para ambos e nenhum dos dois queria se despedir e ficar sozinho com suas tristezas e seus demônios particulares. Havia muita coisa a lamentar nas vidas de ambos, particularmente na dela, para que qualquer um deles quisesse passar uma véspera de Natal sozinho. E Charlie só foi embora quando teve certeza de que ela já estava pronta para ir se deitar. Beijou-a gentilmente no rosto, agradeceu-lhe pelo jantar e em seguida saiu, enquanto Glynnis sacudia o rabo e ficava observando.

Caminhou com os sapatos rangendo sobre a neve recém-caída. Chegava à altura do joelho, mesmo na estrada, e acima de sua cabeça em alguns dos montes formados ao longo do caminho para Deerfield. Estava ainda mais alta em lugares próximos ao seu *château*. Mas ele adorava vê-la. O mundo parecia muito puro e muito idílico, com tudo coberto por um lençol liso de algodão branco. E, enquanto dirigia de volta, viu lebres que passavam chispando pela neve e uma corça observando-o, à beira da estrada. Era como se todas as pessoas houvessem desaparecido e só o que restassem fossem os animais, as estrelas e os anjos.

Chegou com facilidade ao caminho para seu *château* e deixou o carro no local de onde sabia que ainda poderia tirá-lo no dia seguinte, seguindo a pé o resto do caminho, tal como fizera com todos os seus suprimentos, e também como haviam feito os homens que contratara para carregar as poucas peças de mobiliário que Gladys lhe havia emprestado. Mas ele não se incomodava com essa inconveniência. Fazia com que a casa parecesse ainda mais longínqua e o lugar se tornasse ainda mais especial.

Seguiu pela noite, cantarolando, e sentiu uma paz que não experimentava há muito tempo. Era curioso como o destino, a vida ou Deus haviam cuidado das coisas para ele, encontrando um lugar onde poderia sarar, pensar e ser. Charlie entendeu, sem um momento de dúvida, que aquela casa era exatamente o que ele precisava. E, ao girar a chave de bronze na fechadura e entrar, sentiu a mesma felicidade e alívio que aquele lugar lhe transmitia desde o início. Era como se tivesse havido tanta alegria lá dentro que durara dois séculos e ele ainda pudesse vivenciá-la. Não havia nada de lúgubre, nem de estranho, nem sequer remotamente fantasmagórico na casa. Mesmo tarde da noite ela parecia cheia de luz, de amor e de sol. E ele o percebeu com certeza total que não se resumia às cores nas paredes, ou ao tamanho dos aposentos, ou à vista, mas sim à aura que sentia ali. Se lá houvesse espíritos, eram obviamente espíritos muito felizes, pensou, enquanto subia lentamente os degraus, pensando na Sra. Palmer. Ele já gostava incrivelmente dela e gostaria de poder fazer por ela algo especial. Estava pensando em fazer um quadro, talvez do vale, visto da janela de seu quarto. E, enquanto pensava a respeito, entrou justamente neste quarto e acendeu a luz. E, ao fazê-lo, tomou um susto imenso. Havia uma mulher ali parada, olhando para ele. Usava um vestido branco, tinha uma das mãos estendida para ele e estava sorrindo. Parecia que estava para dizer-lhe alguma coisa e então afastou-se e desapareceu por trás das cortinas. Tinha cabelos compridos, pretos como azeviche, e a pele tão branca que parecia marfim, e ele observara que seus olhos eram claramente azuis. Havia reparado em cada detalhe e não havia nenhuma dúvida em sua mente a respeito de quem seria, ou de como teria chegado ali. Aquilo não era um fantasma. Era uma mulher que havia entrado na casa, provavelmente para fazer algum tipo de gozação com ele, e agora queria saber para onde tinha ido e de onde viera.

— Olá! — Projetou a voz claramente pelo quarto, esperando que ela saísse de trás da cortina onde acabara de vê-la. Mas como ela não saiu, achou que estaria constrangida de fazê-lo. E era para estar mesmo. Era uma brincadeira muito besta de se fazer, particularmente no Natal. — Olá! — disse mais alto desta vez. — Quem é você? — E, com isso, atravessou o quarto e puxou a cortina com um movimento amplo e rápido. Mas não havia ninguém ali. Não havia um único som. E a janela estava aberta. Tinha certeza de tê-la deixado fechada, para o caso de voltar a nevar enquanto estivesse fora, mas também pensava que poderia ter se equivocado e se esquecido de fechá-la.

Seguiu então para a cortina ao lado. Havia algo muito estranho no que estava acontecendo. Sabia que ela devia estar em algum lugar no quarto, e tinha uma vaga consciência de como era bonita. Mas essa não era a questão agora. Não queria ver os moradores da cidade fazendo troça com ele, ou entrando pela casa, pelas portas francesas. Só conseguia imaginar que tinha sido assim que ela entrara. As janelas eram muito antigas e, apesar das fechaduras de duzentos anos, se alguém empurrasse com força suficiente, elas se abririam. Ttudo na casa era original, todos os acessórios, todas as ferragens, até mesmo o vidro nas janelas era artesanal, e neles se podiam ver as irregularidades e as marcas fluidas. As únicas coisas que haviam sido mudadas nos dois últimos séculos foram a eletricidade e os encanamentos, e nem mesmo isso era muito recente.

Gladys tomara providências a esse respeito no início dos anos 50. E Charlie já lhe prometera mandar examinar tudo para ela. O que menos queriam era um incêndio elétrico, que destruiria a casa após todos os cuidados dela e dos ancestrais para preservá-la. Mas isso agora não lhe passava pela mente. A única coisa em que ele estava interessado era na mulher que vira no seu quarto. Examinou então todas as cortinas, bem como o banheiro e os armários, mas não a viu em parte alguma. No entanto, enquanto caminhava em torno do quarto, podia sentir que não estava sozinho. Era quase como se ela o estivesse observando. Ele sabia que ela estava lá, só que não conseguia encontrar o lugar onde se escondia.

— O que está fazendo aqui? — perguntou com voz aborrecida, e então ouviu um farfalhar de seda logo atrás dele. Virou-se rapidamente, pronto para confrontá-la, mas não viu nada. Então sentiu-se dominado por estranha sensação de paz, como se ela se houvesse introduzido nele, ou o tivesse reconhecido. De repente, entendeu com exatidão quem havia visto naquele quarto e já não acreditava mais que ela houvesse entrado pelas portas francesas.

— Sarah? — disse ele num sussurro, sentindo-se de repente muito tolo. E se não fosse ela? Se houvesse um autêntico ser humano vivo observando-o, esperando para contar aos amigos que tolo ele tinha sido; mesmo assim não acreditava mais nisso. Podia senti-la. E ficou parado, silencioso, seus olhos perscrutando o quarto, mas não viu nada. Ficou de pé ali, por um longo tempo, imóvel, e no entanto nunca teve a sensação de que ela o havia deixado. Ainda podia senti-la parada junto dele. Mas não havia som, nem movimento, e a mulher de vestido branco sumira. Mesmo assim, ele a vira com bastante clareza. Ela o fitara bem nos olhos e sorrira para ele, como se lhe dando as boas-vindas ao seu quarto. E ele já sabia que Gladys escolhera instintivamente o quarto que ela dividira com François, que era o quarto no qual dormira com ele e o quarto onde Gladys dera à luz seu filho.

Teve vontade de repetir o nome, mas não ousou. E teve quase a sensação de que ela sabia o que ele estava pensando. Não sentia ali nenhuma presença hostil e nem teve medo dela. Queria apenas que ela voltasse a aparecer, para que pudesse vê-la com mais clareza. Mas o que vira já estava gravado em sua memória e entendeu que jamais a esqueceria.

Foi finalmente para o banheiro e se despiu. Tinha comprado pijamas novos, pois fazia frio na casa à noite, e saiu vestido com eles. O sistema de aquecimento funcionava bem e havia lareiras por toda parte, mas não queria estar usando-os sempre. E tinha a esperança de que ao voltar ao quarto tornasse a vê-la, mas isso não aconteceu. E, após alguns minutos olhando em torno, apagou cuidadosamente a luz e enfiou-se na cama. Não se dera ao trabalho de fechar as cortinas porque a luz da manhã nunca o incomodava, e, enquanto ficava deitado na cama, o quarto se enchia com o clarão da lua.

E, por mais que parecesse loucura, e ele teria odiado explicar isso a quem quer que fosse, ainda conseguia senti-la a seu lado. Não tinha consciência de qualquer outra presença no quarto, somente a dela, mas estava certo de que era Sarah. Sarah Ferguson de Pellerin. O nome soava extremamente nobre e elegante, tal como ela havia parecido quando a viu. Era uma mulher de rara beleza. E então, deitado na cama pensando nela, riu de si próprio, e o som encheu o aposento, enquanto ele quase que gargalhava. Sua vida certamente mudara muito no ano que se passara. Havia passado a véspera de Natal com uma mulher que ia completar setenta anos e o resto da noite com o fantasma de uma mulher que morrera havia 160 anos e conhecera a primavera de sua vida dois séculos antes. Era certamente uma grande mudança, dos tempos em que passava o Natal com a esposa em Londres. E entendeu logo que, se contasse a alguém, qualquer um ficaria complemente seguro de que ele havia perdido o juízo. E nem mesmo estava certo disso não ter acontecido.

Enquanto estava deitado, pensando nela, lembrando-se do que acabara de ver e daqueles olhos que o haviam mirado de forma tão patente, voltou a sussurrar seu nome na escuridão, mas não houve resposta enquanto ficou prestando atenção. Não sabia bem o que esperava dela, algum som, algum sinal. Nunca ouvira falar de espíritos conversando com ninguém, e no entanto ela dera-lhe a impressão de estar a ponto de dizer algo. Parecia estar lhe dando as boas-vindas, e havia sorrido. E desta vez ele falou claramente na escuridão.

— Feliz Natal — disse, no quarto silencioso que um dia havia sido dela e de François... Mas não houve resposta, somente a sensação suave de sua presença. E, em pouco tempo, Charlie já havia adormecido profundamente, à luz do luar.

Capítulo Cinco

Q<small>UANDO</small> C<small>HARLIE ACORDOU</small>, no dia de Natal, a visão de Sarah que tivera na noite anterior pareceu-lhe mais do que nunca um sonho, e ele tomou a decisão imediata de que não iria contar a ninguém sobre isso. No mínimo, ele seria acusado de andar bebendo. E no entanto, ele sabia como aquilo parecera real, como tinha certeza de que ela estivera no quarto com ele. Sua presença tinha sido para ele bastante evidente, e ele a vira de forma absolutamente nítida. Tanto que a princípio se convencera de que seria alguma vizinha, mas evidentemente não era. Ele até saiu para examinar a neve em torno da casa, mas não havia outras pegadas além das suas próprias, entrando e saindo. A não ser que ela tivesse vindo voando, de helicóptero, e descido pela chaminé, feito Papai Noel, ele não tivera nenhum visitante na noite anterior. Quem quer — e o que quer — que tivesse visto no quarto na noite de Natal, definitivamente não havia sido humano. E no entanto, em sua vida inteira, ele nunca acreditara em espíritos. Para ele era um sério dilema. Não sabia o que pensar; à luz clara do dia, aquilo tudo pareceu mais do que um pouco biruta. Nem sequer pensou em querer contar a Gladys. Na verdade, quando já estava vestido e pronto para visitá-la, tinha certeza de que não iria dizer nada a respeito. E ao atravessar a pé a neve recém-caída, ficou de olho novamente na possibilidade de pegadas, mas havia somente as suas, e quando ele entrou no carro sentiu o estojo com os brincos de pérola enfiado em segurança no seu bolso.

E quando chegou à casa de Gladys, ela ficou encantada em vê-lo. Havia acabado de voltar da igreja e Charlie chegara mesmo a pensar em ir com ela, mas no final decidira que não. Dissera-lhe na noite anterior que não esperasse por ele e, depois que ela lhe deu um caloroso abraço, censurou-o por não ter ido.

— Sou tão ateu que iria provavelmente afugentar os anjos todos.

— Duvido. Acho que Deus deve estar acostumado com os ateus. Se fôssemos todos anjos, ia ser muito chato.

Charlie sorriu para ela e, alguns minutos depois, entregou-lhe o presente. Gladys o abriu com muito cuidado, alisando a fita com as mãos e, em seguida, desdobrou o papel o mais delicadamente possível, para não destruí-lo. Ele sempre se perguntara por que as pessoas faziam isso. O que planejavam fazer com todas aquelas fitas e papéis guardados? Não precisam usá-los jamais. Mas ela separou tudo, tal como sua avó fazia quando ele era criança, e abriu o estojo com muita cautela, como se pudesse haver um leão lá dentro, ou um camundongo, e deu um gritinho quando os viu. Adorou os brincos de pérola que ele lhe comprara, e seus olhos ficaram cheios de lágrimas quando agradeceu. Disse-lhe que Roland lhe havia comprado um par muito parecido com aquele, muito tempo atrás, e sentira o coração afundar no peito, cinco anos antes, quando os perdeu. Estes eram quase idênticos, só que eram um pouquinho mais bonitos.

— Que menino tão querido você é, Charles — disse ela, com profundo sentimento. — Não mereço você. Você é realmente o meu presente de Natal, não é mesmo? — Agora, não queria sequer pensar em como iria ficar solitária no ano seguinte, sem ele. Não conseguia imaginá-lo ficando para sempre em Shelburne Falls. Mas agradecia a Deus por sua presença em sua vida nesse momento, sua súbita aparição, sua chegada inesperada. Ele fora como que uma resposta a suas preces. — Vou usá-los todos os dias, para sempre. Prometo.

Charles achava que eles não valiam tanto alvoroço, mas ficou satisfeito por ela ter gostado. E então ela o surpreendeu, dando-lhe um livro de poesia que pertencera ao marido. Deu-lhe isso e um cachecol bem quente que comprara para ele em Deerfield. Havia notado que ele não trouxera cachecol, e Charlie sentiu-se tocado por ambos os presentes, particularmente pelo livro de poesias. E nele ainda havia uma dedicatória para ela, de Roland, datada do Natal de 1957. Parecia muito tempo, pensando bem, mas nem de perto tanto quanto o tempo em que Sarah havia vivido, então pensou em contar-lhe o que vira na noite anterior, mas estava quase receoso de fazê-lo. E, enquanto Gladys o olhava por sobre a xícara de chá que tinha preparado, ela pressentiu alguma coisa.

— Está tudo bem? Na casa, quero dizer?

Era como se ela soubesse, ou esperasse que ele a visse. Seus olhos fitavam profundamente os dele, e Charlie tentava parecer natural, ao pousar a xícara, mas suas mãos tremiam.

— Está tudo ótimo. A casa é confortável e quentinha, tudo funciona, até o aquecimento e os encanamentos. Hoje de manhã, tive um monte de água quente para usar — disse ele, ainda pensando na noite anterior, mas sem dizer uma palavra, enquanto ela o olhava atentamente. E, então, ela o surpreendeu com a pergunta seguinte.

— Você a viu, não foi?

Ela o observava com olhos intensos e penetrantes, e Charlie sentiu um leve tremor.

— Vi, quem? — Ele parecia vago e serviu-se de um biscoito de aveia, enquanto Glynnis o observava com inveja, ao que ele lhe deu um pequeno pedaço. — Não vi ninguém — disse ele, com ar inocente, mas Gladys entendeu instintivamente que ele estava mentindo e sorriu, sacudindo o dedo para ele.

— Ah, sim, você viu. Eu sabia que veria. Mas não queria assustá-lo. Ela é bonita, não é?

Ele estava a ponto de voltar a negar, mas não conseguiu, ao fitá-la. Dava muito valor à amizade deles, e queria saber muito mais sobre Sarah.

— Com que então, você a viu, não?
Ele parecia pasmo, e foi na verdade um alívio poder conversar com ela a respeito. Era como se fosse um segredo obscuro entre eles, exceto que não havia nada de obscuro com relação a Sarah. Ela era toda feita de ar, luz e primavera.
— Só a vi uma vez — admitiu Gladys para ele, recostando-se na poltrona com um olhar melancólico. — Eu tinha quatorze anos e nunca esqueci. Foi a mulher mais bonita que já vi e ela ficou olhando para mim por um tempo enorme, no salão, mas depois sorriu e desapareceu rumo ao jardim. Corri lá para fora, procurando por ela, mas não consegui encontrá-la. Eu também nunca contei a ninguém, exceto para Jimmy, e não creio que ele tenha acreditado. Ele pensou apenas que era uma história de fantasmas, até que Kathleen a viu no quarto deles. Mas isso a aterrorizou, e não quis mais ficar na casa. É estranho, como ela aparece para as pessoas lá, como se quisesse nos dar as boas-vindas ao seu lar. O realmente estranho é que, por mais jovem que eu fosse quando isso aconteceu, nunca senti medo. Só o que eu queria era voltar a vê-la, e fiquei arrasada quando vi que isso não ia mais acontecer.
Ele sabia exatamente como ela se sentira, e assentiu com a cabeça. Após o choque inicial de vê-la, só o que ele queria era que ela voltasse, que aparecesse de novo para ele. Havia esperado por ela até adormecer.
— Pensei que fosse uma vizinha fazendo algum tipo de brincadeira comigo. Tinha certeza disso, e fiquei girando pelo quarto, procurando atrás de todas as cortinas. Era onde ela estava, quando desapareceu. Cheguei até a sair pela neve. Hoje de manhã, procurei pelas pegadas de alguém, mas não encontrei nada. Então percebi o que havia acontecido. Eu não ia nem lhe contar a respeito, e provavelmente não teria contado se não tivesse me pressionado. Não acredito nessas coisas — disse ele com sobriedade, mas não havia outro modo de explicar aquilo.
— Tive a sensação de que ela apareceria para você, porque é muito receptivo a ela e muito interessado sobre sua história. E, para dizer a verdade, tampouco acredito realmente nestas coisas. Há muitas histó-

rias por aqui a respeito de duendes, de fantasmas e de pessoas que praticavam a bruxaria. Sempre me senti absolutamente segura de que isso era tudo besteira... mas não Sarah. De certa forma, tinha a forte sensação de que ela era diferente. Pareceu-me tão real quando a vi.... Ainda me lembro disso como se fosse ontem.

Parecia pensativa, ao dizer esta última frase.

— Ela me pareceu real, também — disse ele, com um olhar meditativo. — Tive certeza de que era uma mulher de verdade. Não tive sequer medo de ver alguém na minha casa, fiquei só aborrecido por tentarem fazer uma coisa dessas. Realmente achei que fosse algum tipo de brincadeira. Gostaria de ter compreendido quem era ela, desde o início. — E então olhou para Gladys Palmer com reprovação. — Você deveria ter me prevenido.

Mas ela limitou-se a rir para ele e sacudir a cabeça, usando os novos brincos de pérola de que sentia tanto orgulho.

— Não seja tolo. Você ia mandar me trancar, convencido de que eu estava senil. Será que teria me prevenido, se a situação fosse ao contrário? Creio que não.

Ele sorriu ao que ela disse, entendendo que era verdade. Se ela o houvesse prevenido, ele nunca teria acreditado.

— Creio que tem razão. E agora, o que acontece? — perguntou ele, com interesse. — Acredita que ela vai voltar?

Não era provável, se a própria Gladys só a vira uma vez, em setenta anos, e ele sentiu-se triste ao pensar que nunca mais teria uma oportunidade de vê-la.

— Não faço idéia. Não entendo de verdade sobre esses negócios. Eu lhe disse, não acredito nisso.

— E nem eu.

Mas ele estava louco de vontade de vê-la e não queria admitir isso, nem mesmo para Gladys. O fato de ter ficado subitamente fascinado pelo fantasma de uma mulher que vivera no século XVIII deixou-o um pouco agastado. Não era um testemunho muito eloqüente sobre sua vida amorosa. E pelo resto da tarde conversaram sobre Sarah e François. Gladys tentou se lembrar de tudo que já soubera sobre eles. E finalmente, às quatro horas, Charlie despediu-se dela e dirigiu lentamente de volta ao *château*, pensando em Sarah. E, ao atravessar a cidade, pensou em telefonar para Carole, por isso parou junto a um telefone público. Parecia tão estranho, ter passado um Natal inteiro sem ela, e não havia sequer pensado em telefonar-lhe até aquela manhã. Não saberia dizer exatamente sequer onde ela estava, mas achou que valia a pena tentar ligar para o número de Simon. Tinha quase certeza de que ela estaria lá, a não ser que tivessem ido passar o fim de semana no campo. Para eles, seriam nove horas da noite, e mesmo que houvessem saído com amigos, era certo que já teriam voltado para casa a essa altura, caso permanecessem em Londres durante o Natal.

Ficou parado junto ao telefone e pensou a respeito por um longo tempo, mas finalmente discou o número. Estava quase desistindo quando ela atendeu ao quinto toque, falando um pouco sem fôlego, como se tivesse corrido escadas acima, ou vindo de um outro aposento. Era Carole, mas ele estava parado de pé, na neve, na tarde do dia de Natal, congelando junto ao telefone de rua, e por um instante não conseguiu sequer responder.

— Alô? — voltou ela a dizer, perguntando-se quem seria. Estava ouvindo o som metálico longínquo de um telefonema internacional. Talvez, devido ao telefone que ele estava usando, a ligação parecia não estar muito boa.

— Oi... sou eu.... Só queria lhe desejar feliz Natal. — E lhe pedir para voltar, perguntar se ainda me ama. Teve de se forçar para não lhe dizer quanto sentia a falta dela, e entendeu de repente que telefonar para Carole não tinha sido uma grande idéia. Só o fato de voltar a ouvi-la dava-lhe a sensação de ter levado um soco no estômago. Não falava com ela desde que deixara Londres. — Como vai você? — Tentou parecer descontraído, mas fracassou de forma total. E pior ainda, sabia que ela podia ouvir isso com clareza em sua voz.

— Estou ótima. E você, como vai? Como está Nova York?

Ela parecia feliz, agitada e cheia de vida. E ele estava caçando fantasmas pela Nova Inglaterra. Ouvi-la fez com que ele quisesse ter a sua antiga vida de volta.

— Nova York está ótima, eu acho. — Houve uma longa pausa, então ele resolveu contar-lhe. — Saí de lá na semana passada.

— Para esquiar?

Ela pareceu aliviada, pelo menos isso soava normal. A princípio, ela pensara que ele estava com uma voz deprimida e nervosa.

— Com certeza. Na verdade, tirei uma licença de seis meses.

— Você *o quê?* — Combinava tão pouco com ele que ela mal conseguiu acreditar. — O que aconteceu?

Mesmo tendo-o trocado por outra pessoa, ela ainda se preocupava com ele.

— É uma longa história, mas o escritório foi um pesadelo. Eles estão desovando desenhos de vinte anos atrás e vendendo a clientes de zilhões de dólares plantas antigas, cansadas e retrabalhadas. Não sei como conseguiram permanecer no mercado por todo este tempo. E o escritório é um poço de serpentes. Lá só se trata de política e de entregar o seu melhor amigo. Não sei como a Europa conseguiu ser tão diferente, ou como nós nunca percebemos no que eles se haviam transformado. Mas não consigo trabalhar assim. E, por minha vez, eu os estava levando à loucura. Não parava de fazer perguntas. Perguntas demais. Não sei nem se vou voltar. Eles me disseram para tirar seis meses de licença, e calculo que lá por volta de abril vou tentar chegar a uma conclusão sobre o que fazer. Só não consigo me imaginar lidando com aquele tipo de babaquice.

— Você vai voltar para Londres? — Ela parecia chocada com o que ouvira, e triste por ele. Sabia o quanto Charlie gostava da firma e o quanto tinha sido leal. Deve ter sido um verdadeiro golpe para ele deixá-los, ainda que numa licença especial.

— Ainda não sei. Preciso resolver algumas coisas, como por exemplo o que fazer com o resto da minha vida. Acabei de alugar uma casa na Nova Inglaterra por um ano. Foi uma espécie de negócio especial. Posso ficar por algum tempo, em seguida voltar para Londres e procurar um apartamento.

— Onde você está?

Ela parecia confusa. Não compreendia o que ele estava fazendo, mas o problema era que Charlie tampouco compreendia.

— Estou em Massachusetts, numa cidadezinha chamada Shelburne Falls, perto de Deerfield. — Ela fazia apenas uma vaga idéia de onde isto ficava. Havia crescido na Costa Oeste, em San Francisco. — É realmente lindo e aqui conheci uma mulher absolutamente surpreendente.

Ele estava falando de Gladys, não de Sarah, e do outro lado do oceano, Carole pareceu imensamente aliviada. Ela vinha esperando que isto acontecesse. Tiraria grande parte da carga de seus ombros e mudaria a atitude dele tanto em relação a ela quanto a Simon. Subitamente, ficou satisfeitíssima por ele ter telefonado.

— Oh, Charlie, estou tão contente. Fico feliz por você. Você precisa disso. Todos nós precisamos.

Mas, ao ouvi-la, ele deu um sorriso melancólico.

— É, eu sei. Mas não fique muito empolgada. Ela tem setenta anos, é a minha senhoria. É dona de um pequeno *château*, o mais bonito que existe. Foi construído em 1790 por um conde francês para sua amante.

— Parece muito exótico — disse ela, um pouco confusa com o que ouvia. Ficou imaginando se ele não estaria tendo um colapso nervoso. O que pretendia, alugando um *château* na Nova Inglaterra e deixando o trabalho por seis meses? Que diabos ele estava *fazendo*? — Você está bem, Charlie? Quero dizer... realmente...

— Acho que sim. Há momentos em que não tenho muita certeza. Mas aí, em outros momentos, acho que vou conseguir. Eu conto a você tudo que acontecer.

E aí ele não conseguiu se segurar. Tinha de saber. Havia sempre uma ínfima chance de que ela houvesse dado o fora em Simon depois que Charlie saíra de Londres.

— Como vão as coisas com vocês? Como vai o Simon? — Já se cansou dele? Está odiando Simon? Ele se mandou com alguma outra? Algum de vocês dois está traindo o outro? Ele não estava ligando a mínima para o que Simon houvesse feito. Charlie queria era a mulher de volta.

— Ele está ótimo — disse Carole baixinho. — E nós estamos ótimos, também.

Ela sabia exatamente o que Charlie estava perguntando.

— Lamento muito saber disso — disse ele, feito um garoto, e ela riu. Conhecia a exata expressão que ele estava fazendo e a seu próprio modo ainda o amava, mas não o suficiente para querer voltar a estar casada com ele. Estava muito apaixonada por Simon. E ainda não tinha certeza do que lhes havia acontecido, mas sabia que, em algum ponto ao longo do caminho, deixara de estar apaixonada pelo marido. E, apesar de tudo de diferente em que ele queria acreditar, Charlie também sabia disso. Era apenas uma questão de aprender a viver com isso durante os próximos quarenta ou cinqüenta anos. Mas, pelo menos agora, disse a si mesmo com um sorriso triste, ele tinha Gladys... e Sarah. Mas teria trocado ambas por Carole, naquele mesmo minuto. Tentou não pensar nela, em seu aspecto, naquelas pernas longas e graciosas e na cintura estreita que sempre o deixara tonto, enquanto continuavam falando. Ela acabara de lhe contar que iam para St. Moritz no Ano-Novo.

— Eu estava a caminho de Vermont, quando parei aqui — explicou a ela. — Já faz cinco dias, e então conheci a mulher que é dona do *château* e... eu lhe conto tudo algum dia.

Era uma saga muito longa para explicar agora, num telefone público em Shelburne Falls, Massachusetts. E, enquanto ele conversava com ela, começara a nevar.

— Diga-me onde você está — pediu ela, e ele franziu o cenho assim que ouviu.

— Por quê? Que diferença faz?

— Só quero saber se você está bem, só isso.

Lamentou imediatamente ter dito isso.

— Semana que vem estou recebendo um telefone e um fax. Telefono para você quando tiver os números.

Pelo menos era uma desculpa para telefonar-lhe, mas ela já estava começando a sentir-se constrangida com a conversa. E Simon havia acabado de entrar, procurando-a. Tinham convidados para o jantar e ela estava levando uma eternidade.

— Basta passar por fax para o meu escritório — disse ela — que eu recebo.

Mas ele soube imediatamente que ela não estava mais sozinha, o que lhe pareceu irônico. Um ano antes, ela o vinha enganando com Simon, e agora tinha medo de estar vivendo com ele e ficar conversando com o marido. Não que tivesse medo de Simon, era só que não queria fazer aquilo, e Charlie sabia.

— Eu lhe telefono uma hora dessas... cuide-se... — disse ele, sentindo como se ela estivesse sumindo aos poucos. E estava. Dava para ouvir outras pessoas no aposento, agora. Os convidados haviam todos entrado enquanto ela estava falando. Era uma reunião informal e eles tinham ido para o escritório de Simon, depois do jantar, para tomar café.

— Você também — ela parecia triste ao dizer adeus, então, como que se lembrando de repente, gritou ainda: — Feliz Natal... — Amo você, quis acrescentar, mas sabia que não podia. E mesmo que Simon não estivesse presente, sabia que não podia mais dizer isso a Charlie, ele não teria compreendido, como ela poderia amar a ambos mas só querer viver com Simon. Charlie era agora como seu mais caro e antigo amigo. Mas ela sabia que teria sido uma grande sujeira deixá-lo confuso.

E após desligar, ele ficou olhando para o aparelho por mais algum tempo, com minúsculos flocos de neve girando lentamente em torno de seu corpo. Queria dar um soco em alguma coisa, ou chorar, ou perguntar-lhe novamente por que aquilo havia acontecido. O que ela estava fazendo lá, na casa de Simon, com os amigos dele, fazendo de conta que era casada com Simon? Ainda era sua esposa, pelo amor de Deus, o divórcio ainda não havia acontecido. Mas acabaria acontecendo, e ele achava que sabia o que iria suceder. Só não conseguia suportar pensar a respeito. Voltou para sua caminhonete com um suspiro e dirigiu-a lentamente colina acima, pensando em Carole.

Ainda estava pensando nela quando chegou à clareira onde costumava deixar o carro e caminhou através da neve até a casa pela qual havia se apaixonado. Estava escuro, não havia sinal de vida e ele se perguntou se a mesma mulher que vira estaria esperando por ele. Precisava de alguma coisa, de alguém, alguém a quem pudesse amar e com quem pudesse falar. Mas só o que queria, enquanto abria a porta, era

Carole. E não havia ninguém na casa desta vez. Nada se mexeu, não houve um ruído, nenhuma aparição, nenhuma sensação. A casa estava vazia e ele ficou sentado numa das poucas cadeiras que tinha, no escuro, olhando pela janela para a escuridão. Nem sequer se dera ao trabalho de acender as luzes. Só queria ficar sentado e pensar a respeito dela por algum tempo... a mulher que ele havia amado e perdido... e, depois, a mulher que ele havia vislumbrado na noite anterior e só podia sonhar.

Capítulo Seis

CHARLIE LEVANTOU CEDO e sentindo-se cheio de energia um dia após o Natal. Ia à cidade, com uma lista de coisas de que precisava para encerar os assoalhos e limpar os degraus e as lareiras de mármore. E, antes de sair para fazer compras, pegou uma escada e subiu ao sótão. Era um espaço amplo, bem iluminado, com quatro janelas grandes e redondas, e não teve problemas em orientar-se ali. Havia algumas caixas com roupas velhas e coisas que Gladys lhe contara ter guardado, e então, com tristeza, encontrou algumas das coisas de Jimmy, seus uniformes da Marinha, alguns brinquedos de sua infância e algumas das coisas de Peggy. Vê-las cortou o coração de Charlie. E ele suspeitou que Gladys as guardava ali para não ter de estar topando com elas o tempo todo.

Levou uma hora para examinar tudo, havia cerca de uma dúzia de pequenos baús e caixas de papelão. Mas não encontrou nada de particularmente interessante, nada daquilo parecia ter pertencido a Sarah, e quando desceu de volta, estava bastante decepcionado. Não tinha certeza do que havia esperado encontrar, mas de alguma forma acalentara a esperança de que, ao longo dos anos, algumas de suas coisas tivessem sido deixadas lá. Mas Gladys era caprichosa e organizada demais para passar por cima de algo tão importante quanto uma caixa com pertences de Sarah. Não estava certo sequer do que teria feito com eles, mas sentia que somente ver alguma coisa assim poderia tê-lo aproximado um pouco mais dela. Lembrou-se de que aquela mulher havia morrido há quase dois séculos e, se não tomasse cuidado, ela poderia se transformar numa obsessão para ele. Já tinha problemas reais suficientes em sua vida, sem estar acreditando num fantasma, e muito menos se apaixonando por ele. Como é que ele poderia explicar *isso* a Carole? Mas a verdade é que ele não tinha de fazê-lo. Não encontrou nenhuma de suas coisas e tinha certeza, pelo que Gladys dissera, que Sarah provavelmente não voltaria a aparecer-lhe. Na verdade, à luz clara do dia, dois dias depois, quase se perguntou se o que vira não fora produto de sua imaginação, um sinal da pressão incrível sob a qual estivera, primeiro com o divórcio e tudo que o causara, em seguida com o escritório, quando tivera de sair. Talvez tal mulher nunca tenha existido. Talvez ele houvesse adormecido e apenas sonhado com ela.

Mas naquela tarde, quando parou na loja de ferragens em Shelburne Falls, não conseguiu resistir a dar um pulo na sociedade histórica, que ficava logo ao lado. Era uma casa estreita, coberta de telhas de madeira, que havia sido doada à prefeitura anos antes, e abrigava uma extensa biblioteca sobre a história local, além de um pequeno museu. Charlie queria ver se havia algum livro disponível falando de François ou de Sarah. Mas, ao entrar, não estava de forma alguma preparado para a recepção que teve. A mulher na recepção estava de costas e, quando virou-se e olhou para ele, apesar de um rosto que parecia um camafeu, tinha os olhos cheios de tristeza e ódio. E sua resposta ao seu boa-tarde foi curta e seca, beirando a grosseria. Dava a impressão de que estava furiosa com ele meramente por ter entrado, e era óbvio que não queria que ele a perturbasse.

— Sinto muito — ele se desculpou com um sorriso caloroso, mas nada em seus olhos ou em seu rosto demonstrou qualquer reação. Ficou imaginando que talvez ela tivesse tido um Natal horrível, ou sua vida fosse horrível, mas na verdade, concluiu, enquanto olhava para ela, talvez fosse apenas uma pessoa horrível. Era uma garota muito bonita. Tinha olhos verdes e grandes, um cabelo castanho-avermelhado, e uma pele cremosa que combinava muito bem. Era alta, magra, de traços muito delicados, e ele viu, quando ela pôs as mãos sobre a escrivaninha à sua frente, que tinha dedos longos e graciosos. Mas tudo nela lhe dizia para não se aproximar.

— Eu estava procurando algum livro sobre Sarah Ferguson e François de Pellerin, caso vocês tenham alguma coisa. Não estou muito certo sobre as datas, mas acho que eles viveram aqui no final do século XVIII, e ela deve ter continuado ainda por mais tempo. Acho que o que quero gira em torno de 1790. Está familiarizada com eles? — perguntou, inocentemente, e ela o surpreendeu novamente quando, quase rosnando para ele, anotou os nomes de dois livros num pedaço de papel, que lhe passou.

— Vai encontrá-los ali. — Apontou friamente para uma estante de livros do outro lado da sala, logo atrás dele. — Neste exato momento estou muito ocupada. Se não conseguir encontrá-los, diga-me.

Ele ficou aborrecido de verdade com essa atitude, em especial porque era surpreendentemente diversa de qualquer outra pessoa que havia conhecido tanto em Shelburne Falls quanto em Deerfield. Todos os demais pareceram ansiosos para fazê-lo sentir-se em casa e ficaram empolgados ao saber que ele havia alugado o *château*. Mas não esta mulher. Ela era que nem o tipo de pessoas que ele podia encontrar no metrô de Nova York, nas raras ocasiões em que o havia tomado, mas até mesmo estas haviam sido mais agradáveis.

— Está havendo algum problema? — Não conseguiu resistir a lhe perguntar. Parecia-lhe impossível que ela fosse tão desagradável sem haver um motivo.

— Por quê?

Ela o fitou com olhos que pareciam gelo verde. Na verdade, eram somente uma nuança mais amarela do que esmeraldas, e ele ficou imaginando como ela seria, se estivesse sorrindo.

— Você parece aborrecida — disse ele com gentileza, seus próprios olhos cálidos, castanhos feito chocolate derretido, presos aos olhos frios dela.

— Não, não estou. Só estou ocupada.

Deu-lhe as costas de novo e Charlie afastou-se, encontrando então os dois livros e folheando. Planejava levá-los para casa e estava curioso para saber se havia algum desenho de um dos dois, mas quase perdeu o fôlego quando, ao folhear o segundo livro, encontrou um retrato. Não havia dúvidas quanto a quem havia visto. A semelhança era extraordinária, até a expressão nos olhos, a forma dos lábios, o modo como ela parecia a ponto de sorrir, ou de falar ou de rir para ele. Era a mesma jovem com os longos cabelos negros e os imensos olhos azuis. Era a mesmíssima mulher que ele havia visto... era Sarah.

E quando se virou para tornar a olhá-lo, a jovem atendente da biblioteca viu sua expressão de espanto.

— Ela foi alguma parenta? — perguntou, intrigada por sua óbvia fascinação. E sentiu-se apenas um pouquinho culpada por ser tão seca com ele. Mas era incomum que alguém aparecesse, exceto de vez em quando, na temporada turística. Na maior parte do tempo, a sociedade histórica era usada apenas como uma biblioteca de referência, e Francesca Vironnet assumira a função de curadora e bibliotecária porque sabia que teria muito pouco contato com pessoas e disporia de muito tempo para si mesma, para trabalhar em sua tese. Ela se formara em História da Arte na França, anos antes, e mais uma vez na Itália, e poderia estar ensinando, mas em tempos recentes havia optado com facilidade pelos livros, em vez das pessoas. Tinha orgulho da sociedade histórica, mantinha muito bem organizados os livros do acervo, restaurava-os quando necessário e guardava com zelo as antigüidades que ficavam no segundo andar, nas salas destinadas ao museu. Era realmente apenas no verão que as pessoas vinham visitá-las.

Pareceu aborrecida, quando ergueu os olhos e viu que Charlie a observava com interesse. Não se sentia à vontade sob o seu exame, e ele estava surpreso por ela ter se dado ao trabalho de fazer-lhe uma pergunta. Ela parecia qualquer coisa, menos amigável.

— Não. Soube a respeito de Sarah e François por amigos — explicou ele. — Devem ter sido pessoas interessantes.

Ele fingiu não notar a expressão distante que ela assumiu.

— Existem muitos mitos e lendas a respeito deles — disse ela cautelosamente, tentando não parecer intrigada por ele. Parecia ser inteligente e sofisticado, como os europeus que ela conhecia, mas resistiu a qualquer impulso de chegar a conhecê-lo. — Suspeito que a maioria delas não seja verdadeira. Elas parecem ter sido muito exageradas nos dois últimos séculos. Eles eram provavelmente muito comuns, embora não haja como prová-lo. — Para ele pareceu uma perspectiva deprimente, e detestou a idéia de reduzi-los novamente às proporções de meros mortais. Preferia imensamente a grande paixão a que Gladys se havia referido, a tocante história de amor e a coragem de enfrentar os costumes da época, pelo amor de um por outro. Ficou imaginando o que teria acontecido a esta jovem para torná-la tão zangada e desagradável. Mas, paradoxalmente, apesar de seu rosto azedo e olhos furiosos, ela era quase uma beleza. — Mais alguma coisa? — Ela perguntou então a Charlie, como se ele fosse uma chatice. Era óbvio que estava ansiosa para que ele fosse embora e aquela conversa terminasse. E então lhe disse que estava fechando cedo.

— Tem mais alguma coisa a respeito deles? Até mesmo alguns livros antigos onde eles sejam mencionados? — perguntou teimosamente, pois não ia se deixar ser escorraçado só porque ela detestava gente. Ele a decifrara corretamente. Ela amava os livros, a mobília e os artigos pelo qual era responsável, e sua história. Mas livros e mobília jamais a magoariam.

— Vou ter que dar uma espiada — disse ela, friamente. — Tem um telefone de contato?

Mas ele sacudiu a cabeça em resposta a essa pergunta.

— Ainda não. Só vou ter telefone na semana que vem. Eu lhe telefono e vejo o que você descobriu.

Então, como que desejando aquecê-la, embora não soubesse a razão, exceto que de alguma forma a frieza daquela jovem o desafiava, contou-lhe que acabara de alugar a casa onde François e Sarah um dia haviam morado.

— Está se referindo ao *château* na colina? — perguntou ela, realmente intrigada desta vez, e seus olhos se aqueceram levemente, mas apenas por um instante.

— Sim, essa mesma — confirmou, ainda observando-a. Era como se em algum lugar uma porta houvesse se aberto apenas um pouquinho, mas com a mesma rapidez ela a havia batido.

— Já viu algum fantasma? — perguntou ela com sarcasmo, divertida pelo fato de ele estar tão interessado em Sarah Ferguson e François de Pellerin. Era uma história encantadora, mas ela nunca lhe dera muita atenção.

— Existe um fantasma? — disse ele como quem não quer nada.
— Ninguém me falou a esse respeito.

— Não sei. Só presumi que houvesse. Creio que não existe uma casa nesta parte do mundo que não alegue ter pelo menos um. Talvez você venha a ver os amantes se beijando, alguma noite dessas, à meia-noite.

Ela riu a esse pensamento, relaxando pela mera fração de um instante, e ele sorriu, mas ela afastou o olhar ao perceber isso. Parecia assustada por vê-lo sorrir.

— Eu lhe telefono e lhe informo, se vir alguma coisa. — Mas ela parecia ter perdido o interesse. A porta estava não apenas fechada, mas trancada e aferrolhada com bastante firmeza. — É preciso assinar alguma coisa para levar os livros? — perguntou ele, num tom bastante formal. Ela assentiu com a cabeça e deslizou em direção a ele uma folha de papel, lembrando-lhe de que dispunha de uma semana para devolvê-los.

— Obrigado — disse Charlie mal se despedindo, o que não era do seu feitio. Mas ela era tão fria, tão fechada, que ele quase lamentava por ela. Era difícil dizer, mas ele ficou se perguntando se alguma coisa realmente horrível lhe teria acontecido. Era difícil imaginar alguém tão duro e tão frio assim, na idade dela. Calculou que ela tivesse uns vinte e nove ou trinta anos. Não pôde deixar de lembrar-se de Carole na mesma idade, quando ela era toda calor e risos, e muito sensual. Esta mulher era como um raio de sol invernal, esquálido e fragmentado. Não conseguia imaginá-la aquecendo qualquer coisa, muito menos o coração de um homem. De qualquer forma, não o dele. Era uma jovem bonita, mas era feita de gelo. E ao voltar para seu carro e dirigir para o *château*, esqueceu-a por completo.

Mal podia esperar para ler os livros que havia pegado na sociedade histórica. Queria saber tudo que pudesse sobre Sarah e François. E quando Gladys veio visitá-lo no dia seguinte, mostrou-lhe os livros e contou-lhe tudo a respeito. Já havia terminado um deles e começado o segundo, naquela manhã, bem cedo.

— Você voltou a vê-la? — perguntou ela com um ar conspirador, e ele não conseguiu evitar o riso.

— É claro que não — disse baixinho.

Já havia começado a duvidar de tê-la visto da primeira vez.

— Fico me perguntando se você voltará a ver — divagou ela, percebendo as poucas coisas que ele fizera desde que lá chegara. Tudo estava limpo e bem arrumado, em absoluta ordem, e até mesmo o pouco que ele havia acrescentado possuía muito estilo. Sentiu o coração satisfeito por saber que ele estava morando no pequeno *château* que ela sempre tinha amado. Parecera-lhe sempre muito triste vê-lo vazio. Ficara infeliz quando sua nora se recusara a lá permanecer.

— Você nunca voltou a vê-la — relembrou-lhe Charlie, e ela riu por ele lembrar-lhe aquilo que ela lhe havia recordado.

— Talvez eu não fosse bastante pura ou bastante sábia, ou não tivesse um espírito forte o suficiente — disse ela, brincando um pouco com ele, ao que ele respondeu, sorrindo:

— Se os critérios fossem estes, pode ficar tranqüila que eu nunca a teria visto tampouco. — E então contou-lhe que havia falado com a ex-esposa dois dias antes, e dissera a Carole tudo sobre ela. — Ela pensou que você ia ser a minha próxima esposa. Acho que a princípio ficou muito satisfeita, mas eu disse a ela que não achava que tivesse essa sorte toda.

Ele adorava provocá-la, e ela adorava brincar com ele. Gladys Palmer agradecia à sorte todos os dias, pela tarde em que ele entrara em sua vida, recém-saído da estrada. Ambos achavam que aquilo havia sido obra do destino.

— Como foi quando você falou com ela? — perguntou-lhe gentilmente Gladys Palmer. Ele já havia admitido a ela a dor em que vivera durante o último ano e, mesmo sem conhecê-lo bem, ela se preocupava com ele.

— Difícil. Ele estava lá. Estavam recebendo convidados. É tão estranho imaginá-la tendo uma vida com outra pessoa. E me pergunto se algum dia vou me acostumar com isso e parar de me sentir zangado sempre que o vejo.

— Ah, vai. Um dia. Pode levar algum tempo. Acho que podemos nos acostumar com qualquer coisa, se tivermos de fazer isso.

Embora agradecesse muito por nada desse tipo jamais ter-lhe acontecido, tinha certeza de que morreria se Roland algum dia a tivesse deixado. Já era suficientemente ruim perdê-lo para a doença e para a idade, mas perdê-lo para uma outra pessoa, ainda no começo de seu casamento, teria sido uma dor e uma humilhação em que não conseguia nem pensar. E sentia um grande respeito por Charlie por ter sobrevivido a tudo que havia passado. Mais ainda, ele não lhe parecia amargo. Parecia decente, gentil e íntegro, e ainda tinha um senso de humor saudável. Ela podia sentir as cicatrizes, aqui e ali, e às vezes havia um toque de tristeza em seus olhos, mas ele não tinha nada de minimamente desagradável ou pouco gentil.

— Achei que devia telefonar a ela para desejar-lhe feliz Natal. Acho que foi um erro... creio que no ano que vem não vou cair nessa — explicou a Gladys.

— Talvez no ano que vem você esteja com outra pessoa — disse ela, esperançosa, embora ele não conseguisse imaginar isso. Não conseguia sequer sonhar em viver com alguma outra pessoa, a não ser Carole.

— Duvido — disse ele, com um sorriso triste —, a não ser que eu consiga atrair Sarah.

— Ora, essa é uma idéia!

Gladys Palmer riu com ele e, antes de ir embora, Charlie lhe disse que no dia seguinte iria esquiar. Ia para Charlemont, conforme ela lhe sugerira, e tinha alugado um quarto para passar quatro dias, de forma que pudesse esquiar durante o Ano-Novo. Perguntou-lhe se ela estaria bem na véspera do Ano-Novo, ou se gostaria que ele voltasse para fazer-lhe companhia. Ela ficou bastante comovida com esse oferecimento. Parecia típico do pouco que conhecia dele. Estava sempre se oferecendo para fazer coisas por ela, cortar lenha para a lareira, ir aqui e ali, ou comprar coisas no armazém, ou preparar-lhe uma refeição. Charlie era como o filho que não via há quatorze anos e de quem sentia tanta falta. Era uma bênção que a vida lhe concedera, e sorriu calorosa ao responder-lhe.

— Você é um amor por perguntar — ela aplaudiu sua gentileza —, mas há anos que não comemoro a véspera de Ano-Novo. Roland e eu nunca saíamos. Ficávamos em casa e íamos dormir às dez horas da noite, enquanto todo mundo ficava na rua e se embebedava, batia com os carros, fazia papel de tolo. Nunca foi uma noite que me atraísse muito. Não, é muito gentil da sua parte se oferecer, mas não vai me fazer falta. Fique em Charlemont e vá esquiar.

Ele prometeu deixar com ela o nome do hotel, caso viesse a precisar dele, e ela o beijou com enorme afeto quando partiu, desejando-lhe muita diversão com os esquis.

— Não vá se quebrar todo! — preveniu ela, enquanto ele abria a porta para ela entrar em seu carro. — Sarah não ia gostar disso! — concluiu provocando-o, e ele riu. Adorava a expressão nos olhos dela quando falava de Sarah e François.

— Eu também não ia gostar, pode crer! A última coisa que eu ia querer era um braço ou uma perna quebrados — disse ele, com sentimento. Um coração partido já fora o bastante no último ano, e membros quebrados teriam sido uma inconveniência gigante.

Acenou, enquanto ela saiu dirigindo para visitar uma amiga na cidade, e caminhou de volta até a casa, terminando de ler o segundo livro sobre Sarah e François. Achou-o fascinante, e este falava principalmente do trabalho de François junto ao Exército, tentando negociar tratados com os índios. Ele fora o principal porta-voz dos índios nesta parte do mundo e envolvera-se muito com todas as seis nações iroquesas.

Sarah não voltou a ele naquela noite. Na verdade, ele não sentiu nada enquanto vagava pela casa. Lá, sentia-se simplesmente confortável e à vontade. E, antes de deitar, arrumou suas coisas para ir esquiar. Botou o despertador para as sete da manhã seguinte. E, no momento em que adormecia, pensou ter ouvido as cortinas se mexendo, mas estava cansado demais para voltar a abrir os olhos, enquanto, mergulhado no sono, teve certeza de que a sentiu perto dele.

Capítulo Sete

ESQUIAR EM CHARLEMONT foi surpreendentemente agradável para Charlie, que estava mal acostumado pelas muitas férias que ele e Carole haviam tirado para esquiar na Europa. Gostavam particularmente de Val d'Iserre e de Courchvelles, embora Charlie gostasse de St. Moritz e tivesse se divertido muito em Cortina. Charlemont era razoavelmente sem graça, comparado com tudo isso, mas as trilhas eram boas, as pistas para veteranos um agradável desafio, e era uma sensação maravilhosa estar novamente nas colinas, ao ar livre, fazendo algo em que ele era bom. Era exatamente do que precisava.

Não esquiava há um ano e, por volta do meio-dia, sentia-se um novo homem, ao subir o teleférico para uma última descida, antes de entrar para almoçar e tomar uma xícara fumegante de café. O tempo estava revigorante, e fazia frio quando ele saíra de casa, mas agora sentia calor ao sol, e sorriu ao sentar-se na cadeira do teleférico com uma menininha que tinha metade do seu tamanho. Ficou impressionado por ela estar esquiando sozinha, e subindo a montanha. Havia pistas para veteranos, e ele ficou surpreso pelos pais dela não se preocuparem. Mas, quando a barra de segurança desceu, ela virou-se para ele com um largo sorriso, e Charlie perguntou-lhe se costumava vir ali.

— Não muito. Sempre que mamãe tem tempo. Ela está escrevendo uma história — disse, informativa, enquanto olhava atentamente para Charlie. Tinha grandes olhos azuis e cachos louros entremeados de cor de cobre, e ele não estava bem certo quanto à sua idade. Achou que devia ser alguma coisa entre sete e dez anos, o que era um leque amplo, mas ele não sabia muita coisa sobre crianças. Era uma menininha bonita e parecia completamente feliz da vida enquanto subiam a montanha. Cantarolava uma canção e então voltou a olhar para ele com seu sorriso travesso e os olhos cheios de perguntas.

— Você tem filhos? — perguntou ela, e ele respondeu sorrindo.

— Não, não tenho.

Sentiu quase como se tivesse que se desculpar, ou no mínimo explicar, mas ela assentiu com a cabeça, como se entendesse. Estava só tentando determinar quem e o que ele era, durante aquela breve subida, e parecia interessada nele, já que continuou a fitá-lo. Usava calças pretas e uma parca verde-escura. Estava usando por baixo uma peça única de um azul luminoso, quase da mesma cor dos seus olhos, e trazia na cabeça um chapéu vermelho que combinava certinho com seus trajes. Lembrava-lhe as crianças que ele vira sempre que havia ido esquiar com Carole na França. Havia algo de muito europeu nela, o pequeno rosto de querubim, os olhos brilhantes, os cachos, e ela parecia feliz, inocente e saudável. Embora desse a impressão de estar completamente à vontade com ele, não era rude nem precoce. Não havia nada de muito sofisticado naquela criança, ela parecia apenas muito esperta e muito feliz, e agradou-lhe estar sentado ao lado dela, sentindo que não conseguia resistir a seu sorriso contagiante.

— Você é casado? — perguntou-lhe, ao que ele riu. Talvez ela fosse mais sofisticada do que ele achara a princípio. Sua mãe a havia prevenido para não falar muito com pessoas que conhecesse no teleférico, mas ela adorava conversar e fizera um monte de amigos ali.

— Sim, sou — disse ele quase por reflexo, mas em seguida pensou melhor. Não havia motivo para mentir a uma criança. — Na verdade, é meio complicado de explicar, mas não sou não. Estou casado... mas não vou continuar casado por muito tempo.

Sentiu-se exausto, depois desse esforço de explicação, mas desta vez ela fez um ar sério e assentiu com a cabeça.

— Você é divorciado — disse ela, solenemente — e eu também.

— O modo como ela disse aquilo o fez sorrir de novo. Ela era uma bruxinha irresistível.

— Lamento saber — disse ele, tentando parecer sério enquanto chegavam lentamente ao topo. — Durante quanto tempo esteve casada?

— A minha vida inteira.

Assumiu um ar trágico ao falar isso, e então ele se deu conta do que ela queria dizer. Não estava brincando com ele. Estava falando dos pais. Eles obviamente haviam se divorciado, e ela achava que estava divorciada também.

— Sinto muito, de verdade — disse ele, e desta vez falava sério. — Que idade você tinha, quando se divorciaram?

— Quase sete. Agora estou com oito. A gente costumava morar na França.

— Oh — disse ele com um interesse renovado. — Eu costumava morar em Londres. Quando era casado. Você mora aqui agora, ou está só de visita?

— A gente mora bem pertinho — disse ela, num tom muito prosaico. Então voltou-se novamente para ele, feliz por fornecer mais informações, tivesse ele ou não pedido. — Meu pai é francês. A gente costumava esquiar em Courchevelles.

— Eu também — disse ele, como se fossem velhos amigos, agora. — Você deve esquiar muito bem, para seus pais a deixarem vir sozinha até o alto da montanha.

— Aprendi a esquiar com papai — disse ela, orgulhosa. — Mamãe esquia devagar demais para mim, por isso ela me deixa esquiar sozinha. Ela só me diz para não arranjar problemas, não ir a lugar nenhum com ninguém e não falar demais.

Charlie sentiu-se feliz por ela não ter aprendido muito bem a lição. Na verdade, estava gostando de sua companhia. Era uma criaturinha encantadora.

— Onde você morava, na França?

Já eram velhos amigos quando chegaram ao topo e tiveram de saltar. Ao fazerem-no, ele lhe deu a mão. Mas pôde ver, do modo como ela pulou da cadeirinha, que era uma boa esquiadora e estava inteiramente à vontade, enquanto se dirigiam para uma trilha de veteranos que teria assustado muitos adultos.

— A gente morava em Paris — respondeu ela, ajeitando os óculos de neve. — Na rue de Bac... no Septième... papai mora na nossa antiga casa.

Sentiu vontade de perguntar-lhe por que ela fora até lá e se a mãe dela era norte-americana. Charlie presumiu que fosse, uma vez que a criança falava inglês de forma perfeitamente natural. Quis perguntar-lhe um monte de coisas, mas achou que não devia e, enquanto a observava, ela deu a partida. Movimentava-se com a velocidade de um coelhinho da neve, descendo a montanha quase que em linha reta, e fazendo curvas suaves e perfeitas. Charlie a seguia com facilidade, poucos metros atrás. Ela então olhou para cima, viu-o esquiando perto dela e seu sorriso largo disse-lhe que estava feliz com isso.

— Você esquia tal como meu pai — disse ela, com um tom de admiração, mas era Charlie quem estava espantado com ela. Era uma pequena esquiadora notável, uma garotinha adorável, e ele se sentia como se tivesse feito uma nova amizade na montanha. E teve de rir consigo mesmo, enquanto esquiava rapidamente atrás dela. Sua vida estava com certeza muito diferente hoje em dia. Passava todo o seu tempo com uma mulher de setenta anos, fantasmas e crianças. Era muitíssimo diferente de sua vida ocupada, bem estabelecida e previsível, em Londres, dirigindo uma firma de arquitetura. Agora, não tinha emprego, nem amigos, nem mulher, nem planos. Só o que tinha era o branco brilhante da neve embaixo dos esquis e a luz do sol sobre as montanhas, enquanto seguia a pequena esquiadora pista abaixo.

Ela finalmente parou e ele fez uma parada vistosa ao lado dela, que comentou sobre o seu estilo.

— Você esquia de maneira sensacional. Tal como meu pai. Ele era corredor. Esteve nas Olimpíadas, pela França. Isso foi há muito tempo. Ele agora acha que está velho. Tem trinta e cinco anos.

— E eu sou mais velho ainda do que isso. Nunca estive nas Olimpíadas, mas obrigado. — Então pensou em algo e virou-se para fazer-lhe uma pergunta, enquanto ela mantinha os olhos voltados para ele, e puxava os cabelos para trás. — Como você se chama?

— Monique Vironnet — disse ela, com simplicidade, com um sotaque francês perfeito, e ele percebeu que ela provavelmente falava um francês impecável. — O nome de papai é Pierre. Você alguma vez o viu correr?

— Provavelmente. Mas não me lembro do nome.

— Ele ganhou uma medalha de bronze — disse ela, enquanto ele notava que seus olhos iam ficando tristes.

— Você deve sentir muita falta dele — comentou Charlie, gentilmente, enquanto olhavam as vertentes onduladas lá embaixo. Nenhum dos dois parecia com vontade de terminar a corrida e descer. A ele agradava bater papo com ela, e ela parecia estar gostando muito de sua companhia. Presumiu que ela sentia falta do pai, pois falava muito dele.

— Eu o visito nas férias — explicou ela. — Mas mamãe não gosta que eu vá até lá. Ela diz que não é bom para mim estar em Paris. Quando morávamos lá, ela chorava o tempo todo.

Ele assentiu com a cabeça. Conhecia aquela sensação. Havia chorado muito em Londres, no ano que havia passado. O final de qualquer casamento é muito doloroso. Ficou imaginando então como seria a mãe dela, se seria bonita e cheia de vivacidade como a garotinha. Tinha de ser, pois tudo naquela criança era cheio de sol e calor. Isso não acontecia por si só. No caso de crianças, em geral vinha da luz refletida pelos pais.

— Vamos descer? — perguntou Charlie finalmente. Estavam há muito tempo na montanha, e já era mais tarde do que tinha imaginado. Passava bem da uma hora. E ele estava morto de fome. Ao segui-la pelo lado da montanha abaixo, viu que esquiavam em perfeita combinação, e no final da corrida estavam ambos radiantes. — Foi fantástico, Monique. Obrigado!

A essa altura ele já lhe dissera que seu nome era Charlie e ela olhou para ele com seu sorriso mais brilhante.

— Você esquia de uma maneira sensacional! Igual ao papai. Vindo dela, era o maior de todos os elogios e Charlie percebeu isso.
— Obrigado. Você também não é nada ruim. — E aí, ele já não sabia o que fazer com ela. Não queria simplesmente tirar os esquis e se afastar dela, mas também não achava que devia levá-la com ele. — Você vai se encontrar com sua mãe em algum lugar? — Ele só estava um pouquinho preocupado. A estação de Charlemont parecia bastante correta e segura. Mas, ainda assim, ela era apenas uma criança e ele não queria deixá-la por sua própria conta, agora que já haviam saído da montanha.

Monique assentiu com a cabeça para ele.
— Mamãe disse que me encontrava no almoço.
— Acompanho você até lá dentro — disse ele, sentindo-se muito possessivo com relação a ela, e com vontade de protegê-la. Era raro para ele conhecer crianças, e estava surpreso ao ver como se sentia à vontade com ela e o quanto ela lhe agradava.

— Obrigada — disse ela, enquanto caminhavam até o deque do restaurante e abriam caminho em meio à multidão, mas ela disse a Charlie que não estava vendo a mãe em lugar nenhum. — Talvez ela tenha subido de volta. Ela não come muito.

Ele teve visões de uma Edith Piaf moderna, minúscula e delicada, embora Monique em minuto algum tivesse dito que a mãe era francesa, só o pai.

Perguntou-lhe o que ela gostaria de comer, e ela pediu um cachorro-quente, um *milkshake* de chocolate e batatas fritas.
— Papai faz com que eu coma comida boa na França. Argh. — Ela fez uma cara feia e ele riu, enquanto comprava o almoço dela e pedia para si um hambúrguer e uma Coca-Cola. Após esquiar com ela a plena velocidade, não estava sequer com frio. E tinha se divertido muito.

Pegaram uma mesa pequena e estavam na metade do almoço quando Monique deu um gritinho, pulou e começou a acenar para alguém a distância. E Charlie virou-se para ver quem ela encontrara na multidão. Havia montes de gente por toda a parte, pessoas acenando, conversando, gritando, caminhando ruidosamente com suas botas pesadas, empolgadas com as corridas matinais e ansiosas para voltar à montanha. Não sabia dizer quem ela vira e então, subitamente, lá estava ela, ao lado deles. Uma mulher alta e magra, numa parca bege orlada de pele, muito elegante. Estava usando calças de *lycra* bege e um suéter da mesma cor. Tirou os óculos escuros e olhou de cenho franzido para a garotinha. Charlie teve a sensação de já tê-la visto em algum lugar, mas não conseguiu se lembrar onde. Talvez fosse uma modelo, ou seus caminhos tivessem se cruzado em algum lugar na Europa. Havia alguma coisa de muito elegante nela. Estava usando um bonito chapéu de pele. Mas parecia tudo, menos satisfeita, olhando dele para a filha.

— Onde esteve? Procurei por você em toda parte. Disse-lhe que me encontrasse no restaurante ao meio-dia.

Monique pareceu ficar mais tranqüila ao erguer os olhos para a mãe, mas o que surpreendeu Charlie foi que a mulher mostrou-se fria como gelo para com ela, enquanto a criança era tão calorosa. Mas aquela mulher jovem e elegante estava também zangada, porque tinha estado preocupada, e ele não podia culpá-la por completo.

— Sinto muitíssimo — desculpou-se ele. — Foi provavelmente minha culpa. Nós subimos juntos no teleférico e aí descemos esquiando e demoramos muito. Começamos a conversar.

Ela pareceu ainda mais enfurecida com isso.

— Ela é uma criança de oito anos de idade. — Lançou-lhe um olhar feroz e em algum ponto da mente dele luziu um sinal de reconhecimento, mas não fazia idéia do que era. Ela lhe parecia tão familiar mas ele continuava não imaginando por quê. Mas, ao olhar para Monique, viu que ela estava a ponto de chorar. — Monique — a mãe olhou para a menina sem que a sua raiva se apaziguasse —, quem pagou o seu almoço?

— Fui eu — explicou Charlie, lamentando pela menina, diante daquela invectiva da mãe.

— O que aconteceu com o dinheiro que lhe dei hoje de manhã?

A mulher parecia frustrada e muito zangada ao tirar o chapéu e revelar longos cabelos de um avermelhado escuro. E Charlie já havia notado que tinha olhos azuis profundos. Não se parecia nada com a filha.

— Eu perdi — disse Monique, enquanto duas lágrimas finalmente lhe saltavam dos olhos rasos. — Desculpe, mamãe....

Escondeu o rosto nas mãos, para que Charlie não a visse chorar.

— Francamente, isso não é nada. — Charlie tentou apaziguar as duas. Sentia-se muito mal pelos problemas que estava causando, primeiro fazendo a menina se atrasar e em seguida pagando o seu cachorro-quente. Não era como se estivesse tentando conquistá-la. Estava perfeitamente cônscio de que se tratava de uma criança. Mas a expressão nos olhos da mãe ainda era feroz e, após agradecer a ele zangadamente, pegou Monique pelo braço e levou-a sem sequer deixá-la terminar de comer. Só de olhá-las juntas, Charlie ficou furioso. Não houvera motivo para fazer uma cena daquelas e constranger a criança. Ela estava certa em não deixá-la andar por aí com estranhos, mas ele, evidentemente, não parecia uma pessoa perigosa. Ela poderia ter tido um pouco de bom humor e ter sido bem mais agradável a respeito, mas não foi. E, enquanto terminava seu hambúrguer, pensou a respeito delas, da menininha com quem gostara tanto de conversar e da mãe tão zangada e paranóica... e então, subitamente, se lembrou. Sabia exatamente onde a havia visto antes e quem ela era. Era aquela mulher desagradável da sociedade histórica em Shelburne. Antipatizara com ela daquela vez e agora tudo se repetia. Ela parecia muito amarga e temerosa. Então se lembrou do que Monique dissera, de que em Paris a mãe chorava o tempo todo. Isso o levou a ficar imaginando mais coisas ainda a respeito delas. Do que estaria ela fugindo? O que estaria escondendo? Ou será que era tão desagradável quanto parecia? Talvez, na verdade, não houvesse mesmo ninguém em seu interior.

Ainda estava pensando nas duas quando tomou o teleférico, sozinho desta vez, e topou com Monique lá no alto. Ela ainda parecia constrangida e parecia mais hesitante em conversar com ele desta vez. Mas tivera a esperança de encontrá-lo. Detestava quando a mãe agia assim. Hoje em dia, ela fazia muito isso. E foi mais ou menos o que disse a Charlie, enquanto erguia para ele aqueles olhos enormes.

— Desculpe por mamãe ter ficado zangada com você. Ela hoje em dia se zanga um bocado. Acho que é porque fica cansada. Ela trabalha duro de verdade. Fica acordada até tarde, mesmo de noite, escrevendo. — Continuava não sendo desculpa para o modo como ela havia se comportado, até a menina sabia disso, e ela lamentava realmente que a mãe tivesse sido tão desagradável com Charlie. Parecia não haver nenhum meio de consertar isso agora. — Quer esquiar comigo de novo? — perguntou, triste. Parecia muito solitária e ele suspeitou, pelo modo como ela o olhava, que sentia falta do pai. Com uma mãe daquelas, não era de se espantar. E ele esperava, pelo bem da criança, que o pai fosse mais caloroso do que aquela mulher com uma língua afiada e uma expressão alquebrada nos olhos.

— Tem certeza de que sua mãe não vai se incomodar?

Não queria que ela pensasse que ele era algum tipo de pervertido, algum pedófilo maluco correndo atrás da sua garotinha. Mas eles estavam a céu aberto, na montanha, não se podia concluir muita coisa errada a partir disso. E ele não teve coragem de rejeitar a criança. Ela parecia ávida por companhia.

— Mamãe não liga para com quem eu esquio. Só não posso ir lá para dentro com ninguém, ou para a casa das pessoas, ou para seus carros — explicou ela, sensatamente. — E ela ficou zangada de verdade, porque deixei você pagar meu almoço. Ela disse que podemos cuidar de nós próprias sozinhas. — Ergueu novamente para ele olhos enormes, desculpando-se por sua extravagância. — Custou muito caro? — perguntou, parecendo preocupada, e ele riu da inocência da pergunta.

— É claro que não. Acho que ela só estava preocupada com você, e por isso ficou zangada. As mães fazem isso, às vezes — disse ele, também sensatamente, tentando aliviar suas preocupações —, e os pais também. Às vezes, os pais têm medo de que alguma coisa ruim tenha acontecido, quando não conseguem encontrar os filhos e aí quando encontram ficam muito nervosos. Tenho certeza que, hoje de noite, ela já vai estar bem.

Mas Monique não tinha tanta certeza, pois conhecia a mãe muito melhor do que Charlie. Sua mãe vinha se mostrando melancólica e infeliz há tanto tempo, que Monique já não conseguia mais se lembrar de uma pessoa diferente, embora achasse que a mãe fosse mais feliz quando ela era pequena. Mas sua vida era diferente então, suas ilusões ainda não haviam sido destruídas, ainda havia esperança, fé e amor. Agora, na vida delas, só havia amargura, raiva e um silêncio infeliz.

— Em Paris, mamãe costumava chorar o tempo todo. Aqui, fica zangada. — Mas ela era uma criança sempre risonha, e Charlie não pôde evitar de sentir pena dela. Era tão injusto por parte da mãe descarregar sua infelicidade na filha. — Acho que ela não é muito feliz. Talvez não goste muito do trabalho que faz.

Ele assentiu com a cabeça, suspeitando com facilidade que era mais do que isso, mas não ia tentar explicar uma coisa dessas a uma menina de oito anos.

— Talvez ela sinta falta do seu pai.

— Não — disse Monique, com firmeza, enquanto faziam uma curva brusca, lado a lado. — Ela diz que o odeia. — Essa era boa. Que atmosfera maravilhosa para uma criança crescer, pensou Charlie, ficando ainda mais aborrecido com a mãe. — Não acho que ela o odeie de verdade — continuou Monique com um ar esperançoso, mas seus olhos estavam tristes. — Talvez a gente volte, um dia — disse, melancólica. — Mas papai agora está com Marie-Louise. — Parecia uma situação complicada, e tudo indicava que custara um preço muito caro à criança. Isso lembrou-lhe um pouco seu problema com Carole, mas pelo menos não havia filhos para serem prejudicados. E Monique parecia estar sobrevivendo, apesar da mãe.

— É o que sua mãe diz? — perguntou ele com pouco interesse, não devido a qualquer preocupação com a mãe, mas porque havia se afeiçoado à criança. — Que vocês vão voltar?

— Na verdade, não... de qualquer forma ainda não. Ela diz que agora temos de ficar aqui. — Ele sabia de destinos piores. Ficou imaginando se não morariam em Shelburne Falls, e durante a descida perguntou isso a ela, ao que Monique assentiu com a cabeça. Ele sabia que a mãe dela trabalhava lá, mas não sabia se moravam em algum lugar fora da cidade, ou em Deerfield. — Como é que você sabia? — perguntou, interessada.

— Porque já vi a sua mãe. Eu também moro lá. Acabei de mudar para lá de Nova York, no Natal.

— Fui uma vez a Nova York, quando voltamos de Paris. Minha avó me levou a F.A.O. Schwartz.

— É uma grande loja de brinquedos — disse ele, com o que ela concordou entusiasticamente. Então chegaram ao final da pista e desta vez desceram juntos no teleférico. Ele havia resolvido que valia até a pena se arriscar à ira daquela mãe só para poder voltar a curtir o papo de Monique. Ele gostava dela de verdade, podia sentir um entusiasmo incontido, além de calor e energia, naquela garotinha, apesar do problema que tinha com os pais. Era brilhante, cheia de vida, adorável, obviamente passara por muito sofrimento, e no entanto nada havia nela de depressivo. Ao contrário da mãe, que obviamente havia entrado pelo cano sem nunca conseguir sair do outro lado. Ou, se tinha conseguido, tudo que ela um dia tivesse possuído de vida, esperança e felicidade havia se alterado. Era quase como se houvesse morrido e uma alma amarga, cansada e derrubada houvesse tomado o seu lugar. De certa forma, Charlie lamentou por ela. Monique iria sobreviver. A mãe, obviamente, não havia sobrevivido.

Desta vez, durante a descida conversaram sobre a Europa. E Charlie adorou ficar falando com ela. Monique via tudo através dos olhos viçosos, divertidos e sempre bem-humorados de uma criança. E ela lhe contou sobre tudo que gostava na França. Havia muitas coisas. Ela achava que um dia iria voltar, quando crescesse o suficiente para morar onde escolhesse, e iria ficar com o pai. Passava dois meses de verão com ele agora, e gostava muito. Eles iam durante um mês para o sul da França. Disse que o pai era locutor de esportes na TV, muito famoso.

— Você se parece com ele? — perguntou Charlie meio ao acaso, admirando os cachos dourados macios e os grandes olhos azuis, como vinha fazendo desde que haviam se encontrado de manhã.

— Mamãe diz que pareço.

Mas ele suspeitava que isso também deixava a mãe de Monique

infeliz. Se ele era um campeão olímpico de esqui e locutor de esportes, e tinha uma namorada chamada Marie-Louise, existia sempre a possibilidade de que a mãe de Monique tivesse levado um pontapé, ou talvez não. Mas se ela costumava chorar o tempo todo, isso não depunha exatamente muito bem a favor do marido. E ele viu-se refletindo, durante a descida, enquanto Monique continuava falando, sobre a confusão que a maioria das pessoas fazia com as suas vidas. Enganando uns aos outros, mentindo, casando-se com o homem ou a mulher errados, perdendo o respeito, perdendo a esperança, perdendo o entusiasmo. Parecia-lhe um milagre agora que alguém conseguisse fazer a coisa funcionar e permanecesse casado. Ele com toda certeza não conseguira. Achara que era o homem mais feliz do mundo até descobrir que a sua esposa estava loucamente apaixonada por outro. Era tão clássico que chegava a ser constrangedor, e viu-se tentando imaginar, novamente, o que teria acontecido entre os pais de Monique. Talvez houvesse um motivo para o ar soturno que a mãe assumia, com os lábios em forma de coração fechados numa linha dura e firme. Talvez ela fosse uma outra pessoa, antes de Pierre Vironnet tê-la transformado numa mulher amarga. Porém, mais uma vez, havia a possibilidade de ser uma megera e ele ter ficado feliz por se livrar dela. Quem podia saber? E, no final, quem estava ligando? Charlie, não era. Ele só estava ligando para a criança.

Monique desta vez foi ao encontro da mãe sem atrasos. Charlie lhe perguntara se tinham algum encontro marcado e, às três da tarde em ponto, mandou-a embora e subiu sozinho para uma última corrida. Mas descobriu que sem a criança não esquiava nem melhor, nem mais rápido, nem mais bravamente do que havia esquiado com a sua jovem amiga. Ela podia acompanhá-lo com facilidade, e dava para ver que o pai lhe ensinara tudo muito bem. E, enquanto descia a montanha, sozinho desta vez, não pôde deixar de pensar na menininha que havia morado em Paris. Conhecê-la quase o fizera desejar que ele e Carole tivessem tido filhos. Isso teria complicado as coisas, e eles provavelmente estariam agora na mesma confusão, mas pelo menos alguma coisa teria resultado de seus dez anos juntos. Agora, só o que tinham eram algumas antigüidades, umas poucas pinturas boas e metade da louça e da roupa de cama e mesa. Parecia ter restado muito pouco para marcar dez anos juntos. Após uma década, deviam ter conseguido mais.

    Charlie ainda estava matutando sobre tudo isso quando voltou ao hotel. Mas, no dia seguinte, quando foi esquiar de novo, não viu Monique, nem a mãe, e ficou imaginando se teriam ido embora. Não lhe perguntara se estavam planejando ficar, e calculou que não tinham ficado. Esquiou sozinho durante os dois dias seguintes e, embora tenha visto algumas mulheres bonitas aqui e ali, nenhuma delas parecia valer a pena. Hoje em dia, sentia-se como se não tivesse nada a dizer, nada a oferecer a ninguém, nenhuma ajuda, nenhum apoio, nenhum caso divertido para contar. Sua fonte havia secado. A única pessoa que o havia tirado do casulo com algum sucesso fora uma menina de oito anos. Era um testemunho lamentável do seu psiquismo e de sua perspectiva da vida.

    E ele ficou surpreso quando, no dia da véspera de Ano-Novo, voltou a topar com Monique.

    — Onde você esteve? — perguntou, encantado, quando se encontraram, colocando os esquis na base da montanha. Notou que a mãe dela não estava à vista em parte alguma. Mais uma vez ficou se perguntando sobre alguém que se mostrava tão preocupada com relação a quem havia comprado um cachorro-quente com batatas fritas para a criança, mas que a deixava esquiar sozinha. Ela com toda certeza não andava muito com Monique. Mas sabia que, em Charlemont, Monique estava segura. Elas tinham ido para lá quase que todos os fins de semana, durante o último ano, desde que se mudaram para a cidade. E, apesar do sabor amargo que Pierre havia lançado sobre praticamente tudo que haviam feito na França, esquiar ainda era importante para elas, embora a mãe descesse ladeiras mais suaves do que Monique.

    — Voltamos porque a mamãe tinha de trabalhar — explicou ela a Charlie, enquanto sorria radiante para ele. Era como um encontro de velhos amigos. — Mas vamos ficar aqui esta noite, voltando para a casa amanhã.

— E eu também. — Ele já estava lá há três dias e só iria voltar na noite do dia primeiro. — Vai ficar acordada esta noite, para o *réveillon*?

— Provavelmente — disse ela. — Papai me deixa beber champanhe. Mamãe diz que isso vai destruir o meu cérebro.

— É possível — disse ele com um ar divertido, pensando em todo o champanhe que havia tomado nos últimos trinta anos, embora fosse discutível o efeito que isso fizera. — Acho que uns poucos golinhos não vão lhe fazer mal.

— Mamãe não me deixa tomar nem isso. — E então, numa nota mais alegre: — Fomos ao cinema ontem. Foi muito legal.

Ela parecia satisfeita e seguiu à frente dele por algum tempo. E, desta vez, ao meio-dia em ponto, mandou-a descer para encontrar a mãe. Mas voltaram a se encontrar naquela tarde, e Monique trouxe um amigo. Era um menino que conhecia da escola. Ele gostava de se exibir nas ladeiras, fazendo manobras e piruetas, observou Charlie, mas Monique sussurrou-lhe, com um ar sério, que Tommy era um péssimo esquiador. E Charlie sorriu quando as crianças saíram voando à frente dele. Charlie mostrou-se um pouco mais cauteloso do que eles na descida e, ao final do dia, estava cansado. Monique a essa altura já deixara as colinas e ele surpreendeu-se ao topar com elas em seu hotel, naquela noite, após o jantar. Estavam sentadas no salão amplo do chalé, e Francesca esticara as pernas compridas na frente do fogo. Quando ela disse algo a Monique, Charlie conseguiu vê-la sorrir. E detestou ter de admitir, mas ela parecia linda. Era uma mulher bonita, apesar da expressão gélida e lamentosa nos olhos.

Hesitou a princípio, mas finalmente resolveu ir até lá e dizer-lhes alô. Havia passado tanto tempo com Monique, a essa altura, que achava grosseria não cumprimentar a mãe. Ela estava usando o cabelo num longo rabo de cavalo e, quando ele se aproximou não pôde deixar de notar os olhos amendoados enormes e a cor fulva intensa profunda de seus cabelos, à luz do fogo. Havia nela algo de misterioso e exótico quando sorria. Mas, no momento em que o reconheceu, tudo se fechou novamente, feito persianas de janela. Charlie nunca vira nada igual. Ela estava obviamente determinada a se esconder.

— Alô, novamente — disse ele, tentando parecer mais descontraído do que se sentia. Ele já não era mais bom nisso. E nem queria ser. Sentiu-se feito um tolo, parado ali, de pé, com Francesca lançando-lhe um olhar iracundo. — Uma neve ótima hoje, não foi mesmo? — disse casualmente e a viu assentir com a cabeça. Os olhos ergueram-se um pouco trêmulos para ele, uma vez, voltando logo em seguida a fitar o fogo, sem interesse.

Mas ela se forçou finalmente a olhá-lo e a responder à pergunta.

— Foi uma neve formidável — concordou ela, mas ele notou que parecia causar-lhe uma dor considerável o simples ato de falar com ele. — Monique me disse que voltou a vê-lo — acrescentou, parecendo quase expansiva, mas ele não queria que essa mulher achasse qualquer coisa de clandestino em seu trato com a criança. Eram apenas companheiros de esqui e ela estava obviamente ávida por companhia masculina, pois sentia muita falta do pai. — Você foi muito gentil com ela — disse baixinho Francesca Vironnet, enquanto Monique foi conversar com outra criança, mas não o convidou a sentar-se a seu lado. — Tem filhos?

Ela presumia que ele tivesse. Monique não lhe contara muita coisa sobre suas conversas. E particularmente não lhe contara que havia falado a Charlie sobre o pai.

— Não, não tenho filhos — explicou Charlie. — Gosto dela — acrescentou, fazendo elogios profusos a Monique. Mas não pôde deixar de notar mais uma vez como a mulher era retraída. Parecia um animal ferido, no fundo de um buraco. Só o que dava para ver eram os olhos rebrilhando, na escuridão, à luz do fogo. Não estava bem certo do motivo, mas mesmo que fosse apenas por curiosidade, gostaria de trazê-los para fora. Esse era o tipo de desafio que ele havia adorado anos antes, mas que aprendera a evitar, mesmo antes de estar casado. O mais freqüente era que desafios como esses não valessem a pena o sofrimento, ou o tempo. E no entanto... alguma coisa nos olhos dela sussurravam intensamente a sua dor.

— É muita sorte sua ter a Monique — disse ele baixinho, e desta vez ela o fitou bem no fundo dos olhos e, finalmente, ele viu um pequenino bruxuleio de alguma coisa calorosa por trás da geleira em que ela se escondia.

— Sim, tenho sorte... — admitiu ela, mas sua voz não parecia querer dizer exatamente o que as palavras transmitiam.

— E é também uma grande esquiadora — ele sorriu. — Ela me ultrapassou inúmeras vezes.

— Ela me ultrapassa também. — Francesca quase riu, mas controlou-se. Não queria conhecer este homem. — É por isso que a deixo esquiar sozinha. Ela é rápida demais para mim. Não consigo acompanhá-la.

Ela sorriu para ele e pareceu quase bonita, mas não exatamente. Teria sido necessário muito mais fogo para fazer a diferença.

— Ela me contou que aprendeu a esquiar na França — disse ele, muito casualmente, e com essas palavras ele viu tudo no rosto de Francesca se trancar por completo. Era como observar a porta de um cofre que se fechava eletronicamente. Trancada, travada, hermeticamente fechada, e nada menos que dinamite a poderia abrir antes da hora marcada. Ele obviamente havia recordado de algo em que ela não conseguia pensar. E ela havia travado a porta e corrido para longe, bem longe dele. Ainda estava com um ar de pasma agonia quando Monique voltou, ao que Francesca levantou-se e disse-lhe que estava na hora de ir dormir.

Monique pareceu arrasada. Estava se divertindo muito. Queria ficar acordada até a meia-noite. E Charlie sabia que, em parte, essa saída era sua culpa. Francesca agora precisava fugir dele, ficar em segurança, e tinha de levar a filha consigo. Teve vontade de dizer-lhe que não lhe desejava mal algum, que tinha suas próprias feridas. Ele não era ameaça a ninguém. Os dois eram como animais feridos, bebendo no mesmo riacho, não havia nenhuma necessidade de maltratarem um ao outro, não novamente, nem de fugir, nem de se esconder. Mas não havia como dizer a ela aquilo que ele sentia. Não queria absolutamente nada dela, nem amizade, nem intimidade, não queria arrancar nada dela. Estava apenas parado, tranquilo, em seu caminho. Mas mesmo esta pálida ameaça, esta sugestão de uma presença humana em sua vida, mesmo por uns poucos momentos, era demais para ela. Ficou se perguntando sobre o que estaria escrevendo, mas não ousou perguntar-lhe isso.

Tentou fazer um último apelo em favor da jovem amiga.

— Está meio cedo demais para subir, na véspera de Ano-Novo, não acha? Que tal um refrigerante para Monique e um copo de vinho para nós?

Mas isso era ainda mais ameaçador, e Francesca sacudiu a cabeça, agradeceu-lhe e, em dois minutos, ambas já haviam sumido e ele lamentou quando elas se foram. Mas nunca havia conhecido uma mulher tão gravemente machucada quanto ela e não conseguia imaginar o que o locutor esportivo fizera para deixá-la tão ferida. O que quer que fosse, Charlie suspeitava que devia ter sido bem feio. Ou pelo menos ela achava que tinha sido, o que bastava. Mas apesar da armadura que ela usava com tanta eficácia, ele pressentia agora que em algum ponto, lá seu interior, ela era provavelmente uma pessoa decente.

Ele foi para o bar e lá ficou até dez e meia, quando finalmente subiu para seu quarto. Não fazia sentido ficar lá embaixo, olhando todo mundo rir, gritar e se embebedar. Como Gladys Palmer, a véspera de Ano-Novo era uma noite que ele nunca apreciara especialmente. E, à meia-noite, quando as cornetas soaram, os sinos tocaram e os casais se beijaram, prometendo que naquele ano tudo seria diferente, Charlie estava em sono profundo em sua cama, trancado no quarto.

Acordou cedo e bem-disposto na manhã seguinte, e viu que estava nevando, com fraquíssima visibilidade. Um vento forte havia chegado, estava fazendo muito frio e ele resolveu voltar. Charlemont ficava tão perto de onde ele estava que podia retornar a qualquer momento que quisesse, não precisava esquiar com tempo ruim nem se forçar a ficar, quando preferia estar em casa fazendo suas coisas. Três dias esquiando haviam sido suficientes para ele.

Deixou o hotel às dez e meia e, em vinte minutos, estava de volta ao seu *château*. A neve voltava a se acumular em montes, e havia um silêncio intenso cobrindo tudo. Ele adorava ficar olhando aquilo, e permaneceu sentado durante horas em seu pequeno gabinete, que havia sido o *boudoir* de Sarah, lendo e erguendo os olhos de tempos em tempos para ver a neve que caía lá fora.

Pensou na menininha que havia conhecido em Charlemont e em sua vida com aquela mãe que era ao mesmo tempo zangada e tão triste. Gostaria de voltar a ver a criança, mas estava óbvio que ele e a mãe não se destinavam a ser amigos íntimos. E, ao pensar nela, lembrou-se dos dois livros que deveria devolver à sociedade histórica. Emprestara um deles a Gladys Palmer e, como queria mesmo vê-la, tomou uma nota mental para passar na casa dela no dia seguinte e pegá-lo. Podia devolver os dois livros à sociedade histórica depois de vê-la.

Mas, enquanto pensava nelas, ouviu um estranho barulho, como se fossem pés se arrastando, no sótão sobre sua cabeça e, contra a própria vontade, levantou-se de um salto, e então riu. Sentiu-se extremamente tolo; afinal, numa casa com uma história daquelas, tudo era atribuído ao sobrenatural. Nunca ocorrera a ninguém que poderia perfeitamente haver algum tipo de esquilo no sótão, ou mesmo um rato.

Decidiu não dar atenção àquilo, mas enquanto lia alguns dos novos periódicos arquitetônicos que havia comprado, voltou a ouvir o mesmo som. Parecia um animal arrastando alguma coisa e, em certos momentos, soava quase como se fosse um ser humano. Então, houve um som semelhante ao de alguma coisa sendo roída, o que lhe transmitiu exatamente a sensação que sentira antes. Era um roedor. Ao menos dessa vez, nem sequer começara a suspeitar que fosse o fantasma de Sarah, após o que Gladys dissera a respeito de só tê-la visto uma vez na vida, e estava certo de que a visão não voltaria, pela segunda vez. Ainda não conseguia explicar-se exatamente o que tinha sido aquilo, mas fosse o que fosse, já tinha ido embora e a casa estava vazia. Exceto pelo rato no sótão.

Ficou incomodado com aquilo a tarde inteira e, ao crepúsculo, como a neve ainda caía, puxou a escada e resolveu subir para examinar a coisa. Se fosse um rato, não queria que a fiação fosse destruída. A casa já era suficientemente velha sem precisar de roedores para devorar o que havia restado e provocar um incêndio. Prometera repetidamente a Gladys que seria cuidadoso quanto a isso.

Mas, quando abriu a porta do alçapão que levava ao sótão e ergueu-se para seu interior, encontrou tudo silencioso e nenhum sinal de algo faltando. Sabia que não havia imaginado os barulhos e esperava que os roedores não houvessem descoberto um meio de se enfiar entre as paredes. Mas tinha certeza de que os sons que ouvira haviam ocorrido diretamente sobre ele. Trouxera uma lanterna e olhara em toda parte. Havia todas as mesmas caixas que vira antes, os uniformes, os brinquedos, um velho espelho apoiado contra uma parede, mas aí, na outra extremidade, avistou algo que não vira em sua primeira expedição. Era um velho berço, entalhado a mão, e ele passou gentilmente a mão sobre ele, imaginando se teria pertencido a Gladys ou a Sarah, mas em qualquer dos casos havia nele agora uma tristeza, um vazio que o comoveu. Os bebês da vida de ambas haviam ido embora e, pior do que isso, estavam agora todos mortos. Afastou-se dele e da sensação ao mesmo tempo doce e amarga que ele lhe trazia e lançou um facho de luz nos cantos mais distantes, só para ter certeza de que nenhuma criaturinha peluda havia construído um ninho ali. Sabia que alguns tipos de esquilos faziam isso, às vezes. Ele poderia até ter vivido ali por um longo tempo e, enquanto caminhava lentamente de volta à escada, notou uma pequena alcova embaixo de uma das grandes janelas redondas, e enfiado nela havia um velho baú surrado. Não acreditava tê-lo visto ali antes, embora pelo seu aspecto e pela nuvem de poeira que se levantou quando o tocou, era óbvio que estava lá desde sempre. Teria sido fácil não notá-lo; sua cobertura de couro desgastado parecia se misturar com a parede. E Charlie tentou abri-lo, descobriu que estava trancado. O fato de não poder ver o que havia dentro o deixou muito curioso.

Não havia marcas de identificação no baú, nenhuma inicial, nenhum nome, nenhum brasão. Como ambas as pessoas que viveram naquela casa antes dele haviam sido européias e portadoras de títulos de nobreza, ele não se surpreenderia de ver um brasão em algum ponto do baú, mas não viu. E, enquanto mexia de leve na fechadura, um pouco daquele couro muito antigo se desprendeu em pequenas escamas. Essa cobertura parecia extremamente frágil, mas o baú em si mesmo, não. E, quando Charlie tentou erguê-lo, dava a impressão de estar cheio de pedras. Mas era pequeno o suficiente para ser carregado com apenas algum esforço, e Charlie conseguiu trazê-lo até a escada, deixando-se então descer lentamente, equilibrando-o sobre o ombro, tomando muito cuidado para não deixá-lo cair.

Quando chegou novamente ao corredor do andar de baixo, o baú foi ao chão com uma pancada. E, depois que ele puxou a porta do sótão, convencido de que não havia nenhum roedor visível lá em cima, carregou o baú até a cozinha e pegou algumas ferramentas para tentar abrir a fechadura. Sentia-se um pouco esquisito, imaginando se Gladys Palmer teria escondido algum pequeno tesouro pessoal ali, ou alguns documentos que ela não queria que ninguém visse. Quase telefonou-lhe, antes de começar a tentar forçá-lo. Parecia uma espécie de violação, mas, ao mesmo tempo, o baú dava a impressão de ser muito velho, e algo nele o hipnotizava. Não conseguiu interromper o que estava fazendo. Não podia deixar aquilo de lado e, cedendo a seu esforço, a fechadura subitamente soltou-se e caiu. O couro era seco e frágil, havia nele tachões de latão e era fácil acreditar que aquilo estava ali há tanto tempo quanto a casa. E, quando Charlie tocou a tampa, sentiu-se estranhamente sem fôlego. Não fazia idéia do que esperava encontrar, dinheiro, jóias, tesouro, documentos, mapas, um crânio, alguma bugiganga ou algum troféu, horrível ou maravilhoso, de um outro século, mas seu coração batia forte quando ergueu a tampa, e quase acreditou ter ouvido um farfalhar ao seu lado quando o fez. Riu no silêncio da velha cozinha, sabendo que havia imaginado aquilo. Tratava-se apenas de uma coisa, um objeto, uma caixa antiga, e, quando ela se abriu, sentiu-se tomado por uma pequena onda de decepção. Estava cheio de pequenos livros encadernados em couro, pareciam quase livros de oração ou hinários. Estavam cuidadosamente atados e tinham longos marcadores de seda. Havia mais de uma dúzia, e eram todos iguais. Suspeitava que o couro devesse ter sido um dia vermelho, mas agora era de um castanho opaco, desbotado. Pegou um dos livros, abriu, imaginando se não teriam vindo de alguma igreja, ou de algum lugar, ou a quem teriam pertencido. Não havia marcas neles, nem títulos, mas tinham o ar de algo reverente, e então, ao olhar o que havia dentro, para a primeiríssima página, sentiu um calafrio ao ver o nome dela em sua própria caligrafia. As letras eram pequenas, elegantes e nítidas. A tinta já secara sobre a página há mais de duzentos anos e, no canto, ela escrevera: "Sarah Ferguson, 1789". Só de ver o que ela havia escrito e de ver o seu nome ele ficou cheio de ansiedade... há quanto tempo tinha sido... como ela tinha sido? Se fechasse os olhos, conseguiria imaginá-la, sentada ali mesmo, escrevendo.

E, com a mais profunda delicadeza e precaução, temeroso que ele se desintegrasse ao seu mero toque, virou a página seguinte, e então entendeu o que tinha em mãos. Aquilo não era nenhum hinário. Eram diários. Os diários de Sarah. Seus olhos se arregalaram quando começou a ler. Era como uma carta dela para todos eles. Ela estava lhes contando o que lhe acontecera, onde estivera, quem a havia visto, o que lhe havia sido caro, como conhecera François... como chegara até ali, e vinda de onde. E, quando Charlie começou a ler as palavras que haviam sobrevivido por dois séculos, uma lágrima rolou pelo seu rosto e tombou sobre sua mão. Mal conseguia acreditar na sorte, e sentiu um tremor de empolgação percorrer seu corpo quando começou a ler.

Capítulo Oito

SARAH FERGUSON ESTAVA em pé junto à janela, olhando a charneca ao longe, como vinha fazendo durante os últimos dois dias. Embora fosse agosto, a névoa pairava baixa desde a manhã, o céu estava escuro e era fácil perceber que não demoraria muito a cair uma tempestade. Tudo em torno tinha um ar sombrio, soturno, mas muito adequado ao modo como ela se sentia, enquanto esperava. Seu marido, Edward, conde de Balfour, estava ausente há quatro dias.

Ele dissera que ia sair para caçar quatro dias antes, e levara consigo cinco dos seus criados. Tinha dito a Sarah que ia encontrar amigos. E ela nunca fazia perguntas. Não era tola. Ela dissera aos homens que o buscavam que fossem procurar por ele na taverna, ou na cidadezinha próxima, ou mesmo entre as criadas em suas fazendas, ou em suas propriedades. Conhecia bem Edward, conhecia-o há muito tempo. Conhecia sua crueldade, sua infidelidade, sabia como ele era rude, como sua língua era impiedosa, e conhecia a violência das costas de sua mão. Ela falhara com ele, gravemente, e com freqüência. O sexto filho que ela lhe gerara, morto ao nascer, desta vez, havia sido enterrado apenas três meses antes. A única coisa que Edward sempre quisera dela fora um herdeiro e, após anos com ela, ele ainda não tinha nenhum.

Todos os filhos que ela gerara haviam sido abortados ou natimortos, ou tinham morrido horas depois de nascer.

Sua própria mãe morrera de parto, da segunda filha, e Sarah vivera sozinha com o pai desde menininha. Ele já era velho quando Sarah nasceu e, com a morte da mãe de Sarah, nunca voltou a se casar. Sarah tinha sido muito bonita, muito engraçadinha, uma alegria enorme para ele, que a adorava. Ao ficar mais velho e tornar-se cada vez mais frágil, Sarah cuidara dele com devoção e o mantivera vivo por muitos anos além daquilo que ele poderia ter vivido sem ela. E, quando ela estava com quinze anos, ficara óbvio até para ele próprio que não poderia durar muito mais. Sabia que não tinha mais escolha, não poderia atrasar uma decisão que tinha de ser tomada. Precisava encontrar-lhe um marido, antes de morrer.

Havia inúmeras possibilidades no próprio condado, um duque, um conde, um visconde, alguns deles homens importantes. Mas Balfour foi o que se mostrou mais ansioso, o que a queria mais desesperadamente e aquele cujas terras eram adjacentes às do pai dela. Isso formaria uma propriedade notável, ele destacara o fato ao pai de Sarah, uma das maiores e mais importantes da Inglaterra. O pai de Sarah acrescentara lotes enormes de terra às suas próprias, ao longo dos anos, e ela com isso tinha um dote digno de um monarca.

No final, foi Balfour quem levou a palma. Ele era astuto demais, seu interesse forte demais e seus argumentos convincentes demais para ser ignorados. Houvera um outro homem, mais jovem, que ela preferia a ele, mas Edward havia garantido ao pai dela que, tendo vivido com um velho durante tanto tempo, ela jamais seria feliz com um menino muito próximo de sua própria idade. Precisava de alguém mais parecido com o pai. E Sarah conhecia muito pouco de Edward, não o suficiente para pedir piedade, para suplicar que fosse poupada.

Foi negociada por terras e tornou-se a condessa de Balfour aos dezesseis anos. As bodas foram discretas, a propriedade imensa e as penalidades infinitas. Seu pai morreu cinco semanas depois do casamento.

Depois disso, Edward batia nela regularmente, até que Sarah ficou grávida. A partir de então, ele só a ameaçava e tratava mal, esbofeteando-a sempre que lhe dava vontade e dizendo que a mataria se não conseguisse proporcionar-lhe um herdeiro. A maior parte do tempo, estava longe de casa, viajando por suas propriedades, caindo bêbado pelas tavernas, correndo atrás de criadinhas ou hospedado na casa de amigos, por toda a Inglaterra. Era sempre um dia sombrio quando ele voltava. Porém, o mais sombrio de todos foi quando seu primeiro filho morreu horas depois do nascimento. Havia sido o único raio de esperança em sua vida. Edward ficou bem menos desolado do que ela, pois era apenas uma menina. Os três seguintes haviam sido filhos, dois natimortos, um nascido prematuro demais, e os dois últimos meninas novamente. Ela segurara a última junto a seu peito durante horas, sem vida, envolta em faixas, tal como havia preparado todos os outros. Ficara meio fora de si, de tanto sofrimento e dor, e tiveram de arrancar-lhe o bebê para poder enterrá-lo. Edward, desde então, mal lhe dirigia a palavra.

Embora Edward tivesse o cuidado de esconder a sua crueldade para com ela, Sarah sabia, como todas as pessoas do condado, que ele tinha inúmeros bastardos, sete deles filhos, mas não era a mesma coisa. Ele já a havia prevenido: se ela não lhe desse um herdeiro, ele acabaria por reconhecer um deles, qualquer coisa, menos passar o título e suas propriedades para o irmão, Haversham, a quem odiava.

— Não vou lhe deixar nada — lançara-lhe ele ao rosto. — Mato-a, antes de permitir-lhe viver na face da Terra sem mim, caso não me dê um herdeiro.

Aos 24 anos, estava casada com ele fazia oito, e uma parte dela já havia sido morta por ele muito tempo atrás. Havia uma expressão apagada em seus olhos que ela própria às vezes via no espelho. E, particularmente desde que a última criança morrera, Sarah já não ligava mais se iria viver ou morrer. Seu pai teria dado cambalhotas no túmulo se soubesse do destino ao qual a havia condenado. Ela não tinha vida, não tinha esperança, não tinha sonhos. Era surrada, maltratada, detestada, desprezada por um homem a quem tinha horror e com o qual fora forçada a dormir durante os últimos oito anos, tentando constantemente dar-lhe filhos, acima de tudo um herdeiro.

Aos 54 anos de idade, ele ainda era um homem bonito, tinha uma boa figura aristocrática, e as jovens das fazendas e das tavernas, que não sabiam como ele era, ainda o achavam bonitão e charmoso, mas em pouco tempo seriam usadas, postas de lado e pisadas por ele, e se mais tarde daí surgisse uma criança, Edward não tinha qualquer interesse pela menina ou menino. Não ligava para nada, era alimentado pelo ciúme e ódio de seu irmão caçula e pela ambição que o levava a devorar cada pedaço de terra sobre o qual conseguisse deitar as mãos, incluindo as terras do pai dela, que se tornaram suas quando o velho morreu. Edward fazia muito tinha gastado todo o dinheiro dela, vendido a maioria das jóias de sua mãe e tomado até aquilo que o pai lhe havia deixado. Edward a usara em todos os sentidos possíveis, e o que quer que tivesse sobrado não era de interesse para ele. Ainda assim, mesmo agora, após tantas decepções, tantas tragédias em sua jovem vida, tudo que ele queria dela era um herdeiro, e ela sabia que no final, com ou sem criança, ele a mataria na tentativa. Ela já nem ligava mais. Só esperava que o fim chegasse logo. Algum acidente, algum ato traiçoeiro, alguma surra impiedosa, um bebê em seu ventre, que nunca viesse a nascer e com o qual ela pudesse mergulhar em um outro mundo. Não queria nada dele, somente a morte e a liberdade que daí adviria. E agora, enquanto esperava que ele voltasse, tinha certeza de que chegaria montado em seu cavalo manhoso, recém-vindo de alguma aventura infame. Não conseguia imaginar nada acontecendo com ele. Tinha a certeza de que estava caído, bêbado, em algum lugar, com uma vagabunda nos braços. E em algum momento ele acabaria voltando para casa, a fim de maltratá-la. Dava graças a Deus pela ausência dele, embora desta vez todos estivessem preocupados, exceto Sarah — sabia que ele era ruim demais para morrer, ardiloso demais para desaparecer por muito tempo.

Saiu finalmente da janela e tornou a olhar para o relógio sobre a lareira. Tinha acabado de dar quatro horas. Ficou imaginando se não deveria mandar chamar Haversham, se deveria pedir-lhe que fosse procurar por Edward. Ele era meio-irmão de Edward, e teria vindo, se ela pedisse. Mas parecia tolice preocupá-lo, e se Edward o encontrasse lá quando voltasse, ficaria lívido e iria descontar nela. Resolveu esperar mais um dia, antes de chamar Haversham.

Voltou caminhando lentamente para o seu quarto e sentou-se, o vestido amplo de cetim verde reluzindo como uma jóia, com um corpete de veludo verde-escuro que modelava sua figura esguia tão justo que ela parecia novamente uma garotinha. E o tecido diáfano, de um tom cremoso, da sua blusa, por baixo do vestido, parecia quase da mesma cor da pele. Ela tinha algo de muito delicado e de enganosamente frágil em sua figura, porém era mais resistente do que parecia, ou não teria sobrevivido às surras.

O marfim de sua pele formava um marcante contraste com os cabelos negros lustrosos. Usava-os numa trança longa enrolada várias vezes para formar um coque grande sobre a nuca. Sarah sempre fora elegante, sem se preocupar com os ditames da moda. Havia uma dignidade clássica em seu porte que desmentia o desespero dos olhos. Sempre tinha uma palavra gentil para os criados, sempre ia até as fazendas para ajudá-los com os filhos doentes e levar-lhes alimentos. Estava sempre presente para ajudá-los.

Tinha uma paixão profunda por literatura e arte, tendo viajado com o pai, quando menina, à Itália e à França, mas desde então não fora mais a lugar nenhum. Edward a mantinha trancada e a tratava como uma peça da mobília. Sua beleza excepcional era algo que ele nem notava mais, para ele não tinha qualquer conseqüência. Tratava seus cavalos melhor do que a Sarah.

Foi Haversham quem sempre a notou, sempre se interessou por ela, que sempre viu a tristeza em seus olhos e ficava angustiado sempre que sabia que ela estava sofrendo. Durante anos ficou consternado pelo modo como o irmão a tratava, mas havia muito pouco que ele pudesse fazer para tornar a vida de Sarah menos infernal do que já era nas mãos de Edward. Tinha 21 anos quando o irmão se casou com ela, e, quando Sarah ficou grávida do primeiro filho, Haversham já lhe dedicava um profundo amor. Levou mais dois anos para dizer-lhe, mas quando o fez ela ficou aterrorizada com o que aconteceria se retribuísse seus sentimentos. Edward mataria a ambos. Obrigou Haversham a jurar que jamais voltaria a falar disso. No entanto, não havia como negar o que ambos sentiam. Há anos que ela também estava apaixonada por ele. Mas guardava isso em segredo. Não lhe diria nunca, jamais, pois fazê-lo teria sido colocar em risco a vida dele, o que agora parecia-lhe muito mais importante do que a sua própria.

Ambos sabiam que nunca haveria qualquer esperança de ficarem juntos. E, quatro anos antes, ele finalmente se casara com uma de suas primas, uma menina boba mas bem-intencionada, de dezessete anos, chamada Alice. Ela crescera na Cornualha e era, em vários sentidos, simples demais para seu marido; mas economicamente era um bom casamento, as famílias haviam ficado satisfeitas, e nesses quatro anos ela lhe dera quatro menininhas adoráveis. Mas, além do próprio Haversham, continuava não havendo herdeiro, e as filhas de Haversham não resolviam o problema, uma vez que mulheres não podiam herdar nem terras nem títulos.

Quando a luz começou a morrer e Sarah silenciosamente acendeu as velas, ouviu uma agitação no pátio. Fechou os olhos, tremendo, rezando para que ele ainda não tivesse voltado. Por mais que soubesse como era ruim pensar nisso, sua vida seria para sempre abençoada se de fato alguma coisa lhe houvesse acontecido e ele jamais retornasse. Não conseguia suportar a idéia de passar o resto da vida ao lado dele. Por mais curta que fosse essa vida, seria muito, muito longa ao lado de Edward.

Pousando a vela, foi rapidamente até a janela e então viu a cena: o cavalo dele, sem cavaleiro, chegava precedido de seis de seus homens. E, atrás dele, viu o seu corpo deitado sobre a própria capa, numa carroça de fazenda. Dava a impressão de estar morto. Seu coração bateu como o de um pássaro assustado, enquanto ela esperava. Se estivesse morto, eles se mostrariam solenes, e alguém viria dizer-lhe. Porém, mal entraram no pátio e já estavam correndo e gritando, pedindo ajuda. Mandaram alguém ir buscar o médico e quatro dos criados o puseram sobre uma prancha e começaram a transportá-lo para dentro de casa. Ela não fazia idéia do que lhe havia acontecido, mas sentiu o coração afundar no peito ao perceber que ainda estava vivo e que tinham a esperança de salvá-lo.

— Deus me perdoe... — sussurrou, quando uma porta abriu-se estrepitosamente no outro extremo do enorme salão onde ela se encontrava e seus homens trouxeram-no para dentro. Ele dava a impressão de morto, mas ela sabia que não estava.

— É sua senhoria, ele sofreu uma queda — disseram com vozes carregadas de urgência, mas Edward não se movia. Ela fez um gesto para que a seguissem até o andar de cima, ao quarto dele, e ficou observando silenciosa enquanto o colocavam na cama. Ainda usava as roupas que trajava ao partir e ela viu que sua camisa estava rasgada e suja. Tinha o rosto cinzento e a barba cheia de palha.

Ele iniciara a viagem com uma mulher, numa fazenda próxima, e enviara seus homens à frente, até uma taverna, para que o aguardassem. E pacientemente eles esperaram lá, durante três dias. Não era incomum que ele passasse tanto tempo na farra, e enquanto esperavam, apenas riam e faziam piadas, além de beber galões de cerveja e uísque. Então, foram finalmente procurá-lo, só para descobrir, quando ele não apareceu, que havia deixado a mulher na fazenda três dias antes. Chamaram o xerife do condado e começaram a procurar por ele, e foi somente naquela manhã que o encontraram. Edward caíra do cavalo e jazera em delírio durante dias. A princípio, acharam que tinha quebrado o pescoço, mas não. Ele só recobrara os sentidos uma vez, por um instante, no caminho de volta, tombando de novo inconsciente, e agora, deitado, parecia morto. A Sarah disseram apenas que ele sofrera uma queda feia e, suspeitavam, batera muito forte com a cabeça.

— Quando foi que isso aconteceu? — perguntou ela baixinho, e não acreditou quando lhe disseram que havia sido naquela manhã. Ele estava todo sujo de sangue e vômito coagulados, parecendo de vários dias. Mal sabia o que dizer ao médico quando este chegou, mas os homens o chamaram à parte e disseram-lhe em voz baixa o que acontecera. O médico estava familiarizado com essas coisas. A esposa de sua senhoria não precisava saber onde ele estivera nem o que andara fazendo. O que ele precisava agora era de uma sangria, além de algumas ventosas, e teriam de esperar pelo resultado. Era um homem saudável, cheio de vitalidade, de forte constituição, e mesmo em sua idade o médico achava possível, embora não fosse certo, que pudesse sobreviver ao acidente.

Sarah ficou zelosamente ao lado dele enquanto o sangravam, mas em momento nenhum ele se mexeu. O que ela mais detestava eram as ventosas, e quando o médico finalmente foi embora, ela deixou o quarto parecendo quase tão mal quanto o marido. Foi até a sua mesa e escreveu um bilhete a Haversham. Ele precisava saber o que havia acontecido, e se houvesse algum perigo de que Edward morresse durante a noite, deveria estar presente.

Selou a missiva e enviou-a por um de seus portadores. Era uma hora a cavalo até onde Haversham morava e ela sabia que ele viria de imediato, naquela mesma noite. Voltou então para sentar-se à cabeceira de Edward. Ficou em silêncio na poltrona, olhando para ele, tentando compreender o que estava sentindo. Não era nem raiva, nem ódio, era indiferença, medo e desprezo. Agora, não conseguia sequer se lembrar da época em que o havia amado. Tinha sido tão breve, tão baseado em mentiras e há tanto tempo, a ponto de ter sumido quase por completo de sua mente. Não sentia absolutamente nada por ele. E havia uma parte dela que ficou ali, sentada, naquela noite, silenciosa, forte, tenaz, sem censuras, rezando para que ele morresse antes do amanhecer. Houve horas em que achou que não poderia mais viver com ele um único momento. Não conseguia suportar a idéia de sobreviver a seu toque, ou de permitir que ele a segurasse. Preferia morrer a gerar-lhe mais filhos, mas mesmo assim sabia que, se ele vivesse, era só uma questão de tempo até que voltasse a pegá-la e a forçasse.

Margaret, sua empregada pessoal, veio procurá-la logo antes da meia-noite para perguntar se havia alguma coisa que pudesse trazer-lhe. Era uma jovem muito meiga, com a mesma idade que Sarah tinha quando chegou a Balfour, apenas dezesseis anos. E Sarah ficou surpresa ao descobrir que ainda estava acordada e mandou-a para a cama. Margaret tinha uma devoção apaixonada por ela, estivera a seu lado quando o último bebê morrera, e achava que Sarah era a mulher mais extraordinária que já conhecera. Faria qualquer coisa que ela lhe pedisse.

Haversham só chegou às duas da manhã. Sua esposa estava doente, tendo contraído sarampo de duas das meninas, e estava mal, tal como as filhas, todas cheias de manchas, com coceiras insuportáveis e tossindo. Ele detestara ter de deixá-las, mas quando recebeu o bilhete de Sarah, entendeu que precisava vir.

— Como está ele?

Era tão alto, moreno e bonito quanto Edward tinha sido na juventude. Haversham estava com apenas 29 anos e Sarah sentiu seu coração palpitar, com sempre fazia, quando ele atravessou o aposento, pegou-lhe as mãos e segurou-as.

— Eles o sangraram horas atrás, e lhe aplicaram ventosas, mas ele não se mexeu, nem fez um som. Não sei... Haversham... acho... o médico pensou que ele estivesse sangrando em algum ponto no interior do corpo. Mas não há sinal disso, não há nada quebrado... porém ele dá a impressão de que talvez não possa sobreviver. — Enquanto ela dizia isso, ele não conseguia ler nada em seus olhos. — Achei que você deveria estar aqui.

— Queria estar com você. — Ela ergueu os olhos para ele, grata, e caminharam lentamente até o quarto de Edward. Não houvera mudança. Foi só quando voltaram a sair e o mordomo trouxe a Haversham um copo de conhaque, na sala, que ele olhou para a cunhada e admitiu que Edward já parecia morto. Não conseguia imaginá-lo sobrevivendo àquilo. — Quando foi que isto aconteceu? — perguntou, parecendo perturbado.

Se Edward morresse, uma enorme responsabilidade cairia sobre seus ombros. Ele nunca realmente pensara que isso iria acontecer. Sempre presumira que, em determinado ponto, ela e Edward teriam um filho, embora ele próprio não o houvesse conseguido, apesar de quatro crias. Mas como ela tivera três filhos que morreram, não conseguia imaginar que não tivesse outro e esperava que o próximo sobrevivesse ao nascimento.

— Estão me dizendo que aconteceu hoje de manhã — disse ela, baixinho. Ao olhar para ela, ele percebeu, como sempre acontecia, como ela era forte. Era de longe mais forte e mais corajosa do que a maioria dos homens, e com toda certeza mais do que ele era. — Estão mentindo — continuou, calmamente. Haversham ficou se perguntando como ela poderia saber disso. Cruzou as pernas enquanto a observava, tentando desesperadamente reprimir o impulso de tomá-la nos braços. — Algo bem mais complicado deve ter acontecido, mas talvez não seja importante. O que quer que tenha realmente ocorrido, onde quer que o tenham encontrado, não muda o estado em que ele se encontra agora.

Ele parecia a ambos estar mortalmente ferido.

— O médico se mostrou esperançoso? — perguntou Haversham, ainda parecendo ansioso, e então, como ela mantivesse um ar absolutamente neutro, ele pousou o copo e voltou a tomar-lhe a mão. — Sarah, se alguma coisa acontecer a Edward, o que você fará, então?

Ela estaria finalmente livre dele, e somente Haversham e um pequeno grupo de criados sabiam o quanto ele havia sido brutal.

— Não sei. Voltar a viver, suponho — ela reclinou-se na poltrona com um suspiro, e sorriu. — Respirar... ser, simplesmente. Terminar minha vida quieta, em algum lugar.

Talvez, se ele lhe deixasse alguma coisa, ela alugasse uma pequena casa, ou até uma fazenda, podendo viver em paz. Não queria nada além disso. Ele matara todos os seus sonhos. Tudo que queria era fugir dele.

— Você iria embora comigo?

Ela pareceu chocada diante da pergunta. Há anos não falavam dessas coisas e ela o proibira de falar-lhe de amor, desde o seu casamento com Alice.

— Não seja ridículo — disse ela baixinho, tentando parecer que falava sério. — Você tem esposa e quatro filhas aqui. Não pode simplesmente abandoná-las e fugir comigo. — Mas era exatamente o que ele queria fazer com ela, e sempre quisera. Sua esposa não significava nada para ele. Só se casara com ela porque sabia que nunca poderia ter Sarah. Mas agora... se Edward morresse... não iria suportar perdê-la novamente. — Nem pense nisso — disse ela, com firmeza. Sarah era, acima de tudo, uma mulher honrada. E havia ocasiões em que, por mais que o amasse, o que fazia cerca de um terço da sua vida, Haversham agia como um colegial. Nunca tendo carregado o peso do título, não fora forçado a crescer e a assumir as responsabilidades que o acompanhavam. Mas, sem o título, ele também não tinha um tostão, exceto o dote da esposa.

— E se ele viver? — sussurrou ele, à luz das velas bruxuleantes.

— Nesse caso, vou morrer aqui — disse ela com tristeza, esperando que, se fosse assim, então que acontecesse logo.

— Não posso deixá-la fazer isso. Não posso suportar mais, Sarah. Não agüento vê-lo matando você dia após dia, ano após ano. Ah, meu Deus, se você soubesse como o odeio. — Ele tinha menos motivo para isso do que ela, embora Edward tivesse feito o possível para complicar a vida de Haversham, desde que ele nascera. Haversham tinha sido filho da segunda esposa do pai deles, enquanto Edward era filho do primeiro casamento. Haversham era 25 anos mais moço do que o irmão.

— Venha embora comigo — insistiu. O conhaque lhe havia subido à cabeça, mas só um pouquinho. Havia anos que vinha tentando tramar um plano para fugir com ela, mas nunca antes reunira coragem para chamá-la. Sabia como ela era sensível ao casamento dele, bem mais do que ele próprio. Alice era uma moça muito doce e ele gostava dela, mas nunca a amara. — Iremos para a América — continuou, agora apertando-lhe as mãos. — Vamos ficar livres de tudo isto. Sarah, você tem de fazê-lo.

Estava falando com ela, num tom de grande urgência, naquele aposento escuro e frio, e se ela tivesse sido honesta com ele teria lhe dito que não havia nada que lhe agradasse mais. Mas sabia que não podia fazê-lo. Nem com ele, nem com a esposa dele. E se Edward ainda estivesse vivo, ela sabia com absoluta certeza que ele os encontraria, e os mataria.

— Não deve falar bobagens — disse ela, com firmeza. — Estaria arriscando a sua vida por nada.

O que ela mais queria agora era acalmá-lo.

— Estar com você pelo resto das nossas vidas não é "nada" — disse Haversham, impetuosamente. — Valeria a pena morrer por isso... de verdade... estou falando sério... — Aproximou-se mais dela, e Sarah sentiu-se sem fôlego por estar tão perto dele, mas não podia deixá-lo perceber.

— Sei que está, criatura querida. — Ela ficou sentada, segurando-lhe as mãos e sorrindo para ele, desejando muito que suas vidas houvessem sido diferentes, mas não ia fazer nada que o pusesse em risco. Amava-o demais. Mas, olhando para ela, ele sentiu o amor que ela lhe dedicava e não conseguiu mais se conter. Estendeu os braços, puxou-a para si e beijou-a. — Não... — sussurrou ela quando ele parou, sentindo vontade de ficar com raiva dele, de mandá-lo para longe, nem que fosse para salvá-lo. Mas a verdade é que ansiava por isso há muito tempo e percebeu que não poderia parar. Ele voltou a beijá-la e ela não resistiu, mas por fim conseguiu se afastar e sacudiu a cabeça, triste. — Não devemos fazer isto, Haversham. É impossível.

E muito, muito perigoso, se alguém os visse.

— Nada é impossível, e você sabe disso. Vamos encontrar um navio em Falmouth e zarpar para o Novo Mundo, fazer uma vida juntos. Ninguém pode nos parar.

Ela sorriu ao ver como ele era ingênuo, como era inocente e como conhecia pouco o irmão. Para não mencionar o fato de que nenhum dos dois tinha dinheiro.

— Você faz tudo parecer tão simples. E iríamos levar uma vida infame, coberta de vergonha. Pense no que suas filhas vão ficar sabendo a seu respeito, quando tiverem idade suficiente para que lhes contem... E a pobre Alice...

— Ela é uma criança. Vai encontrar outra pessoa. Ela tampouco me ama.

— Amará, no devido tempo. Vocês vão acabar se acostumando um com o outro.

Queria que ele fosse feliz onde estava, não importa o quanto ela o amasse. De uma forma estranha, ele era mais menino do que homem. Não entendia realmente os perigos que vinha cortejando, e estava zangado por ela não concordar em fugir com ele, ao que ficou sentado por algum tempo, parecendo emburrado. Mas em seguida subiram, de mãos dadas, para ver como ia indo Edward. A essa altura já era quase o amanhecer e não havia ninguém acordado na casa, exceto o criado sentado à cabeceira do amo.

— Como está ele? — perguntou ela, baixinho.

— Não houve mudança, senhora. Acredito que o médico deva voltar pela manhã, para sangrá-lo de novo.

Ela assentiu com a cabeça, era o que já lhe haviam dito. Mas Edward não dava a impressão de que iria viver o suficiente para isso. E, quando voltaram a sair do quarto, Haversham parecia esperançoso.

— Miserável, quando penso no que vem fazendo a você durante todos esses anos.

Isso fazia seu sangue ferver.

— Não pense nisso — disse ela baixinho e então sugeriu que ele fosse dormir em um dos quartos de hóspedes.

Haversham estava planejando ficar até que Edward acordasse ou morresse, e trouxera consigo seus próprios criados. Eles haviam sido mandados para a cama no térreo, quando ele chegou, mas Haversham ficou feliz com a idéia de ir para a cama, assim que ela o sugeriu, e surpreendeu-se por ela não pretender ir dormir também. Parecia continuar sem parar, incansável como sempre.

Quando Haversham foi dormir, ela voltou para o quarto do marido e ofereceu-se para ficar sentada à cabeceira dele por algum tempo, a fim de render o empregado. Poderia cochilar na poltrona, ao lado dele, e ao fazê-lo começou a sonhar com o cunhado. O que ele dissera era extraordinário. A idéia de ir para a América era espantosa. Porém, por mais atraente que fosse, ela sabia que não havia a mais remota possibilidade de que pudessem realizá-lo. No mínimo, não importa o quão irresponsável Haversham fosse, ela jamais faria isso com Alice ou com as filhas dele, embora pudesse fugir feliz, ainda que isso representasse a sua morte.

Sua cabeça ficou tombada sobre o peito por algum tempo, e estava em sono profundo quando o sol nasceu e os galos cantaram. Não havia ninguém no quarto com eles e, de súbito, enquanto dormia, ela sentiu um torniquete prender-lhe o braço e sacudi-la. Parecia parte de um sonho e imaginou que algum tipo de animal lhe havia cravado os dentes no braço, até ela achar que iria ser-lhe arrancado do corpo. Acordou com um susto e um pequeno murmúrio de dor e medo, e então ficou mais espantada ainda ao ver que era Edward, agarrando-a pelo braço e apertando até que ela teve de fazer força para não gritar de angústia.

— Edward!... — Ele havia despertado, perverso como sempre. — Você está bem? Passou dias muito doente, eu acho. Trouxeram-no para casa numa carroça e o médico teve de sangrá-lo.

— Você deve estar lamentando por eu ter vivido — disse ele friamente, seus olhos fitando-a com um ódio óbvio. Ainda a estava segurando pelo braço e divertiu-se ao perceber que, mesmo naquele estado de fraqueza, ainda era capaz de machucá-la. — Você mandou chamar o idiota do meu irmão?

Seus olhos flamejavam enquanto soltava-lhe o braço tão subitamente quanto o havia agarrado.

— Tive de fazê-lo, Edward... eles achavam que você ia morrer — explicou, olhando para ele com o cuidado que se tomaria com uma serpente venenosa, porque ele era realmente isso.

— Como os dois devem estar decepcionados... a viúva chorosa e o novo conde de Balfour. Mas ainda não, minha querida. Você não vai ter essa sorte tão depressa — disse, apertando-lhe o rosto com força, usando os dedos. Era espantoso como ainda tivesse aquela força, após ter ficado inconsciente por tanto tempo. Ela imaginou que a maldade devia ser o seu combustível.

— Ninguém lhe deseja qualquer mal, Edward — disse ela, baixando os olhos enquanto ele a soltava. Então foi lentamente até a porta, a pretexto de trazer-lhe algum mingau para quebrar o jejum.

— Minhas forças não vão voltar com essa porcaria — ele se queixou, mas pelo que ela pôde ver, e acabara de sentir, ele já havia recuperado força suficiente, pelo menos para ela.

— Vou ver se podemos lhe preparar alguma coisa melhor — disse ela, calmamente.

— Faça isso. — Olhou para ela de uma forma maldosa e então ela viu os olhos dele lampejarem de raiva para ela. Era um olhar que ela conhecia bem, e que a havia aterrorizado quando mais jovem. Mas agora ela limitou-se a forçar-se a não pensar, a ficar acima disso. Era o único modo de sobreviver a ele.

— Sei como meu irmão pensa — disse ele, num tom meditativo — e como ele é fraco. Ele não vai salvá-la de mim, minha cara, se é isso que você acha. E, caso ele tente, qualquer que seja o plano, aonde quer que vá, aonde quer que vocês dois possam ir, fique segura de que vou encontrá-los e matá-lo, ou matar a ambos. Lembre-se disso, Sarah.... Estou falando sério....

— Tenho certeza de que está, Edward — disse ela, suavemente. — Você não tem nada a temer de nenhum de nós. Ficamos todos muito preocupados com você — concluiu, e deixou rapidamente o quarto, sentindo os joelhos trêmulos.

Era como se ele soubesse, como se ele os tivesse ouvido na noite anterior, quando Haversham tentou convencê-la a partir para a América com ele. Como Haversham era tolo em pensar que poderia fugir dele. E ela acreditava realmente que Edward o mataria com prazer. Não poderia jamais colocar Haversham nessa posição, ainda que quisesse. Não poderia jamais permitir que ele a tocasse, não importa o quanto ambos se amassem. Na verdade, ela ficou imaginando agora se não deveria fugir sozinha, pelo bem dele. Aí, não haveria mais acusações.

Foi para a cozinha preparar ela própria uma bandeja para o marido, com a cabeça cheia de idéias tumultuadas. Quando voltou, com Margaret carregando a bandeja para ela, um de seus criados já o havia barbeado. Ele parecia notavelmente civilizado e era quase que ele próprio de novo, quando terminou a pequena refeição. Ela lhe trouxera peixe, ovos e bolinhos que haviam acabado de ser feitos. Mas ele não lhe agradeceu por nada daquilo. Estava dando ordens a todos e, embora estivesse muito pálido e ela suspeitasse de que ele ainda se sentisse bastante mal, o médico não conseguiu acreditar na recuperação notável de sua senhoria, ao voltar para sangrá-lo. Ainda queria fazê-lo, na verdade, mas Edward não admitiu e ameaçou botá-lo literalmente para fora, caso tentasse. O pobre velho saiu do quarto tremendo e Sarah pediu desculpas, como sempre fazia, pelo marido.

— Ele não deve se levantar muito depressa — preveniu o médico — e não deve fazer ainda refeições tão substanciosas. — Ele vira os restos do desjejum que ela lhe preparara, e a cozinheira acabara de mandar para ele uma galinha assada. — Vai voltar a ficar inconsciente, se for insensato agora — concluiu o médico, nervosamente. Era o mesmo médico que a atendera em seus partos e vira seus bebês morrendo, enquanto ela os segurava, ou virem ao mundo imóveis, azulados, mortos antes de terem nascido. Conhecia-a bem, e a admirava. E sentia verdadeiro pavor de Edward. Ele na verdade se recusara a transmitir as notícias sobre os últimos três natimortos. Da primeira vez, Edward o golpeara, como o portador da má notícia. Ele o havia acusado até de mentir.

— Vamos cuidar dele, doutor — disse Sarah, enquanto o acompanhava até o pátio. E ficou ali parada por um longo momento, depois que ele se foi, sentindo o sol sobre o rosto, imaginando o que iria fazer agora. Houvera um pequeno raio de esperança na noite passada, mas agora não restava nada.

E quando ela voltou para ver novamente Edward, Haversham estava com ele. Ficara bastante surpreso, como todo mundo, ao ver a recuperação de Edward, e foi menos filosófico do que Sarah.

Quando se encontrou com ela no vestíbulo, naquela tarde, trazendo sopa para o marido, depois de ele haver atirado o primeiro prato em cima dela e com isso queimado o seu braço, Haversham lançou-lhe um olhar de angústia.

— Você precisa me ouvir, Sarah... você agora não tem escolha... não pode ficar aqui. Ele está pior do que nunca. Acho que está ficando louco — disse ele, furioso.

Edward prevenira Haversham, naquela manhã, de que devia se afastar dela, e prometeu que o mataria se não o fizesse. Dissera que ainda não havia acabado com ela. Ainda ia arrancar um herdeiro de dentro dela, mesmo que isso a matasse, o que para ele não importava, desde que lhe deixasse um filho.

— Ele não é louco, é só perverso — disse ela, calmamente. Nada disso era novidade para Sarah, embora ele agora parecesse menos disposto a escondê-lo. Estava disposto a permitir que todos o vissem maltratá-la. Na verdade, parecia estar gostando disso.

— Vou descobrir um navio — disse Haversham, com urgência, mas ela olhou para ele furiosa desta vez e recuou quando ele lhe tocou o braço, onde Edward produzira a queimadura.

— Não vai fazer isso. Ele mata você. Ele fala sério — preveniu Sarah. — Fique longe de mim, Haversham. Não vou a lugar nenhum com você. Fique onde está e me esqueça.

— Nunca, nunca farei isso — replicou ele, exaltado, e ela parecia desesperada.

— É preciso.

Ela como que cuspiu essas palavras sobre ele, olhando com o ar mais feroz de que foi capaz, e voltou para o quarto de Edward. E, ao cair da noite, disseram-lhe que Haversham partira de volta para sua esposa e suas filhas. Com Edward no caminho da recuperação, não havia mais nenhum motivo para que ficasse lá. Mas ela estava preocupada com o que ele poderia fazer a respeito do navio. Ele era tolo e romântico o suficiente para tentar seguir esse plano, mas não permitiria que arriscasse a vida ou abandonasse sua família porque achava que a amava. Ambos deviam aceitar o fato de que não tinham nenhum futuro juntos.

Naquela noite, ela voltou para seu próprio quarto e dormiu sobressaltada, acordando pela manhã, quando o galo cantou, e viu-se pensando. Não havia motivo pelo qual o plano de Harversham não pudesse funcionar para ela, nenhum motivo pelo qual tivesse de ir com ele. Era a idéia mais louca que ela já tivera, mas, enquanto meditava, entendeu que era possível, caso esboçasse seus planos cuidadosamente e não contasse nada a ninguém. Ela ainda tinha algumas das jóias da mãe, que sobraram depois de Edward haver levado a maioria delas. Suspeitara que as tivesse dado a prostitutas e amigas, e chegara a ouvir alguém comentar que ele as havia vendido. Mas ainda restara o suficiente para que pudesse construir uma vida. Jamais voltaria a viver com luxo, mas não tinha nenhum desejo disso. Queria apenas escapar e viver em segurança e liberdade. E, mesmo que se afogasse no caminho para o Novo Mundo, pelo menos não iria estar morrendo no terror e na servidão, maltratada por um homem que odiava e que, por sua vez, a odiava. Estava disposta a correr o risco. Levantou-se, vestiu-se e ficou pensando nisso a manhã inteira. De repente, havia um novo propósito em sua vida.

Edward estava virulento, aborrecido, e esbofeteou dois de seus homens enquanto tentavam levantá-lo e vesti-lo. Percebia que ele ainda não estava se sentindo bem, mas ele jamais o admitiria. Ao meio-dia, já estava vestido, no salão, parecendo mortalmente pálido e um tanto sinistro, mas no seu humor desagradável de costume. Bebeu um pouco de vinho com o almoço e, depois disso, pareceu sentir-se melhor. Mas não foi nem um pouco mais gentil com ela. A coisa mais gentil que ele conseguia fazer por ela era ignorá-la.

E, enquanto cochilava na cadeira, depois do almoço, ela esgueirou-se silenciosamente da sala e voltou a seu quarto. Tinha muito em que pensar, muito que planejar, e abriu a caixa onde guardava o que restara das jóias de sua mãe. Queria certificar-se de que ainda estava tudo lá, de que Edward não as havia tirado e vendido. Mas ainda restavam algumas peças antigas excelentes, e só de olhá-las lembrou-se do pai.

Envolveu-as num pano e enfiou-as no bolso do casaco, pendurando-o cuidadosamente em seu guarda-roupa, e então voltou a trancar a caixa. Havia um monte de coisas que precisava fazer agora, e naquela noite falou com Margaret, num sussurro. Perguntou-lhe se o que ela sempre lhe dissera era verdade, que faria qualquer coisa por ela, se fosse preciso.

— Ora, sim, minha senhora — disse ela, fazendo uma pequena reverência.

— Iria a algum lugar comigo, se eu lhe pedisse?
— É claro.

Ela ficou sorrindo, enquanto sussurravam. Começou a imaginar uma viagem secreta a Londres, talvez para encontrar-se com Haversham, pensou. Era fácil ver o quanto ele a amava.

— E se fosse bem distante?

Margaret ficou imaginando se isso não queria dizer a França. Sabia que estava havendo problemas por lá, mas por Sarah, ela os enfrentaria.

— Iria a qualquer lugar com a senhora — disse Margaret, com bravura, e Sarah lhe agradeceu, insistindo com ela para tomar o cuidado de não dizer nada a ninguém sobre essa conversa. E a jovem prometeu, obedientemente.

Mas a noite seguinte foi mais difícil. Sarah pôs um vestido pesado e seu casaco de lã e esgueirou-se silenciosamente até os estábulos, à meia-noite, tendo certeza de que ninguém a vira.

Selou sua própria égua, rezou para que não houvesse muito barulho, e então veio puxando Nellie o mais silenciosamente que pôde. Só montou quando já estava longe, bem adiantada no caminho. Aí pulou rapidamente em seu dorso e cavalgou o mais rápido que pôde, sentada de lado, como uma amazona, até Falmouth. Levou pouco mais de duas horas, e às duas e meia da manhã estava lá. Não fazia idéia se havia alguém desperto, mas esperava ver alguém, e descobrir o que pudesse. Mas teve sorte, havia um grupo de marinheiros trabalhando num pequeno navio, preparando-se para zarpar com a maré, às quatro horas da manhã.

Falaram-lhe de um navio que regressaria da França nos próximos dias. Deixaram implícito que havia sido usado para o transporte de canhões e que partiria para o Novo Mundo em setembro. Conheciam a maioria dos homens a bordo, disseram que era um bom navio e que ela estaria segura nele, embora prevenissem que haveria muito pouco conforto. Mas ela lhes garantiu que isso não importava. Ficaram curiosos em saber quem seria ela, mas não perguntaram. Disseram-lhe com quem deveria falar no porto, para marcar a sua passagem. E, depois que ela se foi, todos concordaram que havia nela algo de muito misterioso. Era muito bonita, mesmo com o rosto semi-escondido pelo casaco. E ela efetivamente foi até lá e acordou o homem com quem deveria falar. Ele ficou bastante chocado ao ver-se despertado por uma mulher desconhecida. Ainda mais quando ela disse que não tinha dinheiro para

pagar, oferecendo em vez disso um bracelete de rubi em troca de sua passagem para Boston.
— E o que vou fazer com isso? — disse ele, segurando-o em gancho com um dos dedos e com um olhar de espanto.
— Venda-o.
Ele provavelmente valia mais do que o navio do qual aquele homem era o agente. Mas não havia como voltar agora. Faria tudo que era preciso para estar dentro daquele navio quando ele partisse.
— É perigoso navegar até a América — avisou o homem, ainda de camisola e gorro. — Tem gente que às vezes morre a bordo.
Mas ela ainda assim não parecia assustada.
— Vou morrer é se eu ficar aqui — disse ela, e a expressão que fez ao dizê-lo o levou a acreditar.
— Não está tendo problemas com a lei, está? — Subitamente ocorreu-lhe que o bracelete poderia ser roubado, embora ele já tivesse transportado criminosos para o Novo Mundo. Esta não seria a primeira vez. Mas ela sacudiu a cabeça em resposta. E, mesmo para ele, parecia honesta. — Para onde devemos mandar sua passagem?
— Guarde-a aqui. Vou pegá-la quando vier. Quando é que partem?
— No dia 5 de setembro, com a lua cheia. Se não estiver aqui, vamos embora sem você.
— Estarei.
— Zarpamos com a maré, de manhã bem cedo. Não haverá parada entre este porto e Boston.
Ela ficou satisfeita em ouvir isso, também. Nada daquilo tudo que ele dissera a assustava, não estava nem um pouco amedrontada. Fazia uma idéia de como seria duro, ou achava que fazia. Mas agora não estava se importando. Deixou o bracelete com ele e assinou o nome num pedaço de papel. Escreveu apenas Sarah Ferguson, esperando que não soubessem quem era e que não a relacionassem com o conde de Balfour.
O navio zarparia dali a três semanas, e já eram quatro da manhã quando ela deixou Falmouth. Foi uma cavalgada difícil para casa, e seu

cavalo tropeçou uma vez, quase atirando-a ao chão, mas chegou exatamente quando o galo cantava no pátio. E, erguendo os olhos para a janela do quarto onde Edward dormia, sorriu pela primeira vez em anos. Dali a três semanas estaria tudo acabado e suas torturas nas mãos de Edward finalmente iriam terminar.

Capítulo Nove

As três últimas semanas que Sarah passou com ele pareciam intermináveis. Os minutos pareciam decorrer como dias. Ela não fizera confidências a ninguém, e apenas Margaret sabia que iriam sair em viagem. Mesmo assim ela fora obrigada a prometer não contar sequer a seus próprios pais.

A essa altura, Sarah havia costurado o resto de suas jóias dentro do forro de seu casaco, e a única coisa que ele tinha de suspeito era ter se tornado muito pesado. Mas Sarah passava todo o seu tempo bordando e costurando, e tentando evitar Edward. Ele se havia recuperado do acidente em menos de uma semana e saíra novamente para caçar. No final de agosto, voltou para casa com um grupo de amigos que passavam o tempo todo com ele, comendo e bebendo no salão principal. Era um grupo desordeiro, exigente, de péssimo comportamento, e foi um alívio quando partiram. Quando Edward trazia seus grupos de amigos, Sarah sempre temia pelas criadas, mas afora manter as mais jovens e bonitas completamente distantes, o que às vezes fazia, havia muito pouco que pudesse fazer para protegê-las.

Não voltara a ver Haversham desde sua visita, quando Edward esteve doente. Soube que o resto das crianças também havia pegado sarampo e que Alice ainda estava doente, com a família começando a temer a pneumonia. Era fácil imaginar que ele estava ocupadíssimo, mas ela lamentava que ele não pudesse vir fazer uma visita. Gostaria de vê-lo uma última vez, só para pousar os olhos nele, só para dizer algo, mas então, no final, decidiu que era melhor não poder. Ele poderia adivinhar alguma coisa, ou perceber algo de diferente nela. Conhecia-a bem melhor do que Edward.

Não havia nada que revelasse seu plano. Ela seguia a mesma rotina diária de sempre. Apenas parecia um pouco mais feliz nesses dias e às vezes cantava consigo mesma, enquanto fazia seu trabalho no extremo do castelo. Vinha remendando tapeçarias há meses, tentando preservá-las. Na verdade, foi lá que Edward a encontrou. Ela estava sozinha e não o ouviu atravessar o corredor comprido e cheio de correntes de vento, onde estava trabalhando. Planejava voltar a seu quarto, uma vez que a luz estava decaindo. E levou um pequeno susto ao vê-lo.

— Onde esteve a tarde toda? Não consegui encontrá-la.

Ela não conseguia imaginar por que ele desejaria encontrá-la. Nunca se dava ao trabalho de procurá-la. Ficou subitamente aterrorizada, imaginando se alguém do porto a haveria localizado, a respeito da passagem. Mas isso não era possível, lembrou a si mesma. Não faziam idéia de onde ela morava e não havia motivo para que viessem procurá-la.

— Há algum problema?

Seu rosto estava calmo, mas os olhos ainda estavam preocupados.

— Queria falar com você.

— Sobre o quê?

Ela o fitou firmemente nos olhos ao pousar o trabalho, e então se deu conta de que ele andara bebendo. Ele passara o verão inteiro bêbado, mas isso não fazia para ela muita diferença. Às vezes, tornava-se mais violento, mas ela tentava ser cautelosa e não provocá-lo. E ele não fizera nenhuma tentativa de dormir com ela, desde a morte do último bebê. Isso já fazia mais de três meses.

— Por que está se escondendo aqui?

— Estou consertando algumas das tapeçarias de seu pai. Acho que os ratos andaram mordiscando-as. Esperava poder preservá-las — disse ela, calmamente.

— É aqui que se encontra com meu irmão? — perguntou-lhe com um ar maldoso, e ela surpreendeu-se com a pergunta.

— Não me encontro com seu irmão em lugar nenhum — replicou ela, asperamente.

— É claro que se encontra. Ele está apaixonado por você. Não venha me dizer que ele não lhe pede para ir encontrá-lo em segredo. Eu o conheço. É um garoto sonso e idiota, e esse é exatamente o tipo de coisa que faria.

— Haversham jamais faria isso, Edward. Nem eu.

— Isso é sensato de sua parte. Pois você sabe o que eu faria com você, caso isso acontecesse, não sabe?

Ela baixou os olhos quando ele avançou sobre ela com uma expressão cruel nos olhos, pois não queria mostrar-lhe que estava amedrontada. A essa altura estava parado bem diante dela e agarrou-a pelos cabelos, puxando-os para trás, de forma que seu rosto ficou voltado diretamente para o dele. Seus olhos se ergueram devagar para encontrar o olhar de Edward.

— Será que devo lhe mostrar o que eu faria, minha cara?

Ela não respondeu. Sabia que qualquer coisa que dissesse só iria piorar a situação. Não havia nada a fazer, a não ser esperar que se cansasse de torturá-la. Rezou para que aquilo terminasse depressa.

— Por que não está me respondendo? Está tentando protegê-lo? Achou que eu ia morrer, algumas semanas atrás, não foi? O que ia fazer com ele, então? Diga-me... O que foi que você fez, enquanto estive doente?

Ele rosnou essas palavras bem em seu rosto, recuando então o braço e esbofeteando-a no rosto com toda força. Ela teria recuado, batendo na parede, mas ele ainda a segurava pelos cabelos firmemente, e rasgou-lhe o lábio com o anel, ao atingi-la.

— Edward... por favor... nós não fizemos nada... — disse ela, tentando não transformar a voz em lamúria, enquanto o sangue pingava em seu vestido. Estava usando algodão branco e o sangue se destacava, nítido e chocante, tal como as ações dele.

— Você é uma mentirosa e uma vagabunda — gritou ele, e desta vez atingiu-a com o punho. O soco pegou-a no molar e ela achou tê-lo sentido se partir. Estava tonta quando olhou para ele, que voltou a dar-lhe um soco. Então, para sua extrema surpresa, prendeu-a em seus braços e beijou-a. Seu sangue ficou se misturando com a saliva dele e ela sentiu um ímpeto avassalador de mordê-lo, mas sabia que, caso se defendesse de alguma forma, ele a machucaria ainda mais. Aprendera essa lição da forma mais difícil. Em vez disso, sentiu-se caindo para trás e dando uma pancada dura com a cabeça no chão, enquanto ele caía por cima dela e, com uma das mãos, rasgava-lhe a saia e levantava-a, puxando então as calças compridas que usava por baixo.

— Edward, você não precisa fazer isto... — sussurrou, engasgando com o próprio sangue. Eles eram casados. Ele não precisava humilhá-la e espancá-la. Não precisava violentá-la no chão de pedra do velho castelo, mas era ali que ele a queria, e era dessa forma que queria fazê-lo. E, o que quer que sua senhoria quisesse, era isso que ela deveria proporcionar. Havia vivido um inferno com ele durante os últimos oito anos, mas logo estaria livre. — Edward... não... por favor...

Ainda estava murmurando quando ele forçou-se dentro dela e começou a batê-la contra o chão, enquanto ela sentia medo de que alguém os ouvisse naquela situação. Era humilhante demais, todo mundo ficar sabendo o que ele fazia com ela, e sabia que, se fizesse um ruído, ele iria machucá-la ainda mais. Por isso, deixou-o agir. Pensou sentir algo com areia solta dentro da cabeça, enquanto ele batia repetidamente sua cabeça contra o chão, e dava-lhe estocadas entre as ancas. Então, finalmente, ele conseguiu o que queria e soltou-a. Ficou caído sobre ela por um longo momento, arrancando-lhe o ar do peito com seu peso, então levantou-se e baixou os olhos sobre ela, como se fosse lixo a seus pés.

— Agora você vai me dar um filho, não vai? Ou então, vai morrer tentando — disse ele, virando-se então e afastando-se, deixando-a deitada no chão. Ele já tinha ido embora há muito quando ela conseguiu recuperar o fôlego, subiu as calças, alisou a saia e começou a soluçar. Não conseguia sequer imaginar o horror de ter mais um de seus bebês. Tudo que queria agora era ir-se silenciosamente e morrer em algum lugar... ainda que fosse no *Concord*, a caminho de Boston. E se dessa vez houvesse uma criança, e os dois vivessem, ela jurou nunca dizer nada a Edward a respeito. Preferia realmente morrer a permitir-lhe tirar um bebê dela, ou jamais voltar a fazer alguma coisa com ela. Estava tudo acabado.

E, enquanto caminhava lentamente de volta a seu quarto, coberta de sangue por toda parte, os cabelos desalinhados, o lábio rasgado e inchado, a bochecha ferida, a cabeça latejando, entendeu que odiava-o verdadeiramente, como jamais odiara qualquer pessoa antes dele. Ele era o mais baixo dos animais, o mais cruel de todas as bestas e, quando a viu no salão mais tarde, depois de ela ter feito uma tentativa de limpar os estragos feitos por ele, sorriu-lhe maldosamente e fez uma reverência solícita, com uma expressão de divertimento cruel.

— Sofreu um acidente, minha cara? Que falta de sorte. Deve ter mais cuidado com essas quedas — disse ele e passou rápido por ela. Mas ela não fez qualquer expressão nesse momento. Não tinha nada a lhe dizer, nem a ninguém, e entendeu neste momento que jamais voltaria a haver um homem em sua vida. Nada de amante, nem de marido e, agora esperava, nem filho, nada de filhos. Ela não queria mais nada da vida, a não ser libertar-se dele.

Depois disso, Edward a deixou em paz. Já conseguira aquilo que viera buscar, ou assim pensava. No passado, um único ato, por brutal que fosse, sempre fora suficiente para deixá-la grávida, e ele presumiu que seria o mesmo desta vez. E só o que ela desejava agora era descobrir que não tinha sido. Mas só o descobriria quando já estivesse no Atlântico.

Os últimos dias finalmente se arrastaram, sem qualquer acontecimento nem qualquer outro desastre, e a noite de sua fuga finalmente chegou, com a lua cheia alta no céu e as estrelas brilhando, luminosas. Ela queria sentir alguma coisa, algum alívio, alguma tristeza ao partir, talvez até alguma nostalgia, mas ao se esgueirar para os estábulos, com Margaret e suas duas pequenas malas, não sentiu anda. Gostaria de deixar uma carta para Haversham, mas sabia que não era possível. Escreveria para ele do Novo Mundo. E não deixou nenhum bilhete para Edward, pois ele poderia achá-lo antes que ela chegasse em segurança a Falmouth. E acabou que ele havia saído para caçar no dia anterior, não tendo ainda retornado. Isso fez com que sua fuga à meia-noite fosse um pouco menos frenética. E, enquanto cavalgavam para Falmouth, as duas estavam animadíssimas. Margaret especialmente, pois pensava que ia ser uma maravilhosa aventura.

E, tal como já acontecera antes, levaram duas horas para chegar lá. Foi uma cavalgada fácil desta vez, e ninguém as incomodou no caminho. Sarah sentira um leve temor, mas não dissera nada a Margaret a respeito de estar preocupada com ladrões e bandoleiros. A jovem, nesse caso, não iria com ela de jeito nenhum. De qualquer forma, bandidos não iriam conseguir nada delas, pois Sarah tinha costurado suas jóias e o pouco dinheiro que possuía dentro de todos os seus forros de roupas.

Ao seguirem para Falmouth, Sarah deixou os cavalos reduzirem a velocidade até uma andadura de marcha e seguiram até o porto em silêncio. Então, assim que chegaram, Sarah viu o navio. O *Concord* era bem menor do que ela havia esperado. Tinha dois mastros, vela arredondada, e o pequeno navio mal parecia forte o suficiente para atravessar o canal, porém agora não havia como voltar, e Sarah não estava ligando, caso se afogassem. Ela iria. Mas Margaret fez uma expressão intrigada quando viu o navio, uma vez que Sarah ainda não lhe contara para onde estavam indo, embora houvesse prevenido a jovem de que não veria os pais por muito, muito tempo, mas a jovem insistiu em dizer que não se importava. Presumiu agora que seu palpite fora correto e que estavam indo para a Itália, ou talvez até a França, apesar da confusão que havia por lá. Em qualquer caso, estava louca para conhecer um país estrangeiro. E apenas ficou ouvindo casualmente enquanto Sarah conversava baixinho com o capitão, que parecia estar passando a ela um bocado de dinheiro. Era um homem honesto e estava lhe devolvendo a diferença entre as duas passagens e o que ele conseguira pelo bracelete de rubis. Na verdade, pudera vendê-lo a um conhecido joalheiro de Londres, que lhe pagara um resgate de rei pela peça.

Sarah estava agradecendo a ele quando Margaret chegou-se.

— Quanto tempo vai levar a viagem? — perguntou a jovem, toda alegre, ao que Sarah e o capitão trocaram um olhar. E ele respondeu.

— Seis semanas, se tivermos sorte, dois meses, se enfrentarmos tempestades. De qualquer forma, devemos estar em Boston em outubro.

Ele assentiu com a cabeça e Sarah silenciosamente esperou que a travessia corresse bem, embora estivesse fazendo a viagem de qualquer maneira. Agora, não tinha nada a perder. Mas Margaret parecia horrorizada com o que acabara de ouvir do capitão MacCormack.

— Boston? Achei que íamos para Paris! — disse ela, com um ar de terror. — Oh, não posso ir para Boston, minha senhora... não posso fazê-lo... não posso... eu morreria... eu morreria, sei disso, num naviozinho pequeno assim. Oh, não, por favor — ela começou a soluçar e a agarrar as mãos de Sarah. — Não me obrigue a fazer isso... por favor, mande-me de volta.

Sarah passou os braços em torno dela, enquanto a jovem suspirava. Temera que algo desse tipo acontecesse, e seria esquisito para ela viajar sozinha, mas não teve coragem de forçar a moça a ir com ela. Estava assustada demais e, após alguns minutos, Sarah disse-lhe que se acalmasse, segurando suas mãos.

— Não vou forçá-la a ir a lugar algum, se não quiser — disse ela baixinho, tentando fazer com que a jovem não continuasse histérica, mas era uma tarefa e tanto. — Quero que me jure que não vai contar para ninguém para onde fui... não importa o que o amo faça, ou o que qualquer pessoa diga... ou até o Sr. Haversham. Tem de me prometer que não vai contar a ninguém onde estou. Se não, se acha que pode vir a contar, vai ter que me acompanhar — disse ela, com gravidade, e Margaret assentiu freneticamente com a cabeça, enquanto chorava. Sarah agora não tinha a menor intenção de levá-la a lugar nenhum, mas era melhor assustá-la um pouco, para que a jovem não voltasse até Edward e a pusesse em perigo. — Deve jurar, agora.

Ergueu-lhe o queixo com um dedo e a moça agarrou-se a ela feito uma criança.

— Eu juro... mas, minha senhora... por favor, não vá nesse navio... a senhora vai se afogar...

— Prefiro me afogar do que viver como estou vivendo agora — disse calmamente. Ainda sentia o machucado no rosto e o lábio inchado levara dias para desinchar. E, após seu mais recente estupro, não sabia se estava grávida. Mas, antes de tolerar sua brutalidade, ela preferia dar dez vezes a volta ao mundo no menor barco que tivessem. — Eu vou, Margaret. — E, uma vez que a jovem ia voltar, Sarah disse-lhe que levasse os cavalos com ela. Havia planejado originalmente abandoná-los em Falmouth, dissera ao homem dos estábulos que os vendesse pelo que conseguisse, mas agora não havia motivo para fazê-lo. — Você precisa ser muito forte quando lhe perguntarem a meu respeito. Diga-lhes apenas que a deixei e que tomei a estrada para Londres, a pé. Isso os manterá ocupados por algum tempo.

Pobre Haversham. Sarah tinha certeza de que Edward acusaria o irmão sem piedade, mas, no final, sua inocência, bastante real, seria sua melhor defesa. E, uma vez que ela estivesse no Novo Mundo, não havia nada que Edward pudesse fazer para trazê-la de volta. Afinal de contas, ela não era um bem móvel, não era uma escrava que ele houvesse comprado embora pensasse assim. Era apenas sua esposa. Tudo que podia fazer seria repudiá-la e recusar-se a pagar qualquer dívida sua. Mas ela não queria nada mais do conde de Balfour. Ia vender as jóias que possuía e, depois disso, sair-se da melhor maneira que pudesse. Na pior das hipóteses, poderia tornar-se uma governanta ou a companheira de uma dama fina, se fosse preciso. Nunca havia tentado isso, mas não tinha medo do trabalho. Só tinha medo de morrer nas mãos de Edward. Ou, pior, de não morrer rápido o suficiente, e viver o bastante para ser torturada por ele até a morte. E, mesmo aos 54 anos, ele ainda poderia viver por um longo tempo. Longo demais para Sarah.

Sarah e Margaret trocaram um adeus cheio de lágrimas no porto, a jovem agarrando-se a ela, chorando piedosamente, aterrorizada pela idéia de que a sua senhora estava para morrer. Mas, quando Sarah subiu a bordo do pequeno brigue, sozinha, não parecia estar com medo.

Havia meia dúzia de outros passageiros no deque e queriam partir antes da primeira luz.

Ela ainda estava na amurada, acenando, quando o navio zarpou, e Margaret conseguiu ver, através das lágrimas, a nave deixar o porto.

— Boa sorte! — Ela gritou na brisa da manhã, mas a essa altura Sarah já não podia mais ouvi-la. Estava com um sorriso amplo no rosto, sentindo-se feliz, livre e viva pela primeira vez. E, quando o navio girou lentamente e deixou a costa inglesa, Sarah fechou os olhos e agradeceu a Deus por dar-lhe uma nova vida.

Charlie ficou sentado em silêncio total por longo tempo, após fechar o livro. Eram quatro da manhã, e ele estava lendo há horas. Que ser humano extraordinário ela tinha sido. Que coisa incrível de se fazer, ter a audácia de deixar o marido, naquela época, e zarpar para Boston, num navio minúsculo, sem uma companheira ou amiga para ir com ela. E, pelo que pôde depreender daquilo que ela havia escrito, Sarah não conhecia absolutamente ninguém no Novo Mundo. Não podia sequer imaginar a coragem que ela teve, ou a vida da qual havia fugido. As histórias que contara sobre Edward lhe deram calafrios e ele gostaria de ter podido estender-lhe a mão, ou de estar presente para ajudar. Teria adorado conhecê-la e ser seu amigo, até estar a bordo do brigue com ela, deixando Falmouth em direção ao Novo Mundo.

Fechou o diário cuidadosamente, encarando-o como a coisa preciosa que era. Sentiu-se como se estivesse dividindo um segredo notável e, ao subir para seu quarto, sentiu vontade de vê-la. Agora, já sabia muito a respeito dela, já sabia quem tinha sido, onde estivera. Mas podia apenas imaginar o que a viagem naquele navio havia sido. Sentiu-se tentado a continuar desperto e ler a respeito, mas sabia que precisava dormir um pouco, antes da manhã.

Ficou deitado, naquela noite, pensando nela, querendo poder ouvi-la, e pensando na boa sorte inacreditável que o levara até o pequeno baú. E será que fora isso mesmo? Talvez nunca tenha havido um roedor, algum rato, talvez ela quisesse que ele encontrasse os diários. Talvez o tivesse levado até eles, mas aí, ao pensar a respeito, voltou a sorrir, sabendo que isso era impossível. Mesmo para ele, a idéia de que ela o havia levado até os diários era simplesmente fantasiosa demais para que acreditasse. Mas, não importa como houvesse chegado a eles, estava infinitamente contente por ter acontecido. E tudo que queria fazer agora era voltar a lê-los.

Capítulo Dez

Quando Charlie acordou, na manhã seguinte, ficou se perguntando se não teria sido tudo um sonho. Estava frio lá fora, e ainda nevava. Queria mandar algumas mensagens por fax para o seu advogado em Londres, e precisava dar um ou dois telefonemas para Nova York. Mas só o que teve vontade de fazer depois que se levantou, tomou uma chuveirada e se vestiu foi pegar uma xícara de café e ler os diários de Sarah por todo o resto da manhã. Eles eram quase hipnóticos, no ritmo em que ela os escrevera, e ele queria poder se sentar em um lugar quieto, até tê-los terminado todos, pelo menos aquele que começara a ler.

Mas finalmente, depois de cumprir suas poucas tarefas, permitiu-se sentar numa poltrona confortável que havia comprado e começar a leitura sobre a sua travessia do oceano. Sentia-se como um menino com um segredo enorme. Ia acabar partilhando os diários com Gladys, mas ainda não. Primeiro, os queria só para si. Não havia um único ruído na casa, quando pegou o diário que havia pousado na noite anterior e recomeçou a leitura.

O *Concord* era um pequeno brigue construído cinco anos antes; tinha dois mastros e uma popa reta. Havia um pequeno setor embaixo, entre os conveses, com quatro cabines, para um total de doze pessoas em viagem ao Novo Mundo. E, ao zarparem lentamente de Falmouth, Sarah finalmente desceu para dar uma olhada na cabine que ela e Margaret iriam dividir. Porém não a haviam preparado para o que viu. A cabine em si tinha cerca de 1,80 x 1,20m, e dois colchões torturantemente apertados, pousados sobre duas prateleiras de madeira aterrorizantemente estreitas, que seriam as suas camas. Não dava nem para pensar no que teriam feito se uma das duas fosse gorda. As prateleiras teriam caído. E, logo acima das camas, havia duas cordas que poderiam ser usadas para prendê-las aos leitos, no caso de tempestades no Atlântico.

Os demais foram todos informados de que teriam de dividir suas cabines, mas, como uma das duas únicas mulheres a bordo, Sarah, é claro, estava desobrigada. A outra mulher viajava com o marido e a filhinha de cinco anos. O nome da criança era Hannah, e Sarah já a vira no convés. Eram americanos, do território do noroeste, na região do Ohio, lhe contaram, e o homem da família era Jordan. Tinham passado os últimos meses em visita à família da Sra. Jordan, e agora estavam voltando para casa. Até mesmo para Sarah, pareceu muito corajoso da parte deles terem vindo.

Os demais passageiros do navio eram todos homens. Havia quatro mercadores e um farmacêutico que poderia vir a ser útil, um ministro indo trabalhar com os ateus no Ocidente e um jornalista francês que falava muito sobre o diplomata e inventor norte-americano Ben Franklin, que dizia ter conhecido cinco anos antes, em Paris. Quando chegaram os primeiros vagalhões, quase todos os passageiros estavam se sentindo enjoados e já mal conseguiam enxergar a costa da Inglaterra. Sarah, porém, estava surpresa ao ver como se sentia viva. Estava de pé no convés quando o sol se levantou, respirando o ar, curtindo o seu primeiro gostinho de liberdade. Tinha a impressão de que poderia sair voando, de tão empolgada que estava. E quando finalmente voltou a descer, esbarrou em Martha Jordan, que saía de sua cabine com Hannah. Ficou imaginando como os três conseguiam dormir ali.

— Boa tarde, senhorita — disse Martha Jordan, muito dignamente, baixando os olhos. Ela e o marido haviam comentado como era estranho que Sarah estivesse viajando sem acompanhante. E só o modo como a encarou levou Sarah a perceber que teria de inventar uma explicação para isso. Não contar com Margaret a seu lado ia tornar as coisas muito incômodas, particularmente em Boston. Sabia que até mesmo lá seria considerado algo muito impróprio uma mulher viajar sozinha.

— Olá, Hannah — disse Sarah suavemente, sorrindo para a menininha. Ela era simples, mas um amor, muito parecida com a mãe, e estavam ambas um pouco pálidas. Sarah ficou imaginando se não estavam ambas com enjôo marítimo.

— Vocês estão bem?

— Não muito — disse a menina de cinco anos, e a mãe ergueu os olhos mesmo a contragosto, ao que ambas fizeram uma mesura.

— Eu me sentiria muito feliz de ficar com ela a qualquer hora que a senhora e seu marido quiserem um tempinho juntos — disse Sarah gentilmente. — Tenho mais uma cama em minha cabine. Não tenho meus próprios filhos, infelizmente, mas meu falecido marido e eu sempre tivemos a esperança de vir a tê-los. — Ela não mencionou os seis que haviam morrido ao nascer e durante a gravidez. Mas o que ela disse havia captado imediatamente a atenção de Martha Jordan, o que era exatamente a sua intenção.

— Com que então, é viúva? — disse Martha Jordan, com visível aprovação. Isso, então, explicava tudo. Ainda assim, deveria estar com uma criada ou uma parenta a seu lado. Mas se era viúva, tudo ficava bem menos chocante e podia ser explicado.

— Sou. Só recentemente. — Sarah baixou os olhos pudicamente, desejando que isso fosse verdade, porém não era. — Minha sobrinha deveria ter feito a viagem comigo — disse ela, presumindo que Martha deveria ter visto Margaret soluçando no cais, quando se separaram — mas estava amedrontada demais. Teria ficado histérica o tempo todo, até Boston. Eu simplesmente não tive coragem de forçá-la, embora tenha prometido a meus pais que a levaria comigo. Mas pareceu-me muito cruel obrigá-la a cumprir o acordo, embora isso tenha me deixado numa situação delicadíssima — esclareceu Sarah, parecendo mortificada. E Martha Jordan sentiu-se instantaneamente solidária.

— Oh, meu bem, que coisa terrível para você, particularmente sendo viúva recente. — E a coitadinha sequer tinha filhos. Não fazia idéia da idade que tinha, mas achou-a muito bonita, e calculou corretamente que ela deveria estar em meados da casa dos vinte anos.

— Se pudermos ajudá-la de alguma forma, por favor, informe-nos imediatamente. Talvez gostasse de nos visitar no Ohio. — Mas Sarah achava que não. Estava determinada a chegar a Boston.

— É muito gentil — disse Sarah, agradecendo-lhe, e então entrou em sua cabine. Usava um enorme chapéu de seda preta, amarrado com um laço sob o queixo, e um vestido de lã preta, que corroboravam sua história, embora não parecesse alguém que houvesse pranteado muito. Seus olhos literalmente dançavam quando atingiram o mar alto e a Inglaterra desapareceu no horizonte.

Durante os primeiros dias, a viagem foi bastante pacífica. Haviam levado alguns porcos e ovelhas para matar e comer durante a viagem, e o cozinheiro parecia estar se esforçando com suas refeições. Mas Sarah notou que a tripulação era bastante barulhenta à noite. Seth Jordan disse-lhe que todas as noites eles bebiam rum e ficavam completamente bêbados. Sugeriu com muita firmeza que ela e sua própria esposa deveriam ficar nas cabines após a ceia.

A maioria dos mercadores ficava no convés, batendo papo, e apesar de um pequeno enjôo ocasional, pareciam estar todos de bom humor. O capitão MacCormack conversava regularmente com cada um deles. Contara a Sarah que era do País de Gales, mas não disse que estava fascinado com sua beleza. Tinha mulher e dez filhos na Ilha de Wight, mas admitiu melancolicamente que era raro vê-los. Há dois anos não botava os pés em casa. E às vezes achava difícil se concentrar, sempre que Sarah ficava parada no convés, fitando a imensidão do mar, ou mesmo quando ficava sentada em silêncio, em algum lugar, escrevendo em seu diário. Tinha aquele tipo de aspecto raro que levava os homens a se inflamar quando a olhavam, e a cada hora que se passava, eles ardiam mais. O capitão tinha certeza de que ela não fazia idéia do efeito que causava em todos. Havia nela uma força tranqüila e uma humildade que só a tornavam mais atraente.

Estavam há quase uma semana no mar quando foram atingidos pela primeira tempestade, e foi uma beleza. Sarah estava dormindo em seu beliche quando ela chegou, e um dos marinheiros entrou em sua cabine, dizendo que tinha de amarrá-la à parede com as cordas que lá estavam penduradas para esse fim. E Sarah ficou olhando para ele, pois estava muito amedrontada. Ele a havia despertado de um sono profundo e fedia a rum, mas suas mãos foram gentis e seguras ao dar os nós, após o que correu de volta ao convés para reencontrar os demais. E ela, prestando atenção, conseguia ouvir cada centímetro do pequeno navio gemendo e se distendendo debaixo deles.

Foi uma noite longa para todos, e todos os passageiros estavam extremamente enjoados do constante subir e descer do navio, e ela fechava os olhos e rezava cada vez que a nave se sacudia e tombava. Durante dois dias, ninguém saiu da cabine, alguns por consideravelmente mais tempo, e uma semana após a tempestade, Martha Jordan ainda não havia aparecido, e Sarah perguntou ao marido dela como Martha estava passando.

— Ela nunca foi muito resistente. Teve uma gripe que quase a matou, no ano passado. Tem estado muito enjoada, desde a tempestade — ele explicou, parecendo vago e um tanto preocupado. Tinha as mãos ocupadas com Hannah. Naquela tarde, Sarah bateu à porta da cabine e foi visitar-lhe a esposa. Ela estava deitada no beliche, mortalmente pálida, e havia um balde para vômito logo embaixo da cama. Não era uma bela visão, e assim que Sarah ultrapassou a porta, a pobre mulher começou a ter ânsias.

— Oh, minha cara, permita-me ajudá-la — disse Sarah, autenticamente preocupada, e era óbvio que a pobrezinha sentia-se como se estivesse morrendo. Sarah segurou-lhe a cabeça, e quando Martha Jordan conseguiu voltar a falar, ficou sabendo que ela não estava só enjoada, estava grávida. Mas a notícia mais feliz para Sarah foi ela ter descoberto, justo no dia anterior, que não estava. Ficou imensamente aliviada ao se dar conta de que nunca mais voltaria a ter qualquer laço com Edward. Agora estava livre de verdade. E se ele quisesse um herdeiro, ia ter de encontrar uma outra mulher. Mas, ao olhar para a pobrezinha, tentando vomitar, segura em seus braços, Sarah entendeu que sua situação era inteiramente diversa.

— Podíamos ter ficado na Inglaterra com a minha família até o bebê nascer — disse Martha, tristonha, o corpo inclinado contra o de Sarah, os olhos fechados. — Mas Seth achou que devíamos voltar a Ohio. — E então começou a chorar. — Vamos levar semanas para chegar até lá, depois que atingirmos Boston. — E mesmo isso seria dali a dois meses, dois meses subindo, descendo e balançando no navio. Sarah não conseguia imaginar nada pior nesse estágio do seu puerpério e dava mais graças do que nunca por não ter de enfrentar isso ela própria. Só o fato de saber que trazia dentro de si um filho de Edward a teria levado à loucura.

Mas, ao baixar os olhos para Martha em sua aflição, voltou a mente para o que poderia fazer a fim de ajudá-la. Primeiro, foi até sua cabine pegar um pouco de água de lavanda que havia trazido e um pano limpo. E ficou banhando-lhe a fronte com aquela água fresca e perfumada. Mas até mesmo um leve perfume a deixava nauseada. Tentou então lavar o rosto da mulher e puxar-lhe o cabelo para trás. Despejou o balde de dejetos numa caçamba vazia e prometeu voltar trazendo-lhe uma xícara de chá, se conseguisse convencer alguém na cozinha a prepará-la.

— Obrigada — disse a pobre mulher —, você não pode imaginar como é... Fiquei enjoada o tempo todo em que esperei Hannah....
— Mas Sarah conhecia isso muito bem, pois lhe acontecera com enorme freqüência, o que a tornou ainda mais solidária àquela mulher. E felizmente, após uma xícara de chá e alguns biscoitos que o cozinheiro lhe forneceu, por volta do fim da tarde, sentiu-se efetivamente melhor e as ânsias de vômito cessaram. Seth Jordan disse que Sarah era um anjo de piedade e fez-lhe agradecimentos profusos, ao que ela em seguida saiu, levando Hannah e brincando algum tempo com ela.

Era um amor de criança, que só queria estar com a mãe. Sarah levou-a de volta para a mãe após um pouquinho, mas Martha estava passando mal demais para poder cuidar da criança, estava vomitando novamente, e Hannah precisou voltar para o convés com o pai. Este estava conversando com alguns dos homens e fumavam charutos que um deles trouxera das Índias Ocidentais. Eram dos bons, e o odor era tão pungente, mesmo ao ar marinho, que Sarah sentiu-se tentada a experimentar um, mas sabia que os homens iam considerá-la uma vagabunda. Contou a Seth Jordan, o mais delicadamente possível, como a mulher dele piorara, e este agradeceu-lhe por estar fazendo o possível para ajudá-la.

Depois disso, tiveram mais alguns dias calmos e foram então atingidos por outra tempestade, após o que só voltariam a ver bom tempo duas semanas depois. Também nem viram muitos dos passageiros fora de suas cabines. Estavam a bordo há três semanas e meia, e o capitão calculava que já haviam cumprido metade da viagem. Desde que não fossem atingidos por nenhuma tempestade realmente feia, iriam levar um total de sete semanas para chegar a Boston. Apesar do mau tempo, Sarah às vezes passeava pelo convés, erguendo os olhos para as velas e observando o trabalho da tripulação. E não conseguia deixar de imaginar o que Edward teria achado de seu desaparecimento. Perguntou-se se, a essa altura, ele já teria se dado conta, ou se Margaret lhe teria contado para onde ela fora, ou se teria cumprido sua promessa. Mas não havia nada que ela pudesse fazer agora. Ele não tinha como forçá-la a voltar. Não podia fazer nada. Só podia odiá-la, e já a odiava antes, mesmo, por isso ela não via praticamente qualquer diferença.

Certa manhã, um outro passageiro corajoso juntou-se a ela, um dos mercadores, Abraham Levitt.

— Tem parentes em Boston? — perguntou-lhe. Era um homem próspero, que se saíra muito bem no comércio. Era exatamente o tipo de homem que nunca teria conhecido antes, e estava fascinada por poder ser capaz de conversar com ele e ficar sabendo de todas as suas viagens e negócios, bem como jornadas pelo Oriente e pelas Índias Ocidentais. E ele ficou impressionado com as perguntas que ela lhe fez. Sarah era um tipo de mulher incomum. E ela tentou continuar a perguntar a todo mundo tudo que podia a respeito de Boston e das colônias ao norte e oeste. Queria saber tudo sobre os índios, os fortes e as pessoas em Connecticut e Massachusetts. Tinha lido a respeito de um lugar pitoresco chamado Deerfield, onde havia cachoeiras e uma paliçada bastante elaborada, assim como índios, lugar que muito a intrigou.

— Vai estar visitando alguém por lá? — perguntou, ao ficar sabendo que ela não tinha nenhum tipo de relacionamento em Boston.

— Acho que talvez um dia eu queira comprar uma fazenda por lá — disse ela pensativa, correndo o olhar pelo mar, como se estivesse tentando se decidir, e ele a fitou, consternado.

— Não pode fazer isso. Não pode simplesmente comprar uma fazenda. Ora, uma mulher sozinha só irá arranjar problemas. Como ia gerir a fazenda? E os índios iriam carregá-la da primeira vez que a vissem. — Era o que ele gostaria de fazer, mas o capitão MacCormack comandava um navio de extrema compostura, ao contrário de alguns, e ficava paternalmente de olho em Sarah. Todos eles se haviam decepcionado. Ela era tão bela que às vezes só queriam poder olhá-la e ficar perto dela. Às vezes esbarravam nela só para poderem estender o braço e tocá-la. Todos os homens estavam conscientes disso e Sarah nem de longe suspeitava.

— Não creio que os índios vão me carregar — disse ela, rindo para ele. Era um homem agradável. Ela sabia que tinha esposa em Connecticut, e que estava no início da casa dos trinta anos. E era óbvio, pelo empreendimento que dirigia, que iria ganhar um monte de dinheiro. Admirou-o por isso, embora soubesse que não devia. Sabia que as coisas eram diferentes na América, e esperava que um dia, num lugar assim, ele fosse respeitado por tudo que havia realizado, o que disse a ele, parados junto à murada, conversando até o jantar.

— É uma mulher notável, Sra. Ferguson. A senhora realmente me agrada — disse ousadamente. E então o primeiro-imediato anunciou que o jantar estava servido. Abraham Levitt acompanhou-a até o salão. Seth e Hannah Jordan já haviam chegado, fazia semanas que Martha não vinha jantar. Nunca mais deixara a cabine, e todas as vezes em que Sarah a viu achou que ela parecia muito doente e muito frágil. Era assustador vê-la. Mas nem mesmo o farmacêutico parecia ter alguma idéia de como seria possível ajudá-la. Ele havia exaurido todos os seus remédios. E Sarah também.

Sarah teve um jantar animado com todos eles, como sempre acontecia, todos trocando histórias, lendas e narrativas, e até mesmo histórias de fantasmas. Concordaram em que Sarah contava as melhores. E contava também as melhores histórias infantis. Naquela noite contou uma para Hannah e ajudou-a a ir para a cama, de forma a que o pai pôde ficar no deque acordado, com os outros homens. E, na sua cabine, Martha estava dormindo. Estava vomitando há semanas, e parecia estar-se desmilingüindo diante de seus olhos, mas ninguém tinha como ajudá-la. Mas Sarah imaginou que outras mulheres haviam passado por isso antes. Pelo menos foi o que disse o capitão. Ninguém jamais havia morrido de enjôo marítimo. Mas a tempestade que os atingiu naquela noite a fez duvidar disso.

O capitão MacCormack disse mais tarde que havia sido uma das piores que já havia enfrentado. Durou três dias, e todos os marinheiros no deque tiveram que ser amarrados aos mastros, os passageiros presos nos beliches das cabines, sendo que dois homens foram varridos da amurada, tentando salvar as velas. Um deles havia sido dilacerado ao meio, e em torno deles havia equipamento flutuando por toda a parte. E desta vez, quando o navio desceu na crista de um vagalhão, deu a impressão de que iria se arrebentar nas rochas. O *Concord* sacudiu-se tão fortemente ao atingir a água que deu a impressão de que cada um de seus pedaços de madeira iria se lascar. Desta vez, até mesmo Sarah ficou atemorizada, e ela chorou em seu beliche, imaginando se não iria pagar pela língua e morrer afogada no mar, em vez de ficar com Edward. Mas, ainda que isso acontecesse, ela não o lamentava.

No quarto dia, o sol saiu e o mar se acalmou um pouquinho, embora não completamente. E quando os passageiros saíram de suas cabines depois disso, todos pareciam mais do que um pouco abalados. Todos, exceto Abraham Levitt. Ele disse que já havia passado por tempestades bem piores, a caminho do Oriente, e contou histórias que deixaram a todos horrorizados. Todos pareciam um pouco fracos e pálidos. Mas, quando Seth e Hannah subiram, pareciam terrivelmente preocupados, e ele veio encontrar Sarah.

— É a Martha — disse ele, com ar frenético. — Ela não está bem. Acho que ela está delirante.... Há dias que não toma sequer um gole de água, e parece que não consigo convencê-la.

— Precisa tentar — disse Sarah, com um olhar preocupado. Sabia que mulheres haviam morrido de desidratação.

Mas o farmacêutico sacudiu a cabeça.

— Ela devia ser sangrada. É uma lástima não termos um médico a bordo para fazê-lo.

— Vamos nos virar sem isso — disse Sarah com firmeza, descendo para verificar o estado da única outra mulher a bordo. Mas Sarah ficou ainda mais chocada ao vê-la. A pobre mulher estava acinzentada, os olhos afundados no crânio, e sussurrava baixinho. — Martha... — Sarah falou-lhe suavemente, mas a outra não deu sinal de tê-la ouvido. — Martha... você precisa melhorar agora... Vamos... tentemos tomar um pouquinho d'água. — Levou uma colher com água aos lábios de Martha e tentou forçá-la a beber, mas a água apenas correu-lhe pelas bochechas e pelo peito, ela não quis beber.

Sarah ficou sentada com ela quatro horas naquela noite, tentando forçar-lhe um pouco d'água pela garganta, mas Martha sequer a reconheceu, nem falou com coerência, e em momento algum tomou um único gole, apesar de todos os esforços de Sarah.

Já era tarde quando o marido finalmente voltou para baixo, trazendo Hannah quase adormecida em seus braços. Pousou-a no beliche que dividia com ela, e Hannah adormeceu instantaneamente, enquanto Sarah e Seth se esforçavam freneticamente com Martha. Mas, pela manhã, era óbvio que o inevitável iria acontecer. Tinham feito tudo que fora possível, mas não havia jeito de fazer voltar a maré. Martha, a essa altura, estava no quarto mês de gravidez, e tão lamentavelmente frágil que Sarah teve certeza de que se ainda restasse energia em seu corpo para lutar por si mesma, energia para se defender, ela seguramente teria perdido o bebê. Talvez ele já estivesse até morto. Não havia meio de saber. E, exatamente quando o sol se ergueu, ela abriu os olhos e sorriu pacificamente para o marido.

— Obrigada, Seth — disse com doçura e deu o último suspiro, e quando ele a segurou, já estava morta. Foi a coisa mais triste que Sarah já tinha visto, a não ser quando seus próprios bebês haviam morrido. Mas este acontecimento tinha um travo de tristeza que a comoveu profundamente, quando Hannah acordou, pouco depois disso, virou-se e olhou para a mãe. Sarah a essa altura já lhe havia penteado os cabelos, tendo amarrado um lenço de gaze em torno do pescoço da mulher, que de fato parecia quase bela.

— Ela melhorou? — perguntou a menina, esperançosa. Martha tinha o ar de quem estava dormindo.

— Não, minha querida — disse Sarah com lágrimas nos olhos. Não tinha vontade de se meter na vida deles, mas Seth não lhe permitira deixá-los.

— Ela não... — Ela esperou que Seth dissesse algo, mas ele não disse. Lançou-lhe um olhar suplicante através das lágrimas e seus olhos pediam a Sarah que contasse a ela.

— Ela agora está lá em cima, no céu. Veja como sorri... Ela está com os anjos... — Exatamente como seus próprios bebezinhos. — Lamento tanto — disse ela, com os olhos cheios de lágrimas por essa mulher que ela mal havia conhecido, mas por quem se sentia tão triste. Ela jamais veria a filha crescer e se tornar mulher. Jamais voltaria a Ohio. Ela os havia deixado.

— Ela morreu? — perguntou Hannah, com os olhos arregalados, passando de Sarah para o pai, e ambos assentiram com a cabeça. E então ela começou a chorar pela mãe. Finalmente, fizeram-na subir para o convés, após Sarah tê-la vestido, e Seth teve de conversar com o capitão sobre o que iriam fazer com Martha.

O capitão sugeriu que ela fosse deixada em sua própria cabine até o meio-dia, e eles então providenciaram um funeral no mar. Era a única coisa que poderiam fazer, e Seth detestava simplesmente pensar nisso. Ele sabia o quanto ela sempre desejou ser enterrada em sua fazenda ou com sua própria família, na Inglaterra.

— Não temos escolha, nesse caso — explicou-lhe o capitão com toda franqueza. — Não podemos guardá-la até chegarmos a Boston. Não podemos fazer isso. Vai precisar enterrá-la aqui.

Era raro para eles terem uma viagem sem um funeral. Ou de um passageiro, ou de um membro da tripulação. Alguém sempre adoecia, ou sofria um acidente, ou caía da amurada. Era de se esperar quando se viajava a uma grande distância, e todos sabiam disso. Mas, ainda assim, foi um choque quando aconteceu.

Dois marinheiros subiram o corpo de Martha até a cabine do capitão e envolveram-na num lençol que levaram para esse fim. Puseram pesos no que se tornou sua mortalha e, ao meio-dia, ela foi trazida e colocada numa prancha, enquanto o capitão dizia uma prece por ela, e o ministro assumia. Ele leu uma passagem dos Salmos, e falou sobre a mulher decente que ela tinha sido, embora nenhum deles a conhecesse de verdade. Então os homens inclinaram lentamente a prancha por uma das pontas, e o corpo escorregou para o mar, enquanto o navio passava veloz pelo ponto onde a haviam despejado. E, pesado como o corpo estava, ela desapareceu antes que eles houvessem sequer saído de lá, com a pobre pequena Hannah gritando pela mãe. Ela soluçou durante horas nos braços de Sarah, e Seth parecia ter feito o mesmo, quando voltou à cabine de Sarah para agradecer-lhe. Tinha sido um dia difícil para todos eles, e ela estava deitada em seu beliche, com dor de cabeça. Mas voltou a levantar-se para conversar com Seth Jordan. Lamentava por ele e, por causa de Seth e de Hannah, esperava que chegassem a Boston bem depressa. Já era tempo. Estavam a bordo há cinco semanas e meia, e ela tinha esperança de que na próxima semana ou nos próximos dez dias veriam Boston no horizonte.

— Pode ir para o Ohio conosco, se quiser — disse ele meio sem jeito, e ela sentiu-se comovida pelo convite. Nas últimas semanas se acostumara a gostar deles, particularmente de Hannah. — Vou ter muitas dificuldades em tomar conta dela, agora — disse ele, numa tentativa, e Sarah perguntou-se se ele iria voltar à Inglaterra, para os parentes de Martha, de forma que estes pudessem ajudá-lo. Mas tinha certeza de que dificilmente estariam ansiosos para empreender uma nova jornada através do Atlântico.

— Acho que vou ficar em Massachusetts — disse ela, sorrindo para ele. — Você pode me visitar na minha fazenda, quando eu a tiver. — Não disse que primeiro tinha que vender mais algumas jóias, e esperava que alguém em Boston quisesse comprá-las por um bom dinheiro.

— Existem mais terras a melhores preços no Ohio. — Mas Sarah sabia que era uma vida mais dura e os índios menos pacíficos. — Talvez você vá para o Oeste nos ver — disse ele esperançoso, e ela assentiu com a cabeça, e ofereceu-se para tomar conta de Hannah para ele naquela noite, mas Seth disse que ele e a filha queriam ficar juntos.

Mas, durante a semana seguinte, a garotinha agarrou-se a ela, e Sarah, ao envolvê-la com os braços, sentia-se como se seu coração estivesse partido. Ela estava ansiosa pela mãe, e Seth parecia desolado à medida que cada dia se passava. E finalmente, certa noite, ele conversou com Sarah. Tinham passado sete semanas no navio. Ele batera em sua porta, após deixar Hannah adormecida em sua própria cabine. Ela estava inconsolável desde a morte da mãe, e a única pessoa com quem queria estar agora era Sarah.

— Não sei como você vai se sentir a respeito disto — disse ele, parecendo ansioso, girando o olhar pela pequena cabine. Ela estava usando um quimono de seda azul sobre a camisola. — Talvez lhe pareça estranho, mas andei pensando um bocado sobre isto desde que Martha morreu. — Ele estava começando a tropeçar nas próprias palavras, e Sarah começava a se preocupar, pressentindo o que viria em seguida. Gostaria de poder tê-lo detido, mas não sabia como fazê-lo.

— Estamos ambos mais ou menos na mesma situação... isto é...

com Martha, seu marido e tudo isso... isto é... você sabe como é... só que não sabe, porque eu tenho a Hannah... não posso continuar a fazer isto sozinho — disse ele, lágrimas enchendo seus olhos. — Não sei o que vou fazer sem ela... Sei que esta não é a maneira certa de dizer... e tenho certeza de que há meios melhores de pedir... Mas Sarah, gostaria de se casar comigo e vir conosco para o Ohio? — Martha morrera há dez dias, e Sarah ficou momentaneamente sem palavras ao ouvi-lo. Lamentava desesperadamente por ele, mas não o suficiente para querer desposá-lo, ainda que pudesse. Ele precisava era de uma moça que trabalhasse para ele, ou uma mulher que quisesse desposá-lo, talvez uma de suas amigas, quando voltasse para casa, ou uma viúva como ela fingia ser. Mas, para Sarah, isso estava fora de questão, e ela sacudiu gentilmente a cabeça enquanto o fitava consternada.

— Seth, eu não posso — disse ela com firmeza.

— Sim, pode. Hannah a ama, ainda mais do que a mim. E vamos nos habituar um ao outro, no devido tempo. Eu não esperaria demais, não a princípio... sei que isto é apressado, mas... chegaremos logo a Boston, e eu tinha de lhe pedir.

Suas mãos tremiam quando ele a tocou, mas ela estava muito segura. Não queria confundi-lo. Não havia a possibilidade de ela se casar com Seth Jordan.

— É impossível. Por muitos motivos. Fico muito lisonjeada, mas não posso.

Alguma coisa em seus olhos disse a ele que falava sério. Essa era a última coisa que ela queria, ainda que ele fosse um homem gentil e Hannah uma doçura de criança. Ela agora queria sua própria vida. Viera para isso, e nada iria fazê-la mudar de objetivo. Além do mais, ainda tinha marido, que estava bastante vivo, infelizmente, na Inglaterra.

— Desculpe-me... Talvez eu não devesse ter pedido... Só achei, que sendo você viúva e tudo mais... — Ele corava furiosamente e tentava recuar da cabine dela enquanto Sarah o reconfortava.

— Está tudo bem, Seth. Eu compreendo. — Ela sorriu-lhe e fechou a porta e sentou-se em seu beliche com um suspiro. Já era tempo de chegarem a Boston. Já tinham passado no navio tempo suficiente. Na verdade, tempo demais.

Capítulo Onze

No FINAL, A TRAVESSIA levou exatamente sete semanas e quatro dias. O capitão disse que poderia ter levado menos tempo, mas haviam enfrentado várias tempestades, e ele quis seguir viagem com cautela. Mas todos os desconfortos da jornada foram rapidamente esquecidos quando avistaram terra e todo mundo começou a gritar e a correr pelo convés. Fazia quase dois meses que haviam partido da Inglaterra. Era o dia 28 de outubro, 1789. E o tempo em Boston estava fresco e ensolarado.

Os passageiros desembarcaram na calçada comprida do ancoradouro, parecendo um pouco inseguros ao pisarem em chão firme, e todos riam e falavam animadamente. O porto era um verdadeiro torvelinho de empolgação. Havia colonos, homens uniformizados e soldados da guarnição. Havia centenas de pessoas vendendo coisas e animais sendo levados e retirados dos navios. Carroças eram carregadas, e carruagens transportavam passageiros de e para os barcos à toda volta. E o capitão MacCormack foi muito solícito para com ela, ajudando-a a organizar seus pertences e a alugar uma carruagem para levá-la à pensão que ele havia recomendado.

Outros seguiam para procurar diligências, ou alugar cavalos, para poderem chegar em casa ou às pensões próximas. Abraham Levitt fez questão de se despedir dela, e o farmacêutico, o ministro que seguia para o Oeste e vários dos marinheiros vieram dar-lhe um aperto de mãos. E então a pobre pequena Hannah lançou os braços em torno das pernas de Sarah e pediu-lhe que não a deixasse. Mas Sarah explicou que precisava e prometeu escrever-lhe, embora uma carta pudesse levar muito tempo para alcançá-la, mas ela iria tentar.

Beijou-a e ficou abraçada com ela por um longo momento, e então aprumou-se e trocou um aperto de mãos com Seth. Ele ainda estava levemente constrangido com ela. Gostaria que tivesse concordado em desposá-lo, e fosse para o Ohio a fim de viver com eles em sua fazenda. Era uma mulher de uma beleza fantástica, que além de tudo havia sido muito gentil com sua filhinha, e ele iria sonhar com ela por um longo tempo.

— Cuide-se — disse Sarah baixinho, com a voz a que ele se afeiçoara tanto.

— Você também, Sarah. Não vá fazer bobagem... Tenha cuidado, se for comprar uma fazenda. Não escolha nada muito longe da cidade.

— Não vou — disse ela, sabendo que estava mentindo. Era exatamente isso que ela queria, saborear a embriaguez e a independência dessa nova terra. De que serviria ela comprar uma casa em algum ponto da cidade, ou estabelecer-se na paliçada, ou bem vizinha à guarnição? Queria um lugar onde pudesse se movimentar e usufruir a liberdade.

Subiu na carruagem que o capitão MacCormack havia encontrado para ela e ele orientou-a para que fosse até a casa da viúva Ingersoll, na esquina de Court e Tremont. Ela não tinha reserva, não conhecia ninguém, não tinha planos. Mas sequer sentiu-se amedrontada ao despedir-se de todos eles com um aceno e seguir lentamente do porto pela State Street acima, entrando em Boston. Alguma coisa lhe dizia que, ali, tudo iria correr bem.

E, quando leu a última linha da anotação daquele dia em particular, Charlie reclinou-se no assento, pensou em como ela era corajosa e quase chorou. Não houvera nada que a tivesse amedrontado. Havia passado por tantas dores, e ainda estava disposta a enfrentar mais. Nunca teve medo de tentar. Só em pensar na viagem dela no *Concord* o aterrorizou. Tinha certeza de que ele próprio jamais teria sobrevivido. Ela era absolutamente impressionante, e ficou imaginando onde ela iria comprar sua fazenda. Era como ler o melhor romance de sua vida, mas a melhor parte era que os personagens eram todos reais, e tudo havia acontecido.

Ele ergueu-se, espreguiçou-se e pousou o diário. A essa altura, já conhecia a caligrafia tão bem que podia lê-la tão facilmente quanto a sua própria. E ao olhar para o relógio ficou surpreso ao ver como o dia havia voado. Ainda queria passar pela casa de Gladys Palmer, e tinha de ir à sociedade histórica para devolver os livros que pegara na semana anterior. Ficou imaginando se Francesca estaria lá.

Tomou uma xícara de chá com Gladys quando foi pegar o livro, morrendo de vontade de contar-lhe o que havia encontrado no sótão. Mas queria lê-los todos e pensar a respeito deles, antes de partilhá-los com qualquer pessoa, até mesmo com Gladys. Era como se, por enquanto, Sarah lhe pertencesse. Era mais do que um pouco estranho dar-se conta de que estava fascinado por uma mulher que morrera há tanto tempo. Mas a leitura de suas palavras, suas aventuras e seus sentimentos trouxe-a até ele, mais real do que qualquer mulher viva.

Bateram papo a respeito de algumas novidades da cidade. Gladys sempre tinha montes de coisas para contar-lhe. Uma de suas amigas tivera um ataque cardíaco na tarde anterior, e uma velha conhecida, de tempos passados, escrevera-lhe de Paris. E ouvi-la falar da França o fez lembrar-se de perguntar-lhe sobre Francesca. Ela disse tê-la visto uma ou duas vezes e que, quando ela chegou, todo mundo na cidade havia comentado como ela era bonita. Mas tinha fama de ser muito fechada, e ninguém parecia conhecê-la de verdade. Gladys não fazia idéia de por que ela fora para lá.

— É uma bela mulher, no entanto — disse, com admiração cautelosa. Ele concordava com isso, mas gostaria de ter sabido mais sobre ela. Francesca o intrigava, e ele estava encantado com sua filha.

Deixou Gladys logo depois das quatro e meia, mas quando chegou à sociedade histórica, já estava fechada, e ele ficou parado do lado de fora com os livros na mão, sem ter onde deixá-los. Pensou em largá-los na escada da frente, mas receou que pudessem ser roubados ou ficar estragados, caso nevasse. Portanto, colocou-os de volta no carro, e parou no armazém e no *shopping center*, a caminho de casa, prometendo-se voltar no dia seguinte, ou no dia imediatamente posterior.

Estava comprando seus cereais, quando ergueu os olhos e viu Francesca. Isto o fez lembrar-se de sua conversa com Gladys sobre ela. Ela pareceu hesitar antes de sorrir, e então, parecendo cautelosa e um pouco amedrontada, disse alô a Charlie com um breve e cuidadoso aceno de cabeça.

— Perdi você por pouco — disse ele, muito descontraído, colocando na cesta o cereal que queria, e notou que ela estava sozinha. Não havia sinal da filha. — Tentei devolver os livros. Volto daqui a um ou dois dias.

Ela assentiu com a cabeça, parecendo novamente séria, e no entanto havia algo em seus olhos que era mais caloroso do que da última vez em que haviam se encontrado. Ele não tinha certeza do que era, mas neles não viu o terror que percebera em seus olhos quando convidou-a para uma bebida na véspera do Ano-Novo, e ficou imaginando o que havia mudado, se é que algo mudara. O que aconteceu é que ela havia pensado um bocado a respeito e percebido que tinha sido de fato grosseira com ele. Não queria firmar amizade com ele, mas, teve de admitir, ele foi incrivelmente legal com Monique, e não havia motivo para esnobá-lo por completo. E, uma vez que ele não parecia ser de alguma forma desagradável, obviamente havia sido legal com a criança por ter bom coração. Havia concluído tudo isso depois da última vez que se encontraram.

— Como foi a véspera de Ano-Novo? — perguntou ela, esforçando-se para que a voz não saísse nervosa.

— Ótima — disse ele, com o sorriso que a maioria das mulheres adorava e ele fingia não perceber. — Fui dormir. E voltei para a casa no dia seguinte. Andei muito ocupado nos dois últimos dias... ajeitando-me na casa. — E lendo tudo a respeito de Sarah... mas não lhe disse nada a respeito. Ainda era o seu segredo.

— Encontrou mais alguma coisa sobre Sarah e François? — Foi só uma pergunta casual, mas ela surpreendeu-se por vê-lo quase pular ao ouvi-la.

— Eu... hã... na verdade... não. — Era como se ele tivesse algum segredo culposo e Charlie agarrou-se imediatamente à primeira coisa que lhe ocorreu, para tentar alterar o rumo da conversa, fazendo-o voltar a ela. — Monique disse que você escreve. — Sabia que a mera pergunta provavelmente a deixaria constrangida e a manteria afastada por um pouco de tempo, mas desta vez ele se surpreendeu. Uma expressão mais calorosa passou pelo olhar dela, em resposta à sua pergunta.

— É só um pequeno material sobre as tribos indígenas locais. Estou escrevendo a minha tese. Mas pensei em depois, se eu conseguir bastante coisa, transformá-la num livro. Está um bocado seca.

Ao contrário dos diários de Sarah, que o haviam derrubado. Não conseguia evitar imaginar o que Francesca acharia se soubesse deles.

— Como está Monique? — perguntou ele, fugindo de uma conversa. Podia senti-la observando-o com interesse e tentando descobrir se ele era amigo ou inimigo. Parecia uma coisa tão triste, ter medo de tudo que surgisse em sua vida. Era tão diferente do que ele lera de Sarah em seus diários. Nada conseguira amedrontá-la ou detê-la, nem mesmo Edward com toda a sua crueldade brutal, embora devesse admitir que até mesmo ela levara algum tempo para fugir dele. Não saíra porta afora da primeira vez em que ele a espancara. Levara oito anos para abandoná-lo, mas graças a Deus o fizera. Charlie estava louco para ler sobre o encontro dela com François.

— Monique está ótima — respondeu Francesca. — Ela quer voltar a esquiar. — Seu primeiro instinto foi oferecer-se para levá-la, mas ele sabia que não podia fazer isso. Francesca teria fugido na mesma hora. Ele precisava contorná-la com extrema cautela, e parecer não estar dando a mínima para como reagiria. Não estava certo sequer de por que esforçava-se tanto para não espantá-la, dizia a si mesmo que era porque gostava muito da menininha. Mas até ele sabia que era mais do que isso. Perguntou-se se não estaria se sentindo atraído pelo desafio. Mas detestava sequer admitir algo tão óbvio.

— Ela é uma esquiadorazinha tão boa — disse ele, com admiração. Era uma garotinha maravilhosa e, desta vez, quando Francesca sorriu-lhe, seus olhos foram mais calorosos. Ela começou a dizer algo enquanto seguiam juntos para o caixa, e então ela refletiu melhor e parou.

— O que você ia dizer, agora mesmo? — Ele resolveu pegar o touro à unha e ver se conseguia forçá-la a retroceder e a ser mais aberta.

— Eu... eu ia dizer que lamento ter sido tão desagradável, naquele dia em que nos conhecemos em Charlemont... no almoço... só que não a quero saindo com estranhos, ou deixando as pessoas pagarem por coisas que possam fazê-la sentir-se devedora de formas que ela ainda não compreende.

— Eu sei — disse ele baixinho, fitando-a direto nos olhos, e percebeu que ela começava a recuar, mas desta vez Francesca se manteve firme. Era como se ele a houvesse atraído para fora de seu esconderijo na floresta, e ela era uma jovem corçazinha adorável, parada muito quieta, prestando uma atenção cuidadosa a cada ruído. — Compreendo.

Ele sorriu e, quando ela desviou o olhar, viu dor em seus olhos. Que coisa tão horrível tinha lhe acontecido? Quão pior pode ter sido do que aquilo a que Sarah sobrevivera? Seria pior do que o que Carole fizera a ele com Simon? Por que o coração dela seria tão especial? Por que seria tão mais frágil?

— É muita responsabilidade ter uma filha — disse ele, enquanto esperavam na fila. Era um modo de ele lhe dizer que respeitava o que ela estava fazendo. Havia outras coisas que gostaria também de ter dito, mas duvidava que viesse a ter a oportunidade. Mas era a única mulher de idade próxima à sua que conhecia ali. As outras tinham ou oito ou 87 anos, como Monique e Gladys, ou Sarah, que já tinha morrido. Francesca era a única mulher viva, real e adequada, e ele calculou que, se não tentasse pelo menos conversar com ela de vez em quando, perderia por completo o jeito. Era um motivo engraçado para fazer amizade com ela, mas à medida que se aproximavam da caixa na ponta do balcão, Charlie disse a si mesmo que isso fazia sentido. Melhor ainda teria sido se duas pessoas magoadas, prejudicadas, pudessem fazer amizade ali. Mas seria pedir muito de Francesca. Nenhum dos dois fazia a menor idéia do que havia acontecido na vida um do outro. Ele só sabia do que entrevira, graças a Monique, sobre quando ela vivia em Paris.

Sem dizer mais nada, ele a ajudou a botar suas compras sobre o balcão. Ela havia escolhido hambúrgueres, bifes e frango, *pizza* congelada, sorvete, *marshmallows*, três tipos de biscoitos, montes de frutas e legumes e um enorme engradado de leite. Ele suspeitou que fosse tudo de que Monique gostava.

Ele só tinha água gasosa, comida congelada, sorvete e o cereal que estava comprando quando a conhecera. Era obviamente comida de solteiro, e ele sorriu quando ela deu uma olhada na cesta.

— Não se pode chamar exatamente de comida saudável, Sr. Waterston. — Ele espantou-se ao ver que ela se lembrava do seu sobrenome. Não achava que houvesse prestado tanta atenção.

— Eu como fora com freqüência. — Ou pelo menos comia, em Londres e Nova York, mas talvez, ali, ela estivesse certa de parecer tão surpresa quando ele disse isso.

— Eu adoraria saber onde — disse ela, com uma risadinha, embora ambos soubessem que havia muitos restaurantes bem legais em Deerfield, mas muitos estavam fechados, especialmente nos meses de inverno, e a maioria dos habitantes ficava em casa, exceto pelas ocasiões especiais. Na maior parte do tempo, fazia frio demais para estar saindo e Francesca fitou-o divertida.

— Acho que vou ter de começar a cozinhar de novo — disse ele, pensativo. — Volto amanhã para comprar mais coisas. — Ele pareceu um rapazinho quando ela lhe deu um sorriso a que ele retribuiu e ficou esperando para ajudá-la a carregar as compras para o carro. Ela estava com três sacolas pesadas e, embora parecesse natural, assumiu um ar constrangido, de qualquer forma, ao receber a ajuda dele.

Ele a ajudou a pôr as bolsas no banco traseiro, fechando então a porta e baixando os olhos para Francesca.

— Diga oi a Monique por mim — disse ele, mas não lhe contou que voltaria ainda, nem prometeu passar em sua casa, sequer se ofereceu para telefonar-lhe. Ela entrou no carro com um sorriso cauteloso, mas desta vez sem parecer tão aterrorizada.

E ele não conseguiu deixar de imaginar, ao caminhar de volta a seu carro, o que seria preciso para derreter aquele gelo.

Capítulo Doze

QUANDO OLHOU PELA janela, Charlie viu que era mais um dia de neve pesada. E hoje não havia sequer o pretexto de trabalhos para fazer. O que ele queria era voltar para os diários de Sarah e descobrir o que lhe acontecera quando ela desembarcou do navio, em Boston.

Mas ficou parado à janela por um momento, com o pequeno volume de couro nas mãos, pensando em Francesca. Não conseguia evitar ficar imaginando que tipo de mulher ela era, ou exatamente o que a trouxera de volta da França, e por que estava em Shelburne. Parecia um lugar estranho para uma mulher que obviamente um dia tivera um estilo de vida sofisticado. Também se perguntava se um dia a conheceria o suficiente para perguntar. E então, voltando a tirá-la da mente, sentou-se em sua única poltrona confortável e deixou-se novamente absorver pela letra bem-feita e floreada de Sarah. Em menos de um minuto, tinha se esquecido de tudo, menos de Sarah.

Quando chegou a Boston, Sarah ficou na Pensão Ingersoll, esquina das ruas Court e Tremont. Era confortável, bastante grande, com quatro andares, e o capitão MacCormack sugerira que ela ficasse lá. Na verdade, George Washington se hospedara lá apenas uma semana antes e a achara muito agradável.

Mas a Sra. Ingersoll e sua governanta ficaram surpresas quando Sarah se registrou com apenas duas malas e nenhuma acompanhante. Sarah explicou que era viúva, tinha acabado de chegar da Inglaterra e, no último momento, sua sobrinha adoecera muito, ficando impossibilitada de fazer a viagem. A mulher que dirigia o hotel solidarizou-se imediatamente com sua história e pediu à governanta que a levasse a seus aposentos.

Recebeu uma bela e ampla suíte de dois quartos, com uma sala de estar decorada com pesados brocados vermelhos e um quarto de dormir adjacente a esta, todo em cetim cinza pálido. Era um quarto ensolarado, com vista para a Scollay Square, e, ao longe, podia-se ver o porto. Já era na época uma cidade movimentada e ela adorava passear por toda parte, olhar as lojas e ficar ouvindo as pessoas. Escutava muito sotaques irlandeses e ingleses, como o dela própria. A maioria dessas pessoas compunha-se de soldados, comerciantes e trabalhadores que tinham vindo da Europa. Havia muito poucas pessoas como ela pelas ruas e, mesmo com roupas simples, ficava mais do que óbvio que se tratava de uma mulher aristocrática e bem-nascida.

Ainda estava usando os vestidos simples que trouxera para vestir no navio, a touca a essa altura já estava bem castigada e, após os primeiros dias dando espiadas aqui e ali, pediu à Sra. Ingersoll que lhe recomendasse algumas lojas. Precisava mandar fazer algumas roupas quentes, pois lá era bem frio, e além do casaco onde havia escondido as jóias, não havia nada apropriado para usar em Boston.

Encontrou uma pequena costureira na Union Street e examinou alguns desenhos que uma das clientes trouxera da França no ano anterior. Era uma *grande dame*, que comprava a maioria de suas roupas na Europa, mas tinha também cinco filhas, a costureira havia copiado modelos para elas e Sarah ficou bastante satisfeita com as imitações. Encomendou meia dúzia de vestidos e a costureira sugeriu uma chapeleira que poderia fazer os chapéus que combinassem com eles.

Os vestidos que Sarah via em Boston eram, na maioria, mais simples do que os que costumava usar na Inglaterra. E eram muito, muito mais simples do que os que as mulheres usavam na França. As francesas que conhecia sempre tiveram vestidos maravilhosos. Mas agora que a revolução havia começado lá, quatro meses antes, ninguém estava mais preocupado com roupas, as questões imediatas eram mais importantes. Mas Sarah agora não precisava de alta moda para a vida que levava em Boston. Precisava de roupas sérias, úteis, que fossem práticas e parecessem dignas e adequadas à sua nova condição de vida como viúva. Na verdade, a fim de convencer todo mundo disso, a maior parte do que encomendou da costureira era em preto e um pouco sombrio. Mas não conseguiu resistir a um vestido de veludo realmente lindo, e pediu para fazê-lo em azul-escuro, quase que exatamente da cor de seus olhos. Não conseguiu imaginar onde o usaria. Não conhecia ninguém lá, por enquanto, mas achou que poderia acabar conhecendo algumas pessoas, tendo de comparecer a um baile ou a algumas reuniões, e não queria parecer uma desmazelada total, por isso permitiu-se um vestido de veludo azul.

A costureira prometeu aprontar a maioria das peças em uma ou duas semanas. Só o vestido de veludo azul, mais complicado, é que não ficaria pronto antes do fim do mês. Mas ela receberia o resto bem depressa e, depois da costureira, foi ao banco. Lá, também explicou sua situação, sua viuvez, sua chegada recente da Inglaterra, sua falta de ligações na cidade e admitiu discretamente que no devido tempo gostaria de comprar uma fazenda fora de Boston.

— E como é que iria dirigi-la, Sra. Ferguson? — perguntou Angus Blake, o gerente do banco, com um olhar de preocupação. — Administrar uma fazenda não é pouca coisa, especialmente para uma mulher sozinha.

— Estou bastante consciente disso, meu caro senhor — disse ela, sempre discretamente. — Teria de contratar gente para me ajudar, mas tenho certeza que conseguirei achar as pessoas necessárias, uma vez achada a terra.

Mas ele a olhou por cima dos óculos, com intensa desaprovação, e disse-lhe que ela estaria bem melhor na cidade. Lá havia casas maravilhosas, em bairros muito bonitos — tinha absoluta certeza de que, em pouco tempo, ela já teria feito muitos amigos. Era uma mulher jovem e muito bonita, e ele não lhe disse isso, mas tinha certeza de que em muito pouco tempo ela estaria casada de novo. Não fazia sentido para ela comprar uma fazenda. E parecia uma tolice de sua parte sequer desejar isso.

— Eu não faria nada com pressa, Sra. Ferguson. Precisa primeiro se familiarizar com Boston, antes de se decidir.

E ele resolveu fazê-la sentir-se em casa em Boston, como se fosse uma cruzada pessoal, e apresentá-la a vários clientes do banco. Ela era obviamente distinta e bem-educada. Na verdade, sua esposa ficou convencida de que havia muito mais coisas a respeito de Sarah Ferguson do que se podia observar à primeira vista.

— Ela tem algo de muito pouco comum — comentou ela, quando seu marido a apresentou. A Sra. Blake tinha filhos quase da idade de Sarah, e nunca havia conhecido ninguém, nenhuma mulher, tão inteligente, tão capaz e tão forte. Só de pensar na viagem que ela fizera a bordo do *Concord*, Belinda Blake estremeceu e concordou inteiramente com o marido em que era uma idéia absurda para ela sequer imaginar a compra de uma fazenda. — Você deve ficar aqui, na cidade. — Somou sua voz à do marido, mas quando disse isso, Sarah limitou-se a sorrir.

Os Blake se encarregaram de apresentá-la a seus muitos amigos e, em muito pouco tempo, Sarah estava recebendo inúmeros convites para jantar e tomar chá. Era cautelosa com os lugares aonde ia, e mostrava-se hesitante em fazer amizades. Sempre temeu que alguém da Inglaterra a pudesse reconhecer. Ela e Edward não tinham ido muito a Londres, nem saído muito, mas era possível que a história de sua fuga tivesse se tornado conhecida, até publicada. Não tinha meios de descobrir isso, agora que estava lá. Pensou em escrever a Haversham para perguntar, mas não ousava correr esse risco. Por isso, saiu para jantar uma ou duas vezes, e começou a fazer amigos lentamente.

Angus também tivera a gentileza de apresentá-la a um joalheiro discreto, e este ficou bastante chocado diante das peças que ela desembrulhou e espalhou sobre sua mesa, para que ele as pudesse examinar. Havia uma meia dúzia de peças realmente importantes, e algumas menores que ela ainda não havia resolvido vender. Mas estava ansiosa para vender as maiores, em particular um belo colar de diamantes que Edward de alguma forma havia negligenciado quando vendera as jóias de sua mãe. Só com aquele colar ela poderia comprar várias fazendas, ou uma casa realmente esplêndida em Boston. Já tinha visto várias mansões de tijolos, muito bonitas, e Belinda Blake estava sempre insistindo com ela para que fosse vê-las, na esperança de que ela comprasse uma. Mas continuava decidida por uma fazenda nas cercanias da cidade.

O joalheiro comprou-lhe o colar rapidamente. Tinha um cliente para ele, e sabia que se não o vendesse em Boston, de imediato, poderia vendê-lo em Nova York. E o dinheiro que Sarah recebeu foi diretamente para sua conta no banco. Perto do final de novembro, tinha uma bela soma depositada lá e estava surpresa ao ver quanta gente já a conhecia na cidade. Todo mundo tinha sido maravilhoso com ela, convidando-a para almoços e, apesar de sua cautela em não provocar essa situação, havia causado uma bela comoção entre as pessoas mais distintas da cidade nas poucas vezes em que se aventurou a sair. Era impossível não ver como ela era aristocrática, não perceber como era pouco comum, e sua beleza estava se tornando rapidamente um tópico de conversação constante entre todos os homens prósperos e principalmente os bons partidos de Boston, muitos dos quais se reuniam numa taverna, a Royal Exchange, onde a maioria mencionava Sarah. Quase que da noite para o dia, Sarah Ferguson havia se tornado o objeto da atenção de todos e, mais do que nunca, isso a deixava ansiosa para ir embora e viver sossegadamente, antes que as narrativas de seu paradeiro atravessassem o Atlântico e chegassem a Edward. Mesmo àquela imensa distância, ela temia o longo alcance do seu braço.

Passou a comemoração do dia de Ação de Graças com os Blake e, dois dias depois, foi convidada pelos ilustres Bowdoin para um jantar festivo, que era um sinal de sua aceitação nos círculos principais de Boston. A princípio, não ia nem aceitar o convite, pois não tinha nenhum interesse real em entrar para os círculos sociais da elite e tornar-se conspícua para todos ali envolvidos. Mas Belinda ficou tão aborrecida quando ela disse que não iria que, no final, após arengas consideráveis dos Blake, concordou em fazê-lo.

— Assim, como é que você vai voltar a se casar? — censurou-a Belinda depois, pois tratava Sarah como se fosse uma de suas filhas. E Sarah limitava-se a sacudir a cabeça, com um sorriso melancólico. Havia muita coisa que ela nunca poderia contar-lhe.

— Não pretendo me casar de novo — disse ela firmemente, e passou-lhe algo pelos olhos que disse a Belinda como era irreversível essa decisão.

— Sei que agora você se sente assim — confortou-a Belinda, com uma mão gentil sobre seu braço — e tenho certeza de que o Sr. Ferguson era um homem gentil, adorável. — O estômago de Sarah quase que se revirou quando pensou em Edward. Nunca houvera nada de gentil ou de adorável nele, nem mesmo no começo. Na melhor das hipóteses, tinha sido um casamento de conveniência, nada mais do que isso. E, no meio-tempo, ele se tornara um monstro. — Mas tenho certeza de que um dia você vai encontrar alguém tão bom quanto ele foi. Precisa se casar de novo, minha querida Sarah. Você é jovem demais. Não pode ficar sozinha para sempre e, quem sabe, desta vez tenha a sorte de conseguir vários filhos.

Mas, ao ouvir isso, algo morreu nos olhos de Sarah, e Belinda percebeu.

— Não posso ter filhos — disse ela, rígida, e Belinda jamais ousaria perguntar-lhe como ela sabia que era esse o caso.

— Isso pode muito bem não ser verdade — disse Belinda gentilmente, tomando a mão de Sarah. — Eu tinha uma prima que foi estéril durante muitos anos e, aos quarenta e um, descobriu que estava esperando. Teve gêmeos. — Belinda abriu-lhe um sorriso radiante. — E *ambos* viveram. Ela ficou se sentindo a mulher mais feliz deste mundo, e você é muito mais jovem do que ela era. Aqui, vai poder ter uma vida totalmente nova.

Era para isso que ela viera para a América, por uma vida totalmente nova, mas com certeza não um casamento, nem filhos. Para sua extrema tristeza, ela já passara por uma união aterrorizante. E jamais levaria alguém ao equívoco de se sentir incentivado pelo fato de ser ela supostamente solteira. Cuidava para não flertar com os homens, de não dar corda a ninguém. Nos jantares a que comparecia conversava principalmente com as mulheres. Mas, de qualquer maneira, os homens falavam dela constantemente e, até Sarah teve de admitir, com freqüência os achava pessoas mais inteligentes com quem conversar. Mas o seu interesse neles era somente de aprender um pouco mais sobre negócios, discutir com eles sobre suas terras ou tentar aprender mais sobre o trabalho de uma fazenda. Isso só a tornava mais fascinante para eles. As demais mulheres só falavam das roupas umas das outras e de seus próprios filhos. Sua recusa ao permitir que os homens se aproximassem só a tornava mais atraente. Para eles, ela era um desafio constante. Na verdade, vários homens foram visitá-la na casa da Sra. Ingersoll. Às vezes deixavam flores e cartões, cestas enormes de frutas, quando podiam ser encontradas, e até um livrinho de poesias chegou às suas mãos. Era presente de um jovem tenente que ela conhecera na casa dos Arbucks. Mas ela se recusou a vê-los, todos, não importa quão generosos fossem os presentes ou quão exuberantes as flores que lhe enviavam. Ela não tinha nenhum interesse em cortejá-los, ou deixar-se cortejar por eles, embora o tenente Parker se mostrasse particularmente insistente, e ela, por acaso, topasse com ele várias vezes, esperando por ela no salão de entrada. Ele esperava oferecer-lhe sua proteção da forma que fosse possível, carregar seus pacotes para ela, estivesse ela saindo ou entrando, ou acompanhá-la a qualquer lugar público que ela estivesse planejando visitar. Tinha 25 anos de idade, fora para Boston vindo da Virgínia, no ano anterior, e estava completamente caído por Sarah. E, apesar de sua infinita gentileza para com ela, Sarah o achava exasperante, cada vez que o via. Estava sempre vindo para cima dela feito um cachorro enorme e arfante, doido para brincar, e só conseguindo tornar-se de uma chatice intolerável. Ela rezava a Deus para que ele fixasse suas atenções em outra pessoa e encontrasse uma jovem mais disponível com quem brincar. Ela já lhe dissera que estava de luto pelo falecido marido e não tinha a menor intenção de voltar a se casar algum dia, mas era evidente que ele não acreditava, como tampouco ligava para sua idade.

— Você não faz a menor idéia de como vai se sentir a respeito disso daqui a seis meses ou um ano — disse ele com firmeza, mas ela sempre sacudia a cabeça e tentava fazer-se perfeitamente clara, ao rejeitá-lo.

— Sim, sei como vou me sentir daqui a um ano... ou dois... ou dez...

A não ser que Edward morresse, ela estaria se sentindo bastante casada. E, mesmo que ele morresse, ela não tinha qualquer desejo de casar de novo. Seus anos ao lado de Edward a haviam amargurado com relação a essa experiência, para sempre. Sabia, sem a menor dúvida, que jamais voltaria a se expor a ser o objeto da violência de um homem, ou a ser um bem que pudesse ser usado e maltratado. Não podia sequer imaginar como outras pessoas suportavam isso. E sabia que muitos maridos eram homens gentis, mas não tinha a menor vontade de arriscar uma outra jogada. Ficaria perfeitamente contente em permanecer sozinha para sempre, embora o jovem tenente Parker ainda precisasse ser convencido disso, tal como os outros homens que ela havia conhecido em Boston.

— Você devia dar graças a Deus por ter tantos pretendentes, em vez de ficar se queixando deles! — censurava-a Belinda Blake, sempre que Sarah se mostrava aborrecida com eles.

— Eu não quero pretendentes. Sou uma mulher casada! — disse ela, certo dia, sem pensar, dando-se conta então do que dissera quase que no momento mesmo em que as palavras saíram. — Ou era... O problema é só que não sou tola de cair nessas bobagens — completou, pudicamente.

— Tenho certeza que sim. Mas o casamento é uma bênção tão grande, ele faz com que uma mera corte se pareça com migalhas em um banquete. Ainda assim... não se pode ter uma coisa sem a outra.

Era inútil tentar explicar a ela, e Sarah acabou desistindo. Não havia sentido.

Foi no início de dezembro que ela conheceu Amelia Stockbridge e, subseqüentemente, o marido dela. O coronel Stockbridge era o comandante da guarnição de Deerfield e da seqüência de fortes ao longo do rio Connecticut, e Sarah achou-o uma pessoa fascinante para conversar. Perguntava-lhe longamente sobre a região e ele gostava de passar para ela o que sabia a respeito. Mostrava-se particularmente curiosa a respeito das tribos indígenas, e ficou surpresa quando ele lhe disse que a maioria era bastante pacífica.

— Lá, agora, só temos uns poucos nonotucks e wampanoags, e há muito tempo eles não causam problemas. Existe um ou outro problema ocasional, é claro, aguardente demais, ou uma discussão sobre algum pedaço de terra, mas a maioria não causa aborrecimentos.

Na verdade, ele falava como se gostasse deles, e Sarah comentou que todo mundo a havia prevenido que as áreas periféricas eram perigosas demais, devido aos índios e outros problemas.

— Isso é verdade, claro — disse ele, lançando-lhe um sorriso, surpreso por ela manifestar algum interesse sobre o assunto. — Vemos alguns iroqueses, na primavera, quando os salmões sobem o rio. E existe sempre o perigo de um bando de renegados, ou um grupo de guerreiros mohawk vindos do norte. Há notícias de problemas causados por eles aos colonizadores. — Uma família inteira havia sido massacrada no ano anterior, marido, mulher e sete filhos, logo ao norte de Deerfield, mas ele não lhe contou, e isso agora era bastante raro. — Mas, no todo, os realmente perigosos estão no oeste. A preocupação maior, claro, é que os problemas com os shawnees e os miamis se estendam até o leste, mas não consigo vê-los chegando tão a leste quanto o Massachusetts. Mas eles poderiam. Com toda certeza, já vêm causando problemas suficientes por lá. O presidente está muito aborrecido com isso, acha que já gastamos muito dinheiro na guerra com os índios, e tem um sentimento de solidariedade para com a questão das terras que eles perderam. Só que eles não podem continuar por aí, matando colonizadores constantemente porque estão zangados. No momento, estão tornando a vida da nossa gente um inferno.

Ela tinha ouvido falar disso, mas era muito mais empolgante saber em primeira mão, e seus olhos brilhavam enquanto escutava.

O coronel estava em Boston para as festas do Natal. Os Stockbridge tinham uma casa na cidade, onde a esposa do coronel ficava a maior parte do tempo. Ela detestava morar na guarnição em Deerfield, e o coronel a visitava sempre que podia se afastar. Mas isso não era muito freqüente, pois Deerfield ficava a quatro dias de distância.

Alguns dias depois, convidaram-na para uma pequena festa de Natal que estavam dando para seus amigos e alguns dos homens do coronel que estavam em Boston de licença, e ela aceitou satisfeita. Era um grupo alegre e sociável, e todos cantaram, enquanto Amelia Stockbridge tocava piano.

Sarah adorou a noite e a única dificuldade para ela foi que também haviam convidado o tenente Parker. Este ficou em torno dela feito um cachorrinho a maior parte do tempo, e Sarah fez tudo que podia para evitá-lo. Estava muito mais interessada em conversar com o coronel e teve a sorte de dispor de alguns minutos sozinha com ele, perto do fim da noite, mas este mostrou-se um tanto chocado pelo que ela lhe perguntou.

— Suponho que seja possível — disse ele, franzindo o cenho ao encará-la. — É uma viagem e tanto, particularmente na neve, nesta época do ano. Não poderia ir sozinha, teria de contratar um ou dois guias, pois é uma jornada de uns bons quatro ou cinco dias. — E então ele sorriu com tristeza. — Nem mesmo minha mulher se mostra disposta a fazê-la. Vários dos homens mais jovens têm mulher na área, ou na guarnição, e os colonizadores estão por toda a volta. Somos bastante civilizados, mas não é muito confortável. Duvido seriamente que você gostaria de estar lá, mesmo como visita. — Ele sentia-se realmente na obrigação de desestimulá-la, mas ficou óbvio para o coronel, pelas perguntas que Sarah lhe fez, que ela estava determinada a ir até Deerfield, conhecer o local. — Você tem amigos por lá? — Ele não conseguia pensar em nenhum outro motivo para que ela deixasse os confortos de Boston. Na cidade era tudo tão agradável, e ela parecia delicada e elegante demais para empreender semelhante viagem. E, no entanto, ele sabia que ela tinha chegado à América num navio pequeno, constrangedoramente desconfortável, sem sequer uma amiga para acompanhá-la. Sarah Ferguson era obviamente muito mais forte do que parecia, e ele não podia evitar um sentimento de respeito por isso. — Gostaria de escolher os seus guias, se você se decidir a ir. Não ia querer vê-la nas mãos de alguns rufiões que poderiam se perder no caminho, ou se embebedar. Trate de me informar sobre quando gostaria de ir, que encontro alguns homens para você. Deveria trazer dois guias e um cocheiro. Vai precisar de todos eles, bem como de uma carruagem boa e resistente. Duvido que vá gostar da viagem, mas pelo menos pode chegar lá em segurança.

— Obrigada, coronel — disse ela, com um brilho no olhos que ele nunca vira antes, e ficou óbvio para ele que nada que ele pudesse ter dito a impediria. Tentou explicar isso à esposa, quando lhe contou a respeito dessa conversa e ela o censurou sonoramente.

— Como é que pode sequer pensar em permitir que uma moça dessas vá para Deerfield? É um lugar rude demais. Ela não faz idéia de como é aquilo. Ela poderia se machucar, ou se perder, ou adoecer por causa dessa viagem enorme.

Ela achava que a permissão do marido para que Sarah viajasse, e até mesmo seu oferecimento de encontrar guias para ela, era uma afronta.

— Ela veio para cá, lá da Inglaterra, num pequeno navio, sozinha. Não acredito que Sarah Ferguson seja a florzinha de salão que você acha que ela é, minha cara. Na verdade, depois de conversar com ela esta noite, estou absolutamente seguro de que não é. Acho que existem muito mais coisas com relação a essa moça do que qualquer um de nós possa ter percebido, ou ela nos tenha contado. — Ele era um homem sensato e pôde ver nos olhos de Sarah que ela havia percorrido um caminho muito longo e difícil, e enquanto ela própria pudesse fazer alguma coisa a respeito, nada iria impedi-la. Tinha o tipo de determinação que ele já vira nas pessoas que iam para o Oeste tirar seu sustento da terra, enfrentar o desconhecido e até combater os índios. Os que haviam sobrevivido eram justamente como Sarah. — Ela vai estar bem. Tenho certeza disso, ou não teria dito que a iria ajudá-la.

— Você é um velho tolo — rosnou Amelia para ele, mas pouco

depois foi se deitar e beijou-o. Porém ainda achava que ele estava errado a respeito de Sarah, e que o plano dela de ir para Deerfield era uma perfeita loucura. Só esperava que Sarah viesse a conhecer alguém na cidade e se esquecesse dessa história.

Mas Sarah voltou no dia seguinte para ver o coronel. Havia passado a noite inteira pensando no que ele dissera. Na verdade, ficara tão excitada que não conseguira dormir. E queria aceitar sua oferta gentil, pedindo-lhe então para ajudá-la a encontrar guias que a levassem até Deerfield. Perguntou quando ele próprio ia voltar, e ele disse que dali a mais uma semana. Ele ia logo após o Ano-Novo e, desta vez, planejava ficar até a primavera. Amelia estaria suficientemente ocupada sem ele, uma vez que a filha mais velha do casal estava esperando um bebê para qualquer momento.

— Eu iria com você — disse o coronel Stockbridge, pensativo. — Mas estou viajando com alguns dos meus homens, vamos cavalgar depressa e cobrir a distância com um pouco mais de rapidez. Estará mais confortável se viajar no seu próprio ritmo. — E então sorriu para ela e fez uma sugestão. — Eu poderia deixar o tenente Parker para seguir com você, se quiser.

Mas Sarah rapidamente rejeitou a sugestão.

— Eu preferia que o senhor não o fizesse — disse ela suavemente. — Preferiria me limitar a contratar guias, como o senhor sugeriu na noite passada. Será que conseguiria encontrar alguns? — perguntou cautelosamente e ele assentiu.

— É claro. Gostaria de ir no mês que vem? — indagou ele, enquanto repassava mentalmente uma lista de homens em quem confiava, para que fossem com ela.

— Eu adoraria — disse ela, e eles trocaram um sorriso longo e caloroso. Nenhuma de suas filhas jamais se oferecera para ir até lá visitá-lo. Iam uma vez de anos em anos, com suas famílias, debaixo de forte coação, e achavam aquilo uma aventura inacreditável. Esta moça, pelo contrário, agia como se aquilo fosse a maior oportunidade de sua vida. E, para Sarah, era. Era tudo que ela queria.

O coronel prometeu manter contato com ela nos próximos dias, e ambos concordaram em não passar à esposa dele nenhum detalhe. Sabiam os dois que ela iria ficar furiosa com o que Sarah estava fazendo e principalmente com o fato de que seu marido iria ajudá-la a fazê-lo. Mas tinha certeza de que ela iria estar em perfeita segurança, senão não a iria ajudar em seu plano de ir para Deerfield.

Sarah agradeceu-lhe profusamente e voltou a pé até sua pensão, embora fosse uma longa distância. Mas estava tão empolgada que queria tomar um pouco de ar e, enquanto o vento lhe picava as faces e lhe ardia nos olhos, Sarah apenas sorria e fechava mais o casaco em torno do rosto.

Capítulo Treze

SARAH PARTIU NO dia 4 de janeiro de 1790, numa carruagem alugada, bastante antiga, mas muito sólida. O cocheiro que havia contratado junto com a carruagem era jovem, mas já viajava por aquela região há muito tempo. Na verdade, havia crescido numa área que ficava a uma hora de Deerfield. Conhecia todas as trilhas num raio de quilômetros, seu irmão morava na guarnição de Deerfield e o coronel Stockbridge ficou bastante satisfeito com ele, quando o descobriu. Seu nome era Johnny Drum e ele era apenas um pouco mais velho do que Sarah. Os dois outros homens viajavam a cavalo, ao lado deles. Um era um velho caçador de peles, George Henderson, que passara anos viajando até o Canadá para vender peles e na juventude havia passado dois anos prisioneiro dos hurons. Acabou por casar-se com uma índia, mas isso fora há muito tempo. Ele agora estava velho, mas as pessoas diziam que era um dos melhores guias de Massachusetts, e o outro guia era um índio wampanoag. Seu nome era Tom Vento que Canta e seu pai era o chefe da tribo, um líder e curandeiro. Tom trabalhava como guia na guarnição, mas viera a Boston a fim de tratar da compra de equipamento agrícola para sua tribo, e o coronel Stockbridge lhe pedira para fazer-lhe um favor, viajando com Sarah. Era um jovem de aspecto sério, com cabelos pretos compridos e os traços nitidamente cinzelados. Usava calças de couro de gamo e um casaco de pele de búfalo, e falava só com os homens, sempre que possível, mas nunca com Sarah. Era uma forma de mostrar respeito por ela, mas Sarah não conseguia tirar os olhos dele, que cavalgava ao lado da carruagem, quando começaram a viagem. Era o primeiro índio que vira na vida. E parecia tão nobre, severo e sinistro quanto havia esperado. No entanto, não a amedrontava, e ela sabia, por tudo que o coronel lhe havia explicado, que os wampanoags eram uma tribo pacífica de agricultores.

Nevava quando saíram lentamente da cidade, rumo ao oeste, e Boston já estava despertando, aos primeiros albores da manhã. Levavam consigo todos os seus suprimentos, peles, cobertores, comida, utensílios, água. Os dois guias deveriam cozinhar para eles, e o velho caçador de peles tinha fama de ser um ótimo cozinheiro, mas Sarah estava mais do que disposta a ajudá-lo.

Saíram de Boston quando a luz começava a subir, e Sarah, sentada na carruagem, olhando a neve cair lá fora, nunca se sentira tão empolgada na vida, nem mesmo quando zarparam de Falmouth, a bordo do *Concord*. Era como se ela soubesse que aquela era uma das jornadas mais importantes de sua vida. Não estava bem certa do motivo, mas sabia sem dúvida que o destino reservara para ela aquele dia, naquele lugar.

Deixaram a cidade pela Scollay Square e viajaram durante cinco horas antes de parar para dar descanso aos cavalos. Sarah saltou e caminhou um pouco, maravilhada com a beleza do campo. Já tinham passado de Concord e, após meia hora, retomaram a viagem. A essa altura havia parado de nevar, mas tudo estava coberto de neve muito branca e espessa, ao chegarem à trilha mohawk e tomarem o rumo oeste. Sarah gostaria de poder estar a cavalo com eles, mas o coronel insistira em que ela fosse na carruagem. O terreno teria sido difícil para ela, mas Sarah sabia que estava à altura e mostrava-se impaciente para seguir depressa, a fim de logo alcançar seu destino.

Naquela noite comeram coelho assado no espeto, preparado por

Henderson. Haviam embrulhado a caça em neve ao saírem de Boston, e após um longo dia de jornada, o gosto era delicioso. E, como sempre, Vento que Canta disse-lhes muito pouco, mas parecia satisfeito e bem-humorado. Ele cozinhou um pouco de abóbora seca que havia trazido e ofereceu a todos. Sarah achou que nunca havia provado nada tão delicado, tão doce. Para ela, pareceu um banquete e, após comerem e terem cuidado de suas diversas necessidades, ela encolheu-se na carruagem, debaixo das peles pesadas de Henderson, e dormiu como um bebê.

Acordou à primeira luz, quando ouviu os outros se movimentando, e os cavalos começando a se comunicar uns com os outros. Havia parado de nevar, e a aurora inflamou o dia, feito fogo nos céus. E, ao começarem a rodar, Johnny Drum e Henderson começaram a cantar. E Sarah, sacolejando a carruagem ao lado deles, cantou junto, baixinho. Entoavam canções que ela havia aprendido há muito tempo, na Inglaterra.

E naquela noite, quando pararam para comer, Vento que Canta mais uma vez ofereceu-lhes todos os tipos de legumes secos, que ele era mestre em cozinhar de formas que agradavam ao paladar dos colonizadores. Enquanto Johnny cuidava dos cavalos, Henderson abateu três pequenas aves, que comeram também, e foi mais uma vez uma refeição que Sarah sabia que nunca iria esquecer. Ali tudo era muito simples, muito mais real, muito honesto e infinitamente precioso.

E, no terceiro dia, enquanto seguiam viagem, Henderson contou-lhes histórias de quando havia vivido com os hurons. Esses índios estavam todos no Canadá agora, mas quando fizeram aliança com os franceses contra os ingleses tinham se espalhado por toda aquela parte do mundo e representado uma real ameaça. Na verdade, ele dizia que o haviam seqüestrado não muito longe de Deerfield, mas Sarah sabia que já tinham sumido há muito tempo e não ficou assustada ao ouvir a narrativa. Falaram a respeito dos problemas que Jaqueta Azul, dos shawnees, estava causando no Oeste, e as histórias que Vento que Canta contou a respeito dele foram bastante atemorizantes. Sarah começou então a falar com ele e a fazer-lhe perguntas sobre sua tribo e achou ter percebido o vislumbre de um sorriso em seus olhos, enquanto lhe perguntava todas as coisas que queria saber sobre seus costumes. Ele contou-lhe que todos de sua família eram agricultores, que seu pai era o chefe, mas que seu avô tinha sido um *powwaw*, ou seja, um xamã, um líder espiritual ainda mais importante do que chefe. Explicou que sua tribo tinha uma ligação muito especial com todas as coisas do universo e tudo em torno deles tinha seu próprio espírito, e todas as coisa eram, à sua própria maneira, sagradas. Contou-lhe como Kiehtan, que parecia ser a palavra deles para Deus, tinha controle sobre todas as coisas do universo, todas as criaturas, todos os seres, e devia-se dar sempre graças a ele pela comida, pela vida, por tudo que Kiehtan lhes proporcionava. Explicou-lhe o Festival do Milho Verde, que era a celebração deles para a primeira colheita, e ela o ficou ouvindo falar de olhos arregalados, num êxtase de atenção. Ele explicou que todos os seres deviam ser corretos uns com os outros, guiados por Kiehtan, e que, em sua tribo, se um homem maltratava a esposa, a mulher podia deixá-lo. E, olhando para ele, tão orgulhoso, tão forte, montado em seu cavalo, ficou se perguntando por que teria dito aquilo, se sabia ou pressentia que ela havia sido maltratada. Parecia surpreendentemente sábio para um jovem, e os valores que lhe descreveu pareciam mais do que razoáveis. Na verdade, a seus ouvidos soaram muito civilizados, bastante modernos e, em certo sentido, quase perfeito. Era difícil imaginar que era essa a gente que os primeiros aventureiros nesta parte do mundo haviam chamado de "selvagens", conforme alguns continuavam chamando mesmo agora, particularmente no Oeste. Obviamente não havia nada de selvagem nele. E ficou fascinada também por saber que um dia esse homem seria o chefe de sua tribo, e como seria conhecedor dos nossos costumes, após passar tanto tempo com os colonizadores. Seu pai tinha sido sábio ao mandá-lo viver entre eles, como uma espécie de embaixador. E, vendo-o cavalgar, percebeu que durante todo o resto de sua vida iria se lembrar desse momento.

O quarto dia pareceu mais longo, quando chegaram a Millers

Falls e continuaram a jornada. Viram diversos fortes, mas só pararam uma vez, quando receberam um pouco de comida e água fresca. Sabiam que agora não estavam longe, mas ao cair da noite, ainda não haviam chegado à guarnição e a questão era se continuavam pela noite adentro ou esperavam o amanhecer. Estavam todos ansiosos para chegar a seu destino. Sozinhos, teriam continuado, mas, levando uma mulher com eles, nenhum ousava apressá-la. Mas foi a própria Sarah quem disse achar que deviam prosseguir, na medida em que não houvesse perigo.

— Sempre existe algum — disse honestamente Johnny, o jovem cocheiro. — Sempre podemos topar com um grupo de guerreiros, ou perder uma roda.

A estrada era muito sulcada, e escorregadia de gelo à noite. Ele se sentia responsável por ela e não estava inclinado a correr riscos, o que era a sua fama.

— Isso poderia acontecer também à luz do dia — lembrou-lhe Sarah, e no final todos concordaram em continuar por algumas horas e ver se conseguiriam chegar a bom tempo. Os dois guias calcularam que, se seguissem a bom tempo, poderiam alcançar o forte por volta da meia-noite.

Seguiram com firmeza naquela noite, e Sarah não fez um som enquanto a velha carruagem sacolejava. Era quase tão agitado quanto uma boa onda no *Concord*, às vezes, mas ela em momento algum se queixou. Tudo que queria era chegar lá. E logo depois das onze horas viram as luzes da guarnição a distância. Os quatro deram vivas e forçaram mais os cavalos, e desta vez Sarah teve certeza de que iriam perder uma roda logo no último trecho, mas acabaram chegando vivos e inteiros aos portões principais, enquanto Johnny gritava para a sentinela. Mas Vento que Canta havia cavalgado à frente, e o reconheceram de imediato. Os portões se abriram devagar, e a carruagem os atravessou lentamente, parando assim que chegou ao interior. Com as pernas trêmulas, Sarah saltou e olhou em torno. Havia cerca de uma dúzia de homens caminhando no escuro, falando baixinho, alguns fumando, e cavalos amarrados às estacas, usando cobertores. A guarnição abrigava várias construções compridas e muito simples, em que os homens ficavam aquartelados. Havia umas poucas cabanas para as famílias que lá moravam e lojas onde obtinham seus suprimentos. Havia também uma praça principal; na verdade, tudo parecia muito com uma aldeia, tudo auto-suficiente, tudo cercado e guardado com bastante segurança, com os colonizadores vivendo nas áreas externas em torno da guarnição. Tinham ido até lá em busca de ajuda e contavam com as guarnições e os fortes para protegê-los. Mesmo tarde da noite, sem ninguém por perto, Sarah teve uma sensação de pertencer àquele lugar, e lágrimas lhe rolaram dos olhos ao trocar apertos de mãos com os homens e lhes agradecer. No que lhe dizia respeito, tinha sido uma jornada inesquecível e inteiramente agradável, desde Boston. E, olhando tudo em retrospecto, os quatro dias haviam virtualmente voado. E quando disse isso, todos riram, até mesmo Vento que Canta, que havia achado a viagem lenta, por causa da mulher.

Johnny foi guardar a carruagem no celeiro principal e dar água aos cavalos, enquanto os dois guias sumiam, procurando amigos. Sarah foi deixada com um dos soldados que os haviam recebido. Este havia sido instruído pelo coronel, quando chegou dois dias antes, após uma intensa viagem, para levá-la até uma das mulheres. Várias famílias moravam lá e Sarah deveria ficar com elas. Tinha certeza de que ela estaria mais confortável com as mulheres e as crianças. E quando o jovem soldado bateu à porta, uma mulher usando vestido de algodão, uma velha manta de flanela e um gorro veio à porta, um cobertor passado sobre os ombros. Parecia sonolenta e jovem, e Sarah viu dois berços de madeira rústicos no aposento, logo atrás dela. Todos moravam em um ou dois quartos, e aquela jovem ali chegara dois anos antes, assim que se casou.

O jovem soldado explicou quem era Sarah, ao que a moça sorriu e disse chamar-se Rebecca. Convidou Sarah a entrar, a sair do vento, e Sarah aceitou satisfeita, entrando com sua única mala. Trouxera muito pouco e olhou em torno, à luz da vela de Rebecca. Era um aposento pequeno, rústico, no que parecia ser uma cabana de madeira, e quando Sarah voltou a encará-la, viu que Rebecca estava grávida. E, por um instante, quase sentiu inveja de sua vida simples, naquele lugar perfeito, com seus bebês todos em volta. Como teria sido maravilhoso viver assim, em vez de estar sempre apanhando, num castelo, com um homem que odiava. Mas tudo isso tinha ficado para trás, a agonia, bem como a esperança perdida de misericórdia ou de gratificação. Mas ela efetivamente tinha aquilo que Tom Vento que Canta descrevera como uma espécie de comunhão com o universo. Ela estava, como ele dissera, nas mãos de Kiehtan. E Kiehtan, segundo Vento que Canta, era justo com todos os seres, tal como havia sido com ela, quando lhe permitiu encontrar sua liberdade. Agora, não queria nada mais.

Enquanto Sarah tinha esses pensamentos, Rebecca levou-a ao único quarto de dormir. Era um aposento minúsculo, pouco maior do que sua cabine no *Concord,* e exibia uma pequena cama feita de troncos, que mal dava para duas pessoas. Era a cama que ela partilhava com o marido, e Sarah percebeu que a moça acabara de se levantar dela, com sua barriga grande e redonda. Mas ela agora a oferecia a Sarah, dizendo que poderia dormir num cobertor no outro aposento, perto dos filhos, se Sarah assim preferisse. Seu marido estava fora, com um grupo de caça, e só voltaria para casa dali a vários dias. E quanto a Rebecca, não se importava de dar o seu quarto para sua hóspede, se Sarah preferisse.

— É claro que não — disse Sarah, comovida com sua disposição de abrir mão até da própria cama para uma desconhecida. — Posso dormir no chão, se for preciso. Não me incomodo, em absoluto. Passei quatro dias dormindo numa carruagem, e tampouco me incomodei com isso.

— Oh, não! — Rebecca enrubesceu fortemente e então, por fim, as duas concordaram em dormir juntas na única cama. Sarah despiu-se rapidametne no escuro para não incomodá-la mais do que o necessário e, cinco minutos depois, as duas mulheres que mal haviam acabado de se conhecer estavam deitadas lado a lado, como irmãs. Ali a vida era inteiramente nova. E deitada, pensando a respeito, Sarah sussurrou timidamente no escuro, como se fossem duas crianças tentando não acordar os pais.

— Por que veio para cá? — perguntou-lhe Rebecca. Não conseguiu resistir em fazer-lhe essa pergunta. Talvez houvesse um homem por quem estivesse apaixonada. Rebecca a achara muito bonita e não acreditava que fosse muito velha. A própria Rebecca tinha acabado de fazer vinte anos.

— Eu queria ver tudo isso aqui — disse Sarah com honestidade. — Cheguei da Inglaterra dois meses atrás, para iniciar vida nova... — Achou que era melhor difundir a mesma mentira que vinha contando desde o início. — Sou viúva.

— Isso é muito triste — disse Rebecca, com real sentimento. Seu próprio marido, Andrew, tinha 21 anos e se conheciam e se amavam desde crianças. Não conseguia sequer imaginar um casal partilhando menos do que isso, quanto mais uma vida como aquela que havia forçado Sarah a fugir da Inglaterra. — Lamento muito.

— Está tudo bem... — Então decidiu ser pelo menos um pouco honesta com ela, pois lhe parecia injusto não ser. — Eu nunca o amei.

— Que coisa terrível — disse Rebecca, com um olhar de espanto. Estavam trocando confidências de uma forma como nunca teriam feito numa sala de visitas, mas ali dividiam a mesma cama, naquele lugar mágico que parecia tão próximo de Deus... e de Kiehtan. Sarah sorriu, ao se lembrar das lendas que Vento que Canta lhe havia contado.

— Vai ficar muito tempo na guarnição? — perguntou Rebecca com interesse, e então bocejou. Sentia o bebê se mexendo dentro de seu corpo e sabia que em breve os outros dois iriam acordá-la. Os dias para ela eram longos, particularmente com Andrew ausente, caçando. Não havia mais ninguém para ajudá-la. Sua família estava na Carolina do Norte.

— Não sei por quanto tempo vou ficar — disse Sarah, bocejando também; aquilo era contagioso. — Gostaria de ficar para sempre.

Rebecca sorriu em resposta e então mergulhou no sono, o que pouco depois aconteceu também com Sarah, que não conseguia acreditar na sorte que era simplesmente estar ali.

Rebecca estava de pé e fora da cama bem antes da alvorada no dia seguinte, quando ouviu seu caçula se mexer. Sabia pelo peso dos seios que já estava na hora de amamentá-lo. Às vezes, sentia dores ao fazer isso, e temia que o bebê em seu ventre pudesse nascer prematuramente, mas sua bebezinha era tão nova que lhe parecia errado não amamentá-la. Ela tinha só oito meses de idade, e nascera um pouco fraca. Não sabia com quanto tempo de gravidez estava, mas acreditava que talvez fossem uns sete meses. Estava muito maior do que da última vez. O primeiro bebê tinha sido uma menina, que estava agora com dezoito meses. E, uma vez acordada, Rebecca já estava preocupadíssima. Tentou evitar que acordassem sua hóspede e ocupou-os com uma tigela de mingau e um pedaço de pão para cada um. Era mais fácil para ela estar na guarnição do que numa fazenda em algum lugar. Ela não teria meios de trabalhar a terra, e ali estavam mais seguros e dispunham de mais comida. Dessa forma, Andrew não precisava se preocupar com ela, sempre que tivesse que sair.

E quando Sarah acordou, às nove horas, Rebecca já dera banho e vestira as duas crianças, lavado a roupa e havia pão assando no forno. Tivera uma manhã bastante ocupada. Ao ver sua anfitriã atrapalhada pelo aposento minúsculo e alegre, com o fogo aceso na estufa, Sarah sentiu-se constrangida por ter dormido até tão tarde, de ser tão preguiçosa. Devia estar mais cansada do que havia imaginado. Dormira feito uma pedra, até que o som de cavalos e carroças lá fora finalmente a despertou. Sabia que, ao acordar naquele dia, sua carruagem já teria voltado para Boston. E os dois guias tinham dito que iriam sair cedo naquela manhã. Vento que Canta tinha de voltar ao encontro de seu pai e informá-lo sobre os utensílios e equipamentos de lavoura que comprara para eles, e George, o caçador de peles, estava se dirigindo ao norte para comercializar com os colonos na fronteira canadense. Lá era mais perigoso, ele sabia, mas não se importava. Conhecia a maioria das tribos e só umas poucas não eram amigáveis.

— Gostaria de comer alguma coisa? — perguntou-lhe gentilmente

Rebecca, segurando o bebê num dos braços e tentando, com a outra mão, manter a criança mais velha longe da cesta de costura.

— Eu cuido de mim. Você parece estar muito ocupada.

— Estou mesmo — disse Rebecca, com um sorriso largo. Era baixinha e usava o cabelo em tranças, e à luz brilhante do sol parecia mais ter doze anos do que vinte. — Andrew me ajuda com elas, quando ele pode, mas ele sai muito, inspecionando os colonos e visitando os outros fortes. Ele tem muita coisa para fazer aqui. — Mas ela também, e agora Sarah achou sua barriga enorme.

— Quando é que o bebê chega? — perguntou Sarah, com um olhar preocupado, enquanto se servia de uma xícara de café. Parecia para qualquer minuto...

— Não antes de um mês ou dois, creio... provavelmente dois... não tenho certeza.

Ela enrubesceu. Cada um de seus bebês viera logo em seguida ao outro, mas ela parecia saudável e feliz. Só que até mesmo Sarah conseguia perceber que a vida ali não era fácil. Era simples, austera e sem quaisquer das conveniências a que as pessoas estavam acostumadas. Parecia decorrer num outro mundo que não Boston, e era isso mesmo. Ali a vida era inteiramente diferente, e ela entendeu, só por estar presente e farejar as coisas, que era exatamente aquilo que queria.

Sarah fez a cama e perguntou se poderia ajudar Rebecca em alguma coisa, mas ela disse que estava ótima e planejando visitar uma amiga de uma fazenda vizinha, que acabara de ter bebê. E quando Sarah sentiu com segurança que não a estaria abandonando, saiu para procurar o coronel.

Encontrou com facilidade o seu gabinete, mas ele não estava e ela ficou dando voltas pela guarnição durante algum tempo, observando tudo o que se passava, o ferreiro ferrando os cavalos, os homens rindo e contando histórias uns para os outros, os índios indo e vindo, parecendo muito diferentes de Vento que Canta, ao que ela suspeitou que fossem os nonotucks de que tinha ouvido falar. Era uma tribo pacífica, tal como os wampanoags. Por ali não ficavam índios ferozes, ou assim ela pensava, até que viu um grupo de homens atravessar os portões em cavalgada, e achou que nunca tinha visto nada tão feroz. Era um grupo de cerca de doze homens, na maioria índios, e davam a impressão de ter feito uma longa cavalgada. Quatro cavalos extras vinham galopando atrás e os homens que os conduziam pararam como que de repente. Os índios não se pareciam nada com Vento que Canta nem com os nonotucks que vira de manhã. Havia uma espécie de aspereza selvagem em seu aspecto, e até no modo como conduziam os cavalos. Seus cabelos eram pretos e compridos, usavam contas e penas e um deles portava um enfeite peitoral espetacular. Mas até o modo como falavam uns com os outros deixou Sarah um pouco atemorizada. Ninguém na guarnição, porém, parecia dar-lhes qualquer atenção. E ao saltarem dos cavalos, não muito longe de onde ela estava, Sarah sentiu-se tremer. E ficou aborrecida consigo mesma por essa reação. Mas eles eram tão possantes, intimidantes, que pareciam uma tempestade que passava roncando. Então ouviu um dos homens gritar alguma coisa para os outros, e todos riram. Havia um forte senso de camaradagem entre eles, que parecia até incluir os brancos. E, com seus cavalos ainda empinando nervosamente, desmontaram. Viu vários soldados olhando para eles, mas não dizendo nada, e os índios falavam baixinho entre si. Aquilo obviamente não era um ataque, parecia mais um tipo de delegação, e havia um inegável senso de força e unidade entre eles. Ela ficou observando em silêncio, sem ser vista, imaginado quem e o que seriam, e de repente descobriu-se com o olhar fixo no líder. Era o mais hipnotizante de todos, tinha um cabelo escuro, longo e brilhante, que voava às suas costas quando caminhava, e estava usando belas calças e botas de couro. Parecia quase europeu, mas não exatamente, tinha a postura nobre e o rosto asperamente entalhado dos índios com quem cavalgava, e falava num dialeto indígena com os homens à sua volta. Era óbvio, só pelo modo como se movimentava e pelo modo como os outros lhe respondiam, como era respeitado. Era um líder natural. Parecia quase algum tipo de príncipe em sua dignidade guerreira, e era fácil acreditar que era o chefe, ou talvez o filho de um chefe. A Sarah parecia estar bem avançado na casa dos trinta anos. Virou-se subitamente então, enquanto ela o observava, carregando um mosquete enorme, com um arco pendurado de viés nas costas, e inesperadamente ela se viu face a face com ele, e praticamente pulou quando ele a viu. Não estava de forma alguma preparada para encarar aquele homem, por mais espetacular que o achasse. Ele era como uma pintura que queria observar, um tipo desconhecido e especial, de alguma espécie, e só observá-lo andar, falar e se voltar era como ouvir música. Era o homem mais gracioso e possante que já vira, e ao mesmo tempo muito calado. Mas era ao mesmo tempo aterrorizante e ela não conseguiu se mexer de onde estava, enquanto ele a observava. Ele parou instantaneamente, olhando para ela, parecendo ainda mais sinistro do que qualquer outra pessoa que já vira, mas no entanto ela não tinha a impressão de que poderia machucá-la. Era como o Príncipe do Desconhecido, representava o mundo com o qual ela podia apenas sonhar e, enquanto seus olhos perscrutavam os dela, ele virou-se e caminhou até um gabinete. E ela ficou horrorizada ao se dar conta de que tremia violentamente, assim que ele passou. Seus joelhos batiam com tanta força um no outro, que ela mal conseguia ficar de pé, e deixou-se cair sentada nos degraus da construção junto à qual ela estava, enquanto olhava os outros desempacotarem seus suprimentos e se movimentarem na guarnição. Ainda se perguntava de que tribo viriam, quem seriam e por que haviam entrado tão precipitadamente na guarnição, como se fugindo de uma legião de demônios.

Levou uns dez minutos para parar de tremer, após ver-se de frente com o líder do grupo. Quando voltou ao gabinete do coronel, por pura curiosidade perguntou ao soldado a que tribo pertenciam aqueles índios que havia observado. Era fácil descrevê-los.

— São iroqueses — explicou ele, não parecendo nem um pouco impressionado. Já os vira muitas vezes antes, mas Sarah não. E sua entrada tinha sido notável, no que lhe dizia respeito. Sabia, como tantas outras coisas que já vira ali, que nunca esqueceria a cena.

— Na verdade, são senecas, um ramo da nação iroquesa, e um deles é cayuga. Existem seis tribos iroquesas. — Recitou-as então para ela, que ouvia, ávida: — Onondaga, cayuga, oneida, seneca, mohawk e os últimos a entrar para a confederação, os tuscarora. Só entraram para a nação iroquesa há setenta anos e são originalmente da Carolina do Norte. Os que você está vendo aqui, porém, são senecas, e o baixinho é cayuga.

— O líder é um tipo bastante impressionante — disse ela, ainda um tanto subjugada pela impressão que ele havia provocado. Sentiu-se como se houvesse visto de frente todos os terrores do Novo Mundo encarnados em um único homem, e no entanto não conseguiu se sentir nem aterrorizada nem amedrontada. Mas, por um minuto ou dois, esteve perto disso. Ele havia sido mais do que um pouco atemorizante. Mas ela sobrevivera. E ali, na guarnição, sabia ser improvável que alguém tentasse feri-la. E o que a havia reconfortado, por mais aterrorizante que lhe fosse, era que mais ninguém parecia aterrorizado com ele.

— Quem foi que entrou com eles? — perguntou o soldado, mas ela só conseguiu descrevê-lo.

— Não estou bem certo de quem era, mas geralmente é um dos filhos do chefe. Talvez ele seja dos mohawks, que têm um aspecto mais assustador do que os senecas. Particularmente quando estão usando pintura de guerra — o que obviamente não estavam. De qualquer maneira, era um alívio. Provavelmente, se estivessem, mesmo com a melhor boa vontade do mundo, ela estava certa de que teria desmaiado.

Ela então agradeceu o homem pela informação e foi tentar encontrar o coronel. Este, a essa altura, já havia voltado da cavalgada da manhã e parecia satisfeito com o que vira. Seu território estava em ordem. E pareceu particularmente feliz ao ver Sarah. Dava a impressão de que fazia anos em que a vira pela última vez, em Boston. E ficou extremamente aliviado ao saber que a longa viagem tinha corrido bem e que ela chegara em segurança. Era impossível não notar também como ela parecia bonita. Até mesmo usando um vestido simples de lã marrom, com uma touca comum para protegê-la do frio, era uma beleza rara. O creme de sua pele parecia quase neve, seus olhos eram da cor do céu de verão e os lábios, sem qualquer traço de pintura, teriam inspirado um homem mais jovem a beijá-los. No entanto, ela era perfeitamente recatada, de um comportamento adequado de todas as formas possíveis, e a luz que ele via em seus olhos era apenas a empolgação de estar ali. Havia nela uma sensualidade sutil, mas Sarah a guardava tão bem escondida, que só o que se sentia a respeito dela, se não se procurasse muito, era calor e amizade. E ela agradeceu-lhe muito por permitir-lhe estar lá, o que o fez dar um muxoxo, ao ouvir.

— Amelia sempre encarou suas visitas a mim como pura tortura e como algo pelo que eu devia me desculpar desde o momento em que ela chegava até o momento de partir.

Nos últimos cinco anos, ela não viera com freqüência. Aos 49 anos de idade achava que estava velha demais a essa altura para enfrentar durezas. E era mais fácil para ele vê-la em Boston. Mas Sarah era uma outra história. Ela tinha a terra em suas veias. E ele a provocou, dizendo que ela nascera para ser colona, mas Sarah tinha certeza de que ele não estava falando sério. Era só um elogio que estava lhe fazendo.

O coronel organizou um pequeno jantar para ela naquela noite e manifestou a esperança de que ela estivesse suficientemente confortável onde havia sido alojada. Não havia aposentos para hóspedes, e tinham de recorrer às esposas dos soldados para acomodar as pessoas, quando elas vinham. Sua própria esposa tinha de dividir com ele o seu alojamento, o que era uma das coisas que ela detestava. Sarah disse que estava ótimo e que já se havia afeiçoado a Rebecca. Porém mais tarde, no jantar, descobriu que o coronel havia convidado o tenente Parker. E ele ainda estava tão caidinho por ela quanto em Boston. Sarah fez tudo que pôde para desestimulá-lo, até chegar ao ponto de ser rude com ele, mas o tenente não parecia se importar. Na verdade, ela quase temia que ele gostasse. Parker interpretava suas respostas cortantes como uma forma de interesse. Ela ficou ainda mais chateada ao descobrir que alguns dos outros convidados achavam que ela viera até Deerfield para vê-lo.

— De forma alguma — disse ela muito solidamente à esposa de

um major. — Conforme a senhora sabe, sou viúva — frisou com severidade, sentindo-se como sua própria avó ao dizê-lo, mas tentando ser extremamente ameaçadora. Se ela própria tivesse se visto, teria caído na risada. Mas a mulher a quem ela dissera isto não ficou nem um pouco impressionada como Sarah esperava.

— Não pode continuar sozinha para sempre, Sra. Ferguson — disse ela, com doçura, lançando um olhar de apreciação ao jovem tenente.

— É o que pretendo — replicou Sarah asperamente e o coronel riu ao ouvir. Então ele baixou a voz, quando Sarah se preparava para sair. O tenente estava se demorando, na esperança de acompanhá-la até a casa de Rebecca.

— Devo oferecer-lhe minha proteção? — perguntou o coronel com gentileza, e ela assentiu com a cabeça. Ele havia compreendido sua situação e não queria que ela se sentisse mal. Afinal, ela era sua hóspede e claramente não retribuía aos sentimentos ternos do tenente.

— Eu gostaria muito — murmurou ela, ao que o coronel sorriu-lhe e informou ao tenente Parker que ele tinha sido muito gentil por esperar pela Sra. Ferguson, mas que ele próprio pretendia levá-la até sua casa. Voltou a agradecer-lhe e disse que o veria pela manhã. Sarah disse que sabia que eles tinham um encontro marcado com uma importante delegação do Oeste, que vinha discutir a paz com os criadores de problemas, liderados por Pequena Tartaruga. Mas, após as palavras do coronel, o tenente pareceu extremamente decepcionado, quando se afastou.

— Sinto muito, minha cara, se ele a aborreceu. É jovem, e está muito enlevado por você, acho. Não posso culpá-lo. Se eu fosse trinta anos mais moço, também me sentiria tentado a fazer papel de tolo. Você tem muita sorte por eu ter a Amelia para me manter na linha.

Ela riu diante desse elogio e enrubesceu ao agradecer-lhe.

— Ele se recusa a compreender que estou determinada a não voltar a me casar. Já lhe disse isso com a maior clareza. Ele não acha que eu esteja falando sério.

— Eu não pensaria assim — replicou ele com firmeza ao ajudá-la a colocar o casaco. O último convidado acabara de se despedir.

— Se pensa, está muito enganada. Você é jovem demais para fechar uma porta na sua vida. Ainda conta com pelo menos metade da sua vida pela frente, ou mais, se tiver sorte. É cedo demais para acabar a festa.

Ele voltou a sorrir, ofereceu-lhe o braço e ela não discutiu com ele, mas sabia o que queria. E, para mudar de assunto, perguntou-lhe sobre a reunião do dia seguinte e a inquietação causada pelos shawnees e os miamis, e ele imediatamente deixou-se levar pelas suas perguntas. E quase que lamentou deixá-la na casa de Rebecca. Gostaria que seus próprios filhos manifestassem tanto interesse no que ele fazia quanto ela. Mas estavam todos muito mais envolvidos com suas famílias e a vida social de Boston. Sarah sentia-se muito mais curiosa com o mundo em botão à volta deles, e era óbvio que estava empolgada por ter vindo para Deerfield.

Ela agradeceu-lhe pela reunião e pelo excelente jantar. Haviam comido carne de veado, delicadamente preparada por seu cozinheiro nonotuck com legumes das fazendas próximas. E ela prometera visitá-lo no dia seguinte, após a reunião, no fim da tarde. Estava planejando percorrer a cavalo o campo em torno, se conseguisse encontrar alguém para ir com ela que não fosse o tenente Parker. E o coronel disse que arranjaria isso, insistindo para que ela tomasse cuidado.

Quando entrou na pequena cabana de madeira que Rebecca tão generosamente dividia com ela, descobriu que esta já havia se deitado, que os bebês estavam dormindo, que o fogo estava apagado, que o quarto estava frio, e que ela estava ainda desperta demais para despir-se e deitar-se ao lado de Rebecca. Ficou do lado de fora durante algum tempo, pensando em sua cavalgada no dia seguinte, bem como nas coisas que lhe haviam dito naquela noite, à mesa de jantar, e também nos índios de aspecto feroz que vira naquela tarde. Tremeu só de pensar no aspecto que um grupo efetivo de guerreiros realmente teria, e agradeceu a Deus por nunca ter visto nenhum. Fascinada como estava com esta parte do mundo, não tinha o menor desejo de ir para o Oeste e tornar-se pioneira. Essa era uma vida rude demais, até para ela, e sabia que estaria perfeitamente contente de ficar ali mesmo, em Deerfield.

Enquanto pensava a respeito, afastou-se um pouco da casa e decidiu tomar ar. À sua volta estava tudo silencioso e ela sabia que ali se encontrava segura. A maioria dos homens já se recolhera. As sentinelas guarneciam o portão e a maior parte das pessoas no forte já dormia. Estar ali dava uma sensação maravilhosa, ao caminhar com a neve sob os pés, erguendo os olhos para as estrelas que brilhavam no firmamento. Isso lhe recordava o que Vento que Canta lhe dissera a respeito de fazer parte do universo, todas as pessoas, seres, todos os animais, eram um só com o universo, ele dissera, e quando voltou a olhar para a terra, tomou um susto tremendo. Havia um homem, a menos de um metro dela, observando, as sobrancelhas franzidas, o rosto tenso, todo o seu ser parado, ou como se fosse fugir, ou como se fosse atacar, e ela não conseguiu conter o engasgo. Era o líder da delegação iroquesa que ela vira entrar na guarnição naquela tarde, e que já a havia aterrorizado uma vez, conseguindo fazê-lo agora pela segunda vez. Estava parado de pé, observando em silêncio total, sentindo seu coração bater forte. Não estava absolutamente certa se iria atacá-la ou não, mas isso pareceu-lhe uma clara possibilidade, pois ele a fitava sério, com o que lhe pareceu um olhar de fúria.

Houve um longo e aterrorizante momento de silêncio, quando nenhum dos dois se mexeu, e ela considerou a hipótese de virar-se e voltar para a casa de Rebecca o mais rápido que pudesse, mas entendeu, só de olhar para ele, que ele a venceria na corrida, e não queria atrair perigo para Rebecca e seus filhos. E se gritasse ele poderia matá-la, mesmo antes de alguém ouvir. Não havia nada que pudesse fazer, a não ser manter-se firme e recusar-se a ficar aterrorizada, mas não era pouca coisa fazer isso, vendo os cabelos negros esvoaçando ao vento e uma longa pena de águia adejando atrás de sua cabeça. Ele tinha o rosto quase de um falcão e, no entanto, mesmo em sua assustadora severidade, Sarah tinha consciência de sua beleza. Então, ele a assustou ainda mais.

— O que está fazendo aqui? — perguntou ele, baixinho, num

inglês perfeitamente claro, embora ela percebesse algum tipo de sotaque.

Estava tensa e empertigada ao responder, não tirando nem um momento seus olhos dos olhos dele, seu corpo inteiro retesado de terror.

— Estou visitando o coronel — disse muito claramente, esperando que a menção do nome do comandante o levasse a hesitar antes de matá-la. Ela tremia violentamente, mas esperava que, no escuro, ele não percebesse.

— Por que veio para cá? — perguntou, como se zangado por ela ter vindo. Ela seria mais uma intrusa. Notou que seu sotaque parecia quase francês, e ficou se perguntando se ele não teria aprendido inglês com os soldados franceses, anos antes. Talvez não fosse iroquês, e sim huron.

— Vim da Inglaterra — disse ela, com voz curta mas forte. — Vim encontrar uma vida nova — completou com coragem, como se ele pudesse compreender, embora estivesse certa de que não poderia. Mas não tinha vindo para ser morta por um índio solitário, sob um céu estrelado, no lugar mais lindo que já vira. Jamais permitiria que ele fizesse isto. Tal como não permitiu que Edward a matasse.

— Seu lugar não é aqui — disse ele baixinho, e um pouco da tensão em seu rosto se aplacou, mas só levemente. Era a conversa mais estranha que ela já tivera, sozinha na escuridão, falando com aquele guerreiro, que estava zangado por ela ter vindo até Deerfield. — Deveria voltar para o lugar de onde veio. Já há muitos homens brancos aqui. — Ele com certeza vira com bastante clareza, durante muitos anos, o mal que esses homens brancos haviam feito, mas muito poucas pessoas entendiam isso. — Aqui é perigoso para você, mas parece que não compreende — disse ele e seus joelhos pararam de tremer só um pouquinho. Por que ele estaria lhe dizendo aquilo? Por que a estaria prevenindo? O que ele tinha com isso? Mas era preciso considerar que aquela terra era dele, não dos brancos, e talvez ele tivesse o direito de dizê-lo.

— Eu compreendo — respondeu ela em voz baixa. — Mas agora

não tenho nenhum outro lugar. Não tenho ninguém, e não tenho nenhum lugar para ir. Gosto daqui. Quero ficar aqui.

Disse isso com tristeza, não querendo zangá-lo mais do que já tinha feito, porém querendo que ele soubesse o quanto ela amava sua terra. Não viera apenas para explorar a terra, ou tirá-la dele. Viera para dar-se àquela terra. Era só o que queria. E durante um longo tempo ele a fitou com um olhar duro, e não disse nada. Então, fez-lhe mais uma pergunta.

— Quem vai tomar conta de você? Não tem homem ao seu lado. Não pode viver aqui sozinha.

Como se isso importasse. Importaria ainda menos se ele a matasse, mas agora estava quase certa de que não ia acontecer. Pelo menos, esperava que não. O que não sabia era que a guarnição inteira estava falando a seu respeito e este homem ouvira coisas sobre ela a tarde toda, não aprovando a sua vinda, e disse isso.

— Talvez eu possa viver sozinha — disse ela, com suavidade. — Talvez eu encontre uma maneira de fazê-lo.

Mas ele voltou a sacudir a cabeça, sempre surpreendido com a estupidez dos colonizadores. Achavam que simplesmente podiam ir para lá, tomar a terra e jamais pagar o preço final por isso. Os índios haviam morrido por sua terra. E os colonizadores também, com mais freqüência do que admitiam. Uma mulher sozinha era pura insanidade. Ele ficou se perguntando se ela seria louca, ou apenas muito tola, mas ao olhá-la ao luar, com seu rosto pálido e os cabelos escuros por baixo do casaco, ela parecia quase um espírito. Era isso que estava observando quando ela se deparara com ele. Parecia um fantasma, uma rara visão de beleza, e o havia espantado, pois ele vinha caminhando mergulhado em pensamentos sobre a reunião com o coronel pela manhã.

— Volte agora — avisou ele. — É uma estupidez ficar sozinha aqui.

Ela sorriu então, e o que ele viu em seus olhos o espantou. Não estava em absoluto preparado para a paixão que percebeu ali. Só havia conhecido uma mulher como ela. Era iroquesa... oneida... chamada Pardal Choroso... O único nome que conseguia imaginar para esta mulher era Pomba Branca... Mas não disse nada. Limitou-se a observá-la. E então, sem dizer uma palavra, sabendo que ela não ousaria mexer-se enquanto ele não o fizesse, ele girou nos calcanhares e afastou-se dela. Ela soltou um suspiro longo quando viu que ele se fora e correu de volta para a casa de Rebecca.

Capítulo Quatorze

SARAH NÃO CONTOU A ninguém sobre seu encontro com o guerreiro na noite anterior, por medo que não lhe permitissem voltar a aventurar-se sozinha pela guarnição. E ficou empolgada ao descobrir que o coronel havia tomado providências para que um batedor a acompanhasse numa saída a cavalo pela manhã. Era um jovem soldado e seu oficial comandante achou que podia ser dispensado um dia, para cavalgar com ela. Era bastante tímido e razoavelmente novo naquela área, e não estava muito certo sobre o que ela queria ver. Ninguém lhe dissera o que se esperava dele, além de ser educado com ela, por isso ele lhe perguntou, e ela dissera apenas que queria ver as áreas circundantes. Disse que uma mulher, no jantar na noite anterior, mencionara um lugar chamado Shelburne, em algum ponto das redondezas, e disse também que lá havia uma cachoeira maravilhosa, embora nesta época do ano estivesse praticamente congelada. Mas enquanto Will Hutchins cavalgava a seu lado, ele disse que não a conhecia, por isso partiram rumo ao norte, na tentativa de encontrá-la. Enquanto cavalgavam, Sarah ficou impressionada com o campo cada vez mais belo, com as colinas que iam se desenrolando a distância, com a imensidade de árvores, com os cervos que viam por toda a parte. Era como uma terra de conto de fadas e sentiu-se eufórica, enquanto se afastavam cada vez mais de Deerfield.

Na hora do almoço, Will achou que deviam voltar, pois o céu parecia levemente ameaçador, mas ainda não tinham visto nenhuma cachoeira, e ela queria ir só um pouco mais adiante. Como os cavalos estavam indo muito bem e não pareciam cansados, ele concordou em levá-la. Ainda poderiam voltar ao cair da noite. Por isso, continuaram cavalgando.

Quando sentiram fome, almoçaram comida que tinham levado em seus alforjes e, pouco depois das duas da tarde, viram-na finalmente, uma cachoeira espetacular, vinda de muito alto, e, em sua base, rochedos enormes cheios de cavidades gigantes. E, no momento em que a viu, Sarah exclamou, arrebatada, que aquele era precisamente o lugar de que a mulher falara. Estava absolutamente segura disso. Era Shelburne Falls. O jovem soldado ficou satisfeito por ela, embora estivesse bem menos interessado. A essa altura, estavam cavalgando há quatro horas, numa trilha acidentada, e ele ansiava por voltar à guarnição ao cair da noite. Sabia que o coronel e seu oficial comandante ficariam furiosos com ele se algo de ruim acontecesse com aquela mulher. E estar fora da paliçadas da guarnição após o anoitecer era algo que todos deviam evitar. Por mais pacíficos que fossem os índios vizinhos, ainda assim havia o acidente ocasional, além do que seria bem fácil se perder na escuridão. E Will conhecia aquela área pouco melhor do que ela. Só estava lá desde novembro e, com as neves pesadas, não haviam saído muito. Ao contrário do coronel, que já conhecia o jeito dela, o oficial comandante daquele rapaz tinha sido ingênuo o suficiente para acreditar que ela só queria um pouco de exercício e um passeio a cavalo em torno da guarnição. Não fazia a menor idéia de como era intenso o seu desejo de exploração, nem de quanto isso os levaria longe. Já haviam coberto quase vinte quilômetros e, tal como ela havia calculado, estavam em Shelburne, que era uma comunidade pequena e distante, ao norte de Deerfield.

Assim que viu a cachoeira, ela insistiu em desmontar e ir puxando o seu cavalo até mais perto, para poder caminhar um pouco. Achou que era o lugar mais bonito do mundo e desejou poder ter tempo de esboçá-lo em papel. E então, finalmente, com a mais profunda relutância, voltou a montar o cavalo e começaram o longo caminho de volta a Deerfield, mas quando já estavam a quase dois quilômetros da cachoeira, ela parou subitamente, como se tivesse visto alguma coisa que tivesse perdido, e não pudesse prosseguir enquanto não a recuperasse.

— O que é?

Will pensou que havia algo errado e parecia ansioso, ao parar e olhar em torno. Ela parecia estar tentando ouvir alguma coisa e o jovem soldado dava a impressão de estar a ponto de chorar. Não queria topar com um grupo de guerra junto com aquela mulher.

Mas ela não ouvira nenhum som humano, e ficou claro para ele que ela vira algo que a fizera parar como se atingida por um relâmpago. Tudo que viu, ao voltar-se para onde ela estava olhando, foi uma enorme clareira, algumas árvores velhas e uma vista ao longo do vale.

— Há algum problema? — perguntou-lhe, com um ar profundamente infeliz. Estava com frio e gostaria enormemente de estar de volta a seu alojamento.

Mas ela havia visto precisamente o que queria.

— Quem é o dono desta terra? — perguntou baixinho. Olhava a clareira como se ela fosse assombrada, mas sabia muito bem que a vira em sua mente mil vezes, desde que tomara a decisão de vir para cá. Era o lugar perfeito.

— O governo, acho. A senhora deveria perguntar ao coronel.

Aquilo tudo um dia havia pertencido aos índios, mas havia sido tomado deles. Era um lugar mágico e ela podia facilmente imaginar uma casa ali. Havia uma fonte no fundo, a cachoeira ficava perto e, se prestassem atenção, ela imaginou, seria possível ouvi-la. E havia uma família de cervos, parados na clareira, olhando para ela. Era como uma mensagem do Rei do Universo. Vento que Canta lhe havia falado disso... Kiehtan... ela entendeu com uma certeza profunda que era seu destino ter chegado ali. Mas, imóvel, no dorso de seu cavalo, com seu acompanhante ao lado, percebeu que estava ficando mais escuro.

— Precisamos ir, Sra. Ferguson — disse ele, num tom de urgência. — Está ficando tarde.

Não queria dizer a ela, mas estava amedrontado. Tinha dezessete anos, mas não sabia por que, ela o assustava.

— Só precisamos descer estas colinas até o nível do vale e depois atravessá-lo em direção sudoeste — disse ela, calmamente. Tinha excelente senso de direção, mas isso pouco adiantou para acalmá-lo. Detestava deixar o lugar onde estavam, mas sabia que voltaria a achá-lo com facilidade. Só precisava voltar à cachoeira e, de lá, poderia achá-lo. O lugar era absolutamente inconfundível. E, para agradar ao rapaz, pôs-se em marcha. Ele tinha razão, estava ficando escuro, mas, ao contrário dele, ela não estava com medo.

Durante duas horas, viajaram sem incidentes, e sem fazer comentários. Era uma cavalgada difícil mas agradável, e seguiram mais rápido do que o costume, uma vez que corriam contra o cair da noite, mas os cavalos eram fortes e, na maior parte do tempo, a trilha estava nítida. Houvera apenas uma ou duas ocasiões em que não se sentiram certos sobre que caminho tomar numa bifurcação da estrada, ou numa clareira, mas o senso dela de direção era aguçado e os conduziu quase que todo o caminho de volta a Deerfield. Ela percebeu que estava de volta ao nível do vale quando atingiram uma clareira, mas quando a viram pela segunda vez, Sarah percebeu que já tinham estado lá vinte minutos antes. A essa altura já estava quase escuro e, ao lusco-fusco, ela questionou seu senso de direção, mas não disse nada. Quando voltaram à clareira pela terceira vez, ela vacilou.

— Não podemos estar longe da guarnição — disse ela, olhando em torno, tentando lembrar-se das marcas que havia visto nas árvores antes, expediente que aprendera com o pai, quando criança, na ocasião em que ele a ensinou a orientar-se na floresta. Ela sempre achara as coisas que aprendera com ele extremamente úteis, mas dessa vez seu conhecimento lhe faltou.

— Estamos perdidos, não estamos? — perguntou Will, começando a entrar em pânico.

— Na verdade, não. Vamos encontrar o caminho. É só uma questão de observação. — Mas a luz ambiente e a neve a haviam enganado e Sarah percebeu que ali era um terreno desconhecido. Impacientemente, havia se lembrado de vários detalhes importantes, quando partiram no início do dia, mas agora tudo parecia diferente, no começo da escuridão. E, em todos eles, havia sons estranhos, soturnos. O rapaz só conseguia pensar em grupos de guerreiros, embora não tivesse visto nenhum, naquela região, nos três meses em que já estava lá.

— Estou certa de que num instante vamos voltar a encontrar o caminho — disse Sarah calmamente e ofereceu-lhe um gole d'água do cantil que levava. Mesmo na escuridão, ela via que ele estava pálido e assustado. Ela própria não gostava daquilo também, mas sentia-se mais controlada do que ele. Acontece, porém, que ela era bem mais velha.

Tentaram um outro caminho desta vez, mas acabaram voltando para o mesmo lugar. Parecia um carrossel mágico, ao qual não podiam escapar, dando voltas, voltas e voltas, para acabar sempre na mesma clareira.

— Muito bem — disse ela finalmente. Já haviam tentado três caminhos a essa altura, e restava apenas mais um, uma quarta trilha. Essa parecia-lhe inteiramente errada, e dava a impressão de ir para o norte, ao invés do sul, mas Sarah estava disposta a tentar. — Vamos seguir por este caminho e, se isso não funcionar, vamos em frente. Ainda que não cheguemos à guarnição, chegaremos a um dos fortes do rio, ou a alguma cabana. Sempre podemos passar a noite lá.

Ele não gostou nem um pouco da idéia, mas preferiu não discutir. Ela era muito obstinada, dava para sentir, e tinha sido quem os metera nessa confusão, só para começar, insistindo para descobrir a cachoeira, e depois parando na clareira como se estivesse procurando ouro ou coisa parecida. Ele começava a achar que ela era meio maluca e não estava gostando nem um pouco daquilo. Mas não tinha nenhuma sugestão melhor.

Sarah apontou para o caminho que deveriam seguir e ele foi atrás dela, relutante. Agora, Sarah estava claramente na direção, e eles não voltaram novamente à clareira, mas, pelas estrelas, ela percebia que tampouco seguiam na direção certa. Mas pelo menos não estavam mais andando em círculos. E se conseguissem achar o rio, ela sabia que iam acabar encontrando alguma civilização. Mas cavalgaram por longo tempo sem encontrar nada, e desta vez ela percebeu que estavam realmente perdidos. A noite já caíra há mais de duas horas. Sarah ficou imaginando se o coronel enviaria um grupo de busca atrás deles, e detestava estar lhe causando todo aquele problema. E, no momento exato em que pensava nisso, percebeu também que a água que trouxeram havia acabado. Sempre havia a neve, é claro, mas não tinham levado provisões adequadas para passar a noite, e o ar em torno deles subitamente ficou cortante, gélido. Estavam ambos tremendo. Mas não havia nada que pudessem fazer, a não ser ir em frente.

Cavalgavam com perseverança, lado a lado, a essa altura os cavalos começando a andar trôpegos, quando ela ouviu o som de cascos a distância. Não havia como estar equivocada e ela virou-se para o rapaz a seu lado. Ele ouvira também e fitou-a com os olhos esbugalhados de medo, pronto para fugir em disparada, em qualquer direção.

— Fique quieto — disse-lhe ela, asperamente, agarrando as rédeas de seu cavalo com uma das mãos e puxando-o bruscamente para as moitas mais cerradas, junto com o seu próprio. Lá estava ainda mais escuro, e ela sabia que seus cavalos os denunciariam, mas talvez se os outros cavalos estivessem longe o suficiente, poderiam não encontrá-los. Não havia nada que ela pudesse fazer além de rezar, e estava tão amedrontada quanto Will, mas sabia que não podia demonstrá-lo. Tinha plena consciência de que era por sua culpa que estavam perdidos e lamentava tê-lo metido naquela confusão, mas agora não havia grande coisa que pudesse fazer para salvá-los.

O som de cascos rapidamente tornou-se mais forte e seus cavalos se movimentavam, mas sem fazer ruído, seus olhos quase tão assustados quanto os do rapaz, quando então, num assomo de cavalos e homens, ela os viu. Eram índios, cerca de uma dúzia deles, cavalgando rápido pela floresta, como se estivessem em plena luz do dia. Deviam conhecer as trilhas como a palma das mãos, mas assim que passaram correndo, um dos homens chamou os outros abruptamente e eles pararam a uns vinte metros dali, seus cavalos agitando-se desenfreadamente. Ela ainda não estava certa de que eles os haviam visto e gostaria de poder, junto com Will, desmontar e sair correndo, mas não ousou, convencida de que aqueles homens os achariam. Eles estavam completamente em casa, na floresta. Levou um dedo aos lábios, olhando para o rapaz na escuridão, e ele assentiu com a cabeça. Os índios que haviam visto voltavam em direção a eles, cavalgando lentamente, em fila única, olhando para todos os lados. Estavam quase em cima deles e o ímpeto de gritar era poderoso, mas com cada grama de determinação que possuía, forçou-se a não fazê-lo. Em vez disso enterrou as unhas no braço do jovem soldado e desejou ousar fechar os olhos, para não vê-los matá-la, mas não conseguiu. Ficou apenas olhando, os olhos bem abertos, aterrorizada, os índios vindo em sua direção. Estavam tão perto agora que ela podia ver as sapatas para neve amarradas em suas selas. Pararam na trilha, a menos de três metros deles, quando um dos homens falou, os outros imóveis, e esse que havia falado cavalgou lentamente em sua direção. Veio direto, até estar a menos de um braço de distância deles, ao que Sarah sentiu os pêlos macios de seus braços e de sua nuca se arrepiarem, quando seus olhos se encontraram na escuridão. Ora, ela o conhecia. Não havia como fugir desta vez. Sabia que desta vez ele não a deixaria escapar. Era o líder dos iroqueses que vira na guarnição. Não sabia seu nome, mas não precisava. Ficou com a mão firme no braço do rapaz, seus olhos jamais se afastando dos olhos do guerreiro, mas estes não transmitiam qualquer expressão. Os homens atrás dele ficaram montados, absolutamente imóveis, enquanto seus cavalos cavoucavam a terra. Não estavam bem certos quanto ao que estava acontecendo, e ela não acreditou que ele a protegeria deles. Estava preparada para morrer em suas mãos, mas não para suplicar. Já não lhe fazia diferença. Mas estava preparada para barganhar pela vida do garoto. Ele ainda dispunha de muitos anos pela frente, se tivesse sorte.

O guerreiro parecia tão feroz quanto antes, e quando falou com ela, Sarah tremeu.

— Eu lhe disse, seu lugar não é aqui — disse ele, zangado. — Você não conhece essas paragens. Não está segura aqui.

— Sei disso — retrucou ela, numa voz que era pouco mais do que um som rouco em sua garganta seca, mas seus olhos não tremeram e ela continuou sentada bem ereta em sua sela. Ele viu que o rapaz a seu lado estava chorando, mas não lhe deu a menor atenção. — Peço desculpas por ter vindo até aqui. É sua terra, não minha. Eu só queria vê-la — disse ela, tentando soar mais calma do que estava, mas certa de que ele não ligava a mínima para suas explicações. E então fez o que sabia que tinha de fazer pelo bem do rapaz. — Deixe este menino ir embora — pediu. — Ele não fará mal algum. É muito jovem. — Sua voz pareceu subitamente mais forte, enquanto os olhos do guerreiro fitavam mais profundamente os dela. Se ela estendesse a mão, poderia tocá-lo.

— E você? Vai se sacrificar por ele? — Seu inglês era muito sofisticado. Era óbvio que havia vivido e estudado com os homens brancos. Mas seu rosto, os cabelos, a roupa, a aura selvagem proclamavam sua herança altiva, enquanto lançava-lhe um olhar furibundo, de raiva indisfarçada. — Por que eu não salvarei você e matarei a ele? — perguntou, exigindo dela uma explicação que Sarah não poderia lhe dar.

— É minha culpa estarmos aqui.

Ela gostaria de saber seu nome, mas talvez para ele isso não importasse. O guerreiro e a mulher ficaram imóveis e silenciosos, os olhares presos um ao outro, seus olhos em momento algum se afastando, e então ele recuou lentamente seu cavalo. Ela não sabia bem o que ele ia fazer, mas foi como se ela pudesse respirar um pouco melhor não o tendo tão perto, e ele não fez qualquer movimento para arrancá-los de seus cavalos, embora ela tivesse visto seus dois mosquetes com bastante clareza.

— O coronel está muito preocupado com você — disse ele furioso, ainda fitando-a com muita raiva. — Por aqui passaram mohawks, recentemente. Você poderia iniciar uma guerra, com a sua estupidez — continuou, praticamente gritando com ela, enquanto seu cavalo se agitava. — Não sabe o que está fazendo. Os índios precisam de paz e não de problemas causados por tolos. Já temos o suficiente por aqui. — Ela assentiu com a cabeça, silenciosamente, tocada pelo que ele tinha dito, e então o guerrreiro gritou algo para os outros, no dialeto que falavam.

E ela viu os outros olharem-nos com interesse. Sua voz estava mais calma quando voltou a falar-lhe, e ela esperou pelo veredicto. — Vamos guiá-los de volta à guarnição — disse ele, olhando para ambos. — Vocês não estão longe.

E, com isso, virou-se e foi liderando os outros, à frente dela, à exceção de um, que seguiu atrás deles, para que não voltassem a se perder.

— Vai ficar tudo bem — disse ela baixinho para o rapaz a seu lado, que havia finalmente parado de chorar. — Não creio que vão nos machucar. — O rapaz assentiu, sem fala diante do que ela tentara fazer por ele e ao mesmo tempo profundamente envergonhado, mas mesmo assim muito grato. Ela teria trocado sua vida pela dele. Não conseguia imaginar sequer vir a conhecer uma outra mulher que fizesse isso por ele.

Menos de uma hora depois, a guarnição surgiu, à saída do bosque, e o grupo de índios fez uma pausa, observando-os. Após uma breve conferência entre si, resolveram seguir cavalgando com ela até o fim do caminho. Já haviam perdido horas, e parecia mais fácil agora passar a noite lá e sair ao amanhecer. Sarah sentiu-se tomada por uma onda de exaustão ao passarem pelos portões, a sentinela anunciando bem alto seus nomes, e Will começou a sorrir. Mas ela ainda se sentia trêmula demais para sequer sorrir. Uma clarim soou então em algum lugar e o coronel saiu correndo de seu alojamento, com um olhar frenético, que se transformou em alívio ao vê-la.

— Temos dois grupos de busca procurando por vocês — disse ele, olhando dela para o soldado Hutchins. — Achamos que tinham sofrido um acidente — continuou, e então olhou para o grupo de índios. Alguns haviam começado a desmontar e o guerreiro no comando saltou lentamente do cavalo, caminhando em direção a eles. Ela ainda nem ousara sair de sua sela, com medo de que suas pernas não a segurassem, mas o coronel ajudou-a gentilmente a desmontar e ela rezou para que o guerreiro que a trouxera de volta não percebesse como estava assustada; ou tão fraca que suas pernas iriam se dobrar quando parasse em pé. Era bem diferente encará-lo aqui do que tinha sido negociar por sua vida na floresta. — Onde a encontrou? — perguntou-lhe o coronel, subitamente. Havia um óbvio respeito entre os dois, que pareciam conhecer-se muito bem, mas Sarah não tinha certeza se o guerreiro era ou não benevolente. Ele lhe parecera bastante belicoso, desde o primeiro momento em que o viu, mas era claramente um homem educado, e ela ficou com a estranha sensação de que o coronel gostava dele.

— Encontrei-os a menos de uma hora daqui, perdidos na floresta — explicou, aborrecido, e então olhou direto para Sarah. — É uma mulher muito corajosa — disse a ela, com a primeira marca de respeito que nele percebera em todos os seus encontros. E então voltou a olhar para o coronel. — Ela pensou que íamos matá-la — disse com o mesmo traço de sotaque que já percebera antes. — Tentou trocar sua vida pela do rapaz.

Ele nunca conhecera uma mulher que fizesse isso e duvidava que houvesse muitas no mundo. Mas ainda achava que o lugar dela não era ali.

— Sarah, por que fez isso? O soldado Hutchins estava lá para protegê-la.

O que o coronel acabara de ouvir o chocara de verdade e, ao mesmo tempo, o enchera de admiração. Mas podia ver que nos olhos dela agora havia lágrimas. Passara por um mau pedaço, desde aquela manhã. E, afinal de contas, era apenas uma mulher.

— Ele ainda é uma criança — disse ela, a voz por um momento soando rouca. — Foi minha culpa nos perdermos... eu me demorei perto da cachoeira e li erradamente os sinais no caminho... achei que me lembrava por onde tínhamos vindo, mas não lembrava.

Ela agora estava cheia de desculpas e de confusão e então, lembrando-se de por que haviam se atrasado, olhou para o coronel e falou-lhe da clareira. Mas não disse ainda que queria comprá-la. Isso teria de ficar para depois.

O coronel voltou a agradecer ao jovem índio e então, como que lembrando-se de seus bons modos, virou-se para Sarah.

— Presumo que vocês dois já se conheceram, embora de uma

maneira bastante estranha. — E sorriu, como se os estivesse apresentando num salão, e não numa noite gelada, após ela ter pensado que ele ia matá-la. — François de Pellerin... ou será que eu deveria dizer, conde?

O homem que ela pensara ser um índio lançou-lhe um olhar sério e Sarah ficou fitando os dois em profunda confusão.

— Mas eu achei... você é... o que... como... como *pôde?* — ela perguntou, subitamente lívida. — Sabia o que eu estava pensando... poderia ter dito alguma coisa, na noite passada, ou pelo menos esta noite, no momento em que nos encontrou...

Não conseguia acreditar que ele a deixara pensar que iam matá-los, sequer por um momento. A pura cueldade disso quase a fez querer bater nele.

— Mas era o que poderia ter acontecido — disse ele, com o mesmo sotaque que ela já ouvira antes, e que agora percebia não ser huron, mas francês. Ele era francês, embora ela não compreendesse como havia chegado ali. Para ela, parecia o mais feroz de todos os guerreiros, mas, se se esforçasse, poderia muito bem imaginá-lo em culotes elegantes, e tudo mais que vinha junto. Vestido como estava, parecia ser iroquês, mas com outra vestimenta poderia de fato ter sido um francês bastante bonito. Porém, a crueldade daquele logro era algo que ela sabia que nunca iria perdoar. — Eu podia ser mohawk — prosseguiu ele, sem desculpas. Ela precisava compreender os perigos da terra que estava visitando. Para eles, aquilo não era nenhum jogo. A essa altura ela poderia estar marchando para o Canadá, amarrada com cordas, e ser morta na trilha, se não caminhasse depressa. — Podíamos ser mohawks, ou pior... — Ele recentemente vira o que os shawnees haviam feito, numa viagem para o Oeste, e não tinha sido uma coisa bonita. Estavam completametne fora de controle e até agora o governo se mostrara incapaz de detê-los. — Na noite passada, mesmo, eu poderia ter pulado pela cerca, enquanto as sentinelas não estavam olhando. Você não está segura aqui. Não deveria ter vindo. Isto aqui não é a Inglaterra. Não tem direito nenhum de estar aqui.

— Nesse caso, por que você está aqui? — replicou ela em tom de desafio, mais corajosa agora, enquanto o coronel observava o diálogo com interesse. Will há muito tinha ido para seus alojamentos, e já havia engolido a essa altura dois uísques puros.

— Vim com meu primo, treze anos atrás, durante a revolução — disse ele, embora não achasse que lhe devesse qualquer explicação. Também lhe contou que seu primo era Lafayette, e que ambos haviam sido formalmente proibidos pelo rei de fazer a viagem, mas vieram mesmo assim. Lafayette voltara dez anos antes. Ao contrário do primo, François entendeu que seu destino estava na América e não conseguiu deixar seus amigos ali. — Lutei por este país, derramei meu sangue por ele. Vivi com os iroqueses, tenho todos os motivos para estar aqui.

— O conde vem negociando para nós com as tribos a oeste, durante os dois últimos meses.

— Casaco Vermelho, o chefe dos iroqueses, o encara quase como um filho — explicou o coronel com óbvio respeito, mas não lhe contou que François um dia havia sido genro do chefe, até que Pardal Choroso e seu filho foram mortos pelos hurons. — Ele estava viajando para o norte esta noite, a caminho de visitar o chefe mohawk, em Montreal, e disse que procuraria por você na trilha. Ficamos muito preocupados quando vocês não voltaram, ao cair da noite.

— Peço muitas desculpas, senhor — disse ela, bastante arrependida. Mas ainda não se havia feito paz entre ela e o conde francês fantasiado de bravo indígena. Não conseguia imaginar a audácia que ele tivera de não dizer-lhe quem e o que era, nem na noite anterior, nem quando o encontrou na trilha. Ele a aterrorizara, e sabia disso.

— Deveria voltar para Boston — disse o francês, olhando para ela. Ele tampouco parecia feliz, embora algo em seus olhos dissesse que ficara impressionado com ela, algo que admitira ao coronel quando este lhe disse que ela estava desaparecida.

— Irei exatamente para onde eu quiser, meu caro senhor — disse-lhe ela, asperamente. — E agradeço-lhe por ter me acompanhado de volta esta noite.

Ela fez-lhe uma mesura elegante, como se estivesse num salão de baile inglês. Trocou um aperto de mãos com o coronel e voltou a desculpar-se pela confusão que havia causado. Curvou-se diante dele e caminhou de volta para a cabana onde estava alojada, sem dizer mais uma palavra, nem olhar de novo para nenhum dos dois. Suas pernas sustentavam-na sem firmeza ao atravessar a guarnição, e ela abriu a porta silenciosamente, entrando no aposento escuro, voltou a fechá-la e deixou-se escorregar lentamente para o chão, soluçando de alívio e angústia.

François de Pellerin ficou olhando enquanto Sarah batia em retirada. Não disse uma palavra, mas o coronel observava seu rosto, curioso em saber o que ele vira ali. Aquele era um homem difícil de decifrar. Havia algo bastante selvagem em sua alma e, às vezes, o coronel se perguntava se ele agora já não seria em parte índio. Com certeza sabia como os índios pensavam e, às vezes, comportava-se como eles. Havia desaparecido com eles por vários anos, só voltando a surgir quando sua noiva índia morreu, e o coronel entendeu quando ele jamais falou sobre ela. Mas todo mundo naquela região conhecia a história.

— Ela é absolutamente notável — disse o coronel com um suspiro, ainda intrigado com uma carta que havia recebido da esposa, naquela manhã mesmo. — Diz que é viúva... mas Amelia soube de uma história notável, por uma mulher que conheceu em Boston, recém-chegada da Inglaterra. Parece que é uma fugitiva, o marido está vivo em algum lugar... ao que tudo indica não é um sujeito muito agradável. O conde de Balfour... Isso faz dela uma condessa, não é? É uma espécie de coincidência, você conde, e ela condessa, às vezes acho que metade da nobreza européia termina por estas bandas.

Todos os desajustados e fugitivos, bem como os sujeitos loucos, desregrados. Mas isto ainda não explicava a história de Sarah. François, porém, sorria para ele melancólico, pensando em seu primo anos antes, nos homens que havia conhecido e ao lado de quem havia lutado... e agora nesta moça... disposta a trocar sua vida pela de um estranho... ela havia sido tão corajosa e tão ousada na floresta, naquela noite... Nunca vira nada parecido.

— Não — disse François —, não terminamos todos aqui, coronel... só os melhores.

Desejou então boa noite ao coronel e voltou para a companhia de seus homens. Estes estavam dormindo, como os índios sempre faziam, do lado de fora, sob o abrigo da guarnição. Sem fazer um ruído, sem dizer a eles uma palavra, François juntou-se ao grupo.

Sarah a essa altura estava na cama, pensando no homem que, estivera tão certa, a mataria. Só conseguia concentrar o pensamento em seus olhos escuros ardentes, olhando-a na floresta, seu cavalo movimentando-se e o próprio movimento possante de seus braços, enquanto ele o controlava... suas armas reluzindo ao luar.... Ela se perguntou se seus caminhos voltariam novamente a se cruzar e, ao fechar os olhos e tentar tirá-lo da mente, teve a esperança de que isso não acontecesse.

Capítulo Quinze

CHARLIE PASSARA UM DIA inteiro lendo o diário de Sarah, da manhã até quase meia-noite, e, quando o pousou, sorriu ao lembrar do encontro dela com François. Ela não fazia a menor idéia do que estava para acontecer. Mas, tal como acontecera com François, Charlie ficara fascinado com sua coragem, durante aquele encontro na floresta de Deerfield.

Charlie achava que jamais conheceria uma mulher assim e pensar nela o fez sentir-se mais sozinho do que nunca. Percebeu que não telefonava a Carole há muito, desde aquele fiasco do dia de Natal, em que lhe telefonara quando ela estava recebendo amigos com Simon. Pensar nela o fez sentir-se só novamente, e resolveu sair para tomar um pouco de ar. Estava uma noite fria, límpida, com o céu cheio de estrelas. Mas tudo o que fazia parecia torná-lo ainda mais solitário. Não havia mais ninguém com quem partilhar as coisas, ninguém com quem conversar, agora, sobre Sarah. Não tinha nem vontade de voltar a ver seu fantasma, se é que existia, queria algo muito mais real e, ao voltar a entrar, quase pôde sentir o fôlego fugindo de seu peito ao pensar em tudo que havia perdido na Inglaterra. Havia ocasiões em que achava que iria prantear para sempre a sua vida perdida. Não conseguia se imaginar a voltar a amar alguém, a dividir sua vida com outra pessoa. E era impossível desejar que ela não se cansasse de Simon. Sabia que a conseguiria de volta num segundo.

Mas tudo isso era irrelevante, e ele subiu lentamente para o quarto, pensando primeiro em Carole, depois em Sarah e François. Que sorte eles tiveram. Que felicidade quando seus caminhos se cruzaram. Ou talvez tivessem sido pessoas especiais, cada um deles merecendo esse privilégio. Ainda estava pensando neles naquela noite, deitado na cama, desejando poder ouvir algum som, ou acreditar que eles ainda estavam perto. Mas não houve nem som, nem brisa, nem a sensação de espíritos no quarto. Talvez fosse o suficiente contar com as palavras dela, suficiente ter encontrado os diários.

Mergulhou no sono, voltando a sonhar com eles, estavam rindo e correndo um atrás do outro numa floresta... ficou ouvindo sons estranhos no meio da noite e achou que fosse uma cachoeira... ele havia encontrado... o local onde ela estivera no dia em que se perdeu... então, ao acordar pela manhã, percebeu que estava chovendo. Pensou em levantar-se e nas coisas que poderia fazer naquele dia, mas percebeu que não queria. Preparou em vez disso uma xícara de café e voltou para a cama com os diários de Sarah.

Estava levemente preocupado consigo próprio. Ler os diários de Sarah começava a se tornar uma obsessão. Mas agora não podia parar. Precisava saber tudo que havia acontecido. Abriu o diário no lugar que havia marcado na noite anterior e voltou a perder-se nele, sem parar um só instante.

A viagem de volta a Boston correu absolutamente tranqüila para Sarah. E, para puni-la por tê-los preocupado tanto, o coronel Stockbridge mandou o ainda apaixonado tenente Parker com ela. Mas ele se comportou impecavelmente e ela foi muito mais tolerante com ele do que até então. Antes de deixar a guarnição, teve uma longa conversa com o coronel e, embora ele desaprovasse, ela conseguiu dele exatamente o que queria.

Voltou para a casa da Sra. Ingersoll muito animada e levou vários dias para saber que alguém, que chegara recentemente, andara espalhando boatos sobre ela. Estes iam do vago ao absurdo e um desses boatos a relacionavam diretamente com o rei Jorge III da Inglaterra. Mas ficou claro que alguém chegara à cidade e sabia que ela era casada com o conde de Balfour. Alguns diziam que ele tinha morrido, outros que estava vivo. Alguns falavam de uma terrível tragédia na qual ele havia sido assassinado por bandoleiros de estrada, outros diziam que ele enlouquecera e tentara matá-la, por isso ela havia fugido. A maioria das histórias eram bastante romântica, e a cidade parecia estar fervilhando com elas, mas isso só tinha o efeito de torná-la mais desejável do que já era, e Sarah nunca admitiu nada a ninguém. Ela simplesmente continuou se apresentando como Sra. Ferguson, e deixou o resto para a imaginação das pessoas. Porém, uma coisa ela sabia: se a notícia de com quem era casada havia vazado, era só questão de tempo até Edward saber que estava em Boston. E esse conhecimento a tornou ainda mais decidida com relação a seu plano. O coronel a havia apresentado a alguns homens bons e eficientes, e eles haviam prometido começar o seu trabalho ao chegar a primavera. Ela havia saído para cavalgar com vários homens antes de deixar Deerfield e encontrou a clareira rapidamente. Desta vez, a viagem de volta foi muito mais curta e bem menos empolgante. Ela ainda não havia perdoado François de Pellerin por tê-la enganado.

Os homens que havia contratado em Shelburne lhe disseram que Sarah poderia ter sua casa pronta no final da primavera, especialmente considerando que ela pedira algo muito simples. Ela queria uma casa simples e comprida, de madeira, com uma sala principal, uma pequena área de jantar, um único quarto e uma cozinha. Precisava de um telheiro e outras construções do lado de fora, mas isso poderia vir depois, além de uma cabana para os dois ou três homens de que necessitaria para ajudá-la. Nada mais. Os homens que contratou disseram que teriam tudo pronto em pouco tempo. Possivelmente em junho, talvez até antes. Tudo seria feito no local. Iriam usar todas as peças e ferramentas que tinham à mão e somente as janelas seriam feitas em Boston e mandadas para Shelburne em carroça de boi. Na verdade, havia algumas casas bonitinhas ali perto também, mas estas eram ainda mais elaboradas do que ela queria. Sarah só desejava a morada mais simples. Ela não tinha necessidade, nem desejo, de nada elegante.

Durante aquela primavera, ela só conseguia pensar na casa que estava construindo em Shelburne. Havia passado o inverno pacificamente em Boston, lendo, escrevendo seu diário, sendo convidada por amigos. Ficou sabendo que Rebecca dera à luz uma menininha e tricotou uma touquinha e um suéter para ela. E então finalmente, em maio, não conseguiu mais agüentar. Voltou a fazer a longa viagem a Deerfield, seguindo a cavalo para Shelburne, sempre que podia, para vê-los construir a casa, tronco por tronco, peça por peça, pedaço por pedaço, tudo se encaixando como que por mágica. E eles haviam honrado sua palavra. Em 1º de junho, ela estava pronta para se mudar. Detestava a idéia de ter de voltar a Boston para empacotar seus pertences, mas ainda havia algumas coisas de que precisava. Levou duas semanas para encontrar tudo e, em meados de junho, voltou a partir numa carruagem, além de uma carroça com uma pilha alta de todas as suas coisas, além de dois guias e um cocheiro. E não houve incidentes. Chegou em segurança, primeiro a Deerfield, depois, por fim, a Shelburne. E, ao desempacotar suas coisas, ficou fascinada ao ver como aquela região era bonita no verão. A clareira onde tinha ido morar era luxuriante, verde, as árvores erguendo-se muito altas, sombreando a casa que haviam construído para ela, exatamente segundo suas especificações. Ela tinha meia dúzia de cavalos, algumas ovelhas, uma cabra, duas vacas. E contratara dois rapazes para ajudá-la.

Por enquanto, não haviam plantado muita coisa. Ela queria tempo para estudar a terra, ficar aprendendo coisas a respeito dela, embora eles houvessem plantado milho. Isso era fácil. Um dos rapazes que contratara falara com uns iroqueses da vizinhança sobre o que plantar, já que eles eram profundos conhecedores de tudo que crescia na região.

Em julho, o coronel certa vez saiu para visitá-la, e ela preparou-lhe um belo jantar. Cozinhava para seus dois empregados todas as noites e os tratava como filhos. O coronel ficou não apenas comovido pela beleza simples de sua casa e as poucas coisas lindas que ela escolhera para trazer, como descobriu que não conseguia entender por que ela desistira do que devia ter sido uma vida nobre e privilegiada na Inglaterra. Mas isso teria sido quase impossível de explicar a ele. O horror de sua vida com Edward ainda lhe provocava pesadelos. Ela dava graças a Deus a todos os momentos, a todas as horas, todos os dias, por sua liberdade.

Ela caminhava quase diariamente até Shelburne Falls, quando tinha tempo, e à medida que o verão foi se passando, sentia-se amando aquele lugar cada vez mais. Ficava sentada nas pedras durante horas, às vezes desenhando, escrevendo, pensando, com os pés na água gélida. Adorava pular de uma pedra para outra e ficava tentando imaginar como haviam sido feitas as enormes depressões nas pedras do rio. Sabia que os índios tinham lendas maravilhosas a respeito, e imaginava seres celestiais usando-as como brinquedos, atirando-as através do céu. Talvez um dia, muito tempo atrás, tivessem sido cometas. Mas, durante o tempo que passava na cachoeira, encontrou uma paz que jamais sentira antes e começou a sentir as velhas feridas finalmente sarando. Havia sido preciso esse tempo todo. Ela parecia mais saudável do que nunca, e mais livre. Por fim, deixara todos os demônios e tristezas para trás. A vida na Inglaterra, agora, parecia um sonho.

Estava voltando para casa da cachoeira cantando sozinha, ao sol do final de certa tarde de julho, quando escutou um som nas proximidades. Então o viu. Se a esta altura não conhecesse sua história, ele a teria assustado novamente, tão bravio era o seu aspecto, observando-a, de peito nu e calças de couro, montado em pêlo. Era o francês.

Ela ergueu os olhos para ele e nenhum dos dois falou. Sarah imaginou que deveria estar a caminho da guarnição. Na verdade, ele já estivera lá, quando conversara com o coronel sobre ela.

O coronel ainda a considerava notável, e sua esposa ainda lamentava o fato de não ter conseguido convencê-la a ficar em Boston.

— Mas ela parece querer viver aqui, neste lugar ermo, não me pergunte por que, uma moça daquelas. Pelo certo, ela deveria voltar para a Inglaterra. Seu lugar não é aqui.

E François concordou plenamente com ele, embora por motivos diferentes. Achava que a vida que Sarah escolhera era perigosa para ela, porém sua coragem indômita, quando se encontraram seis meses antes, deixara-lhe uma impressão indelével. Havia pensado nela mais de uma vez, desde aquela ocasião e, enquanto cavalgava para o norte, sozinho, vindo de Deerfield, e a caminho de visitar os iroqueses, decidiu dar uma parada e ir vê-la, um tanto impulsivamente. Um dos rapazes que trabalhara para ela contara a François onde Sarah se encontrava, embora o moço a princípio tivesse ficado com medo dele, pensando que podia ser um mohawk. Mas François mostrara-se extremamente educado com o rapaz e tentou ter cuidado para não assustá-lo. Disse-lhe que ele e a Sra. Ferguson eram velhos amigos, embora esse não fosse exatamente o caso, e ela ficaria surpresa se ouvisse isso. E quando ela o percebeu observando-a, não pareceu nem um pouco satisfeita em vê-lo.

— Boa tarde — disse ele finalmente, desmontando, consciente de seu estado de seminudez, no estilo nativo, e perguntando-se se ela se incomodaria. Mas Sarah parecia nem notar. Ao que ela se opunha era ele estar espionando-a. Vira-o montado em seu cavalo, observando-a, enquanto seguia para casa pela trilha. Não pôde deixar de ficar imaginando por que ele fora até lá. — O coronel manda-lhe seus cumprimentos — continuou ele, acertando o passo com o dela, que lhe lançou um olhar, ainda surpresa por vê-lo.

— Por que veio até aqui? — perguntou-lhe abruptamente, ainda zangada por causa do terror que ele lhe causara na floresta, naquele inverno. Pensara que nunca mais se encontrariam e não conseguiu disfarçar seu espanto.

Ele encarou-a por um momento e em seguida curvou a cabeça, puxando seu cavalo à retaguarda. Pensara nisso por um longo tempo e agora lamentava não ter vindo antes. Ouviu alguns de seus amigos senecas comentarem que ela estava em Shelburne, em uma clareira na floresta. Havia poucos segredos naquela parte do mundo e o universo indígena era cheio de boatos.

— Vim pedir desculpas — disse ele, olhando direto à frente, e finalmente voltando a encará-la.

Ela ainda parecia surpresa enquanto andava a seu lado. Estava usando um vestido simples de algodão azul, com blusa branca e avental, e nada diferente das roupas que as criadas usavam na casa de seu pai quando era criança, na Inglaterra. Levava agora uma vida simples, em nada diferente daquelas criadas. Mas François a via de outra forma. Ela parecia um espírito de um outro mundo, o tipo de mulher que ele nunca conhecera, e com o qual apenas sonhara.

— Sei que a assustei muito no inverno passado. Não deveria ter feito aquilo, mas achava que era errado você estar aqui. Este não é um bom lugar para a maior parte das mulheres. A vida é dura, os invernos são longos... há muitos perigos. — Ela voltou a ouvir seu sotaque e, ainda a contragosto, descobriu que gostava. Era principalmente francês e tinha um toque índio, por ficar falando os dialetos deles boa parte do tempo, ao longo dos anos. Ele aprendera inglês quando garoto, e o falava bem, e não tinha mais oportunidade de falar francês com freqüência. — Os cemitérios estão cheios de gente que nunca deveria ter vindo para cá. Mas... — admitiu com um pequeno sorriso que iluminou seu rosto de uma forma que ela nunca vira antes e que era como ver a luz do sol sobre as montanhas — talvez você, minha corajosa amiga, tenha sido feita para ficar aqui. — Ele passara a pensar de forma diversa a respeito dela, desde aquela noite na floresta, e durante meses gostaria de ter-lhe dito isto. Estava feliz por ter a oportunidade de fazê-lo agora, e mais feliz ainda por ver que ela estava disposta a ouvi-lo. Havia ficado tão zangada com ele naquela noite que temeu que Sarah nunca mais lhe permitisse aproximar-se. — Existe uma lenda indígena sobre uma mulher que trocou sua vida pela do filho... Ela morreu por sua honra... e viveu para sempre em meio às estrelas, um guia para todos os guerreiros que precisavam encontrar o caminho na escuridão. — Ele ergueu os olhos para o céu como se lá houvesse estrelas, mesmo sendo ainda dia, e então voltou a olhar para ela. — Os índios acreditam que todas as nossas almas sobem para os céus e vivem lá, quando morremos. Acho isso reconfortante, às vezes, quando penso nas pessoas que conheci e me deixaram.

Ela não quis perguntar-lhe quem tinham sido essas pessoas, mas o que ele acabara de dizer a fez pensar em seus filhos.

— Também gostei — disse ela baixinho, lançando-lhe um olhar de esguelha, com um sorriso tímido. Talvez ele não fosse tão ruim quanto ela um dia pensara, embora ainda não confiasse nele por completo.

— O coronel me contou que temos algo em comum — disse ele, caminhando lentamente ao lado de Sarah. — Ambos deixamos vidas para trás, na Europa. — Isso era óbvio por seus respectivos sotaques, e ela ficou se perguntando subitamente se o coronel não lhe teria dito mais do que isso, embora não conseguisse imaginar que ele soubesse algo mais que os boatos que ela própria ouvira em Boston. — Deve ter sido necessário algo muito forte para trazê-la até aqui, sozinha... você ainda é jovem. Desistir de sua vida por lá deve ter-lhe custado muito.

Ele ainda tentava descobrir por que ela viera. Apesar do que o coronel lhe contara seis meses antes, pressentira que seria preciso mais do que o marido ser "um tipo desagradável" para fazê-la percorrer toda aquela distância até Deerfield. Ele ficou imaginando se ela seria feliz em sua vida retirada e simples, entocada perto de Shelburne. Mas dava para perceber, só de olhá-la, que, no mínimo, ela ali estava em paz.

Caminhou ao lado dela até chegarem de volta à cabana, ao que então ele pareceu relutante em se despedir e continuar cavalgando. Ela hesitou, enquanto olhava para ele. Apesar do que ele dissera, parecia que muito pouco tinham em comum. Ele vivia entre os índios e ela ali, sozinha. Mas, em certo sentido, ele poderia ser um amigo interessante. Ela estava curiosa a respeito das lendas e dos folclores indígenas de que ouvira falar e sempre ansiosa em saber mais a respeito deles. Assim que chegaram, ele a ficou observando e ela sorriu, lembrando como um dia lhe parecera feroz. Mas agora, com suas calças de pele e seus mocassins, com o cabelo solto ao vento, ele parecia exótico, mas inofensivo.

— Gostaria de ficar para o jantar? Não é nada especial. Apenas ensopado. Os rapazes e eu comemos coisas muito simples.

Ela deixara um panelão de ensopado em fogo muito baixo a tarde inteira. Tanto Patrick quanto John, seus empregados, eram de famílias irlandesas e tinham vindo de Boston. Só se importavam que a comida fosse farta, e ela os mantinha bem abrigados e alimentados, dando graças aos céus por sua ajuda. Os dois rapazes tinham quinze anos e eram bons amigos. Ao baixar o olhar para ela, François assentiu com a cabeça.

— Se esta fosse uma família indígena, seria de se esperar que eu trouxesse um presente. Mas vim com as mãos vazias — disse ele, voltando a se desculpar. Porém não tinha sido sua intenção ir além de dar uma espiada nela, transmitir-lhe as saudações do coronel e depois continuar. Porém algo nela — sua voz suave, suas maneiras gentis, as coisas inteligentes a respeito do que conversara — deu-lhe vontade de ficar.

Ele estava usando uma camisa de pele quando chegou à cabana naquela noite. Tinha dado comida e água a seu cavalo, e lavado o rosto e as mãos. O cabelo estava amarrado na nuca, com uma tira de couro, uma pena e um pequeno nó de contas verdes brilhantes, e além disso usava um colar de unhas de urso. Sentaram-se juntos à mesa, como se estivessem em Boston e se conhecessem desde sempre. Os rapazes haviam comido antes e ela preparara a mesa para François com uma toalha de renda e a porcelana que comprara de uma mulher em Deerfield. Era de Gloucester e tinha sido trazida da Inglaterra anos atrás. As velas nos castiçais de peltre tremeluziam uma luz cálida sobre seus rostos e lançavam sombras contra a parede, enquanto conversavam.

Conversaram sobre as guerras índias de anos antes e ele explicou-lhe sobre algumas das tribos, principalmente os iroqueses, mas falou-lhe também dos algonquinos e das tribos locais. Contou-lhe como as coisas eram diferentes quando ele chegara naquela terra, como havia muito mais índios antes de o governo tê-los forçado a ir para o norte e para o oeste. Muitos deles estavam agora no Canadá, diversos haviam morrido durante a longa marcha para o norte. Ficava mais fácil compreender por que as tribos do oeste lutavam tão ferozmente por sua terra contra o Exército e os colonizadores. Em certo sentido, ele sentia-se solidário com os índios, embora detestasse o que estavam fazendo com os colonizadores. Gostaria de ver algum tipo de tratado de paz ser assinado para que as coisas pudessem se acalmar. Mas, até agora, não haviam conseguido nada.

— Ninguém vence nessas guerras. Não é uma resposta para o problema. Todo mundo sai prejudicado com elas... e os índios sempre perdem no final.

Isso o deixava muito triste, pois tinha um grande respeito pelos índios, e Sarah adorava ouvir falar deles. Mais do que isso, adorava olhá-lo, enquanto ele contava as suas muitas histórias. Era um homem de muitas vidas, muitos interesses, muitas paixões. Dera muito de si ao Novo Mundo e ela sabia que ele há muito havia conquistado o respeito tanto dos colonizadores quanto dos índios. E, sentados conversando, os olhos dele estavam cheios de curiosidade sobre ela.

— Sarah, por que realmente veio para cá? — perguntou finalmente. Ela permitira que o chamasse pelo nome de batismo quase tão logo se sentaram para jantar.

— Se eu tivesse ficado lá, isso teria me matado — disse ela, com tristeza. — Eu era uma prisioneira em minha própria casa... ou na casa dele, na verdade... de meu marido. Fui negociada aos dezesseis anos de idade por um bom pedaço de terra. Algo assim como um contrato. — Ela sorriu para ele, e então seus olhos voltaram a ficar tristes. — Durante os oito anos que se seguiram ele me tratou de forma abominável. Um dia, sofreu um acidente e deu a impressão que ia morrer. Pela primeira vez em todo esse tempo pensei em como seria voltar a ser livre, não ser espancada... não sofrer nenhum mal, mas então ele se recuperou, e tudo ficou exatamente igual ao que sempre fora. Fugi certa noite para Falmouth, comprei uma passagem num pequeno navio que iria zarpar em breve e vim para Boston. Tive de esperar três semanas pela saída do navio, depois que comprei a passagem, e cada dia parecia ser um ano inteiro. — Ela sorriu ao se lembrar, e então voltou a franzir o cenho. — Ele voltou a me bater... de forma terrível... e... fez coisas horríveis comigo... imediatamente antes de minha partida, e então entendi que, mesmo com receio do mar, precisava fazê-lo. Não podia ter ficado nem mais uma hora e, para falar a verdade, acho que se tivesse ficado, ele teria acabado comigo.

Se ele não a houvesse matado de pancadas, ou arrasado seu ânimo, ela quase com toda certeza teria morrido dando à luz o próximo bebê. Mas ela não disse nada disso a François e perguntou-lhe, em vez disso, por que munca voltara à França. Também estava curiosa sobre ele e dava graças pela companhia que ele lhe proporcionava. Ela lia tanto e passava tanto tempo sozinha que era um prazer ter outro ser humano inteligente com quem conversar. Os rapazes que trabalhavam para ela eram duas doçuras, mas eram pessoas simples e pouco cultas, e conversar com eles era como conversar com crianças. Mas, com François, não era assim. Ele era sofisticado e ajuizado, e realmente brilhante.

— Fiquei aqui porque adorei o lugar... e aqui sou útil — disse ele baixinho, enquanto ela o ouvia. — Não teria servido para nada se tivesse voltado à França. E agora que a Revolução chegou, eu estaria morto a esta altura, se tivesse retornado a Paris. Minha vida é aqui — disse com simplicidade. — Já o é há muito tempo. — Estava claro que ele não queria falar sobre si mesmo.

Mas ela assentiu com a cabeça. Era fácil compreender por que ele havia ficado. Ela não imaginava voltar à Inglaterra. Era parte de uma outra vida.

— E você, minha amiga? — perguntou ele. Agora, era fácil esquecer como haviam se conhecido, sentados à mesa dela, comendo o jantar que ela havia preparado. — O que fará, agora? Não pode viver para sempre neste seu posto avançado. É uma vida esquisita para uma moça.

— Ele era quatorze anos mais velho do que ela, mas Sarah riu do que ele acabara de dizer a seu respeito.

— Tenho vinte e cinco anos. É difícil classificar isso ainda como jovem. E, sim, posso viver aqui sozinha para sempre, é exatamente essa a minha intenção. Quero ampliar a casa no ano que vem. E ainda há algumas coisas que preciso que sejam feitas antes do inverno. Vou levar aqui uma vida boa — disse ela com firmeza, mas, ouvindo-a, ele franziu o cenho.

— E se aparecer um grupo de guerreiros? O que vai fazer? Trocar sua vida pelas daqueles dois rapazes lá fora, como fez no ano passado? — Ele ainda estava impressionado com isso, e nunca iria esquecer a expressão dos olhos dela quando lhe ofereceu a própria vida pela do jovem soldado.

— Não somos ameaça para eles. Você próprio disse que os índios aqui são pacíficos. Não lhes desejo mal. Eles saberão disso.

— Os nonotucks e os wampanoags, talvez. Mas, e se vierem shawnees do oeste, ou hurons do norte, ou até mesmo mohawks, o que vai fazer então, Sarah?

— Rezar, ou encontrar meu Criador — disse ela, com um sorriso. Não ia se preocupar com isso. Sentia-se segura onde estava, e os outros colonizadores disseram que raramente havia problemas. Já haviam prometido informá-la se grupos guerreiros fossem vistos nas vizinhanças.

— Sabe atirar? — perguntou ele, ainda parecendo preocupado com ela, e ela sorriu diante de seu interesse. Ela já não o achava mais um ser feroz, agora era seu amigo.

— Ia à caça com papai quando menina, mas já não atiro há muitos anos. — Ele assentiu com a cabeça, sabia que ia precisar ensinar-lhe. E havia coisas sobre os índios que ele ainda achava que ela devia aprender. Ele também ia espalhar entre seus amigos das tribos vizinhas que havia ali uma mulher sozinha, desarmada, e que era sua protegida. A notícia logo correria entre eles. Iam ficar curiosos sobre ela, alguns iriam dar uma espiada, ou para observá-la a distância. Podiam até visitá-la ou tentar fazer comércio com ela. Mas, quando soubessem que estava ligada a ele, não lhe fariam mal. Ele era Urso Branco dos iroqueses. Estivera com eles nos campos de trabalho, e dançara com eles após suas guerras. Participara com eles de suas cerimônias. E Casaco Vermelho dos iroqueses o recebera como seu próprio filho muitos anos antes. E quando sua mulher e seu filhinho morreram pelas mãos dos hurons, eles os haviam enterrado com seus ancestrais, tendo sido levados pelos deuses enquanto François os pranteava.

Sarah ficou observando-o enquanto terminavam o jantar, e, depois que tirou a mesa, voltaram a caminhar lá fora. A noite estava morna e François sentiu-se estranho, parado ao lado dela. Fazia muito tempo que ele não visitava assim uma mulher branca. Não houvera nenhuma mulher significativa em sua vida desde Pardal Choroso, e agora, observando Sarah, em pé ao seu lado, temeu por ela. Era tão inocente em seu admirável mundo novo. Gostaria de tomar conta dela, ensinar-lhe muitras coisas, deslizar com ela nas canoas compridas, levá-la para descer outros rios, cavalgar com ela muitos dias, mas não havia como explicar a ela o que sentia, ou as preocupações que tinha por ela. Era uma inocente num mundo potencialmente complicado, e ele sabia que ela não entendia nada sobre os perigos.

Nessa noite ele dormiu do lado de fora, perto dos cavalos e sob as estrelas. E ficou um longo tempo deitado pensando nela. Ela fora longe, desde onde partira, tal como ele, muitos anos antes. Mas para ela era tão mais difícil, e ela era tão corajosa. Sarah parecia não se dar conta de nada disso, ao sair da cozinha no dia seguinte, ele sentindo o cheiro do *bacon* fritando lá dentro. Ela assara pão de milho para ele e havia café quente, fumegante. Há muito tempo ele não fazia um desjejum assim, preparado por uma mulher.

— Você vai me deixar preguiçoso. — Depois do café levou-a para sair, com seu mosquete e suas espingardas. Ficou surpreso ao descobrir que ela atirava bem. Ambos riram com prazer quando ela abateu vários pássaros numa rápida sucessão, e ele lhe disse que ia deixar seu mosquete com munição e que ela devia comprar armas para os dois rapazes que havia contratado, para que pudessem protegê-la.

— Acho que não vamos precisar disso — disse ela com firmeza, e perguntou-lhe se não gostaria de caminhar com ela até a cachoeira, antes de ir embora.

Durante um bom tempo, caminharam lado a lado, em silêncio, cada qual perdido em seus próprios pensamentos e, quando chegaram, ficaram ambos parados em silêncio, admirando a espetacular queda-d'água. Ela sempre se sentia com a alma lavada quando a via e ouvia os sons. Algo na precipitação da água sempre a emocionava profundamente. Ele sorriu quando voltou a baixar os olhos sobre ela, mas agora François parecia mais distante, e Sarah não sabia no que ele estava pensando. Como com seus amigos indígenas, era sempre difícil dizer o que lhe ia pela cabeça. Havia adquirido muitos dos hábitos deles.

— Mande avisar na guarnição, Sarah, se em algum momento precisar de mim. Saberão onde me encontrar, ou podem mandar um batedor índio me procurar. — Ele não fizera até hoje essa oferta a ninguém, mas no caso dela, falava sinceramente, com o que ela agradeceu e sacudiu a cabeça.

— Estaremos ótimos — disse ela firmemente, acreditando no que dizia.

— E se não estiverem?

— Seus amigos lhe dirão — ela sorriu. — Entre os soldados e os índios parece haver poucos segredos nesta parte do mundo. — Isso era mais verídico do que ela pensava, e ele riu diante do que ela estava dizendo. Considerando como estavam longe, todo mundo parecia saber o que todo mundo fazia. Não era muito diferente de Boston, em certo sentido, embora demorasse mais para as novidades se espalharem.

— No mês que vem, volto para cá — disse ele, sem esperar convite. — Para ver como está e se precisa de ajuda com a casa.

— Onde estará até lá? — A vida dele a intrigava. Podia facilmente imaginá-lo morando nas casas compridas dos iroqueses, entre os amigos, ou viajando com eles em suas canoas, cobrindo longas distâncias nos rios.

— Vou subir para o norte — disse simplesmente. E então disse a ela algo muito estranho, em resposta ao que ela dissera na noite anterior. — Não vai ficar aqui sozinha para sempre, Sarah. — Era algo em que ele acreditava, tanto quanto pressentia. Mas ela o surpreendeu com o que retrucou e com o olhar sereno que deu, como que confirmando-o.

— Não tenho medo de ficar sozinha, François — disse claramente, falando sério. Aceitara há muito tempo esse fato de sua vida, que era melhor do que viver acorrentada a um homem como Edward ou outro como ele. Até os índios davam a suas mulheres o direito de abandonar um bravo que as maltratasse. Seu mundo supostamente civilizado não fazia nem isso. — Aqui, não sinto medo nenhum — continuou com um sorriso descontraído, equilibrando-se sobre suas amadas pedras, enquanto ele a observava. Às vezes, ela parecia quase uma criança. E por mais velha que ela se achasse, para ele era pouco mais que uma menina, e era o que parecia. Em seus olhos ainda havia algo jovial e confiante, enquanto o fitava.

— Do que tem medo então? — perguntou ele, como que hipnotizado por ela, que se sentara numa pedra lisa e morna que aquecera a manhã inteira.

— Tinha medo de você — ela riu. — Verdadeiro terror... foi uma perversidade sua. — Ela agora o censurava, à vontade para dizer-lhe como ficara desesperadamente assustada. — Esperava sinceramente que você fosse me matar.

— Eu estava tão zangado com você, que queria sacudi-la — confessou ele, agora envergonhado do terror que lhe havia provocado. — Eu só conseguia pensar no que um grupo de guerreiros mohawks teria feito e queria espantá-la de volta a Boston, para salvá-la. Mas vejo agora que você é teimosa demais para ser influenciada pelos argumentos sensatos de um homem honesto.

— *Sensatos! Honesto!* — disse ela com escárnio. — Muito honesto, não foi, fantasiado de guerreiro índio e me matando de medo? Isso dificilmente se pode chamar de "argumento sensato", se quer saber, ou será que é? — A essa altura, estava rindo dele, que se sentou a seu lado, espadanando os pés descalços junto aos dela; seus braços estavam dolorosamente próximos, mas não exatamente se tocando. Não teria custado nada passar um braço em torno dela, puxá-la para perto e segurá-la.

Mas, mesmo conhecendo-a tão pouco, ele sentia o muro alto em torno dela e não teria ousado abordá-la.

— Um dia vou lhe retribuir — disse ela calmamente. — Vou botar uma máscara aterrorizante e assustá-lo em sua tenda.

— Acho que eu ia gostar — disse ele, recostando-se na pedra e olhando para ela, enquanto tomavam banho de sol juntos.

— Ora, nesse caso vou ter de pensar em algo bem pior para fazer com você. — Mas, para falar a verdade, não conseguia. Tendo perdido a mulher e o filho, o pior já tinha sido feito. A ele não importava que seu casamento não pudesse ter sido legalmente reconhecido, em sua França natal, ou mesmo pelos colonizadores. Para ele, o laço iroquês que os havia unido era sagrado o bastante para durar a vida inteira.

— Você não tinha filhos na Inglaterra, tinha? — perguntou ele casualmente, quase certo de que ela não tinha, e achando que o assunto era seguro. Mas se enganara. Viu imediatamente nos olhos dela a dor enorme que havia causado e, observando-a, gostaria de poder arrancar a própria língua. — Desculpe, Sarah... Não tive a intenção... Achei...

— Tudo bem — disse ela com gentileza, olhando para ele, com mundos de sabedoria e pesar nos olhos. — Todos os meus filhos morreram ao nascer, ou foram natimortos. Talvez por isso meu marido me odiasse tanto. Não consegui dar-lhe um herdeiro. Ele tem muitos filhos bastardos, por toda a Inglaterra, creio, mas nunca lhe dei um filho legítimo. Dos seis que morreram — disse ela num tom angustiado, lançando o olhar sobre a água —, três eram meninos.

— Sinto muitíssimo — disse ele, baixinho, mal capaz de imaginar a dor que ela devia ter passado.

— Eu também senti, muitíssimo — disse ela e sorriu com tristeza. — Ele foi implacável. Queria um herdeiro a qualquer custo e acho que teria me deixado desmaiada de pancadas, até eu conseguir fazer um. Ele me engravidava sem parar, e mesmo então me batia, não a ponto de machucar a criança, só o bastante para me lembrar que eu era poeira e terra sob a sola de seu sapato. Eu costumava pensar, às vezes, que ele era totalmente maluco, e aí pensei que eu é que era... eu costumava sentar na igreja e rezar para que ele morresse... — François retraiu-se só de pensar nisso e então, como se para participar da dor dela, contou-lhe sobre Pardal Choroso e seu bebê, e sobre o quanto ele os amava. Disse que achava que ia morrer de dor quando ambos foram mortos num ataque índio à sua aldeia. Pensou que nunca mais voltaria a gostar de alguém, mas agora não tinha tanta certeza, embora Sarah fosse muito diferente de qualquer pessoa que ele já conhecera. Mas ele próprio estava surpreso com o quanto gostava de Sarah, apesar de pouco saber dela. Não disse a ela tudo isso, mas cada um tivera seus sofrimentos pessoais, cada qual carregava no coração um fardo pesado. Para ele já fazia muito tempo, mas podia ver nos olhos de Sarah que a mágoa dela ainda não tinha sarado. Seu último filho morrera pouco mais de um ano antes, mas a dor agora não era tão aguda quanto tinha sido. Desde que chegara ali, ela vinha levando uma vida feliz e descontraída.

Ficaram sentados um pouquinho à luz do sol, pensando nas confidências que haviam trocado e na dor que isso aliviava, e ela maravilhava-se com o fato de que o homem que a havia assustado tanto, uns meses antes, havia se tornado seu primeiro amigo de verdade desde que chegara. Quase lamentava ele estar de partida, e quando voltaram para casa caminhando, no final da tarde, ela perguntou-lhe se ele não gostaria de ficar para mais uma refeição, mas ele disse que era melhor não se deter, pois ainda tinha muito que viajar. Disse que havia prometido se encontrar com seus companheiros mais à noite, porém o verdadeiro motivo era que não confiava em si mesmo com ela, se ficassem juntos por muito tempo. E ele entendera, conversando com ela, que Sarah não estava pronta para receber ninguém em sua vida nova. Se queria estar perto dela, só poderia esperar por sua amizade.

Ela deu-lhe montes de pão de milho, de presunto e *bacon* para ele levar quando partisse, e ele lembrou-a de comprar arma e munição. Sarah ainda tinha o seu mosquete, e ele acenou ao distanciar-se, cavalgando, novamente de peito nu, os cabelos voando ao vento. A única coisa que o destacava de seus irmãos adotivos era que se recusava a usar a tanga que lhes era característica, mas em vez disso usava calças de couro e mocassins e pisava sem fazer qualquer ruído, silenciosamente, tal como eles.

Ela esperou até ele ter saído da clareira e, quando voltou para a casa, algo brilhante captou sua visão sobre a mesa onde haviam jantado na noite anterior. E, quando ela foi olhar, eram o colar de garras de urso e o cordão de contas verdes brilhantes, que ele estava usando durante o jantar, na noite anterior.

E, quando Charlie voltou a pousar o diário, o telefone tocava e ele percebeu, pela luz ambiente, que já era o final da tarde. Sentia-se desorientado, tendo acabado de voltar num momento no tempo, a duzentos anos de distância. Presumiu que era provavelmente Gladys. Quando o telefone fora instalado ele informou a Gladys e ao escritório de Nova York seu número novo e, de casa, passou um fax para Carole, que na verdade não tinha qualquer motivo para telefonar-lhe.

Mas teve um sobressalto quando atendeu. Ela não o chamara desde que ele saíra de Londres. E ele próprio não telefonava para ela há quase duas semanas. Era Carole. E ele não pôde deixar de ficar imaginando se ela tinha voltado ao bom senso. Talvez Simon tivesse feito algo terrível a ela, ou ela finalmente estivesse sentindo falta dele. Mas, qualquer que fosse o motivo do telefonema, só ouvir a voz dela pareceu delicioso a Charlie.

— Oi — disse ele, ainda deitado na cama, como estava desde o amanhecer. Havia acabado de pousar o diário, e ainda conseguia visualizar as contas verdes que François deixara para Sarah sobre a mesa.

— Como vai você? — A voz e o sorriso dele eram cálidos, deitado na cama, pensando em Carole. — Sua voz está soando engraçada. Você está bem? — Ela se preocupava com ele, mais do que suspeitara.

— Estou ótimo — explicou. — Estou na cama. — Tinha a cabeça pousada no travesseiro e sua voz soava relaxada. Não pôde deixar de pensar que ela adoraria a casa. Queria contar-lhe a respeito. Teve vontade disso desde a primeira vez que a vira. Mas primeiro queria saber por que ela havia telefonado.

— Você não faz mais qualquer tipo de trabalho? — Ela parecia nervosa, e ainda não compreendia inteiramente o que havia acontecido em Nova York. Ainda imaginava se ele não teria tido algum tipo de colapso nervoso. Não era característico dele simplesmente largar um emprego e tirar seis meses de folga, e agora estava falando em ficar deitado na cama às quatro horas da tarde. Para Carole, isso parecia horrível e altamente suspeito.

— Eu estava lendo — disse ele, a voz soando magoada, mas não disse a ela o quê. — Estou só tirando um pouco de tempo para mim próprio, só isso. Não faço isso há anos. — E após tudo que fizera no ano passado, ela tinha de entender isso, mas em seu ocupado mundo jurídico, não era o tipo de coisa que pessoas normais e saudáveis faziam. Simplesmente não se abandona um emprego importante e se passa os seis meses seguintes lendo, deitado na cama.

— Não estou muito certa se entendo o que está acontecendo, Charlie — disse ela com tristeza, e ele riu quando lhe respondeu. Ele estava muito animado, agora que ela lhe havia telefonado.

— Nem eu. Portanto, o que é que há, para você me telefonar? Em Londres eram nove horas da noite. Era fácil acreditar que ela havia acabado de sair do escritório, ou assim pensava. Na verdade, ela ainda estava à sua escrivaninha, mas havia contado a Simon que ia telefonar-lhe. Iam se encontrar na casa de Annabel às dez horas e ela sabia que ele lhe perguntaria a respeito. — Você está bem?

Ela detestou ficar sabendo como ele estava animado, não queria estragar isso, mas queria que ele soubesse antes de contar a qualquer outra pessoa, e antes que algum de seus velhos amigos lhe contasse. Em Londres as notícias sempre se espalhavam muito depressa.

— Estou ótima. Charlie, não há como lhe contar isto, a não ser diretamente. Simon e eu vamos nos casar, em junho, e o divórcio é definitivo.

Houve um silêncio infinito, e ela fechou os olhos e mordeu o lábio. Durante uma eternidade, Charlie não disse nada. Sentia-se como se tivesse acabado de levar um soco no estômago com uma pedra grande. A essa altura, já era uma sensação familiar.

— O que espera que eu diga? — disse ele, seu tom de voz soando subitamente enjoado. — Que lhe suplique para não fazê-lo? Foi por isso que telefonou? Podia apenas ter me mandado uma carta.

— Eu não faria isso com você e não queria que soubesse por alguma outra pessoa. — Ela estava chorando, pois contar-lhe estava sendo bem pior do que imaginara. Embora não pudesse ouvir Charlie, ele chorava também, e gostaria que ela não tivesse lhe telefonado.

— Que diferença faz por quem eu fico sabendo? E por que diabos está se casando com ele? Ele tem idade para ser seu pai, pelo amor de Deus, e vai simplesmente jogar você para escanteio, como fez com todas as suas outras esposas — disse Charlie, agora lutando pela vida. Não podia deixá-la fazer aquilo. Sentia-se como se eles estivessem voando por uma colina abaixo, fora de controle, e ele não conseguia parar, enquanto tentava preveni-la sobre Simon.

— Duas delas o deixaram. — Carole o corrigiu e Charlie produziu um som amargo em sua extremidade da linha. — Ele só deixou a terceira.

— Grande recomendação. E isso faz de você o quê? A Número Quatro? Encantador. É isso que quer? Por que não ter apenas um caso com ele? Você já fez isso — disse ele, começando a ficar maldoso.

— E daí, o quê? — Ela agora passava a bola de volta para ele. Ele a fizera sentir-se péssima, e ela não tinha de telefonar-lhe. Só o fizera para ser legal. — O que espera de mim, Charlie? Que eu volte e recomecemos tudo, de onde paramos? Como você sequer ia saber que eu estava de volta? Nenhum de nós dois jamais estava presente, éramos apenas dois executivos dividindo uma casa e um aparelho de fax. Meu Deus, aquilo não era um casamento. Você sabe como eu era solitária? — disse ela com voz angustiada, e ouvindo-a, ele sentiu-se enjoado. Nunca havia sequer notado.

— Por que você não me disse? Por que não disse alguma coisa em vez de simplesmente sair e trepar com outra pessoa, que inferno! Como é que eu ia saber o que se passava pela sua cabeça se nunca disse nada a respeito?

Ela agora soluçava, e lágrimas escorriam pelo rosto dele.

— Não estou certa de que eu própria sabia — disse ela, honestamente —, até estar acabado. Acho que estávamos tão ocupados evitando um ao outro o tempo todo que, após um tempo, parei de sentir. Eu era só um robô, uma máquina, uma advogada... e de vez em quando, quando um de nós tinha tempo, eu era sua mulher.

— E agora? — Ele não estava só se torturando, ele queria saber por si mesmo. — É mais feliz com ele?

— Sim, sou — admitiu. — É diferente. Jantamos juntos todas as noites, ele me telefona três ou quatro vezes por dia, se estamos distantes. Quer saber o que estou fazendo. Não sei o que é, mas ele cria mais tempo. Ele faz com que *eu* crie mais tempo. Se ele viaja, me leva com ele, ou viaja comigo, se puder, ainda que isso seja apenas um vôo para Paris, ou Bruxelas ou Roma, ou para onde quer que eu tenha ido, para passar a noite. — Ele era infinitamente mais atencioso.

— Isso não é justo — disse Charlie, parecendo infeliz. — Vocês dois trabalham para a mesma firma. Eu estava mais distante que Paris, pelo amor de Deus, a maior parte do tempo. Metade do tempo eu estava em Hong Kong, ou Taipé. — Era verdade, mas não só isso, ambos sabiam. Eles haviam deixado que algo entre eles morresse, havia simplesmente escorregado por entre seus dedos quando não estavam olhando.

— Não eram só as viagens, Charlie... sabe disso. Era tudo. Paramos de falar um com o outro... nunca tínhamos tempo para fazer amor... Eu estava sempre trabalhando, e você sempre com defasagem dos fusos horários. — Isso era mais real do que estava pronto a admitir, e a referência feita por ela a sua abstinência sexual só piorou as coisas. Ele não estava apreciando aquela conversa.

— E um homem de sessenta e um anos vai fazer amor com você todas as noites? O que ele fez? Uma prótese? Ora, Carole, me poupe.

— Charlie, pelo amor de Deus... por favor...

— Não, por favor você! — Ele ergueu o tronco abruptamente, sentando-se reclinado na cama, pronto para lutar. — Você teve um caso com ele. Nunca me falou como era infeliz. Limitou-se a sair e contratar outra pessoa para o emprego, sem nem ao menos me comunicar que eu estava despedido. Você não me deu sequer a chance de consertar as coisas, e agora está toda envolvida com essa babaquice romântica que ele está empilhando sobre você, porque ele é, oh, tão suave e elegante, e você está me dizendo que vão se *casar*. E exatamente quanto isso vai durar? Você está se enganando, Carole. Você tem trinta e nove anos, e ele sessenta e um. Dou a vocês um ano, no máximo.

— Obrigada pelo voto de confiança e pelos bons votos tão elegantes — disse ela, num tom realmente zangado. — Sabia que você não ia conseguir encarar essa. Simon achou que eu devia lhe telefonar, disse que era a coisa correta a fazer. E eu falei que você ia reagir como um absoluto cretino. Parece que eu tinha razão. — Ela agora estava bancando a megera, e sabia disso, e ele odiava o modo como sua voz soava, odiava ver que ainda estava tão magoado. E se ele nunca se recuperasse e tudo ficasse sendo culpa dela para sempre? Mas nem esse pensamento a fez ter vontade de voltar para ele. Ela só queria se casar com Simon.

— Por que não mandou o Simon telefonar? — perguntou ele, maldoso. — Teria sido mais simples. Nada desta confusão, só aquele monte de merda sobre ser um bom perdedor, Deus salve a Rainha, e tudo isso... — Ele estava chorando de novo, ela ouvia muito bem, e houve um silêncio infinito. Ele fungou e, quando voltou a falar, sua voz saiu horrível. — Não acredito que você vai se casar em junho. A tinta do divórcio nem estará seca ainda.

— Sinto muito, Charlie — disse ela, baixinho. — Não há nada que eu possa fazer. Isso é o que quero. — Ele ficou calado de novo, pensando nela, lembrando o quanto a havia amado, querendo que ela lhe tivesse dado uma chance. Mas não tinha. E agora era a vez de Simon. Ela jogou fora tudo que tivera com Charlie. Ele ainda não conseguia acreditar.

— Sinto muito, benzinho — disse ele, e a gentileza em suas palavras despedaçaram-lhe o coração. Isso foi bem mais eficaz que sua

raiva, mas ela não lhe disse. — Acho que só me resta desejar-lhe boa sorte.
— Obrigada. — Ela ficou sentada, chorando em silêncio. Queria dizer a ele que ainda o amava, mas sabia que não seria justo. Mas, num certo sentido, sabia que sempre o amaria. Era tudo tão confuso e tão doloroso, mas pelo menos, telefonando-lhe, ela achava ter feito o que era certo. — Agora, é melhor eu desligar. — Já passava de nove e meia e ela tinha de encontrar Simon dali a meia hora, no clube.
— Cuide-se — disse Charlie, rouco, mas no momento seguinte ambos desligaram.
Ele estava reclinado na cama e apoiou a cabeça contra a cabeceira e fechou os olhos. Não conseguia acreditar no que ela dissera. E, por um minuto louco, adorou achar que Carole lhe telefonara para dizer que tinha acabado com Simon. Como pôde ter sido tão imbecil? Mas agora não conseguia evitar a dor que ela lhe havia infligido.
Levantou-se, enxugou os olhos e olhou pela janela. Era uma tarde ensolarada e, de repente, nem mesmo os diários de Sarah pareciam tão importantes. Ele só queria era cair fora de casa e gritar. Não sabia o que ia fazer, mas saiu da cama e enfiou as roupas. Escovou o cabelo e colocou um suéter pesado com as calças *jeans*. Calçou meias quentes e botinas, vestiu um casaco, trancou a casa e entrou no carro. Não sabia sequer aonde estava indo, só sabia que, pelo menos, por um pouco de tempo, tinha de sair. Talvez ela estivesse certa, talvez houvesse alguma coisa de errado em ele tirar simplesmente algum tempo livre para si mesmo. Mas as coisas tinham sido tão confusas em Nova York que ele não achava que tinha tido outras opções.
Dirigiu sem rumo para a cidade e viu pelo espelho retrovisor que parecia um bagaço. Não se barbeava desde o dia anterior, e seus olhos de repente pareciam afundados na cabeça. Era como se ela o tivesse acertado com um tijolo. Mas sabia que tinha de superar isso em algum ponto. Não podia continuar chorando por ela o resto da vida. Ou podia? E se era assim que ele se sentia agora, como seria em junho, quando se casassem? Passou dirigindo pela sociedade histórica,

enquanto se fazia mil perguntas, e então, sem saber o que estava fazendo, parou. Francesca era a pessoa errada com quem conversar. A seu próprio jeito, ela estava ainda mais magoada do que ele. Mas ele tinha de falar com alguém. Não podia mais se limitar a ficar sentado olhando os diários, e de alguma forma que ele não sabia qual era, neste caso falar com Gladys Palmer não o ajudaria. Pensou em apenas ir a um bar e tomar uma bebida. Precisava ouvir barulho, ver pessoas, precisava fazer algo com a dor pungente do que acabara de ouvir de Carole.

Ainda estava sentado no carro, imaginando se deveria entrar, quando a viu. Francesca acabara de trancar a porta e já estava na metade da escada quando, como se tivesse pressentido alguém observando-a, Francesca virou-se e o avistou. Ela hesitou por um momento, perguntando-se se era coincidência ou intencional. E então virou-se e começou a se afastar. Sem pensar, ele saiu do carro e correu atrás dela e, enquanto o fazia, só conseguia pensar em Sarah e François. Em algum ponto François precisou de toda a coragem para estar presente. Ele havia voltado, mesmo depois de tê-la atemorizado, a fim de lhe dar as contas verdes e as garras de urso. Charlie não havia sequer aterrorizado Francesca, lembrou a si próprio. Mas tudo que ela tinha feito desde que o conhecera fora fugir dele. Vivia perpetuamente assustada, com a vida, com os homens, com as pessoas.

— Espere! — disse ao ficar a apenas dois passos dela, e ela então se virou, com uma expressão preocupada nos olhos. O que ele queria? Por que estava correndo atrás dela? Não tinha nada para lhe dar, sabia muito bem disso. Não tinha mais nada a dar a ninguém, e certamente não a Charlie.

— Desculpe-me — disse ele, parecendo subitamente constrangido. Ela notou imediatamente que ele estava com um aspecto horrível.

— Você pode devolver os livros amanhã — replicou ela, como se ele fosse sair correndo dois quarteirões por dois livros que esquecera de devolver. Não era provável.

— Danem-se os livros — disse ele ousadamente. — Preciso falar com você... preciso falar com alguém... — Ergueu os braços e girou-os em desespero, como se estivesse rodopiando, e ela percebeu imediatamente que ele estava à beira das lágrimas.

— O que houve? Aconteceu alguma coisa? — Apesar de si mesma, sentiu pena dele. Era fácil ver que estava sofrendo muito. Ele sentou-se nos degraus que levavam a uma casa às escuras, e ela baixou os olhos sobre ele do modo como teria feito com sua garotinha. — O que foi? — perguntou, desta vez com gentileza, sentando-se no degrau próximo a ele. — Conte-me o que aconteceu. — Sentou-se bem perto dele, e ele ficou com o olhar fixo no espaço. Gostaria de ter a coragem de pegar-lhe a mão enquanto lhe contava.

— Eu não devia incomodá-la com isto... mas precisava falar com alguém. Acabo de receber um telefonema de minha ex-mulher... eu sei... estou maluco... ela anda saindo com um sujeito há mais de um ano, na verdade dezessete meses. Ela teve um caso com ele, é um sócio sênior da empresa de advocacia onde ela trabalha, tem sessenta e um anos de idade e foi casado três vezes... portanto, ela me abandonou por ele, dez meses atrás, para ser exato. No outono passado estávamos com um processo de divórcio, e é uma longa história, mas fui transferido para Nova York e não deu certo. Por isso tirei uma licença... e agora ela me telefona... ela telefonou e achei que devia ter voltado ao bom senso. — Ele deu um riso vazio e Francesca o ficou observando. Já podia adivinhar o que viria.

— Em vez disso, ela lhe telefonou para dizer que vai se casar — disse ela tristemente, e ele pareceu assustado.

— Ela telefonou para você, também? — Arreganhou um sorriso triste, e ambos riram.

— Não precisava. Também recebi um telefonema desses, bastante tempo atrás — disse ela, com um ar de tristeza.

— Do seu marido?

Ela assentiu com a cabeça.

— O dele foi um pouco mais exótico. Ele teve um caso anunciado na TV Nacional Francesa durante as Olimpíadas. Ele é um locutor esportivo e envolveu-se com uma jovem, a campeã francesa de esqui. Tornaram-se os queridinhos de todo o mundo. Não importa que ele fosse casado e tivesse uma filha. Isso foi completametne sem importância. Todo mundo se apaixonou por Pierre e Marie-Louise, ela é a coisinha mais linda do mundo. Tinha dezoito anos, e ele, trinta e três. Posaram para fotos, saíram na capa da *Paris-Match*. Deram até entrevistas juntos, e ele disse que não era nada importante. Era boa publicidade para a equipe de esqui. Qualquer coisa por Deus e pela pátria. Mas fiquei um pouco perturbada, também, quando ela engravidou. Fizeram um carnaval a respeito disso na TV. As pessoas não paravam de mandar roupinhas de bebê que haviam feito para ela, só que ficavam mandando isso para mim. Ele não parava de dizer que me amava e, claro, é louco por Monique... e é um bom pai... por isso, fiquei...

— E chorou o tempo todo — completou por ela.

— Quem lhe disse? — Por um minuto, ela pareceu surpresa e ele sorriu-lhe gentilmente.

— Monique. Mas ela não disse mais nada. — Não queria arrumar confusão para a menininha, e Francesca sorriu sensatamente e deu de ombros.

— De qualquer forma, eu fiquei, e a barriga dela foi crescendo cada vez mais. Mais entrevistas, mais reportagens de capa, mais coberturas na TV, locutor esportivo nacional e adolescente medalha de ouro em esqui. Era perfeito. Mais cabeçalhos. Especial do noticiário: ela vai ter gêmeos. Mais sapatinhos chegando lá em casa. Monique achou que eu ia ter um bebê, tente explicar isto a uma criança de cinco anos. De qualquer forma Pierre ficava me dizendo que eu estava sendo neurótica e antiquada. De acordo com ele, sou uma norte-americana constipada, enquanto aquilo tudo era muito francês e eu me recusava a entender. O problema é que, para mim, aquilo era *déjà-vu*. Meu pai é italiano, e fez quase a mesma coisa com minha mãe quando eu tinha seis anos. Não foi muito divertido naquela época, mas, para falar a verdade, isto foi pior.

Ela fazia com que parecesse quase engraçado, mas não foi preciso muita coisa para calcular que devia ter sido um pesadelo. Ser enganada pelo marido na frente das câmeras de TV tinha de ser pior ainda do que Carole lhe fizera. Até Charlie achava isso.

— De qualquer maneira, os bebês finalmente nasceram. E, claro, eram adoráveis, um menino e uma menina. Jean-Pierre e Marie-Louise. Duas réplicas deliciosas deles. Agüentei isso cerca de duas semanas depois do nascimento e então me enchi. Arrumei Monique e disse a ele para me informar se tivesse mais filhos, mas no meio tempo ele podia me encontrar em Nova York, na casa da minha mãe. Depois que cheguei lá, pensei a respeito algum tempo, e mamãe me levou à loucura, berrando a respeito dele. Para ela, foi como reviver o próprio divórcio. Após algum tempo eu não queria mais ouvir falar. Entrei com uma ação de divórcio. A imprensa francesa disse que eu não era boa esportista. Acho que estava certa. O divórcio foi concluído um ano atrás, logo antes do Natal passado. Recebi o mesmo telefonema que você, bem na véspera do Natal. Queriam dividir as boas novas comigo. Haviam acabado de se casar em Courchevelles, nas colinas, com os bebês nas costas, e sabiam que eu ia querer participar da alegria deles. Monique me contou que Marie-Louise está grávida de novo, quer ter mais um antes de começar a treinar para a próxima Olimpíada. É tudo muito bonitinho. Mas aquilo em que não consigo parar de pensar é: por que ele se incomodou comigo? Ele poderia simplesmente ter esperado por ela e pulado todo o episódio que me incluía. Nunca servi muito bem mesmo para a TV. Conforme a imprensa francesa disse, eu era muito americana e muito chata.

Ela ainda soava zangada e amarga, e ouvindo o que ela acabara de dizer, não lhe parecia nenhum mistério. Ela ficara obviamente magoada com a perda e a humilhação, e com seu pai tendo feito a mesma coisa quando ela era criança, não deve ter ajudado muito. Ficou imaginando o que tudo isso significaria agora para Monique. Seria ela agora uma fracassada de terceira geração, com certeza de falhar no casamento? Era difícil saber como essas coisas afetavam as pessoas. Seus pais tinham sido um casal feliz, e também os de Carole. Ainda assim, havia acontecido com eles. Isso significaria que todo mundo fracassaria no casamento? Ou só alguns? O que isso tudo significava?

— Quanto tempo vocês estavam casados? — perguntou a ela.

— Seis anos — disse ela, encostando-se suavemente nele. Ela nem tomou consciência de que o estava fazendo, mas contar sua história a ele a fez se sentir bem. Ouvindo a dele, ela agora não se sentia tão sozinha, nem tampouco Charlie. — E quanto a você? — perguntou com interesse.

De repente, eles tinham um bocado de coisas em comum. Haviam sido chutados por especialistas.

— Ficamos casados nove anos, quase dez. Ruim de observação que sou, eu achava que éramos estaticamente felizes. Só vim a sequer perceber que havia um problema quando ela já estava praticamente vivendo com outra pessoa. Não sei como deixei passar isso. Ela disse que éramos ocupados demais, viajados demais, não dávamos atenção suficiente um ao outro. Agora às vezes acho que devíamos ter tido filhos.

— Por que não tiveram?

— Não sei. Acho que ela está certa — confessou ele, era mais fácil admitir isso para Francesca do que para Carole. — Talvez estivéssemos ocupados demais. Só não pareceu ser algo que precisássemos fazer, mas agora eu lamento, especialmente depois de ter conhecido uma criança como a sua. Não tenho nada para apresentar como resultado de nove anos de casamento.

Francesca sorriu para ele, que gostou do que viu. Ficou contente por tê-la parado na rua. Precisava falar com alguém, e talvez fosse melhor com ela do que com qualquer outra pessoa. Pelo menos ela o compreendia, e àquilo que havia acontecido.

— Pierre disse que isso nos aconteceu porque eu estava muito envolvida com Monique. Parei de trabalhar quando dei à luz. Eu era modelo em Paris quando nos conhecemos, e quando nos casamos desisti da carreira, estudei história da arte na Sorbonne e me formei. Mas quando dei à luz, simplesmente me apaixonei pela condição de mãe. Queria estar com ela o tempo todo. Queria tomar conta dela pessoalmente, achei que era isso que ele queria. Não sei, Charlie... talvez às vezes não se possa ganhar. Talvez alguns casamentos estejam fadados ao desastre, desde o princípio. — Ou assim ela achava.

— É o que andei pensando ultimamente. — Charlie assentiu com a cabeça, concordando. — Eu achava que tínhamos um casamento sensacional, e agora vejo que eu estava era biruta, e você achava que estava casada com a edição francesa do Príncipe Encantado. Como vocês diziam isso, "Prince Charmant"? — Ela assentiu com a cabeça e arreganhou um sorriso. — E no final estávamos ambos malucos. E agora Carole vai se casar com um velhote babaca que coleciona mulheres, e o seu ex-marido está casado com uma garota de dezenove anos com gêmeos... imagine só... Como é que você vai saber que entendeu direito? Talvez você não tenha como saber. Talvez tenha de correr o risco e ir percebendo as coisas enquanto segue em frente. Vou lhe dizer uma coisa. Da próxima vez, se houver uma, vou prestar uma atenção maluca. Vou fazer perguntas o tempo todo... você, como está?... e eu, como estou?... nós, como é que estamos?... você está feliz?... isto é bom?... já está me traindo?... — Ela riu para ele, mas ele não estava falando totalmente de brincadeira, ele aprendera algo com o que acontecera, mas Francesca parecia triste, sacudindo a cabeça.

— Você é mais corajoso do que eu. Não vai haver uma próxima vez para mim, Charlie. Eu já me decidi. — Mas ela dizia isso agora porque estava querendo ser sua amiga. Mas nada mais. Romance não estava no seu cardápio.

— A pessoa não pode se decidir a respeito de uma coisa dessas — disse ele, gentilmente.

— Sim, pode sim. — Discordou ela. — Eu decidi. Não quero nunca mais ter o meu coração e minha barriga atropelados dessa maneira.

— E que tal, da próxima vez, sem cobertura de TV? — disse ele, provocando-a. — Ou talvez só direitos para o exterior e uma percentagem na venda dos tablóides. Que tal uma participação na bilheteria? — comentou ele, e ela sorriu a contragosto. Ela estava muito, muito magoada e guardava cicatrizes feias de tudo que lhe acontecera.

— Você não sabe como foi — disse ela com sentimento. Mas, fitando-a nos olhos, ele percebeu um reflexo da coisa. Tudo que a ela restava agora era a dor, e ele recordou o bocadinho do que Monique dissera, sobre ela chorando. Era por isso que ela se mostrava tão fechada para com todo mundo, por isso tinha sido tão desagradável com ele a princípio. Mas agora ele só conseguia pensar em como tinha sido solitário para ela, e ainda era, e, sem pensar, passou o braço em torno dela e puxou-a mais para perto. Mas não havia ameaça nesse gesto, ele só queria ser amigo dela, e ela pressentiu isso e não o repeliu.

— Vou lhe dizer uma coisa, garota — disse ele gentilmente —, se algum dia acontecer de novo e você resolver pular de olho fechado no casamento, vou ser o seu agente. — Mas ela riu a isso e sacudiu a cabeça.

— Não espere por esse cargo, Charlie... nunca vai acontecer. Não comigo. Não de novo. — E ele sabia como ela estava falando enfaticamente sério.

— Vamos então fazer um pacto? Nenhum de nós volta a fazer o papel de tolo, e se um de nós o fizer, o outro tem de fazer também. É uma espécie de pacto conjunto de suicídio... casamento camicase... — Ele estava provocando-a, mas ela não se incomodou. Era a primeira vez na vida que ria da sua situação e ficou surpresa de achar que isso a fazia se sentir melhor, embora achasse que não tivesse feito muita coisa por ele, mas quando disse isso ele negou. — Eu precisava falar com alguém, Francesca... E fico feliz que tenha sido você. — Eles então se levantaram, e ela olhou para o relógio com ar de quem pede desculpas, lembrando que precisava pegar a filha.

— Sinto muito ter que deixá-lo. Você vai ficar bem? — perguntou e ele viu nela uma pessoa que não vira no pequeno tempo em que a conhecia, mas ficou aliviado em ver isso agora. Ela parecia muito mais gentil, muito mais aberta.

— Vou estar ótimo — mentiu ele. Ele queria ir para casa e pensar a respeito, meditar sobre Carole e Simon, e tentar se ajustar mentalmente ao casamento deles. À sua própria maneira, ele precisava de mais tempo para chorar por ela. Mas teve uma idéia enquanto olhava para Francesca.

— E quanto a nós três irmos jantar amanhã à noite? — Não queria amedrontá-la, convidando-a para sair num encontro. — E devolverei os dois livros, prometo — acrescentou como um incentivo, enquanto ela o acompanhava de volta ao carro dele. O dela estava no fim da rua, logo à frente. — E que tal? Só *pizza*, ou espaguete, ou alguma coisa? Talvez fizesse bem a todos nós sairmos. — Ela hesitou e ele teve a sensação de que ela ia recusar a oferta, mas ao encará-lo, ela entendeu que ele não a magoaria. Ela contara para ele em que pé as coisas estavam. E ele sabia que ela só poderia oferecer-lhe sua amizade e, se ele estivesse disposto a aceitar isso, ela estava disposta a jantar com ele.

— Tudo bem. — Ela parecia determinada e ele sorriu.

— Talvez a gente realmente se divirta. Jantar em Deerfield. Você sabe, talvez até em *black tie*. — Ele estava bancando o bobalhão e a fez rir, e então levou-a até o carro dela. — Pego você às seis — disse, voltando a sentir-se quase humano. Então olhou para ela gentilmente, enquanto ela entrava no carro.

— Francesca... obrigado.

Ela acenou um adeus, ao sair dirigindo, e ele pensou nas coisas que ela lhe contara. Deve ter sido duro para ela... pior do que isso... de partir o coração... e humilhante... As pessoas eram tão ruins umas com as outras às vezes, era difícil de entender. Carole não tinha sido ruim com ele, pensou consigo mesmo, enquanto dirigia para a casa. Ela só lhe partiu o coração. Só isso. Nada mais sério do que isso, por enquanto.

E enquanto destrancava novamente a porta da casa, pensou em Sarah e na dor por que ela passara, e na alegria que deve ter encontrado junto a François. Ficou se perguntando como é que uma pessoa, ligada a duas vidas, os dois momentos... como é que uma pessoa passava de uma coisa intolerável, de não confiar mais em ninguém... para voltar a ser inteira, para perdoar, e recomeçar a vida? Ele ainda não tinha as respostas, sabia, enquanto acendia as luzes. Mesmo depois de conversar com Francesca, só em que conseguia pensar agora era em Carole. E naquela noite, deitado na cama, pensou nela, em vez de pensar em Sarah e François. E, enquanto meditava sobre os mistérios da vida, resolveu não voltar a ler os diários durante alguns dias. Ele precisava elaborar essa última notícia, voltar ao mundo real, e lidar com sua vida agora.

Capítulo Dezesseis

CHARLIE PEGOU-AS ÀS SEIS HORAS e levou-as de carro para jantar no Di Maio, em Deerfield. Charlie e Francesca estavam se sentindo um pouco tímidos, mas Monique conversou animadamente em todo o caminho até Deerfield. Falou sobre seus amigos na escola, sobre o cachorro que gostaria de ter, sobre o porquinho-da-índia que sua mãe lhe havia prometido, falou que queria ir patinar no dia seguinte e queixou-se dos deveres de casa.

— Eu tinha muito mais deveres de casa para fazer na França — concordou ela em dizer, fazendo finalmente uma referência oblíqua à vida deles em Paris, e Charlie lançou um olhar para Francesca. Ela estava olhando pela janela.

— Talvez devêssemos começar a ensinar-lhe alemão, ou chinês, ou algo, só para mantê-la ocupada — ele a provocou e Monique fez uma cara feia, duas línguas já eram um problema suficiente, no que lhe dizia respeito, embora ela fosse completamente fluente em ambas. E então ela o olhou, cheia de animação.

— Minha mãe fala italiano. Meu avô era de Veneza. — E, segundo ela, um pilantra tal como o marido, Charlie lembrou. Estavam tocando em todos os seus assuntos favoritos. Ia ser uma grande noite. Mas ela não disse nada. — Eles têm muitos barcos lá — disse-lhe Monique e ele diplomaticamente mudou de assunto e perguntou que tipo de cachorro ela queria. — Alguma coisa pequena e bonitinha — respondeu ela imediatamente. Ela obviamente tinha pensado muito a respeito. — Como um *chihuahua*.

— Um *chihuahua*? — Ele riu à sugestão. — Esse é tão pequeno que você vai se atrapalhar toda com seu porquinho-da-índia. — Ela deu uma gargalhada quando ele disse isso.

— Não, eu não. — Ele então contou-lhe sobre o cachorro de Gladys, a enorme e amistosa *setter* irlandesa, e ofereceu-se para levá-la para conhecê-la. Ela gostou disso e Francesca quase sorriu, então. Ela estava tão séria e Monique feliz. Isso dizia algo a respeito da habilidade de mãe de Francesca e do fato de que devia amá-la. E tivera um razoável sucesso em protegê-la dos horrores que lhes haviam acontecido em Paris.

E, alguns minutos depois, chegaram a Deerfield.

O restaurante estava cheio e animado. Monique pediu espaguete e almôndegas quase no momento em que se sentaram à mesa. Os adultos levaram um pouco mais de tempo e finalmente pediram *capellini* com manjericão e tomate. Ele pediu o vinho e notou que Francesca falou com o garçom em italiano. Ele pareceu encantado e Charlie ficou ouvindo com prazer.

— Adoro ouvir isso. — Sorriu para ela. — Você já morou lá?

— Até os nove anos. Mas sempre falei italiano com meu pai, enquanto ele foi vivo. Gostaria que Monique aprendesse. É sempre útil saber uma outra língua. — Embora agora estivessem morando de novo nos Estados Unidos, isso parecia menos importante. — Talvez ela queira voltar à Europa um dia para viver — reconheceu Francesca, embora, no íntimo de seu coração, esperasse que não. Então virou-se para ele com os olhos cheios de perguntas. Ficara sabendo um bocado a respeito dele na véspera, mas só sobre o seu casamento. — E quanto à você? O que vai fazer? Voltar a Londres?

— Não sei. Só parei aqui a caminho de Vermont para ir fazer esqui. Então conheci Gladys Palmer, vi a casa e me apaixonei por ela. Aluguei-a por um ano, mas mesmo que eu volte à Europa, posso vir aqui para as férias. Mas, por enquanto, sinto-me feliz aqui, embora esteja sentindo um pouco de culpa por não estar trabalhando. É a primeira vez na minha vida que faço isso. Mas, finalmente, terei que voltar a ser arquiteto, esperemos que em Londres.

— Por quê? — Ela parecia intrigada, depois de tudo que ele lhe contara. Seria para perseguir a esposa, ou teria outro motivo? Os olhos dela lançavam uma miríade de perguntas.

— Tenho uma vida lá — disse ele com firmeza e então reconsiderou, enquanto Monique caía em cima das almôndegas. — Pelo menos costumava ter. Vendi minha casa logo antes de partir. — E agora não tinha certeza sequer de ter um emprego lá. — E além disso, adoro Londres — continuou, teimoso. Mas também amava Carole. Talvez a amasse para sempre. Mesmo depois de ela ter se casado com Simon, mas ele não disse isso a Francesca. Só de pensar a respeito deixou-o deprimido.

— Eu amava Paris também — disse Francesca baixinho. — Mas não consegui ficar, depois... Eu tentei. Mas era simplesmente difícil demais. Teria me levado à loucura, esperando vê-lo todas as vezes em que eu virava uma esquina, esperando topar com ele, detestando quando o fizesse. Chorava todas as vezes em que ligava o noticiário e o via, mas não conseguia me forçar a parar de assistir. Era uma coisa doentia. Por isso, fui embora. Não consigo me imaginar indo morar lá agora. — Ela suspirou e sorriu para ele por sobre os *capellini*.

— Vai ficar aqui? — Ele gostava de conversar com ela. Era um imenso alívio falar com alguém e dar vazão às coisas que quase o haviam matado. Falar a respeito fazia tudo parecer menor.

— Talvez — respondeu ela. Ainda não havia se decidido. — Minha mãe acha que eu devia levar Monique de volta para Nova York para receber uma educação "decente". Mas somos felizes aqui. A escola é ótima. Ela adora esquiar. Gosto de nossa casinha na beira da cidade. Ela é tão pacífica. Quero terminar minha tese enquanto estou aqui. Posso decidir depois disso. Este seria um bom lugar para escrever um pouco. Voltar a ler. — Ele pensou nos diários de Sarah e não disse nada.

— Seria — concordou ele. — Eu gostaria de pintar um pouco. Seu destino tem de ser um pouco como o de Wyeth, e particularmente com a neve, a paisagem em torno de Shelburne Falls era perfeita.

— Um homem de muitos talentos — disse ela, dando uma piscadinha de olho, e ele de repente sorriu para ela. Gostava quando o provocava. E por fim trouxeram Monique de volta à conversa, mas ela ficou feliz, ouvindo-os e comendo seu espaguete. Monique falou sobre sua vida em Paris, do apartamento que amava, de ir ao Bois de Bologne todos os dias após a escola e das viagens que fizera com os pais, indo com eles para esquiar, uma vez que era a paixão de seu pai. E ouvi-la fez com que Francesca parecesse nostálgica, o que deixou Charlie preocupado. Não queria que ela voltasse a se fechar para ele. Isto era bom para ambos e ela voltou a relaxar quando Charlie mudou de assunto. Então ele teve uma idéia e resolveu perguntar:

— Que tal irmos esquiar neste sábado? Podíamos simplesmente passar o dia em Charlemont. — Ele sabia por Gladys que muitos dos habitantes locais faziam isso com freqüência. E Monique ficou imediatamente entusiasmada.

— Vamos lá, mamãe... por favooooor... — Ela arrancou a palavra como se fosse uma bala puxa-puxa, e Francesca sorriu ao convite.

— Você provavelmente está ocupado e eu devia realmente aprontar algum trabalho. Não acho...

— Vamos lá — disse ele gentilmente. — Seria bom para todos nós. — Estava pensando na sacudida que levara na véspera, quando Carole telefonou, e nas coisas que Francesca lhe dissera. Todos estavam precisando de um pouco de diversão em suas vidas, e um dia esquiando parecia perfeito. — Você pode dispor de um dia. Ambos podemos. — Ele não tinha nada mais para fazer, a não ser ler os diários de Sarah. — Vamos fazer isso. — Ele parecia tão doce e falou de uma forma tão persuasiva que ela acabou cedendo, embora ainda se sentisse um pouco hesitante em ficar sendo sua devedora. Não queria isso. Ele poderia esperar algo que ela não poderia lhe dar.

— Está bem, só para passar o dia, então. — O ânimo de Monique melhorou notavelmente depois que Francesca disse isso. Ela bateu papo, riu e falou sobre as pistas de lá, comparando-as com as de Courchevelle e Val d'Iserre, e Francesca riu a isso, tal como Charlie. O esqui não era exatamente comparável, mas seria divertido de qualquer forma.

E estavam todos a fim de fazê-lo, quando ele as levou de carro de volta a Shelburne Falls, após o jantar.

Ele parou em frente à casa delas e saltou. Era uma casa pequena e arrumadinha, de madeira pintada de branco, com janelas verdes e uma cerca de tabuinhas em volta. E, quando saltaram do carro, Francesca agradeceu-lhe pelo jantar.

— Eu gostei de verdade — disse ela cautelosa, e Monique rapidamente entrou na conversa.

— Eu também. Obrigada, Charlie.

— De nada. Vejo vocês duas no sábado. A que horas devo buscá-las? — Não fez qualquer gesto sugestivo de entrar na casa com elas. Entendeu instintivamente que isso poderia assustar Francesca. Ela ainda exibia os olhos de uma jovem corça, pronta para disparar de volta à floresta, particularmente agora que estava em seu território. Era óbvio que não o queria perto demais, por mais agradáveis que fossem as conversas.

— Que tal oito horas? — sugeriu ela, em resposta à pergunta dele.

— Nesse caso, poderemos estar nas colinas por volta das nove.

— Parece ótimo. Vejo vocês, então — disse ele e observou-as entrar na casa e fechar a porta. Viu todas as luzes se acenderem e a casa pareceu acolhedora e cálida, vista assim, do lado de fora. E ele surpreendeu-se em ver como se sentia solitário, dirigindo de volta a sua casa. Ele agora parecia estar sempre do lado de fora, olhando Francesca e Monique, ouvindo falar de Carole e Simon... lendo sobre Sarah e François. Já não pertencia a mais ninguém e percebeu novamente que falta isso lhe fazia. E enquanto pensava a respeito, dirigiu lentamente e resolveu parar, no caminho de casa, na casa de Gladys Palmer. Ela estava de bom humor, parecia bem, e ficou encantada com a visita de surpresa. Preparou para ele um pouco de chá de camomila e ofereceu-lhe um prato de biscoitos de gengibre fresquinhos.

— Como vão as coisas na casa? — perguntou ela à vontade, e ele sorriu em resposta. Estava pensando em Sarah e nos diários que ainda mantinha em segredo, até da Sra. Palmer. Queria terminá-los, antes de contar-lhe a respeito.

— Ótimo — disse ele sem assumir nada e então contou-lhe sobre a noite que acabara de passar com Francesca e sua filha.

— Isso me parece promissor — comentou ela, parecendo satisfeita por ele.

— Vamos ver — replicou ele enquanto terminava uma segunda xícara de chá e, finalmente, deixou-a a fim de voltar para casa. E, quando voltou, sentiu-se surpreendentemente menos solitário. Vê-la parecia sempre exercer um notável poder restaurador sobre ele. Ela era quase como uma mãe para ele.

E, ao deixar-se entrar na casa, julgou ouvir um som no andar de cima, antes de acender a luz. Ficou parado muito quieto, prestando atenção, querendo que fosse ela, convencido de ter ouvido um passo. Mas ficou ali parado, no silêncio, por um longo tempo. Não era nada, e ele finalmente acendeu a luz.

Depois que subiu, pensou em voltar a ler os diários, mas deu-se conta de que precisava de um pouco de espaço para respirar. Estava agora envolvido demais com ela e François. Estavam ambos virando reais demais para ele. E só queria ficar com eles. Isso não era nada saudável.

Escolheu um romance aquela noite e forçou-se a lê-lo. Mas era tão chato comparado com as palavras de Sarah que, por volta das dez horas, dormia profundamente e mexeu-se quando ouviu um som no quarto.

Abriu os olhos e olhou em torno por um minuto, mas estava semi-adormecido e não a viu.

Não havia tocado nos diários a semana inteira, desde que havia saído de casa para pegar Francesca e Monique, no sábado. No caminho deu uma parada para ver Gladys e deu-lhe um livro que vinha guardando para ela. Tomaram uma rápida xícara de chá e então voltaram a falar sobre Francesca. Gladys ficou satisfeita por ele estar voltando a vê-la.

Ficava feliz em saber que ele tinha uma amiga. Esperava conhecê-la um dia, se Charlie continuasse a vê-la.

Quando chegou à casa delas, Monique vestia um macacão vermelho brilhante e Francesca parecia extremamente elegante num colete preto. Era fácil ver por que ela tinha sido modelo. Era uma mulher que impressionava. E ambas pareciam em excelente estado de espírito. Puseram os esquis no carro e, quinze minutos depois, estavam em Charlemont e Francesca ameaçava botar Monique na escola de esqui. Não queria que ela ficasse atravessando a montanha toda, sozinha, misturando-se com estranhos. Charlie conseguia entendê-la muito bem, mas Monique ficou amargamente decepcionada.

— Eles são todos horríveis nas aulas de esqui — ela se queixou. — Ninguém sabe fazer nada divertido. Não quero — disse, fazendo beicinho. E Charlie lamentou tanto por ela que se ofereceu para esquiarem juntos. Ele havia gostado dela de verdade. Afinal, tinha sido como se conheceram, e o que havia iniciado a amizade deles. Mas Francesca não queria impor sobre ele mais do que ela estava carregando.

— Não quer esquiar sozinho? — perguntou-lhe honestamente. E ele não pôde deixar de notar como os olhos dela eram verdes, embora estivesse tentando não notar.

— Ela esquia melhor que eu — disse ele, abrindo um sorriso. — Quase não consigo acompanhá-la.

— Isso não é verdade — replicou Monique com um sorriso, fazendo-lhe justiça. — Você é um bocado bom. Tem um bom estilo, até nas protuberâncias do terreno. — Ela o cumprimentou e ele riu diante dessa afirmativa. Ela decididamente tinha os genes do pai, pelo menos quanto ao esqui. E Charlie achou isso engraçado.

— Obrigado, senhorita. E então, vai esquiar comigo? — Então virou-se para a mãe dela. — Gostaria de vir conosco? Ou será que é boa demais para nós? — Ele nunca havia efetivamente visto Francesca esquiar, só a filha dela.

— Ela é boa — admitiu Monique. Ao que Francesca riu para ela e os três resolveram esquiar juntos aquela manhã. Mas Charlie ficou devidamente impressionado quando viu Francesca descer a montanha.

Não sabia se seu ex-marido campeão olímpico lhe ensinara alguns recursos, ou se ela já esquiava assim antes dele, mas ela era bem melhor do que lhe contara. Era uma esquiadora quase tão boa quanto a filha, embora não tão confiante, e era muito humilde a esse respeito. Ela esquiava com tal elegância e graça que chamou a atenção de várias pessoas, e ele pôde só admirá-la quando voltaram a parar na base da montanha.

— Você é muito boa — disse ele, com admiração.

— Eu gosto — admitiu ela. — Costumávamos ir a Cortina, quando eu era criança. Meu pai esquiava muitíssimo bem, mas sempre fui um pouco cautelosa demais — disse e Monique assentiu com a cabeça, veementemente.

Ela gostava de ir bem mais depressa. Francesca era uma mulher de muitos encantos, muitos talentos, a maior parte deles não devidamente decantados ou ocultos. Tinha tantos pontos positivos e muito pouca disposição para dividi-los com os outros. A Charlie parecia um terrível desperdício. Mas descobriu, na medida que o dia foi se passando, que gostava de estar com ela. A aspereza que o havia irritado tanto antes não se mostrou uma vez sequer. Ela parecia apenas feliz e relaxada. E era fácil ver como adorava esquiar. E ela gostava de estar com ele, também. Quando pegaram a última pista, sentiam-se como velhos amigos. E pareciam uma família, com Monique esquiando à frente deles. Francesca estava sempre de olho nela, mas a maior parte do tempo esquiou com Charlie. E quando tiraram seus esquis no fim do dia, pararam no restaurante na base da montanha para comer *brownies* e tomar chocolate quente. Monique a essa altura parecia cansada e Francesca parecia brilhar de animação. Sua pele cremosa se aquecera até adquirir um tom rosado. E seus olhos estavam brilhantes.

— Eu me diverti muito — disse ela, enquanto lhe agradecia. — Eu costumava me queixar de que esquiar aqui não era tão bom quanto na Europa. Mas já não ligo mais. Gosto de qualquer maneira. Obrigada por nos trazer — concluiu, tomando um gole de chocolate e fitando-o calorosamente.

— Devíamos experimentar algumas das outras estações perto daqui. Ou subir até Vermont. Em Sugarbush o esqui é bastante bonzinho — sugeriu ele calmamente.

— Isso me agradaria — disse ela, antes de voltar a fechar-se em si mesma. Mas agora parecia bastante à vontade com ele e ficou sentada à pequena mesa, bem perto dele. Ele sentia as pernas longas e graciosas junto às suas, e um pequeno arrepio percorreu-lhe o corpo. Não se sentia assim com niguém, desde que Carole o deixara. Havia sido convidado para um ou dois encontros ainda em Londres, mas não lhe pareceram bons. E ele nunca sequer tentou. Sabia que ainda não estava pronto. Mas esta mulher, com sua ótima cabeça, sua intensa timidez e sua grande dor, estava começando a aquecê-lo.

Na verdade, estava detestando ter de voltar a Shelburne Falls. E sugeriu uma parada para jantar no caminho, que Monique aceitou em favor da mãe. Pararam na Charlemount Inn, onde comeram deliciosos sanduíches quentes de peru com purê de batatas, e conversaram animadamente sobre vários assuntos, incluindo arquitetura, e descobriram que, tal como ele, ela adorava castelos medievais. Monique a essa altura estava quase dormindo, e quando voltaram ao carro, ela bocejava e quase tropeçou e caiu, mas Charlie segurou-a. Tinha sido um dia longo e feliz para todos eles e, desta vez, quando chegaram à casa delas, Francesca perguntou-lhe se ele não gostaria de entrar para tomar uma bebida e uma xícara de café. Sentia-se como se tivesse de fazer algo para agradecer-lhe.

— Tenho de botar Monique na cama — sussurrou ela sobre a cabeça da menina, e então levou-a pelos fundos da casa, para o seu quarto de dormir, pequeno e acolhedor. Enquanto ele esperava na sala e olhava a parede cheia de livros que ela trouxera da Europa, havia alguns volumes maravilhosos que ela colecionara ao longo dos anos, a maior parte sobre a história da Europa, e vários sobre arte, e ela tinha até várias primeiras edições.

— Dá para ver que sou doidinha por livros? — disse ela, quando voltou à sala e notou que ele havia acendido o fogo na lareira. Era uma sala pequena e confortável, cheia de coisas bem usadas, que significavam algo para ela. Ver aquilo era conseguir espiar um pouco dentro dela. Ela a princípio lhe parecera tão fria, tão distante, mas esta sala contava uma história diferente, tal como os olhos de Francesca, quando ele se virou para olhá-la. Ele não estava seguro quanto ao que fazer agora. Havia algo muito estranho, muito forte, acontecendo entre eles. E Charlie sabia que se dissesse isso poderia não voltar a vê-la nunca mais, portanto resolveu ignorar o assunto. E, para confirmar isso, ela deixou a sala e foi fazer café. E ele a reencontrou na cozinha. Foi então muito cauteloso em sua conversa e concluiu que Sarah Ferguson devia ser um assunto seguro.

— Estou lendo sobre Sarah Ferguson — explicou ele. — Foi uma mulher notável, de uma coragem incrível. Ela veio para cá no navio mais minúsculo sobre o qual já li. Era um brigue de oito toneladas, partindo de Falmouth, trazendo doze passageiros, e levou mais de sete semanas para chegar aqui. Não consigo sequer imaginar uma experiência assim. Fico enjoado só de pensar. Mas ela fez tudo. Sobreviveu e começou uma vida toda nova aqui. — Parou antes de dizer mais, não queria contar a ela sobre os diários, mas Francesca parecia muito intrigada.

— Onde foi que leu isso? Nunca achei nada assim sobre ela, e olhe que dei uma busca completa em nossa biblioteca da sociedade histórica. Encontrou algo sobre ela em Deerfield?

— Eu... hã... sim, de fato, encontrei. E Gladys Palmer deu-me alguns artigos. — Ele adoraria contar a ela sobre o que havia achado, mas não ousaria ainda. Ficava satisfeito em apenas falar disso com ela e, por algum tempo, conversaram sobre a coragem de Sarah, e sobre os paralelos em suas próprias vidas.

— Ela teve aqui uma vida nova. Aparentemente deixou um homem horrível na Inglaterra. — Trocaram um olhar, Francesca assentindo com a cabeça, pensativa. Ela havia deixado um homem horrível em Paris. Ou talvez ele, afinal de contas, não fosse nem sequer horrível, apenas um imbecil como Carole. Ou talvez o que seus companheiros tivessem encontrado fora do lar fosse do que eles realmente precisassem para completar suas próprias vidas. Charlie ficou pensativo, refletindo sobre Carole e Simon.

— Você ainda sente horrivelmente a falta dela? — perguntou Francesca gentilmente. Pôde ver, na expressão dos olhos dele, em que estava pensando.

— Às vezes — respondeu ele, honestamente —, acho que sinto a falta do que eu achava que tínhamos, em vez do que tínhamos de verdade. — Isso era algo que Francesca entendia perfeitamente. Depois, com Pierre, só o que ela conseguia pensar era na felicidade do princípio e no horror do final, nunca na realidade comum do meio, que havia sido a maior parte de tudo mas que parecia ter sido esquecida.

— Acho que todos fazemos isso — concordou ela. — Lembramo-nos da fantasia que criamos, antes da realidade com que vivemos, fosse uma fantasia bela ou feia. Acho que nem me lembro mais de quem Pierre era, apenas o homem que, no final, passei a odiar, fosse ele quem fosse.

— Suponho que vou acabar me sentindo assim com relação a Carole. Mesmo agora, um pouco da história me parece nebulosa. — Tudo parecia melhor ou pior do que tinha sido, e às vezes ele conseguia ver isso. E, então, voltou a pensar em Sarah.

— Sabe? O notável nela foi que voltou a se apaixonar, pelo francês. Por tudo que fiquei sabendo, a parte mais importante de sua vida foi com ele. Mesmo depois de tudo que lhe aconteceu, ela não teve medo de recomeçar. Admiro isso — concluiu com um pequeno suspiro —, mas não tenho idéia de como fazer.

— Eu não conseguiria — disse Francesca firmemente, como que numa confirmação de tudo que já dissera. — Eu me conheço suficientemente bem para saber disso.

— Você é jovem demais para tomar uma decisão dessas — replicou Charlie, tristonho.

— Tenho trinta e um anos. É idade suficiente para você saber que não quer mais voltar a brincar, nunca — disse ela firmemente. — E eu não quero. Não sobreviveria à mágoa de uma próxima vez. — E, embora Charlie achasse que uma atração entre eles não podia ser negada, sabia que ela estava lhe dizendo que nem tentasse. E, se ele tentasse, estava realmente preparada para desaparecer da vida dele para sempre. Charlie tinha entendido claramente o aviso.

— Acho que você precisa pensar sobre isso, Francesca. — Isso o fez sentir vontade de dar a ela os diários para ler, mas Charlie ainda não estava preparado para contar a ela. E deu-se conta de que talvez nunca estivesse ou viesse a estar. Ainda sentia-se muito reservado quanto a eles, e precisaria ser muito chegado a Francesca para dividi-los com ela.

— Acredite, se eu lhe disser que não penso em outra coisa nos últimos dois anos — disse ela gravemente e então fez-lhe uma pergunta estranha, que ele ficou sem saber como responder. — Tem certeza de que nunca a viu... Sarah, isto é... com todas as histórias de fantasmas que a gente escuta... e espíritos vivendo nas casas, nesta parte do mundo? É difícil acreditar que não a tenha visto. Viu? — insistiu com um sorriso. — Viu o fantasma dela...? — Quando ele negou, ela o fitava bem no rosto, e ele ficou imaginando se ela teria acreditado nele.

— Não, não vi... eu... — Odiava mentir para ela, mas tinha medo de contar-lhe tudo que tinha visto, com medo de que ela o achasse maluco. — Eu... ouvi alguns ruídos, umas duas vezes. Mas acho que não é nada, acho que é tudo resultado das lendas locais. — Os olhos dela perscrutavam os dele, e ela deu um risinho engraçado que o fez ter vontade de inclinar-se e beijá-la, mas ele sabia que não podia.

— Não sei se acredito em você, e não sei por quê. Você parece surpreendentemente bem-informado sobre ela... por que será que acho que existe algo que você está me escondendo? — perguntou ela incisivamente, numa voz sensual. Ele deu um riso nervoso e perguntou-se se ela saberia que ele estava mentindo.

— Seja lá o que for que eu não estiver lhe contando, não tem nada a ver com Sarah — disse ele com voz rouca, e ambos riram. Mas ele voltou a garantir-lhe, depois disso, que não tinha visto nada. — Mas, caso eu veja, não deixarei de lhe contar. Você sabe, os Observadores de Fantasmas. — Estava brincando com ela, e Francesca riu e nunca antes ele a vira tão bonita quanto naquele momento. Quando ela relaxou um pouco, estava tão bela quanto calorosa e atraente, mas a porta sempre se fechava com força antes que conseguisse alcançá-la. Isso o estava deixando maluco.

— Estou falando sério — insistiu ela. — Sabe, eu acredito nisso. Acho que há espíritos perto de nós às vezes, e não os percebemos. Mas poderíamos, se prestássemos atenção. — Estava fascinado pelo entusiasmo com que ela afirmou isso.

— Tenho de ir para casa e me concentrar — disse ele, ainda brincando com ela. — Alguma sugestão sobre como devo fazê-lo? Numa mesa Ouija, talvez, ou só meditação?

— Você é impossível — disse ela. — Espero que ela o acorde de um sono profundo e lhe dê um baita susto.

— Ora, eis uma idéia atraente. Vou ter de dormir esta noite na sua sala, se me deixar nervoso demais. — Mas, de alguma forma, ela não acreditava que ele fosse suscetível a esse tipo de terror, embora ele tivesse adorado ouvir um convite. E quando finalmente foi embora, não sabia o que dizer a ela. Pôde sentir novamente a atração entre eles. Era poderosa, mas tácita.

E então ele resolveu tomar coragem, e convidou-a a passar o dia seguinte com ele, ela e a filha. Era domingo. Mas ela foi rápida na recusa. Estavam ficando amigos demais.

— Não posso. Tenho de trabalhar na minha tese — disse ela, desviando os olhos para não ter de encará-lo.

— Isso não parece muito divertido — retrucou ele, solidariamente, parecendo decepcionado.

— Não é divertido — admitiu ela e poderia tê-lo despachado. Mas não quis fazer isso. Ele agora estava se tornando uma ameaça. Ela ficou à vontade demais com ele. — Mas eu realmente tenho de fazer o trabalho.

— Poderia ir lá para casa para uma sessão de caça-fantasmas — brincou ele e ela riu.

— É um convite difícil de resistir, mas é melhor eu ficar com meus livros. Não progredi muito ultimamente. Talvez uma outra ocasião, mas, obrigada.

Ficou em pé no portal, olhando-o ir embora, e ele pensou nela até chegar em casa, lamentando não tê-la simplesmente tomado nos braços e beijado. Mas sabia muito bem como isso teria sido perigoso. Nunca voltaria a vê-la. E, no entanto, começou a sentir uma tensão incrível entre eles. E quando chegou e andou por sua casa vazia, pensando nela e, ao menos uma vez, não pensando em Sarah, estava realmente chateado por ela não ter aceitado o convite para o domingo. Tinham se divertido tanto juntos que ela não tinha o direito de deixá-lo de fora. E, além disso, ele também gostava da filha dela, e era óbvio o quanto Monique gostava dele. Não conseguiu se conter. Pegou o telefone e ligou para ela. Era meia-noite e não sabia dizer se estava incomodado por acordá-la, embora tivesse certeza de que não faria isso. Havia acabado de se despedir dela!

— Alô? — Ela atendeu o telefone com voz preocupada. Ninguém jamais lhe telefonara àquela hora. Na verdade, com raras exceções, ninguém lhe telefonava, segundo Monique.

— Acabo de ver um fantasma e estou aterrorizado. Tinha três metros de altura, chifres e olhos muito vermelhos, e acho que estava usando minhas camisas. Quer vir aqui, ver? — Falou como um garoto travesso, e ela não pôde conter o riso ao ouvir.

— Você é terrível. Eu falei sério. As pessoas *de fato* vêem fantasmas. Ouço essas histórias o tempo todo, na sociedade histórica, e alguns podem ser identificados. Eu própria andei pesquisando. — Ela tentava ser séria com ele, mas ainda ria do que ele dissera ao telefonar.

— Ótimo! Então venha identificar este. Estou trancado no banheiro.

— Você é um caso perdido! — disse ela, sorrindo.

— Tem razão. Esse é o problema. Na verdade, vou escrever a Ann Landers e assinar a carta "Caso perdido". Conheci uma mulher e quero ser amigo dela... e acho que talvez estejamos atraídos mutuamente, mas se eu falar disso com ela, ela vai me odiar. — Houve um grande silêncio enquanto ela ouvia o que ele estava dizendo, e Charlie ficou se perguntando se isso não o indisporia com ela para sempre. Esperava que não.

— Ela não vai odiá-lo — disse ela, finalmente, numa voz suave. — Ela simplesmente não tem o que fazer a esse respeito... ela é uma pessoa muito assustada pelo que já lhe aconteceu. — A voz dela era muito terna e Charlie gostaria de poder envolvê-la nos braços, mas ela provavelmente não teria deixado, e ele sabia disso.

— Não sei se acredito nisso, sei que é assim — disse ele, gentilmente. — Também estou todo arrebentado. Hoje em dia não faço uma figura muito bonita de se ver e nem sei que diabos ando fazendo. Há dez anos que não ando assim pelo mundo aí fora... mais do que isso... onze. — Fazia dez meses que Carole o havia deixado.— E andei dizendo por aí exatamente as mesmas coisas que você... mas, num momento, estou chorando por Carole e logo em seguida estou... estou conversando com você e sentindo algo que não sinto há muito, muito tempo, isso me deixa confuso. Talvez nunca venhamos a ser mais do que amigos. Talvez isso seja tudo a que eu tenha direito. Eu só... só queria que você soubesse... — Sentia-se novamente como um garoto e estava corando, mas ela também foi ficando ruborizada, no final. — Eu só queria que você soubesse o quanto gosto de você — disse, muito sem jeito. Era mais do que isso, mas não conseguiu forçar-se a revelar.

— Gosto de você também — replicou ela, honestamente — e não quero magoá-lo.

— Mas não vai. Isso já foi feito por especialistas. Tenho certeza de que, em comparação, você seria considerada amadora.

Ela sorriu ao responder.

— Você também, Charlie, estou realmente muito grata por ter sido tão legal conosco. Você é uma boa pessoa. — E Pierre não era. Fantasia ou não, ela sabia disso. Ele a usara desavergonhadamente e tirara um proveito horrível de toda a decência e bondade dela e de seus sentimentos para com ele. E mais ninguém voltaria a fazer-lhe isso, não se ela pudesse impedir. — Não podemos ser só amigos? — perguntou com tristeza, pois não queria perdê-lo.

— Claro que podemos — disse ele, com gentileza. E então ocorreu-lhe outra idéia. — Que tal deixar seu amigo levar você e Monique para jantar na segunda-feira? Você já me recusou para amanhã. Não pode negar de novo. Não vou permitir. Um jantar rápido depois do expediente, na noite de segunda. Podemos comer *pizza* em Shelburne Falls. — Não havia muito a que ela pudesse objetar, e Charlie estava aceitando aquela amizade nos termos dela.

— Está bem — concedeu ela. Ele era duro na queda.

— Pego vocês às seis horas de novo. Está bem?

— Está bem. — Ela estava sorrindo. Haviam sobrevivido à primeira rusga, ao primeiro confronto. — A gente se vê, então.

— Telefono para você, caso veja mais um fantasma. — Estava contente por ter-lhe telefonado. Valera a pena. E logo antes de desligarem, ele a chamou.

— Sim? — a voz de Francesca soou um pouco ofegante, e ele adorou.

— Obrigado... — disse baixinho. Ela entendeu a intenção dele, e quando desligaram, ela ainda estava sorrindo. Eles eram só amigos, ela disse a si mesma. Mais nada. Ele entendera perfeitamente. Será?...

E, do outro lado do fio, Charlie recostou-se na poltrona com um sorriso. Gostava dela realmente. Ela não era fácil. Mas, definitivamente, valia o esforço. E ele estava tão satisfeito consigo mesmo, e com o fato de ela ter concordado em voltar a sair com ele, que pegou um dos diários de Sarah, para se recompensar. Há dias não os lia. E sentia saudades dela de verdade. E queria saber o que acontecera com ela. Mas agora, quando abriu o livrinho e viu a caligrafia familiar, tudo pareceu festa.

Capítulo Dezessete

FIEL A SUA PALAVRA, François de Pellerin retornou pelo caminho de Shelburne mais uma vez em agosto e, quando o fez, foi ver Sarah. Ela estava trabalhando em sua horta quando ele chegou, e não o viu ou ouviu aproximar-se. Ele chegou a passos silenciosos, como era seu hábito, e de repente estava parado ao lado dela. Sarah virou-se assustada e ergueu os olhos para ele, a princípio com surpresa, e em seguida com óbvio prazer.

— Vou ter de prender-lhe um sininho no pescoço, se continuar a fazer isso. — E ela ficou levemente ruborizada e esfregou o avental no rosto, enquanto se lembrava de agradecer-lhe pelas garras de urso. — Você passou bem? — perguntou, e ele baixou os olhos sobre ela com um sorriso. O rosto dela estava bronzeado e os cabelos negros de Sarah caíam-lhe numa longa trança pelas costas, o que a fazia parecer quase uma pele-vermelha. E ele notou, enquanto caminhava lentamente de volta à casa, que ela possuía o mesmo porte régio de Pardal Choroso.

— Por onde andou, desde a última vez que nos vimos? — Ela perguntou-lhe com interesse, quando pararam junto ao poço para pegar um pouco d'água.

— Com meus irmãos — disse ele simplesmente. — No Canadá,

fazendo comércio com os hurones. — Não disse a ela que estivera na capital, para voltar a se reunir com Washington, a fim de continuar a discussão sobre os problemas com os índios miami no Ohio. Estava muito mais interessado nela e no que andara fazendo. Sarah parecia estar florescendo em Shelburne.

— Esteve na guarnição, para ver o coronel Stockbridge? — perguntou ele, à guisa de conversa, enquanto ela servia a ele uma xícara de água fresca.

— Andei ocupada demais para estar indo à guarnição — respondeu. — Passamos as três últimas semanas plantando tomates, abóboras e abobrinhas em grandes quantidades, e eles tinham esperança de uma safra de bom tamanho antes do inverno.

A essa altura tivera notícias pela Sra. Stockbridge, que lhe suplicava que deixasse Shelburne e voltasse à civilização, e recebera também uma carta dos Blake, contando-lhe todas as novidades de Boston. Mas ali ela era bem mais feliz e François viu isso claramente.

— Para onde vai agora? — perguntou ela quando entraram na sala de estar, que era um pouco mais fresca do que lá fora, já que aquela parte da casa era coberta pela sombra de olmos enormes. Os homens que a haviam construído tinham-na planejado bem, e a casa lhe servia à perfeição.

— Tenho uma reunião com o coronel Stockbridge. — O coronel ainda estava preocupado com os voluntários do Kentucky, que haviam saqueado e incendiado várias aldeias dos shawnees no ano anterior, e com o forte construído em Fort Washington, em franca violação de vários tratados. O coronel tinha certeza de que haveria retaliação. Casaco Azul já havia se vingado, entrando no Kentucky atravessando o rio Ohio, e houve inúmeros ataques aos colonos locais. Mas o coronel tinha medo de uma guerra mais ampla, tal como François. Dissera exatamente isso a Washington quando esteve com ele. E Sarah ficou ouvindo com interesse, enquanto François explicava.

— Há algo que você possa fazer para impedir? — perguntou calmamente.

— Agora, muito pouco. Casaco Azul ainda acha que não houve resposta adequada. É um homem duro de lidar. Tentei várias vezes, mas ele não gosta dos iroqueses mais do que dos brancos. — Sabia por experiência própria, em uma reunião sobre a qual apresentara um relatório a Stockbridge, logo que conheceu Sarah. — Nossa única esperança é que ele se canse disso, e ache que já juntou escalpos suficientes para compensar pelos homens que perdeu. Não vejo como poderemos detê-lo, a não ser que tudo isto vire uma guerra envolvendo várias nações. E nenhum de nós quer isso — continuou calmamente.

Ele parecia ter uma visão geral sensata das coisas, e um senso de compreensão por ambos os lados, embora o mais freqüente fosse a compreensão pender mais para o lado dos índios que dos brancos. Os índios haviam sofrido mais e, do ponto de vista de François, costumavam ser mais honestos.

— Não é perigoso para você andar negociando com Casaco Azul? — perguntou ela com uma preocupação bastante óbvia e ele sorriu-lhe. — Ele deve vê-lo como um branco, mais do que iroquês.

— Acho que para ele isso não importa. Eu não sou shawnee. Isso basta para irritá-lo. É um guerreiro corajoso, cheio de fogo e de fúria — disse a ela, com óbvio respeito e uma certa porção de medo, que não era infundado. Casaco Azul não teria medo de trazer ao seu povo o ônus de toda uma nova guerra índia.

Falaram disso por um longo tempo e, quando voltaram a sair, estava mais fresco. Como era seu costume, perguntou-lhe se não gostaria de caminhar com ela até a cachoeira. Era um ritual diário que Sarah nunca deixava de cumprir. E pouco diziam um ao outro enquanto davam a fácil caminhada de quase dois quilômetros até o ponto onde a água se precipitava em toda a sua beleza e glória. E, quando Sarah sentava-se sobre sua pedra preferida e olhava para a água que tombava tão jubilosamente, François baixava os olhos sobre ela, cheio de prazer.

Gostaria de dizer-lhe que andara pensando muito nela e nas coisas que lhe dissera da última vez, e o que ele próprio recolhera durante o jantar. Queria dizer que tinha se preocupado com ela e estava ansioso para voltar a vê-la, mas não disse. Limitou-se a ficar olhando-a, sem nada falar.

Ficaram uma hora sentados assim, perdidos em seus próprios pensamentos, em silenciosa comunhão, no que ela virou-se e encarou-o, e sorriu quando seus olhos se encontraram. Era bom vê-lo. Ele parecia bronzeado e saudável, após o tempo passado com os iroqueses, e era difícil acreditar que não tivesse nascido entre eles, e, enquanto caminhavam lentamente de volta à pequena fazenda de Sarah, esta sentiu o braço nu de François roçando no seu.

— Vai ficar na guarnição desta vez? — perguntou ela baixinho, quando chegaram à casa.

— Vou — disse ele, baixando os olhos sobre ela. — Vou encontrar-me lá com alguns dos meus homens. — E ela então convidou-o para jantar, o que ele aceitou. Ele sabia que podia passar a noite no bosque, ou no celeiro dela, e sair rumo à guarnição antes do raiar da manhã seguinte. Não tinha marcado hora nenhuma com o coronel.

Caçou vários coelhos para ela e Sarah os cozinhou para ele e os rapazes, e fez ensopado de coelho com legumes da horta. Foi uma refeição deliciosa, que os rapazes lhe agradeceram com entusiasmo antes de saírem para o serviço da noite, enquanto ela e François ficaram sentados em silêncio na confortável cozinha. Falaram baixinho por muito tempo, e depois foram passear ao luar e em poucos minutos viram um cometa.

— Os índios dizem que isso é bom sinal — comentou ele, olhando-a, cauteloso. — É um bom presságio. Você será feliz aqui.

— Já fui — disse ela, olhando em torno. Sarah não queria nada mais do que isso. Isso era tudo com que sempre sonhara.

— Isto é só o começo da sua vida aqui — disse ele, judiciosamente. — Você deve continuar, fazer muitas coisas e levar sabedoria a muitos. — Ele falava muito ao jeito dos iroqueses quando conversava com ela e Sarah sorriu-lhe, não muito certa do que quisera dizer.

— Não tenho sabedoria para dar a ninguém, François. Aqui levo uma vidinha muito acanhada. — Ela fora para lá apenas para sarar e não para ensinar nada a ninguém. Mas parecia que François não entendia.

— Você atravessou um grande oceano para chegar aqui. É uma mulher de coragem, Sarah. Não deve se entocar por aqui — disse ele, com firmeza.

Mas o que ele esperava dela? Ela não sabia negociar com os indígenas, nem ir falar com o presidente. Não tinha nada de importante para dizer a ninguém. Não conseguia imaginar em que ele estava pensando. E então ele lhe disse que um dia gostaria de apresentá-la aos iroqueses, o que a surpreendeu.

— Casaco Vermelho é um grande homem. Acho que gostaria de conhecê-lo.

Isso a assustava um pouco, mas ela teve de admitir, a deixava curiosa também, sabia que lá estaria segura, enquanto François estivesse com ela.

— A medicina deles é muito sábia — disse ele, enigmático —, tal como você. — Ele falou de um jeito que soou muito místico e ela sentiu uma ligação estranha e tácita com ele, os dois parados ao luar, tanto que ficou nervosa. Era como se, sem uma palavra, sem um som, sem nunca sequer tocá-la, ele a estivesse puxando lentamente para si. E ela sabia que devia resistir, mas não conseguia. Não sabia sequer de onde vinha a paixão que estava sentindo. Era quase como estar sendo sempre puxada lentamente por forças místicas que a estivessem apertando cada vez mais como uma corda em torno de seu corpo.

E, enquanto falavam, ela o acompanhou numa lenta caminhada até o celeiro. Quando lá chegaram, ele suavemente pegou a mão dela e beijou-a. Foi inteiramente um gesto de uma outra vida, e algo que ele teria feito se tivessem se conhecido na França, em suas outras existências. Ele era uma estranhíssima mistura de iroquês e francês, de guerreiro e homem pacífico. De místico e humano. Ela o observou entrar silenciosamente no celeiro e então virou-se e voltou caminhando para sua cozinha.

E, pela manhã, ele já tinha ido embora de novo, e quando ela chegou de volta à cozinha achou uma estreita pulseira índia, feita de conchas de um colorido brilhante. Era bonita e ela a pôs no braço, e, ao olhá-la, entendeu que era uma sensação estranha saber que ele estivera em sua cozinha enquanto ela estava dormindo. Ele era tão silencioso e tão forte, tão belo, com seus cabelos pretos lustrosos, e ela se acostumara às calças de couro e aos mocassins que ele usava. Nele, pareciam completamente naturais. E descobriu, ao voltar para trabalhar em seu milharal, naquele dia, que sentia saudades dele. Não fazia idéia de quando iria voltar e não tinha qualquer motivo para querê-lo ali. Afinal, eles eram apenas amigos. De fato, lembrou a si mesma, mal o conhecia. Mas era tão interessante conversar com ele e sua presença parecia tão tranqüilizadora que podiam passar horas caminhando lado a lado, sem falar, pensando. Ele parecia quase ter poderes místicos, era tão sábio, e ela pensava em algumas das coisas mais espirituais que ele lhe dissera, enquanto ela caminhava de volta à cachoeira, aquela tarde. Ela não conseguia tirá-lo da cabeça o dia inteiro, e o passeio à cachoeira não foi diferente.

Ela balançava os pés sobre a água gélida, pensando nele, quando algo passou em frente ao sol e ela ergueu os olhos para ver o que havia causado aquela sombra. Levou um pequeno susto quando viu que era François, parado a poucos centímetros dela, bloqueando a luz solar.

— Acho que você vai sempre me surpreender — disse ela, erguendo para ele um sorriso, cobrindo os olhos com a mão, incapaz de esconder o prazer que sentia ao vê-lo. — Pensei que estivesse na guarnição.

— Estive com o coronel — disse ele, e ela pressentiu que havia mais; porém, por um longo momento, ele não disse nada. Ele parecia estar às voltas com algo muito forte e muito perturbador, e ela sentiu isso.

— Houve algo errado? Ou melhor: houve algum problema? — perguntou ela gentilmente, pronta a escutar qualquer problema, mas ele já sabia disso.

— Talvez — disse ele, sem saber se devia continuar. Não sabia como ela reagiria. Mas ele sabia que teria de contar. Seus próprios pensamentos o haviam atormentado a manhã inteira. — Não consigo parar de pensar em você, Sarah. — Ela assentiu com a cabeça e não falou nada. — Suspeito que será muito perigoso para mim dizer-lhe. — Mas ela não estava certa do motivo por que ele disse isso.

— Por que, perigoso? — perguntou gentilmente. Ele parecia tão perturbado e preocupado que isso a comoveu. E ela tinha andado tão atormentada quanto ele.

— Talvez você não me deixe mais voltar. Sei o quanto sofreu no passado... quanta tristeza... sei como você tem medo de voltar a ser magoada... mas eu lhe prometo — lançou-lhe um olhar angustiado. — Não vou magoá-la. — Ela sabia disso também. Mas sabia igualmente que ela própria não lhe permitiria magoá-la. — Só quero ser seu amigo. — Ele queria muito mais do que isso também, mas também sabia que não podia dizer-lhe. De qualquer forma, ainda não. Primeiro ele precisava saber como ela se sentia. Mas ela não parecia nem de perto tão assustada quanto ele temera que ela ficaria. Sarah parecia estar pensando.

— Pensei muito sobre você também — confessou ela. — Mesmo antes de voltar desta vez — disse, ruborizando-se, e então ergueu os olhos para ele, com a inocência de uma criança. — Não tenho mais ninguém com quem conversar.

— Foi esse o único motivo pelo qual pensou em mim? — perguntou ele com um sorriso, enquanto a fitava nos olhos e sentava-se a seu lado, cautelosamente. Mas ela sentia o calor do corpo dele ao lado do dela, via sua carne e sentia o toque da camurça que ele vestia. Era difícil não perceber a força da atração dele.

— Gosto de falar com você. Gosto de muitas coisas — disse ela timidamente, ao que ele pegou-lhe a mão e, mais uma vez, ficaram sentados em silêncio por longo tempo. E então, finalmente, caminharam de volta para casa. Desta vez, foi ele quem serviu a ela uma xícara de água fresca do poço e perguntou-lhe se gostaria de dar uma cavalgada pelo vale no cavalo dele. Ela sorriu diante dessa perspectiva.

— Gosto de cavalgar às vezes, quando preciso clarear a mente — disse ele, tirando a égua sarapintada do celeiro, equipada apenas com as rédeas. Raramente ele usava sela. Preferia cavalgar em pêlo e ajudou-a a subir para a garupa. Ela passou os braços em torno da sua cintura e cavalgou sentada como um homem, com sua longa saia de algodão toda em torno deles, enquanto penetrava cavalgando pelo vale, e depois, por algum tempo, arrastando-se pelo chão do vale. Tudo parecia tão luxuriante e verde, e ele tinha razão, ela achava que sua cabeça ia ficando mais leve à medida que galopavam ao longo do rio.

Estavam de volta à hora do jantar, e ela preparou uma refeição para todos eles, como sempre fazia. E, depois, ele anunciou que estava de saída. Ela não lhe perguntou se ele queria ficar. Ambos sabiam que ele não podia. Algo mudara ente eles durante sua última visita.

— Quando você vai voltar? — perguntou ela, tristonha, enquanto ele se preparava para partir.

— Daqui a um mês, talvez, se eu puder. — E então ele baixou sobre ela um olhar severo, e ela lembrou-se de quando o conhecera, aquela noite, na floresta, quando sentira tanto medo dele. Mas agora ele não a amedrontava. E ela conseguia somente imaginar o quanto iria sentir sua falta. Mas o que mais a perturbava era que não queria sentir-se atraída por ele do modo como estava, e ele sabia disso. Mas nenhum dos dois parecia capaz de fazer aquilo parar.

— Cuide-se bem — disse ele então. — Não faça nenhuma besteira.

— E toda aquela sabedoria que você diz que eu tenho? — brincou ela, e ele riu.

— Você parece usá-la com todo mundo, menos consigo mesma. Cuide-se bem, Sarah — disse ele então, mais gentilmente, voltando a beijar-lhe a mão, como fizera na noite anterior, após o que montou em seu cavalo, despediu-se com um aceno de mão e saiu trotando da clareira. Ela ficou olhando, mas, em questão de minutos, ele já havia sumido.

Ele só voltou depois de um mês, no início de setembro. Tinha negócios na guarnição e chegou para ficar lá uma semana, para reuniões com o coronel Stockbridge e vários outros oficiais que tinham vindo para juntar-se a ele. A reunião, como de costume, foi sobre os shawnees e os miamis. Esses pareciam ser a constante preocupação do exército.

François não ficou em Shelburne desta vez, mas foi muitas vezes visitar Sarah em segredo e, quando perguntou educadamente ao coronel como ela estava, isso lembrou ao veterano comandante da guarnição que fazia meses que não a via. E imediatamente convidou-a para jantar.

Ela e François fingiram surpresa quando se viram, assim como fingiram muito pouco interesse um pelo outro. Mas Stockbridge achou ter visto algo nos olhos do francês e, por um breve momento, ficou curioso. Mas tinha em mente coisas bem mais graves e, ao final da noite, já os havia esquecido. Eles riram disso depois, quando François foi à fazenda, para voltar a jantar com ela. Ele ficou no celeiro dessa vez, e se divertiram muito, curtindo o finalzinho do verão. Foram à cachoeira, como sempre. E cavalgaram juntos, dessa vez em montarias separadas. Ela era excelente amazona e não recuava diante de nada, embora, ao contrário de François, precisasse montar com sela. Receava que, com sua saia ampla, pudesse cair do cavalo, se não tivesse sela. E ambos riram da imagem mental que ela criou ao descrever a possível cena para ele. Mas não ocorreu nenhum infortúnio e passaram juntos vários dias felizes. Sua amizade estava se tornando agora um elo ainda mais forte, e François nunca ousou ultrapassar a fronteira que ela cuidadosamente traçou entre eles.

Um dia, no entanto, enquanto caminhavam juntos, voltando da cachoeira, ele perguntou se ela nunca receara que Edward pudesse vir à América para tentar encontrá-la. Era uma preocupação que sentia há algum tempo, desde que ela lhe contara sobre o marido.

Mas, ao responder, ela pareceu despreocupada.

— Não consigo imaginá-lo fazendo isso. Não acho que ele algum dia tenha gostado tanto assim de mim, para ser franca. E isso implicaria fazer uma viagem tremendamente desconfortável para chegar aqui. — Isso ela sabia muito bem, pelos seus dois meses a bordo do *Concord*.

— Mas talvez para reclamar o que era sua propriedade, e, eu acrescentaria, uma propriedade bastante valiosa — disse François, endereçando a ela um pequeno sorriso —, ele podia achar que valesse a pena.

— François ainda parecia preocupado, mas Sarah, não.

— Duvido. Acho que sabe que, se vim tão longe, jamais voltaria à Inglaterra com ele. Teria de me amarrar e amordaçar e me bater até eu perder os sentidos, para conseguir tirar-me daqui. E acho que eu seria uma prisioneira problemática demais. Tenho certeza de que ele está muito bem sem mim. — François achou isso difícil de imaginar. Como não conseguiu imaginar homem algum permitindo que ela se afastasse. Era óbvio que aquele marido era um ser estranho, bem como uma criatura embrutecida. Por um brevíssimo e acrimonioso momento, enteteve a idéia de que gostaria de conhecê-lo. Mas, fosse como fosse, estava feliz por ela ser livre agora.

E, quando a deixou, sentiu-se perturbado, como sempre. Estava ficando cada vez mais difícil deixá-la.

— Vou voltar a vê-lo? — perguntou, recatada, enquanto ele se preparava para ir embora e ela enchia seu cantil. Era feito de pele de veado e ele o possuía há anos. Era intrincadamente rebordado de contas. Pardal Choroso o fizera para ele.

— Não, nunca — disse ele, em resposta à pergunta. — Não vou voltar, nunca, para vê-la — disse ele, com voz surpreendentemente firme, e Sarah ficou com uma expressão bastante preocupada.

— Por que não? — perguntou ela, com um ar de criança decepcionada, que ele ficou feliz em perceber. Ela se perguntou se ele estaria rumando para oeste.

— Porque é difícil demais deixar você e, depois de estar aqui, acho que todos os outros são intoleravelmente chatos — ela riu dessa resposta, pois sofria praticamente do mesmo problema.

— Fico muito feliz em saber — disse ela, e então ele virou-se e fitou-a com uma expressão séria. Isso a fez estremecer um pouco.

— Fica? Isso não a deixa preocupada? — perguntou ele direto. Sabia como ela temia voltar a se envolver com alguém, e ele sabia que ela não podia se casar. Mas, em sua cabeça, não havia motivo para que ficasse sozinha para sempre. Esse exílio era auto-imposto, mas a solidão, desnecessária e burra. Mas ainda assim ele sabia que era o que ela queria, ou ao menos assim pensava.

— Não quero amedrontá-la — disse. — Não quero nunca mais voltar a fazer isso.

Ela assentiu e não disse nada. Não tinha respostas para ele, que se afastou cavalgando, porém perturbado. Dissera-lhe que voltaria logo, mas desta vez não sabia quando. Dirigia-se novamente para o norte, e essas viagens costumavam demorar mais do que ele gostaria. Mas, desta vez, ela também ficou perturbada. Entendera como estavam se tornando próximos e unidos, e parecia haver entre eles uma espécie de intimidade tácita. Pareciam poder dizer um ao outro qualquer coisa e achar as mesmas coisas interessantes ou divertidas. Era assustador pensar nas implicações. E, mais de uma vez, ela resolveu dizer-lhe para não voltar, da próxima vez em que viesse vê-la. Mas, no final, ausentava-se por tanto tempo que ela ficava preocupada de verdade com ele. Não voltaria a vê-lo antes de outubro. E, quando isso aconteceu, as folhas haviam mudado de cor, e o vale inteiro parecia estar em chamas, todo pintado de vermelho e amarelo. Ela não o via há seis semanas, e dessa vez o viu dirigindo-se à cascata. Ele chegou montado a cavalo e ela estava de pé no meio da clareira. Ele usava uma blusa de pele de veado e culotes de camurça com franjas. E parecia incrivelmente belo entrando na clareira a galope. Trazia os cabelos soltos, mas usava em torno da cabeça uma faixa de onde pendiam penas de águia e, no momento em que a viu, começou a sorrir. Puxou as rédeas e deslizou da montaria para o chão, graciosamente, a fim de abraçá-la.

— Onde é que você andava? — perguntou ela com um olhar de preocupação que ele ficou imensamente satisfeito em ver. Alguma coisa ficou lhe dizendo, durante semanas, que ele a havia assustado da última vez em que estiveram juntos, com o que ele estava justamente preocupado. Não queria que ela chegasse a uma conclusão errada. Mas ele não estava muito enganado. Ela passara o último mês se atormentando. E tinha toda a intenção de dizer-lhe que não queria voltar a vê-lo, mas no momento em que o viu, esqueceu todas as suas boas e firmes intenções.

— Andei lamentavelmente ocupado, temo — disse ele, desculpando-se sobriamente por sua ausência, e então contou a ela as notícias.

— Não posso ficar. Vou me reunir com meus homens na guarnição e partimos esta noite para o Ohio.

Ela pareceu profundamente preocupada quando ele disse isso.

— Casaco Azul, de novo? — perguntou, como se fossem velhos amigos, e ele sorriu para ela. Sentira tantas saudades dela, estava tão feliz por vê-la, ainda que por apenas alguns minutos.

— Eles começaram a lutar, uma semana atrás. Stockbridge me pediu para ir até lá com um pelotão dos seus homens e uma delegação dos meus. Não sei bem o que poderemos fazer a não ser apoiar o exército. Faremos o melhor possível — disse ele calmamente, absorvendo-a com os olhos, mas sem ousar tocá-la.

— É perigoso para você — replicou, infeliz, querendo agora que ele ficasse, lamentando ter tido um dia a intenção de dizer-lhe para não voltar. Ela imaginou se ele não o teria pressentido e, portanto, demorara tanto a voltar. Ela estava cheia de arrependimento agora, e de terror com a possibilidade de que fosse ferido.

— Pode ficar para jantar? — perguntou ela, parecendo ansiosa, nervosa e temerosa de que ele lhe dissesse que precisava ir embora antes disso. Mas ele assentiu com a cabeça.

— Não posso me demorar. Preciso de um pouco de tempo para me reunir com o coronel.

— Serei rápida — disse ela, correndo para a cozinha. Havia sobrado um pouco de galinha frita do dia anterior, que ela guardara na caixa de resfriamento junto ao rio, e mandara os rapazes ir correndo buscá-la. Preparou algumas trutas que eles haviam pescado ainda naquela manhã. Havia também um pouco de abobrinha fresca e carnuda que ela colhera na horta, bem como abóbora e uma montanha de pães de milho. E, dessa vez, ela pediu aos rapazes para comerem do lado de fora, de forma a poder jantar sozinha com François. E este, enquanto comia a refeição deliciosa que ela lhe havia preparado, olhou-a com mais prazer:

— Vou levar muito tempo para voltar a comer assim tão bem —

disse ele, e ela sorriu. Olhando para ele, ninguém jamais diria que ela não estava recebendo um índio. Não havia nada nele que efetivamente sugerisse tratar-se de um homem branco. Mas ela não ligava para o que pudessem dizer a seu respeito. Que falem. — Você agora deve tomar muito cuidado — ele a preveniu. — Podem chegar aqui grupos guerreiros vindos do Ohio. — Parecia improvável, mas tudo era possível, e isso poderia trazer um pouco de inquietação às outras tribos. Não queria que nada acontecesse a ela enquanto estivesse cavalgando com o exército.

— Estarei muito bem. — Havia comprado as armas, conforme prometera, e sentia-se segura ali.

— Se souber de qualquer coisa pelos colonizadores daqui, quero que vá para a guarnição e fique lá. — Falou-lhe como se ela fosse sua esposa, e como se o que ele queria que ela fizesse realmente contasse. Mas para Sarah, contava, e ela ficou ouvindo calmamente as ordens dele. E enquanto trocavam idéias, medos e preocupações, ela tentou se lembrar de tudo que havia esquecido na ausência dele. O tempo passava depressa demais.

Já estava escuro quando ele voltou a parar junto a seu cavalo e baixou os olhos diante dela. Sem dizerem uma palavra, tomou-a nos braços e a segurou firme. Bastava a ele sentir-lhe a presença, nem precisava dizer-lhe nada, nem ele disse uma só palavra. Ela limitou-se a corresponder ao abraço, perguntando-se por que tinha sido tão tola. Por que quisera fugir dele, só para começar. Que importância tinha sua vida passada ter sido tão cheia de dor? Que diferença fazia ainda ser casada com Edward? Nunca mais voltaria a vê-lo. Para ela, era como se ele estivesse praticamente morto, e ela estava se apaixonando por este homem bonito e selvagem que parecia um índio, e ele agora ia lutar junto com o exército. E se nunca voltasse a vê-lo? Quanto teriam desperdiçado! E ela estava com os olhos cheios de lágrimas, ao afastar-se dele para fitá-lo. Nenhum dos dois falou, mas com os olhos disseram tudo que era necessário.

— Tenha cuidado — sussurrou ela, e ele assentiu com a cabeça ao pular para cima do cavalo, com a facilidade de qualquer jovem e bravo indígena, e ela sentiu vontade de dizer-lhe que o amava, mas calou-se. E ele sabia que, se algo lhe acontecesse, ela sempre o lamentaria.

Desta vez, ao afastar-se a trote, não olhou para trás. Não pôde. Não queria que ela visse que ele estava chorando.

Capítulo Dezoito

FOI UM TEMPO INTERMINÁVEL, esperando pelo seu retorno, e por volta do dia de Ação de Graças Sarah ainda não soubera de nada. Ela agora visitava a guarnição freqüentemente, na esperança de conseguir notícias dele. Era uma cavalgada longa para ela e a viagem de ida e volta tomava-lhe quase o dia inteiro, mas valia a pena. De tempos em tempos, chegavam fragmentos de notícias de combates entre os índios e os batalhões do exército. Os shawnees e os miamis tinham feito grandes estragos, atacando lares e fazendas, matando famílias e fazendo prisioneiros. Passaram até a atacar as chatas que cruzavam os rios. E os chickasaws se haviam juntado a eles.

O general-de-brigada Josiah Harmer estava no comando, mas até agora tinha sido um desastre. Seus soldados haviam sofrido emboscadas duas vezes, com quase duzentos homens mortos. Mas, por tudo que Sarah pôde saber, pelo menos por volta da Ação de Graças, François não estava entre as baixas. E ao sentar-se para jantar com o coronel Stockbridge e várias das famílias de Deerfield que ele convidara para passar o feriado na guarnição, Sarah estava profundamente preocupada. Mas não podia abrir-se com ninguém. E foi muito perturbada que tentou puxar conversa com todo mundo, perguntando por seus parentes e filhos.

E quando voltou à fazenda, no dia seguinte, deu graças a Deus por não ter de falar com ninguém. Havia levado consigo um guia wampanoag. Ela nem precisava mais lidar com o tenente Parker, que felizmente tinha sido transferido.

Estava perdida nos próprios pensamentos, quando finalmente chegaram a Shelburne. Agradeceu ao índio que lhe servira de guia e deu-lhe uma mochila cheia de comida para levar. E, ao despedir-se dele, puxou sua capa mais apertada junto do corpo, devido ao frio, e ouviu um farfalhar no bosque logo além da clareira. Por um momento, pareceu preocupada e dirigiu-se o mais depressa que pôde para a cozinha, onde guardava o mosquete que François lhe deixara. Mas, antes que conseguisse chegar à casa, ele entrou galopando na clareira, todo trajado para a guerra, com os cabelos ao vento e uma faixa em torno da cabeça com penas de águia, flutuando ao vento atrás dele. Era um distintivo de honra que lhe fora dado pelos iroqueses anos antes e, enquanto o olhava espantada, percebeu que era François. Ele ostentava um sorriso vitorioso e emitiu uma alta exclamação de entusiasmo ao saltar do cavalo e correr para ela. Desta vez, ela não hesitou quando ele a estreitou nos braços e a beijou.

— Oh, Deus... senti tanto a sua falta... — disse ela, esbaforida, quando ele finalmente voltou a soltá-la. Não conseguia se lembrar de mais um único motivo para suas reservas quanto a ele. — Estava tão preocupada... tantos homens morreram...

— Demais — disse ele, ainda carregando-a nos braços, e então olhou para ela, tristonho: — Ainda não acabou. Os bravos agora estão festejando. Nosso exército vai voltar, mais forte e com mais homens. Pequena Tartaruga e Casaco Azul não vão ganhar esta guerra para sempre. Eles foram muito tolos. — Ele sabia que haveria mais mortes, mais famílias massacradas, mais escravos, mais destruição, mais fúria e, no final, os índios iam perder tudo mesmo. Ele odiava ficar testemunhando tudo isso, mas não conseguia sequer pensar nisso agora, segurando-a nos braços. — Nunca saberá como senti a sua falta — disse ele, e voltou a beijá-la suavemente.

E então levantou-a nos braços facilmente e levou-a para dentro.

Estava frio na cozinha. Ela se ausentara por dois dias, e o fogo se apagara, pois os rapazes tinham ido passar a Ação de Graças com uma família vizinha. Tinham sete filhas e os rapazes ficaram muito felizes de poder ir visitá-las.

E, assim que François a pousou no chão, começou a acender o fogo para ela, enquanto Sarah retirava a capa. Estava usando o vestido de veludo azul que comprara em Boston. Tinha-o escolhido para a Ação de Graças. E, olhando agora para ela, ele viu que era da mesma cor dos olhos dela, e entendeu que nunca tinha conhecido uma mulher tão bonita, nem em Paris, nem em Boston, nem em Deerfield, nem mesmo entre os iroqueses, nem sequer Pardal Choroso, por mais que ele a tivesse amado. Agora, existia para ele apenas uma mulher, essa garota franzina que tinha sido tão corajosa todas as vezes em que ele a vira, a mulher por quem se apaixonara tão perdidamente. Nunca esperara, na sua idade, que isso lhe acontecesse. Já tinha visto quase quarenta verões, como dizem os índios, e no entanto, amava-a como se sua vida estivesse só começando. Voltou então a erguê-la nos braços e, enquanto a beijava, pôde senti-la abandonando-se ao amplexo dele. Ela há muito entregara-lhe seu coração e, junto com ele, a sua alma. E havia rezado todos os dias para que ele voltasse em segurança, e se odiara por não ter se entregado a ele antes de ele partir, nem sequer revelado o quanto o amava. E agora dizia-lhe isso sem parar, enquanto ele a carregava para o quarto. Ela nunca amara homem algum a não ser François, e enquanto ele a pousava gentilmente na cama e a fitava, ela ergueu os braços para ele e tremeu quando ele a abraçou. Nunca havia experimentado o toque gentil de homem algum, e ninguém jamais foi tão gentil com ela quanto ele agora, tirando-lhe delicadamente o vestido de veludo e arrumando-a, como um recém-nascido, sob as cobertas. Virando-se de costas para ela, deixou cair depressa ao chão suas calças de camurça e deslizou para dentro da cama, ao lado dela.

— Amo você, Sarah — sussurrou-lhe e, para ela, já não parecia mais um índio, mas apenas um homem, o homem que ela amava e que não tinha nada de assustador. Ele foi todo gentileza e cortesia ao estender os braços lentamente para ela e explorar-lhe o corpo com a magia invisível de seus dedos. E ela deixou-se ficar em seus braços, gemendo baixinho. E então, finalmente, sempre com a mesma gentileza, ele tomou-a nos braços e apertou-a junto de seu corpo, incapaz de se controlar por muito tempo, pois a desejara tanto, praticamente desde o dia em que a conhecera, e ele soube com absoluta certeza, tendo ficado deitados juntos longo tempo noite adentro, que aquela era a vida para a qual ambos tinham nascido e durante todo esse tempo ele se sentiu como se seu corpo e sua alma houvessem explodido numa cascata de cometas.

Depois, ela ficou deitada em silêncio nos braços dele, bem junto de seu corpo, sentindo-lhe o coração bater junto ao dela, e sorriu, ao erguer os olhos para ele, com o prazer saciado.

— Nunca imaginei que isso pudesse ser assim — sussurrou ela.

— Não pode — disse ele, também baixinho. — Isso é um dom dos Deuses do Universo. Nunca foi assim para ninguém, antes — retrucou ele e sorriu, fechando os olhos e puxando-a ainda mais para perto.

Dormiram nos braços um do outro aquela noite, e quando despertaram, pela manhã, e ela olhou para ele, ela entendeu que eles agora eram um só e sempre seriam.

As semanas seguintes foram mágicas para eles. Ele estava livre de suas obrigações para com qualquer pessoa e podia ficar com ela quanto tempo quisessem. Todos os dias caminhavam até a cachoeira, ele a ensinou a caminhar com sapatos para a neve e contou-lhe lendas mágicas que ela nunca ouvira antes, e eles passavam horas na cama, nos braços um do outro, fazendo amor e descobrindo-se um ao outro. Nenhum dos dois jamais conhecera uma vida assim. E ele disse a Sarah que, quando a neve derretesse, queria levá-la para conhecer os iroqueses. Para ele, ela agora era sua esposa.

E, duas semanas depois de sua vida juntos ter começado, ele levou-a à cachoeira, e ela notou que ele parecia muito solene. Ele ficou em silêncio enquanto caminhavam, e ela imaginando no que estaria pensando. Talvez em seu filho, ela pensou... ou em Pardal Choroso, mas ele parecia estar preocupado com alguma coisa, ou profundamente perturbado. E, quando chegaram à cachoeira, ele contou a Sarah no que estivera pensando.

A cachoeira, a essa altura, estava exteriormente congelada, mas ainda um espetáculo digno de se ver, e o mundo em torno deles estava coberto por um lençol de neve. E ele segurou-lhe a mão e lhe falou bem baixinho.

— Estamos casados diante de nossos próprios olhos, minha pequena... e diante dos olhos de Deus, você não pode ter sido nunca casada com aquele homem terrível, na Inglaterra... não existe nenhum Deus, em céu algum, capaz de querer que você passasse uma vida inteira de semelhante tortura. E, aos olhos de Deus, você agora é livre, mereceu a sua liberdade. Não vou voltar a submetê-la à servidão — continuou ainda segurando-lhe a mão. — Mas vou me apossar do seu coração e lhe dar o meu, e você terá a mim. A partir de hoje, serei seu marido, até morrer. Vou lhe prometer a minha vida, e toda a minha honra — disse ele, fazendo-lhe uma reverência. Então, silenciosamente, tirou do bolso uma aliança de ouro, que comprara meses antes, durante o verão, no Canadá. E tivera vontade de dá-la a Sarah, mas receou fazê-lo. E ele agora sabia que este era o momento certo.

— Se eu pudesse, Sarah, dava-lhe também o meu título e minhas terras. Não tenho outro herdeiro, mas tudo que posso lhe dar agora é quem eu sou, e o que posso lhe dar agora é quem eu sou, e o que tenho aqui. Mas tudo o que sou e tenho é seu agora — disse ele, deslizando o anel no dedo. Coube-lhe à perfeição, e era uma tira estreita de ouro, cravejada de minúsculos diamantes. Era de fato uma aliança matrimonial, e ela só teve a esperança, olhando-a, de que a mulher que a usara antes tivesse sido feliz. Mas entendeu, quando olhou para François, que ele era tudo que dissera ser e que, em seu coração, desse dia em diante, ele seria seu marido.

— Amo-o mais do que jamais poderei lhe dizer — sussurrou ela, com lágrimas rebrilhando-lhe nos olhos, querendo ter um anel para poder dar a ele. Mas não tinha nada, além dela própria, seu coração, sua vida, sua confiança, que era algo que não dera a ninguém antes de François. E ela confiava nele completamente.

Trocaram suas promessas na cachoeira e voltaram para casa caminhando lentamente, e então fizeram amor outra vez. E, quando acordou, nos braços dele, olhou toda feliz para o belo anel em seu dedo.

— Você me fez tão feliz — disse ela, rolando brincalhona na cama, para cima dele, e François não lhe conseguia resistir. E, mais tarde, sentados na cama, tomando chá e comendo pão de milho, ele lhe perguntou se ela ia ligar para o que as pessoas iriam pensar agora, caso soubessem que eles estavam vivendo juntos.

— Na verdade, não — admitiu para ele. — Se eu ligasse, jamais teria deixado a Inglaterra. — Mas ele ainda achava que deviam tomar cuidado. Não havia necessidade de atraírem o repúdio da paróquia inteira. Se acabassem sendo descobertos, teriam de se conformar com isso. Mas não era necessário ficarem se gabando do que acontecera, embora não achassem que fossem muito bons para guardar segredo.

Tiveram sua primeira oportunidade de pôr tudo isso à prova no jantar de Natal, na guarnição, aonde chegaram separadamente e fingiram surpresa quando se viram. Mas ambos fingiram inocência demais e trocaram olhares furtivos com excessiva freqüência. Se a esperta Sra. Stockbridge estivesse lá, teria percebido imediatamente. Mas, por sorte deles, não estava. Conseguiram se sair bem dessa vez, mas Sarah sabia que as pessoas não poderiam ser enganadas para sempre. Alguém os veria, ou falaria, e inevitavelmente a reputação dela sairia manchada. Mas, como disse a François, no final isso não importava de verdade, desde que tivessem um ao outro.

Mas acabou que a vida deles seguiu bastante pacífica até o Ano-Novo e então, certa tarde, enquanto ela estava tentando romper o gelo e pegar água no poço, um homem com roupas da cidade entrou a cavalo na clareira. Trazia com ele um guia nonotuck, um índio muito velho, e o branco parecia estar gelado até os ossos e olhava intensamente para Sarah. E, ela não sabia por que, teve um mau pressentimento com relação a ele. Olhou em torno descontraidamente, buscando ajuda, e lembrou-se de que François fora a um dos pequenos fortes do rio, buscar munição nova, e os rapazes tinham ido com ele. O homem com roupas da cidade cavalgou direto em sua direção, e baixou os olhos sobre ela com determinação.

— A senhora é a condessa de Balfour? — Era uma pergunta estranha de lhe fazer e, embora corressem boatos sobre isso há muito tempo, ninguém jamais ousara perguntar-lhe tão diretamente. A princípio, ela sentiu-se inclinada a negar, mas depois resolveu que não valia a pena.

— Sou. E o senhor, quem é?

— Chamo-me Walker Johnston e sou advogado, em Boston — disse ele, ao desmontar. Parecia rígido e cansado. Mas não sentia nenhuma vontade de convidá-lo a entrar enquanto não soubesse o que ele queria. E o velho guia índio com ele parecia não ter o menor interesse na questão.

— Podemos entrar?

— Do que veio tratar, meu senhor? — Ela não sabia por que, mas suas mãos tremiam.

— Trago uma carta para a senhora, de seu marido. — Por um instante ela pensou que ele se referia a François, e que algo lhe houvesse acontecido, e só então ela fizera a ligação. Foi com a voz trêmula que fez a pergunta seguinte.

— Ele está em Boston?

— Claro que não. Ele está na Inglaterra. Fui contratado por uma firma de Nova York. Seguiram sua pista até a América há bastante tempo. Demorou um pouquinho, no entanto, para achá-la aqui. — Ele falava como se esperasse que ela apresentasse desculpas por dar tanto trabalho.

— O que ele quer de mim?

E ela de repente ficou imaginando se esse homem e o velho índio não iriam atirá-la sobre seus cavalos e carregá-la de volta a Boston. Mas parecia improvável, conhecendo Edward. Seria bem mais provável que o homem tivesse sido contratado para baleá-la. Mas talvez não fosse o caso, já que ele era advogado. Ela imaginava... Talvez ele estivesse apenas fingindo ser advogado. Teve um medo instintivo dele, mas estava igualmente determinada a não se deixar dominar pelo terror.

— Devo ler-lhe a carta de sua senhoria. — Ele insistiu. — Podemos entrar? — perguntou com um ar de gélida determinação, e ela pôde ver que estava enregelando.

— Está bem — cedeu e ofereceu-lhe uma xícara de chá quente, assim que ele chegou à cozinha e tirou o casaco cheio de gelo. Ela deu pão de milho ao velho índio. Mas este estava feliz esperando do lado de fora. Usava peles quentes e não se sentia perturbado pelo tempo.

E, com isso, o advogado de Boston inflou a plumagem, feito um passarinho preto, velho e feio. E fuzilou-a com o olhar enquanto desdobrava a carta de Edward. Estava obviamente preparado para lê-la em voz alta e ela estendeu a mão com um olhar que teria revelado a qualquer um sua posição e seu título.

— Posso lê-la pessoalmente, senhor? — perguntou, estendendo a mão e, quando ele a entregou, ela rezou para que seu tremor não a traísse.

Ela reconheceu de imediato a caligrafia de Edward, e o veneno de suas palavras já não mais a surpreendeu. Ele estava claramente furioso por ela ter fugido e chamava-a de todos os nomes imagináveis que lhe ocorreram, na maioria relacionados a ser ela uma vagabunda, a lama na sola de seus sapatos, não fazendo falta a ninguém no condado. Falou de seu lamentável fracasso em dar-lhe um herdeiro e, no final da primeira página, dizia que a repudiava, mas, na segunda página, lembrou-lhe de que ela não receberia dele fundos de qualquer espécie, jamais poderia alegar direito a qualquer coisa que pudesse ter sido dela, ou que lhe tivesse sido deixada por seu pai, e que nada herdaria dele após sua morte. Nada disso a surpreendeu. Disse que estava agora refazendo seu testamento. Ele até ameaçou processá-la por ter roubado as jóias de sua mãe, ou melhor ainda, por traição, por ter roubado um par do reino. Mas como os ingleses não mais detinham o poder em Massachusetts, ela sabia que não havia nada que ele pudesse fazer-lhe agora, a não ser censurá-la, mas poderia processá-la na Inglaterra, e avisou-a de que não deveria voltar a pisar em seu solo natal.

E então lembrou-lhe, com bastante crueldade, de que aonde quer que ela fosse, o que quer que fizesse, não poderia voltar para casa, a não ser que quisesse enfrentar um processo por bigamia e que, se tivesse filhos e eles vivessem, o que parecia bastante improvável, dada sua história patética, seriam todos bastardos. Não era uma perspectiva agradável, mas algo que ela já considerara há muito tempo. Sabia muito bem que não poderia voltar a se casar enquanto Edward vivesse, e igualmente François, e eles pareciam bastante capazes de conviver com esse fato, por isso as ameaças de Edward soavam vazias.

Mas foi na terceira página de sua carta que Edward a surpreendeu. Ele falou então de Haversham e disse que ficou espantado por ela não tê-lo levado consigo. Chamou o irmão de verme desfibrado e então referiu-se bastante misteriosamente a sua viúva idiota e suas quatro filhas enlutadas, o que só fez sentido para Sarah quando ela leu mais um pouco. Ao que tudo indicava, Haversham morrera no que Edward descrevera como um "acidente de caça" seis meses antes, quando os dois irmãos saíram para caçar juntos. Mas, sabendo como Edward o detestava, e não teria ido fazer coisa alguma com o irmão, a não ser sob forte imposição, achou bastante óbvio o que tinha acontecido. Por puro tédio, ou raiva, ou ambição, Edward o havia matado. E sentiu o coração afundar no peito ao ler essa notícia.

E então ele lhe garantiu, no último parágrafo, que um de seus muitos bastardos herdaria não só toda a sua fortuna, mas também o seu título. E desejou que ela ardesse no inferno, por causa disso, uma eternidade de agonia e pesar. E assinou-se Edward, conde de Balfour, como se ela não o conhecesse. Mas ela o conhecia bem demais, a ele e aos horrores de que ele era capaz. Ela ainda o odiava, e agora particularmente pelo que fizera ao irmão.

— Seu empregador é um assassino, senhor — disse Sarah baixinho, ao devolver a carta ao advogado.

— Jamais estive com ele — retrucou ele de estalo, chateado por ter tido de se arrastar até Shelburne. E, assim que pôs a carta de lado, tirou do bolso outro papel.

— Preciso que a senhora assine isto — disse ele, brandindo uma folha para ela. Sarah não conseguia imaginar o que ele lhe estaria dando agora, mas quando pegou o documento da mão dele, viu que era uma carta que ela deveria assinar, concordando em renunciar a qualquer coisa que pudesse tentar tirar de Edward, não importa de que fonte. Ele queria que ela concordasse em desistir de tudo, e ela não ligava a mínima para nada disso. Por isso, a questão para ela não tinha importância. A carta dizia também que, a partir daquele dia, ela renunciava ao título de condessa, o que de certa forma a divertiu. Era como se ela o viesse usando por toda Deerfield.

— Não vejo nenhum problema nisso — disse ela, e foi até a escrivaninha da sala ao lado, o mais depressa que pôde, onde mergulhou sua pena no tinteiro e assinou a carta. E, após despejar sobre ela alguns grãos de areia, voltou depressa à cozinha e entregou-a ao Sr. Johnston.

— Acho que isso encerra nosso assunto — disse ela, parada, na expectativa de que ele fosse embora, no exato momento em que ela viu um clarão de movimento e de cor passar voando pela janela. Não sabia bem o que seria, mas, de certa forma, não era auspicioso e ela fez um gesto rápido para apanhar o mosquete, ao que o advogado pulou de terror.

— Ora, não há necessidade de... não é minha culpa, a senhora sabe... a senhora deve ter feito algo para deixá-lo tão zangado. — Ele estava pálido de medo e ela o silenciou com um único gesto e ficou prestando atenção. Mas, no mesmo instante, François irrompeu cozinha adentro e ambos pularam. Ele estava absolutamente assustador, com seu traje indígena de inverno, com uma cabeça de lince em cada ombro e as peles caindo sobre ambos os braços. Usava um chapéu de pele e um peitilho de contas e ossos que ganhara no Ohio. Não estava usando nada disso quando partiu, e ela de repente entendeu que parte daquilo tudo ele pusera para aterrorizar o estranho. O velho índio lá fora devia ter-lhe contado algo sobre a missão de Johnston, caso soubesse alguma coisa. Ou talvez François tenha imaginado, pelo que o nonotuck lhe contara. Mas, em qualquer caso, ele estava desempenhando o papel no capricho, e fez um gesto para indicar a Sarah que ficasse contra a parede, como se não a conhecesse. E o advogado de Boston, as mãos ao alto, tremia violentamente.

— Atire nele — disse com violência a Sarah, que parecia paralisada. Ela estava com medo de começar a rir de repente e estragar a brincadeira toda.

— Tenho medo — sussurrou ela.

— Fora! — François grunhiu para o homem, apontando-lhe a porta, como se o fosse levar a algum lugar. — Fora! — Apontou tão ferozmente, que o sujeito nem pensaria em discutir. E, agarrando seu casaco, saiu correndo ao encontro do guia e dos cavalos que esperavam.

Mas o velho nonotuck exibia um largo sorriso. Sabia muito bem quem era François, todos eles o sabiam, e, como a maior parte dos de sua tribo, ele tinha um excelente senso de humor e estava achando tudo muito engraçado. Dissera a François que achava que aquele homem não estava ali para boa coisa. Ele mal dera tempo ao nonotuck para comer e descansar da viagem.

— Vá! — François apontou para os cavalos, enquanto o advogado se embaralhava todo, tentando subir na sela. E, com isso, François pegou o arco e estendeu a mão para pegar uma flecha.

— Pelo amor de Deus, homem, você não tem um mosquete? — disse Johnston ao nonotuck, mas o velho guia pareceu totalmente indefeso, quando tentou voltar a montar em seu cavalo. Sarah viu que ele estava rindo.

— Não posso atirar. Irmão índio — explicou o nonotuck, no que François saltou sobre seu próprio cavalo, então, e o fez dançar como se fosse persegui-los. Mas, com isso, o advogado deu uma esporada feroz em sua montaria alugada e saiu disparado da clareira, com o velho nonotuck cavalgando atrás dele e rindo às gargalhadas, com François fingindo que os perseguia. Ele levou cinco minutos completos para voltar junto a ela, e estava com um grande sorriso arreganhado, mas ela ralhou feio com o marido, quando François desmontou.

— Isso foi uma tolice sua. E se ele tivesse uma arma? Teria atirado em você!

— Eu o teria matado — disse François, valentemente. — O guia disse que ele veio para fazer algo ruim, mas não sabia exatamente o quê. Espero que ele não tenha tido a oportunidade. — Ele parecia preocupado. — Desculpe-me por não ter chegado antes.

— Ainda bem que não chegou — disse ela com um sorriso, ainda um pouco divertida com aquele desempenho, tinha sido bastante convincente. — O pobre idiota vai relatar que há um grupo de guerra à solta em Shelburne.

— Ótimo. Então, que fique em Boston. O que ele queria?

— Despojar-me do meu título — disse ela, com um largo sorriso. — Sou de novo plebéia, ou fui reduzida ao meu título de solteira. Agora sou só *lady* Sarah, você vai ficar tristemente decepcionado.

Mas François apenas franziu o cenho para ela e lhe disse:

— Um dia, você será a minha condessa. Quem era ele?

— Um advogado contratado por Edward. Ele chegou com uma carta de Edward ameaçando-me e avisando que eu não teria qualquer herança, o que iria acontecer de qualquer jeito. Portanto, isso não tem a menor importância. — A única coisa importante era que matara o próprio irmão, e ela contou a François tudo a esse respeito.

— Que canalha — disse ele, emocionado. — Não gosto de Edward estar sabendo onde você se encontra agora.

— Ele nunca virá até aqui — garantiu ela. — Ele só queria me humilhar e privar-me de algo que achava ser importante para mim, mas nunca foi, e suponho — disse, melancólica — que ele achou que eu ia ficar arrasada por causa de Haversham. Estou triste por ele, e pela pobre e tola Alice, com suas filhas. Mas, de certa forma, isso não me surpreende. Sempre temi que Edward viesse a fazer isso. Acho que o próprio Haversham o pressentiu.

— Tem sorte por ele não *a* ter matado — disse François com emoção e então sorriu mais gentilmente ao encarar a mulher que chamava de sua esposa. — Sorte *minha* ele não a ter matado. — Tomou-a então nos braços e a abraçou. Odiava saber que ela tivesse tido o menor contato com Edward e lamentava não ter estado lá, quando o sujeito chegou de Boston. Mas ela não parecia ter ficado excessivamente aborrecida com isso, só com a morte do cunhado. Esse fato a entristecera e ela achara imperdoável da parte de Edward.

Passaram o mês seguinte em paz, sem qualquer incidente, e em fevereiro, embora ainda houvesse neve no chão, ele a levou em visita aos iroqueses, o que ela achou uma experiência extraordinária. Carregaram inúmeras coisas para negociar. François levou diversos presentes para Casaco Vermelho e Sarah gostou de conhecer as mulheres. Pôde entender com facilidade por que François gostava tanto de viver com elas. Tinham todas uma tal honra e integridade que lhe causaram forte impressão. Adoravam rir e estar sempre contando histórias, e ficaram fascinadas com ela. E Sarah amou sua cultura, com suas lendas e sua sabedoria.

Uma das mulheres mais sábias da tribo conversou baixinho com ela certa noite, segurando-lhe a mão. François estivera fumando cachimbo com os homens e, quando voltou, sabia que essa mulher era irmã dos *powaw* e que era, ela própria, uma mulher muito espiritualizada. Mas Sarah não tinha sido capaz de compreendê-la. E pediu a François que traduzisse. Mas quando ouviu o que ela disse, pareceu profundamente preocupado e lançou um olhar de estranheza a Sarah.

— O que ela disse? — Pela expressão de François, parecia ter sido algo aterrorizante.

— Ela disse que você está muito preocupada... com muito medo — informou ele, baixinho. — Isso é verdade? — Ele imaginava se ela poderia estar com medo de Edward. Mas havia pouco que ele pudesse fazer-lhe agora. E ambos sabiam que Sarah jamais voltaria à Inglaterra. — Ela disse que você veio de longe, e deixou para trás muitas tristezas. — Por certo era verdade, e Sarah, ao ouvir, teve um estremecimento. Estava usando uma blusa e um culote de camurça. E estava quente e confortável na casa comprida que usavam no inverno. — Está realmente preocupada, meu amor? — Ele perguntou com gentileza e ela sorriu ao sacudir a cabeça, mas a mulher era mais sábia do que ele percebia, enquanto Sarah a observava.

Estavam sentados perto do fogo, com mais ninguém perto deles, e não havia ninguém para ouvir, enquanto a mulher continuava.

— Ela diz que você em breve vai atravessar um rio, um rio de que sempre teve medo... em vidas passadas você se afogou nele muitas vezes. Mas, desta vez, não vai morrer. Vai atravessá-lo em segurança. Ela diz que você vai entender esta visão, quando pensar a respeito, que você sabe o que ela está vendo. — E então ela parou, e François parecia perturbado ao saírem para caminhar do lado de fora, a fim de tomar um pouco de ar puro, e ele perguntou-lhe o que a mulher quisera dizer. Era uma das sábias, uma profetisa da tribo, e ele a conhecia. Suas visões eram raramente equivocadas. — De que você tem medo? — perguntou-lhe François, enquanto a puxava mais para perto de si, por sua capa de pele. Ela parecia uma bela indígena e eles formavam um casal impressionante, mas ele agora pressentia que ela guardava algum segredo dele, e não gostava disso.

— Não estou com medo de nada — disse Sarah, de forma pouco convincente, com ele a observando. François sabia que ela estava mentindo.

— É tão óbvio que está me escondendo alguma coisa — disse ele, chegando mais perto dela, esperando para sentir-lhe o calor junto a seu corpo. E ela não respondeu. — O que é, Sarah? Está infeliz, aqui? — Eles deveriam voltar dentro de poucos dias. Já estavam lá há semanas, e ele achava que ela tinha gostado. Afinal, Sarah parecia tão feliz.

— Estou adorando... e você sabe disso...

— Fiz algo que a aborrecesse? — A vida deles era, com certeza, incomum. Talvez ela estivesse com saudades dos outros mundos que havia conhecido... na Inglaterra ou em Boston. Embora não desse a impressão de ser isso o que ela queria, mas era algo bem maior o que a preocupava, e já a vinha preocupando há algum tempo. E então ele a apertou entre os braços, prendendo-a junto a si, o que a fez sorrir de prazer. — Não vou soltá-la, enquanto não me contar. Não a deixarei ter segredos comigo, Sarah.

— Eu ia mesmo acabar contando-lhe — começou a dizer, enquanto ele parou para esperar, de repente aterrorizado com a possibilidade de ser algo que pudesse afastá-los. Ele sabia que ele não poderia agüentar. E se ela estivesse querendo ir embora? Mas para onde iria, agora?

— Algo aconteceu — continuou ela, com tristeza na voz.

Então, a irmã índia estava certa.

— O que é, Sarah? — Sua voz era pouco mais que um sussurro. Ele estava cheio de terror.

— Eu... não sei o que lhe dizer — retrucou ela com lágrimas saltando-lhe dos olhos, enquanto ele a observava, sentindo grande angústia por essa enorme tristeza dela. — Não posso... não posso... — Ela não conseguia continuar e ele, segurando-a nos braços, não sabia o que fazer para ajudá-la, e então, finalmente, num murmúrio de dor, ela lhe contou. — Não posso lhe dar filhos, François... você não tem filhos... e deveria ter um... mas não posso lhe dar o que você merece... — Ela agora soluçava em seus braços, e ele estava profundamente comovido pelo que ela estava dizendo.

— Eu não ligo, meu amor... você sabe que eu não ligo... isso não tem importância. Por favor, minha querida... não, você não deve chorar. — Mas, não importa o que ele dissesse, Sarah não conseguia parar de chorar. — Não é importante.

— Todos os meus bebês morreram — revelou ela, agarrando-se a ele, e ele lhe disse o quanto lamentava toda a angústia por que ela passara, e então ela o surpreendeu por completo — e sei que este também vai — sussurrou, e de repente ele entendeu e se afastou um pouco, para poder olhá-la com descrença e terror.

— Você está grávida? — perguntou, quase sem conseguir respirar, à mera idéia de tal coisa, e então ela assentiu com um gesto de cabeça.

— Oh, meu Deus... minha pobre Sarah. Oh, não... não vai acontecer desta vez. Eu não vou permitir. — Segurou-a mais junto a si, com os olhos cheios de lágrimas, dando-se conta do que ela devia ter andado temendo. E, então, lembrou-se das palavras da profetisa, que tivera a visão. — Lembra-se do que ela disse? Que, desta vez, você vai atravessar o rio em segurança... Não vai voltar a acontecer, meu amor — sussurrou.

— Ela disse que eu ia sobreviver — lembrou-lhe Sarah. — Mas, e o bebê? Por que este viveria, e nenhum outro? Não consigo acreditar que desta vez será diferente.

— Eu cuidarei de você... nós lhe daremos ervas e você ficará gordinha e feliz, e terá um lindo bebê — disse ele, sorrindo para ela, que se aninhava contra o corpo dele. — Tudo em sua vida é diferente agora, Sarah. Esta é, para você, uma vida nova... para nós dois... e para o nosso bebê. — E então ele lembrou-se de perguntar-lhe. — É para quando?

— Acho que para o final do verão — disse ela, baixinho —, em setembro. — Ela achava que devia ter acontecido da primeira vez, porque ela percebera os primeiros sinais por volta do Natal. Já fazia quase três meses, mas ela não tivera a coragem de contar-lhe. Vinha carregando a preocupação há longo tempo. A mulher visionária soubera disso. Então, voltaram caminhando lentamente à casa comprida, com todos os demais em torno deles, e ele deitou-se ao lado dela segurando-a e, quando ela dormiu, ele baixou os olhos sobre Sarah com o coração cheio de amor por ela e suplicou aos deuses que tivessem piedade dela, e do bebê deles.

Capítulo Dezenove

A TARDE DE SEGUNDA-FEIRA já ia avançada quando Charlie voltou a pousar os diários de Sarah. Precisava se vestir, pois ia levar Francesca e Monique para comer *pizza*. Mas estava cheio de amor e ternura quando pôs o diário de lado e pensou no bebê que Sarah esperava de François. Como sempre, ficou se perguntando o que teria acontecido a essa criatura, mas ele ainda não sabia. Era como um mistério em sua vida, resolvendo-se diariamente. Era estranho pensar como aquilo era tão real para ele, mais real do que as pessoas que conhecia ali. Estava morrendo de vontade de contar tudo aquilo a Francesca.

E quando as pegou, às seis horas, ainda estava pensativo. Monique, como de costume, estava animadíssima. E Francesca também parecia estar de bom humor. Disse que tinha trabalhado muito em sua tese, no domingo.

Os três passaram uma noite agradável e confortável, e Francesca o convidou a ir novamente a sua casa, após o jantar, para tomar sorvete e café, o que ele aceitou com prazer. E Monique sentiu-se em êxtase por estar com ele. Ela parecia ansiar por uma figura paterna em sua vida, e estar com ela levou Charlie a pensar em filhos.

Quando ela já tinha ido para a cama, ele e Francesca foram se sentar na cozinha, para tomar café com biscoitos.

— Ela é uma criança maravilhosa — disse ele, sendo sincero em cada palavra, e Francesca sorriu agradecida. Ela era louca pela filha. — Você já pensou em ter mais filhos? — quis ele saber, questionando-se intimamente sobre esses sentimentos e pensando em Sarah.

— Acho que sim, muito tempo atrás. E aí tudo ruiu por terra. Pierre não estava exatamente interessado em mim, quando o seu docinho estava para ter gêmeos. E agora é tarde demais, portanto, não faz a menor diferença. — Ela parecia quase deprimida ao dizer isso, o que o intrigou.

— Aos trinta e um anos, pensar assim é loucura. — Ele a censurou. — Pare de dizer que é tarde demais para tudo. Sarah Ferguson tinha vinte e quatro anos quando veio para este país, numa época em que isso significava ser de meia-idade, ou pior, e ela conseguiu ter uma nova vida inteira com um homem que amava, e ficar grávida.

— Estou impressionada — disse ela, meio sarcasticamente. — Acho que ela está se tornando uma obsessão. — Mas, ouvindo-a, ele se decidiu. Esperava estar certo, mas confiava nela, e ela precisava disso mais do que ele.

— Há algo que quero lhe dar para ler — disse ele, pensativo. E ela riu.

— Eu sei, eu sei. No primeiro ano, também fiz isso. Li todos os livros psicológicos, todos os livros de auto-ajuda, sobre como se recuperar do divórcio, como se libertar do passado. Como não odiar seu ex-marido. Mas nesses livros não há receitas para se voltar a ter confiança nos outros, para se achar alguém que não vá lhe fazer tudo isso de novo. Mas há textos para se ganhar coragem.

— Acho que tenho um — disse ele, misteriosamente, e então perguntou-lhe se ela não gostaria de jantar em sua casa na quarta-feira. Era uma noite de escola, mas ele planejava dar-lhes comida bem cedo. Ela a princípio pareceu hesitante, mas ele lhe disse que queria mostrar-lhe a casa, e ela disse que queria conhecê-la. — Além disso, a Monique ia adorar. — Ela hesitou, mas ele foi tão insistente que ela acabou aceitando e, quando ele foi embora, aquela noite, disse muito pouco, mas mal podia esperar para voltar a vê-las.

E ele passou dois dias limpando e tirando a poeira, passando o aspirador de pó, afofando o sofá, comprando vinho e provisões, e assando biscoitos para Monique. Não teve tempo nem para ler os diários. Mas queria que tudo fosse perfeito.

Mas quando as pegou na noite de quarta-feira e as levou até sua casa, Francesca ficou obviamente impressionada, não por sua decoração, que até agora não existia, mas pela própria casa, e pelo trabalho que ele se dera. E, como ele, ficou profundamente comovida pelo clima que sentia no ambiente. Era quase como se pudesse sentir uma presença amorosa na casa, ainda que não se soubesse nada sobre ela.

— De quem é esta casa? — perguntou Monique como se ela também sentisse, e olhou em torno com interesse.

Ele explicou a Monique que a casa pertencia a uma amiga realmente ótima que ele tinha conhecido em Shelburne Falls, mas que pertencera a alguém muito especial, uma mulher chamada Sarah, da Inglaterra, muito tempo atrás.

— Ela agora é um fantasma? — perguntou Monique, impassível. E Charlie riu, negando. Não queria que ela tivesse medo. Havia comprado alguns livros para colorir e alguns lápis de cor para ela, e ofereceu-se ligar a TV, caso sua mãe não se importasse. E Francesca disse que não se importava. Então, ele e Francesca deram um giro pela casa. Charlie mostrou-lhe tudo que havia achado sozinho, exceto os diários. E, assim que ele acabou, ela parou em frente à janela, lançando o olhar pelo vale. E ela parecia uma pintura, ali, de pé.

— É lindo, não é? — disse ele, feliz porque ela gostava.

— Dá para ver por que você se apaixonou por isto aqui — comentou ela com admiração e grata pelas pequenas coisas que fizera por elas, o livro de colorir para Monique, um bolo que ele havia comprado, o vinho que sabia que ela gostava. E ele estava preparando a massa italiana preferida de Monique. Ela tinha de admitir, contra a própria vontade, que ele era fantástico.

E eles jantaram maravilhosamente na sua cozinha naquela noite, enquanto Charlie lhes contou algumas das coisas que sabia sobre Sarah. Porém, após pouco tempo, Monique perdeu o interesse, mas Francesca, não.

— Adoraria ver alguns dos livros que você achou, falando sobre ela — disse ela, muito descontraída. — Na verdade, acho que parte disso se mistura um pouco com parte da minha pesquisa sobre os índios. François de Pellerin foi muito útil na negociação de alguns tratados concluídos por aqui no final do século XVIII. Adoraria conhecer suas fontes — disse ela e ele sorriu. Mal podia esperar para contar-lhe.

Esperou até Monique estar concentrada num programa de televisão e então subiu até seu estúdio, onde guardava os diários. O baú ainda estava lá, guardado em segurança, e ele pegou o primeiro volume e o ficou segurando, amorosamente, por um momento. Esses livros haviam se tornado incrivelmente preciosos para ele naquelas semanas, desde que chegara àquela casa. Eles lhe deram a coragem para seguir em frente e ficar com Francesca, e, mesmo enfrentando a perda de Carole, sabia que Francesca precisava muito deles, tanto quanto ele; esses livros haviam preenchido seus dias e suas noites, e a sua vida, de sabedoria. Eram uma dádiva, vinda não dele, mas de Sarah.

Desceu vagarosamente, segurando-o, e ela estava de pé no salão formal e vazio, que lembrava tanto uma sala de estar francesa. Olhando o soalho parquetado, os tetos graciosos e as janelas compridas, era fácil acreditar que tinha sido condessa. Quando Charlie atravessou o aposento, Francesca sorriu-lhe e ele percebeu que ela também sentia a magia da casa cercando-a. Era impossível não sentir. O amor que eles tinham vivido deve ter sido tão forte que durou duzentos anos, e ainda estava em toda parte, em torno deles.

— Tenho um presente para você — disse ele, os dois de pé ao luar.
— Na verdade, é um empréstimo, mas de algo muito especial. Ninguém mais está sabendo a respeito. — Ela parecia intrigada, vendo-o, ali, sorrindo-lhe. E, se ele tivesse a ousadia, tê-la-ia tomado nos braços e beijado. Mas ainda era cedo. Primeiro ela teria de ler os diários.

— O que é? — Ela sorriu para ele, com ar de expectativa. Sentia-se aquecida e confortável ali com ele, e tanto que se surpreendeu. Não esperava sentir-se assim com relação à casa dele ou a ele, mas era difícil negar a atração.

Charlie estendeu a Francesca o livrinho encadernado em couro, que ela pegou e no qual deu uma olhada por fora. Não tinha nada escrito na lombada e era, obviamente, muito, muito velho. Segurou-o, muito animada, e o seu amor por livros antigos brilhou-lhe nos olhos enquanto o examinava, e logo abriu-o e viu o nome de Sarah na folha de guarda. Era o primeiro diário, o que ela trouxera em mãos, da Inglaterra. Charlie já entendera há muito tempo que Sarah deve ter tido outros diários, que deixou lá. Mas este era o que ela havia iniciado, antes da viagem no *Concord*.

— O que é isto, Charlie? — Francesca parecia atônita e então, ao virar as primeiras páginas, deu-se conta do que tinha em mãos. — Meu Deus, é o diário dela, não é? — falou num sussurro.

— É. — Ele assentiu com a cabeça, solenemente. E, então, lhe explicou como o havia encontrado.

— Que coisa incrível! — Francesca ficou tão empolgada quanto ele havia ficado, e ver isso estava deixando Charlie emocionado. — Você leu todos eles?

— Ainda não — confessou. — Estou me esforçando para isso. São muitos, e cobrem toda a vida de Sarah, desde que ela veio para a América, até a sua morte, acho. São fascinantes, porém. Por algum tempo, achei que estava me apaixonando por ela — ele abriu um sorriso —, mas ela é meio velha para mim e tão completamente louca por François, que acho que eu não teria a menor chance. — Ele sorria e Francesca ainda parecia um pouco atônita, enquanto caminhavam de volta à cozinha. Monique ainda estava feliz com os livros de colorir e o programa de TV a que assistia. Francesca e Charlie sentaram-se para conversar sobre Sarah. — Acho que o que mais me impressionou nela foi sua coragem, sua determinação de voltar a tentar. Acho que, em certo ponto, ela se sentiu exatamente como nós dois, que tinha se queimado tão feio que jamais conseguiria voltar a tentar. E esse cara faz com que até o seu marido pareça um doce de coco. Ele batia nela, a violentava, forçava-a a ter um filho depois do outro, e todos morreram, ou pelo menos seis. Mas, ainda assim, ela começou vida nova e deu uma oportunidade a François. Sei que parece maluquice falar assim de uma mulher que eu nunca conheci e que já morreu há quase dois séculos. Mas ela me deu esperanças... deu-me coragem... e isso era o que eu queria dividir com você.

Francesca estava tão comovida que não sabia o que dizer, segurando o diário e olhando para ele, e então não pôde deixar de fazer-lhe outra pergunta. Mas, desta vez, ela achava que sabia a resposta.

— Você a viu, não foi? — perguntou ela em voz baixa, para que Monique não a escutasse. Mas, enquanto olhava para Charlie, podia pressentir alguma coisa. Ele enfrentou-lhe o olhar por longo tempo e então, lentamente, assentiu com a cabeça e ela quase soltou um gritinho de entusiasmo. — Oh, Deus! Eu sabia! Quando? — perguntou, com faíscas nos olhos verdes, e estava tão bonita que ele mal conseguia agüentar.

— Logo que me mudei. Na véspera de Natal. Na época, não sabia quase nada sobre ela. Voltei de um jantar com a Sra. Palmer, e lá estava ela, no meu quarto. Achei que alguém estivesse fazendo uma brincadeira comigo, procurei por ela em toda parte, chateado de verdade. Verifiquei a casa inteira, e até a neve lá fora. Achei que alguém estava me gozando, e desde então venho tendo a esperança de vê-la, mas não vi. Foi incrível... ela era tão bonita e parecia tão... tão real... tão humana... — Sentiu-se um pouco biruta ao dizer isso, mas Francesca estava sorvendo cada palavra e mal podia esperar para voltar para casa e ler o diário. Charlie tinha a esperança de que o pequeno livro fizesse por Francesca o mesmo que fizera por ele. Sarah tinha feito tanto por ele...

Continuaram por algum tempo a falar sobre ela e, às dez horas, levou-as de carro de volta para casa. Tinha sido uma noite excelente. Monique disse haver se divertido muito e os olhos de Francesca rebrilhavam pelo que Charlie lhe contara e pelo que lhe dera. Ele esperava que ela sentisse pelo diário o mesmo que ele sentira.

— Quando houver terminado, me telefone — pediu ele e então provocou-a um pouco. — No lugar de onde esse aí veio, tem muito mais. Seria melhor você agora ser legal comigo — preveniu, e ela deu uma risada.

— Suspeito que esse negócio vicia — disse ela, seus olhos acesos de empolgação. Estava louca para começar a ler.

— Lê-los é praticamente a única coisa que fiz desde que vim para cá. Eu devia começar a preparar uma tese — disse, só para provocá-la.

— Talvez você devesse escrever um livro sobre ela — disse Francesca, séria. Mas ele sacudiu a cabeça em negativa.

— Esse é o seu campo. O meu são as casas. — François já havia erguido um monumento a ela, e Charlie estava morando nele.

— Alguém devia escrever algo sobre ela, ou talvez apenas publicar os seus diários — disse Francesca, sempre séria.

— Veremos. Leia-os, primeiro. E, quando houver acabado, preciso dá-los à Sra. Palmer. Afinal de contas, tecnicamente, pertencem a ela.

— Embora adorasse a idéia de ficar com eles, mas não ficaria. Bastava apenas tê-los lido. Tinham lhe dado mais alegria do que mil livros que ele lera durante toda a vida. E agora os estava dividindo com Francesca.

— Eu lhe telefono — prometeu ela e ele sabia que era verdade. E, ao sair, ela voltou a agradecer-lhe por uma noite linda, mas, por enquanto, não estava mais perto de deixá-lo entrar na fortaleza em que havia se escondido.

E, enquanto voltava de carro para casa, só conseguia pensar no quanto lhe teria agradado estender os braços para ela... ou ter tido com alguém o que François tivera com Sarah.

Capítulo Vinte

ANTES DE DEIXAREM A aldeia iroquesa, François conversou baixinho com algumas das profetisas da tribo para perguntar-lhes o que elas sugeriam que ele fizesse por Sarah. Elas lhes deram diversas ervas, em particular uma muito potente, além de alguns chás doces. E se ofereceram para dar assistência a ela na hora do parto. Sarah ficou muito comovida com a gentileza delas e prometeu levar as ervas quando voltassem para Shelburne. E então ela e François começaram a longa viagem de volta para casa. Foram mais devagar do que tinham vindo e, à noite, dormiram sob as estrelas usando como abrigo as peles que ele levava. Ele queria tomar muito cuidado com ela, para garantir que não ocorresse nenhum infortúnio.

Março já ia adiantado quando chegaram em casa e, ao final de abril, ela já conseguia sentir o bebê se mexendo. Era uma sensação doce, familiar, mas, apesar das ervas, que tomava religiosamente, e do constante reconforto oferecido por François, ainda estava aterrorizada quanto ao resultado.

A essa altura, as pessoas já haviam começado a suspeitar de que eles estivessem vivendo juntos. Várias das mulheres de Shelburne passavam por lá de vez em quando, e o mais comum era darem de cara com

François. Falava-se na guarnição de Deerfield nessa ocasião, e ela até recebeu uma carta da Sra. Stockbridge, suplicando-lhe que negasse o boato assustador de que estaria vivendo com um selvagem. E, com um ar de divertimento, ela escreveu-lhe rapidamente e garantiu que não estava. Mas, a essa altura, até o coronel Stockbridge já sabia da verdade, e embora nem ela nem François jamais tivessem dito nada a ninguém, as pessoas da região sabiam que estavam juntos. E, em junho, já sabiam que estava esperando um bebê. Alguns dos colonizadores foram muito gentis quanto a isso, e algumas mulheres se ofereceram para ajudá-la quando chegasse a hora, mas muitas estavam escandalizadas e achavam aquilo vergonhoso. Afinal de contas, eles não eram casados. Mas nem Sarah nem François estavam ligando a mínima para o que elas andavam dizendo. Só ligavam um para o outro e para o bebê. Nunca tinham sido tão felizes, e ela sentia-se surpreendentemente bem. Para ela, os problemas, em geral, começavam mais tarde. Na verdade, desta vez ela estava bem mais saudável, e ficava imaginando se isso faria diferença.

Mesmo no verão, ainda iam a pé, todo dia, até a cachoeira. As mulheres iroquesas tinham lhe dito que era importante que ela caminhasse muito. Que isso deixava as pernas do bebê mais fortes, e este viria mais depressa. Mas em agosto, mal conseguia ainda cobrir a pequena distância, e tinha de caminhar muito devagar. O coração de François se comovia ao vê-la praticamente se arrastando, e tinham de parar, a intervalos de minutos, para que ela pudesse descansar, mas Sarah parecia animada. E insistia em dizer que queria fazê-lo. Ela se segurava em seu braço e seguiam caminhando, até chegar lá. Ele lhe contava todas as notícias que recebia quando ia à guarnição, e ela se preocupava quando ficava sabendo que as coisas ainda não haviam se pacificado no Ohio.

— Qualquer dia desses, vão querer que você vá para lá — disse ela, infeliz. Agora, queria estar com ele o tempo todo, e se preocupava até quando ia visitar os fortes, ou a guarnição. Sabia que isso se devia a ela estar grávida. Mas ele também pensou o que aconteceria quando voltasse a se aventurar para longe de casa, porque ambos sabiam que, mais cedo ou mais tarde, isso iria acontecer. E ele preferia deixá-la numa casa consideravelmente mais sólida em uma área menos isolada que a fazenda. Há muito tempo ele vinha acalentando o sonho de construir um pequeno *château*, uma pequena jóia, e agora falava muito em construí-lo para ela. Mas Sarah insistia em dizer que a casa que tinham era muito boa. E que ela não precisava de um *"château"*. Já tinha tido um.

— Bem, vou lhe construir um, de qualquer forma — disse ele gentilmente, e desta vez Sarah não discutiu. Estava cansada demais, e a chegada do bebê, cada vez mais próxima. Ela sentia. Já passara por isso muitas vezes para pensar que ele ainda esperaria muito tempo. E agora, todas as noites, ela se deitava, aterrorizada, rezando para que ele não a ouvisse chorando de medo e tristeza. Às vezes, ela se levantava e ia dar uma volta lá fora, só para tomar um pouco de ar, ver as estrelas, e pensar em seus bebês. Não conseguia imaginar que este não iria juntar-se a eles. Mas ainda conseguia senti-lo com vida. Na verdade, ele se mexia muito mais do que os outros. Mas também não havia mais Edward espancando-a, e ela era infinitamente feliz com François. Ele tomava conta dela tão bem, e às vezes conversava com ela e esfregava-lhe ungüentos do modo como as mulheres iroquesas lhe haviam ensinado. François tinha todos os tipos de poções e patuás para Sarah, mas ela não tinha certeza de que mesmo isso iria salvar este bebê. Nada do que fizera pelos outros os havia salvado. Mas ela tentava não pensar nisso, enquanto o tempo, inevitavelmente, se reduzia cada vez mais e agosto se diluiu em setembro. Fazia exatamente dois anos que zarpara no *Concord*. Nem mesmo ela conseguia acreditar. E nenhum dos dois conseguia acreditar em sua boa sorte. Mas ela não deixou por um momento sequer de se preparar para a tristeza que temia e aguardava, embora não admitisse seu terror para o homem que chamava de seu marido.

E, ao final de um longo dia colhendo milho para o inverno, pediu-lhe que ele a levasse à cachoeira. Estava cansada, mas gostava de ir até lá e queria vê-la.

— Não acha que é demais para você, agora? — perguntou ele, gentilmente. Se os cálculos dela estivessem certos, Sarah teria engravidado numa das primeiras vezes em que fizeram amor. E o bebê era esperado para qualquer minuto. — Por que não ficamos aqui, ou apenas damos uma volta pela fazenda, esta tarde? — sugeriu sensatamente, mas ela ficou firme.

— Eu ia sentir falta da água caindo.

Ele acabou concordando em ir com ela, pois tinha medo que ela fosse mesmo sem ele, e caminhou ao lado dela, bem lentamente, até chegarem lá. Ela parecia forte e feliz. E ele não pôde de deixar de abrir-lhe um sorriso. A barriga dela estava absolutamente enorme. Ele nunca tinha visto nada igual. Não queria lembrar-lhe de seus horrores passados, embora ele pudesse sentir como ela estava temerosa pelo bebê, ainda que não o dissesse.

Ele não queria conversar com ela sobre os tumultos no Oeste, receando deixá-la preocupada, e mantiveram suas conversas limitadas o máximo possível a temas suaves e pacíficos. E, naquele dia, voltando à cachoeira, François colheu para ela um buquê de flores, que ela carregou de volta para a cozinha.

Sarah estava preparando um jantar para ele, o que ela ainda fazia todas as noites, quando ele ouviu um gemido baixinho e foi correndo para a cozinha. E entendeu imediatamente. Havia começado. Ficou surpreso ao ver como se tornou tão forte tão depressa. Mas ela tivera muitos filhos. Este era o sétimo, embora nenhum houvesse sobrevivido. Mas, com Pardal Choroso, ele ainda lembrava, a coisa fora bem devagar e bem fácil. A mãe e as irmãs dela tinham estado juntas, e ela só gritou uma vez, enquanto ele esperava do lado de fora, para comemorar com ela. Mas François podia ver agora, pela expressão no rosto de Sarah, que havia se recostado numa poltrona, que ela, agora, mal conseguia falar.

— Está tudo bem, meu amor... Tudo bem... — disse ele, mansamente, para acalmá-la, enquanto a erguia nos braços com facilidade e a carregava para o quarto deles. Ela já havia retirado o caldeirão do fogo, e logo o jantar estaria esquecido. Os rapazes teriam de comer frutos e legumes da horta, mas não iriam se importar. — Você quer que eu chame alguém? — Várias das mulheres tinham se oferecido para isso, mas Sarah sempre dissera que só queria ficar com ele. Nenhuma delas jamais tivera um filho, e ela sempre contou com a presença de um médico. Mas os médicos nunca conseguiram salvar seus filhos, e ela foi taxativa a respeito de ficar sozinha com François. Havia também um médico na guarnição, mas que bebia muito, e François sabia que Sarah não queria nada com ele.

— Eu só quero você — disse ela, mas tinha o rosto contorcido de dor e agarrava-se a ele em agonia e terror. Ambos sabiam que o bebê era muito grande, e era fácil suspeitar que aquilo não ia ser fácil. Seus outros bebês tinham sido bem menores.

Mas ela falou muito pouco, deitada e toda contraída, tentando não fazer um som, enquanto ele lhe segurava as mãos e aplicava sobre sua fronte panos embebidos em água fresca. Foi uma longa noite de trabalho de parto para ela, e por volta da meia-noite ela havia começado a fazer força, mas não conseguiam ver qualquer progresso. E, duas horas depois, Sarah estava exausta, mas não conseguia parar de fazer força. Cada vez que sentia dor, não conseguia forçar-se a parar aquela necessidade urgente de botar o bebê para fora. Mas ele não vinha, e François a observava. Ele parecia quase tão cansado quanto ela. E, agora, perguntava-se o que fazer por ela, pois Sarah havia começado a gritar de dor, e ele não a censurava.

— Está tudo bem, pequenina... vá em frente... — Ele estava quase chorando, e ela agora não conseguia falar com ele. Sarah parecia estar com dificuldades para respirar. Estava resfolegando, as dores começaram e ele só conseguiu segurá-la e fechar-lhe os olhos, rezando, tentando se lembrar do que os índios lhe haviam ensinado, então lembrou-se de algo que Pardal Choroso lhe contara e tentou puxar Sarah suavemente para uma posição sentada. Mas ela não compreendeu o que o marido queria. — Tente se levantar. — E ela o olhou como se ele estivesse maluco, mas as índias diziam que um bebê vinha mais depressa se você estivesse de cócoras. E isso fazia sentido para ele também. A essa altura, François tentaria qualquer coisa. E agora ele não estava nem ligando para o bebê. Só não queria perder Sarah.

Ele literalmente segurou-a nos braços, ao carregá-la para o chão.

Apoiou as pernas dela contra o próprio corpo, e dava para ver que estava mais fácil agora, ela continuando a fazer força. Com seus braços fortes, ele a impedia de cair. E ela gritava cada vez que fazia força. Mas agora ela estava dizendo algo a ele, a cada empuxo... ele está vindo... ela sentia... ele queria olhar, mas não conseguia. Continuava a segurá-la com seus braços possantes, e a dizer-lhe que não parasse de fazer força, e então houve um grito longo e sofrido, igual ao que Pardal Choroso soltara quando o bebê saíra de dentro dela. E então, junto com gritos de Sarah, ele ouviu os do bebê e rolou um cobertor índio para debaixo dela. E, no momento seguinte, eles baixavam os olhos para o bebê que, do chão, erguia os seus para eles. Eram grandes olhos azuis, como os dela, e seu rosto era muito pálido, mas a ambos o bebê pareceu imenso e conseguiram ver que era um menino, ao que Sarah soltou um grito de triunfo. E então, bem quando eles estavam olhando, o menino fechou os olhos e parou de respirar. Sarah deu um grito de angústia, estendeu os braços para pegá-lo e ergueu-o ainda preso a ela pelo cordão, mas François viu que ele estava morrendo. E, com suas mãos vigorosas, ele a levantou e a pousou sobre a cama, e gentilmente levantou o bebê de cima dela. Ele não tinha a menor idéia do que fazer, mas não ia deixar que isso acontecesse com ela de novo... não agora... não desta vez... depois de todo aquele esforço... Segurou o bebê gentilmente, de cabeça para baixo, e começou a dar-lhe tapinhas nas costas, tentando insuflar-lhe vida, com Sarah soluçando, deitada na cama, feito desatinada, observando tudo.

— François... — ela ficou repetindo o nome dele, suplicando-lhe que fizesse algo, mas ele não sabia o quê. Mas via que o bebê tinha morrido, tal como os outros. E, quando François chorou, deu no bebê uma pancada tão forte nas costas que ele tossiu e uma placa de muco foi expelida, no que o bebê engasgou e começou a respirar.

— Oh, meu Deus... — foi só o que ela conseguiu sussurrar e o bebê gritou alto, seus pais olhando-o espantados. Ele era bonito, e François nunca tinha tido uma visão tão bela quanto quando levou a criancinha ao seio da mãe e esta lhe sorriu, com alívio e gratidão. Ele era perfeito. E então ela ergueu para François os olhos cheios de amor por ele.

— Você o salvou... trouxe-o de volta...

— Acho que os espíritos fizeram isso — disse ele, ainda profundamente comovido pela experiência. Estiveram tão perto de perdê-lo. Mas ele agora parecia ótimo. François nunca sentira tanto medo em toda a sua vida. Preferia ter de encarar mil guerreiros do que perder aquele bebê. E não conseguia tirar os olhos de Sarah e do filho. Os dois, ali, deitados, isso, sim, era um verdadeiro milagre. Ele a ajudou na limpeza, depois de ter cortado o cordão com sua faca de caça e ter-lhe dado um nó, e saiu para enterrar a placenta. Os índios diziam que ela era sagrada. E, quando o sol se ergueu, ele agradeceu aos deuses por lhes terem dado aquele bebê. E, quando ele voltou a entrar, baixou os olhos sobre eles com todo o amor e gratidão que estava sentindo e Sarah, deitada, ficou sorrindo para ele e estendeu-lhe as mãos e, quando ele se inclinou até ela, ela o beijou.

— Eu te amo tanto... obrigada... — Ela parecia enormemente feliz e jovem, com o bebê nos braços. A vida, finalmente, tinha sido boa com ela, depois de tanto sofrimento.

— A irmã xamã lhe disse que, desta vez, você atravessaria o rio em segurança — lembrou-lhe, mas nenhum dos dois tivera tanta certeza disso, e tinha tudo sido por muito pouco para ele achar que qualquer coisa pudesse ser considerada garantida. — Achei que eu ia me afogar nesse rio antes de você — disse ele, para provocá-la. Tinha sido uma noite longa e difícil. Não tinha sido fácil para ela, e ele sabia. Mas ela agora não se queixava. Estava feliz demais.

Após algum tempo, ele trouxe algo para comer e, enquanto ela e o bebê dormiam, François saiu um pouquinho. Tinha de pegar uns papéis em Deerfield. Quando ela acordou, ele acabava de voltar, e entrou no quarto com um largo sorriso no rosto.

— Onde você esteve? — perguntou ela, parecendo preocupada.

— Tinha de pegar uns papéis — disse ele, com uma expressão de vitória nos olhos.

— Que papéis? — perguntou, tentando endireitar o bebê enquanto ele mamava.

Aquilo tudo era muito novo para ela e Sarah sentiu-se um pouco sem jeito. François ajudou-a. Ele era melhor nisso do que ela. E colocou-lhe um travesseiro sob o braço, para que ela pudesse segurar o bebê com conforto, o que ela agradeceu. Ele estava tão feliz quanto ela.

— O que você foi pegar? — perguntou ela de novo. Ele sorriu-lhe e estendeu-lhe um rolo de pergaminho amarrado com uma tirinha de couro.

Ela o abriu cuidadosamente e sorriu-lhe quando viu o conteúdo. Ele tinha comprado.

— Você comprou a terra, então. — Ela o olhou calidamente.

— É um presente para você, Sarah. Vamos construir uma casa lá.

— Estou feliz aqui — disse ela, com simplicidade, mas a terra que ele comprara ficava numa localização esplêndida.

— Você merece coisa melhor. — Mas ambos sabiam que ela não precisava de nada além do que já tinha naquele momento. Ela nunca fora tão feliz em toda sua vida e tinha certeza de que nunca seria. Aquilo era o paraíso.

Capítulo Vinte e Um

O BEBÊ CRESCEU visivelmente nas duas primeiras semanas de vida, e Sarah a essa altura já estava novamente de pé, cozinhando para François e trabalhando na horta. Ela ainda não fizera toda a caminhada até a cachoeira, mas estava se exercitando para isso. Porém, a não ser sentir-se um pouco cansada de tanto amamentar, ela de resto parecia completamente saudável.

— Esse foi bem fácil. — Ela lhe disse cortesmente, certo dia, e ele estendeu-lhe um punhado de frutinhas vermelhas silvestres, com um olhar de espanto.

— Como pode dizer isso? Você ficou em trabalho de parto cerca de doze horas, e foi a coisa mais difícil que já vi alguém fazer. Já vi homens empurrando carroças montanha acima, e parecia mais fácil que isso! O que quer dizer com *fácil*? — disse ele, provocando-a, mas a lembrança daquilo por que ela passara já tinha diminuído, que era o modo como as mulheres iroquesas diziam como devia ser. Uma mulher não devia ficar se lembrando do parto de seu bebê, ou sentiria medo de ter outro. Mas François já estava bastante satisfeito de terem este. Não se sentia inclinado à ambição, ou a forçá-la a outro possível desastre. Agora, não queria fazer nada que pudesse prejudicá-la.

Mas, no final de setembro, descobriu que seria obrigado a isso. O coronel Stockbridge veio cavalgando para vê-lo pessoalmente, e na semana seguinte havia uma expedição saindo para o Ohio, a fim de ver se podiam finalmente dominar as tribos que estavam combatendo o exército. Eram sempre as mesmas: os shawnees, os chicksaws e os miamis, liderados por Casaco Azul e Pequena Tartaruga. Fazia já dois anos que isso vinha acontecendo. Todo mundo temia uma guerra indígena generalizada, se nada fosse feito para controlá-los. E já estava mais do que na hora de enfrentá-los. François não tinha como discordar dele, mas sabia como Sarah ia ficar aborrecida quando ele se fosse. O bebê tinha só três semanas de idade, e era exatamente isso que ela temia. E o próprio fato de o coronel Stockbridge ter vindo vê-lo em pessoa falava por si mesmo. Estavam precisando demais dele no Ohio.

Assim que o coronel foi embora, François foi procurá-la. Ela estava lá fora, na horta, com o garotinho firmemente preso às costas, dormindo tranqüilamente enquanto ela colhia vagens . Ele parecia só acordar no momento exato de jantar.

— Você vai, não vai? — disse ela, com um olhar angustiado. Ela entendeu tudo no momento em que viu Stockbridge. François nem precisou dizer-lhe nada. Mas já fazia um longo tempo que ele não estava em casa, exatamente dez meses. Já fazia um ano da última tentativa de dominar Casaco Azul, o que havia custado as vidas de 183 homens, o saldo de um fracasso completo. — Odeio Casaco Azul — disse ela a François, que nem criança que faz beicinho, e ele não conseguiu deixar de sorrir-lhe. Ela parecia tão charmosa, tão jovem e tão feliz, que ele odiava a idéia de deixá-la. Mas, pelo menos, ela lhe dera o bebê. Eles o chamaram de Alexandre André de Pellerin, em homenagem ao pai e ao avô de François. E ele seria o décimo oitavo conde de Pellerin, François dissera a ela. Seu nome indígena era Pônei Veloz. — Em quanto tempo você parte? — perguntou ela, cheia de tristeza.

— Em cinco dias. Primeiro preciso de tempo para me preparar. — Ele ia precisar de mosquetes, munição, roupas quentes e suprimentos.

Conhecia muitos dos que iriam, tanto índios quanto soldados. Mas, para Sarah, isso tudo soava como uma sentença de morte. Só lhe restavam cinco dias com François. Ela parecia estar em estado de choque.

E ele, quando a deixou, parecia estar sofrendo muito. Tinha passado a noite inteira deitado na cama com ela, ambos acordados, e ela parecia como se não quisesse deixá-lo partir. Ele fez amor com ela, embora conhecesse aquela lenda indígena que dizia ser necessário esperar quarenta dias após o parto anterior, e agora fazia menos de trinta, mas ele detestava tanto deixá-la que não conseguiu se segurar. Mas ela pareceu não ligar. Ao contrário, estava tão ávida dele quanto ele estava triste por deixá-la.

Quando ele partiu, ela ficou de pé do lado de fora da casa, chorando, e ela teve uma sensação horrível quanto ao que iria acontecer. Era como uma terrível premonição pairando sobre ela. Tinha a ver com Casaco Azul e Pequena Tartaruga, e ela estava completamente convencida de que algo tremendo ia acontecer. E assim foi. Mas não com ele. Os shawnees e os miamis invadiram o acampamento do general St. Clair três semanas depois, deixando 630 mortos e quase trezentos feridos. Foi o pior desastre que o exército americano havia sofrido. E St. Clair ficou morto de vergonha quando todos o culparam. Tinha sido uma péssima estratégia e pessimamente executada. E durante mais de um mês Sarah ficou sem a menor noção de se François tinha sobrevivido. Ela estava num estado frenético. E foi depois da Ação de Graças que ela soube que ele estava vivo, voltando do Ohio para casa. Um grupo de homens chegou antes dele à guarnição em Deerfield, mas garantiram a ela que ele não estava ferido e que estaria de volta antes do Natal.

Ela estava carregando o filhinho nas costas no dia em que ele chegou e parecia uma índia, saindo do quarto do fumeiro. Ouviu o ruído de cascos de cavalo e, antes mesmo de conseguir se virar, ele já havia desmontado e a levantado nos braços. Parecia cansado e mais magro. Mas estava são e salvo e tinha histórias terríveis para contar. Não sabia o que se poderia fazer para controlar a agitação. E, para complicar as coisas, os ingleses haviam construído um novo posto, abaixo de Detroit, no rio Maumee, numa violação do Tratado de Paris. Mas ele estava tão feliz de ver a esposa que já não ligava mais para o que Casaco Azul fez em retaliação. Agora estava de volta ao lar, e ela, empolgada de tê-lo de volta.

 E, no Natal, ela lhe contou as novidades, embora ele já suspeitasse. Eles iam ter outro bebê. Esperava-se que fosse nascer em julho, mas ele queria que sua nova casa já tivesse começado a ser construída bem antes disso. Ele havia passado horas diante das fogueiras dos acampamentos traçando plantas e fazendo pequenos desenhos, e começou a contratar homens em Shelburne, assim que chegou de volta do Ohio. Eles iam começar no momento em que a neve derretesse e esperavam poder pôr mãos à obra antes de o inverno chegar. A essa altura, o pequeno Alexandre estava com quase quatro meses de idade e Sarah nunca parecera tão feliz. François adorava brincar com ele e usava ele próprio, às vezes, o pequeno cesto às costas, particularmente quando o levava para sair a cavalo. Estava passando muito tempo em Shelburne, contratando gente para fazer as coisas da obra de sua nova casa e escrevendo a marceneiros para encomendar mobília em Connecticut, Delaware e Boston. Levava o projeto muito a sério e, por volta da primavera, já tinha conseguido que Sarah também se entusiasmasse por ele.

 Mal haviam começado a trabalhar o terreno, quando chegou a Shelburne um homem procurando por ela. Estava esperando do lado da casa e não parecia agradável, lembrando vagamente a Sarah o advogado que viera de Boston para vê-la. Que era precisamente o que este homem era. Tratava-se do sócio de Walker Johnston. Este ainda falava do ataque que sofrera quando foi vê-la. E disse que mal havia conseguido escapar com o próprio escalpo. Só não explicou por que havia fugido, deixando-a para se defender sozinha, e nem perguntou como ela havia sobrevivido. Só que este homem era ainda mais desagradável. Chamava-se Sebastian Mosley, e ela ficou imaginando se sua vinda não teria algo a ver com a epidemia de sarampo que grassava em Boston. Não era um bom lugar para se estar agora. Mas sua visita não tinha nada a ver com isso e, desta vez, não havia nada para ela assinar.

Ele viera simplesmente comunicar que seu marido tinha morrido. E, quando disse isso, ela ergueu os olhos para François. Não tinha nenhum outro marido. Mas o Sr. Mosley viera dizer-lhe que o conde de Balfour tinha morrido num infeliz acidente de caça e, embora ele pretendesse reconhecer um de seus... hã... filhos ilegítimos, disse o advogado, constrangido, e os papéis tivessem começado a ser preparados para fazê-lo, parece que o conde não chegara a assiná-los e sua morte tinha sido totalmente inesperada. Ao que tudo indicava, agora existia uma situação jurídica complicada. Ela abrira mão do direito à herança, mas, morrendo intestado, ele colocara esse documento em questão e não havia mais ninguém a quem deixar suas terras e sua fortuna, uma vez que não tinha filhos legítimos. O advogado não lhe disse que ele deixara quatorze bastardos. Mas o que ele queria era saber se ela pretendia contestar o documento que assinara um ano e meio antes. Mas, para Sarah, isso era muito simples. Ela não tinha muita coisa, mas tinha tudo que queria.

— Sugiro que tudo seja entregue à cunhada dele e suas quatro sobrinhas. São agora seus herdeiros mais diretos. — Mas ela não queria ter nada a ver com isso, nem um centavo, nem uma pluma, nem mesmo uma lembrança de Edward. E foi precisamente o que disse ao advogado.

— Entendo — disse ele, parecendo consternado. Tinha a esperança de um bom serviço se ela resolvesse contestar. De acordo com seus associados na Inglaterra, o conde deixara uma fortuna enorme, mas Sarah não a queria. E, assim que ela declarou suas intenções, o advogado de Boston bateu em retirada e ela lhe agradeceu.

Ficaram olhando-o ir embora a cavalo e Sarah ficou parada, pensando por alguns minutos em Edward, mas não conseguia sentir nada. Tinha sido tudo muito demorado, muito difícil e muito feio. E ela estava feliz demais agora para se lamentar por Edward. Finalmente tinha acabado.

E, no que dizia respeito a François, estava só começando. Pensou assim no momento em que ouviu o advogado. E, quando voltaram a ficar sozinhos, ele virou-se para Sarah e perguntou-lhe:

— Quer se casar comigo, Sarah Ferguson? — Não houve um instante de hesitação, só uma cintilação de riso, enquanto ela assentia com a cabeça. Eles se casaram em 1º de abril, na igrejinha de toras de madeira de Shelburne, numa cerimônia simples, sem a presença de ninguém, a não ser a dos dois rapazes que trabalhavam na fazenda, e a de Alexandre, que estava com sete meses. O bebê era esperado para dali a apenas três meses.

E, da próxima vez que foram à guarnição de Deerfield, François fez uma reverência formal ao coronel e apresentou-lhe Sarah. Este, por um momento, pareceu surpreso.

— Posso lhe apresentar, coronel, a condessa de Pellerin?... Acho que ainda não se conhecem — disse ele, abrindo um amplo sorriso.

— Isso significa o que estou pensando? — perguntou ele, gentilmente. Sempre gostara de ambos, e sentia-se mal com a situação deles, embora sua mulher achasse tudo absolutamente chocante. Ela parara de escrever a Sarah assim que ficou sabendo do primeiro bebê. E outras pessoas tiveram a mesma reação. Mas, agora, de repente, todo mundo queria conhecê-los e eram convidados por algumas das pessoas mais ilustres de Deerfield. Ficaram um pouquinho na guarnição. E Sarah foi visitar Rebecca. Esta já estava com quatro filhos, e esperando o quinto, que também deveria chegar naquele verão.

Mas François, desta vez, estava ansioso por voltar para casa, queria ver como a casa nova estava ficando. E, assim que chegaram de volta a Shelburne, ele trabalhou febrilmente na obra da casa, junto aos homens que havia contratado e aos índios que ensinara a fazer o tipo de trabalho que vira, certa vez, em Paris. Todo mundo dizia que ia ficar lindo, e Sarah sorria feliz sempre que ia até lá. Adorava ficar observando a construção e agora era, para ela, uma paixão, também. Sarah já estava planejando seu jardim. Eles esperavam estar com o exterior da casa pronto em agosto e poderem se mudar em outubro, antes das primeiras neves. E poderiam trabalhar durante o inverno inteiro em todos os detalhes interiores. Sarah estava tão empolgada que mal conseguia esperar, e ela trabalhou lá todos os dias, até junho, apesar do peso do bebê. Mas, desta vez, até ela estava menos preocupada. Vinha tomando todas as ervas que sabia que deveria, descansando muito e caminhando como as índias mandaram fazer. Sabia que tudo estava indo bem, e tinha o pequeno Alexandre para provar que milagres aconteciam.

Mas, em 1º de julho, nenhum sinal de o novo bebê chegar e Sarah estava inquieta. Mal podia esperar pelo nascimento do bebê, para poder vê-lo e circular mais livremente. Sentia-se como se estivesse grávida a vida inteira, e disse isso a François.

— Não seja tão impaciente — brincou com ela. — Grandes obras demandam um grande tempo. — E, desta vez, ele estava mais nervoso do que ela. Tinha sido difícil da vez anterior, no que respeitava a ele, e François tivera a sorte de salvar o bebê. Ele temia outra experiência aterrorizante como aquela, embora estivesse tão empolgado quanto ela. Mas tinha a esperança de que tudo ia correr tranqüilo. Tinha considerado até a possibilidade de chamar o médico em Shelburne, mas Sarah insistiu em afirmar que não ia precisar dele. E, na primeira semana de julho, ela parecia muito vivaz, o que convenceu a ambos de que o bebê não estava pronto. Da última vez ela se abatera visivelmente à medida que sua hora foi se aproximando, e ela própria conseguia sentir que o bebê estava a caminho. Mas, desta vez, por mais cansada que estivesse de viver carregando aquele barrigão, sentia-se capaz de prosseguir para sempre. Não estava sequer cansada. E ele viu-se obrigado a desestimulá-la de ir cavalgando até a casa nova, constantemente, para atender a algum detalhe.

— Não a quero mais cavalgando por lá — censurou-a certa tarde, quando a viu voltando. — Isso é perigoso, você pode vir a ter o bebê na beira da estrada.

Mas ela deu uma risada. Da última vez que a preveniram muito, ela levara doze horas e, das outras, bem mais tempo.

— Eu não faria isso — disse ela, muito cheia de dignidade, uma condessa em cada centímetro.

— Cuide para que não! — Ele sacudiu o dedo para ela e Sarah foi fazer o jantar. Mas estavam ambos emocionados com aquela pequena jóia que era a casa que construíam. E todos na vizinhança falavam a respeito. Achavam que era muito luxo para Shelburne, para dizer o mínimo, mas ninguém parecia se importar. No mínimo, gostavam. Achavam que acrescentava importância à área, e era um verdadeiro adorno para Shelburne.

Sarah fez o jantar para ele nessa noite e François foi examinar mais algumas plantas, na sala, enquanto ela arrumava a cozinha. E, depois que ela lavou os pratos, como ainda havia luz do dia, tentou convencê-lo a acompanhá-la num passeio.

— Não estivemos na cachoeira toda a semana — disse ela, obviamente de bom humor, enquanto ele a beijava.

— Estou cansado — respondeu ele honestamente, e então sorriu para ela. — Vou ter um bebê.

— Não, não vai — teimou com ele. — Eu é que vou. E quero ir caminhar. Você ouviu o que as iroquesas disseram. Dará ao bebê pernas fortes. — Sarah estava rindo para ele e ele grunhiu.

— E eu, pernas fracas. Sou um velho. — Ele tinha acabado de fazer 41 anos, mas não parecia. E ela estava com 27. Mas ele saiu atrás dela, para distraí-la, e tinham caminhado só cinco minutos, quando ela reduziu o passo sensivelmente e parou de andar. Ele achou que talvez ela estivesse com uma pedra no sapato. Pôs-se bem ao lado dela e agarrou seu braço, e então entendeu o que estava acontecendo. Ela estava tendo o bebê. Mas ele deu graças por não terem se afastado muito de casa e poderem voltar facilmente, mas quando ia sugerir a Sarah que voltassem, ela caiu no chão a seu lado. Ela nunca sentira tanta dor em toda a sua vida, e mal pôde recobrar o fôlego, quando ele se ajoelhou ao lado dela.

— Sarah, o que aconteceu? — Ele se perguntava se aquilo não seria um mau sinal, os dois deitados na relva à beira do caminho. — Tudo bem com você? — Ele estava aterrorizado, e nem estavam perto de casa o suficiente para chamar os rapazes a fim de que buscassem um médico. Sentiu-se preso ali.

— François... não consigo me mexer... — disse ela, com um ar de terror, as dores rasgando-lhe o corpo. Mas isso não era o começo, era o meio e o fim, era a pior dor de que ela conseguia se lembrar.

Então, de repente, Sarah teve uma sensação familiar quando ele a segurou.

— François... é o bebê... está chegando... — Ela parecia em pânico, agarrando-se a ele.

— Não, não é, meu amor. — Quem dera que fosse assim tão fácil, ele viu-se pensando, mas ela não caía nessa. De repente, resfolegou desesperada, e François percebeu que ela estava a ponto de começar a gritar. — Lembre-se da última vez. Do tempo que levou — disse ele, tentando convencê-la. Queria pegá-la no colo e carregá-la de volta para casa, mas ela não permitia que a movesse do lugar.

— Não! — gritou ela, cheia de dor. Então, retraiu-se em desespero ao lado dele, que se ajoelhara, incapaz de fazer qualquer coisa para ajudá-la.

— Sarah — disse ele, sentindo-se impotente. — Você não pode só ficar deitada aí. Não pode ter o bebê tão depressa. Quando foi que isso começou? — perguntou, subitamente desconfiado.

— Não sei. — Ela começou a chorar. — Hoje tive dor nas costas o dia inteiro e, quando fui para casa e meu estômago doeu por algum tempo, achei que tinha sido de carregar Alexandre. — Este, agora, aos dez meses, estava de um tamanho considerável e ainda gostava de ser carregado.

— Oh, meu Deus — disse François, com uma expressão de pânico. — Provavelmente foi o dia inteiro. Como é que você pôde não saber disso? — De repente, ela parecia criança. E ele sentiu pena dela, mas agora queria levá-la de volta para casa, por mais que ela dissesse que ia doer se ele a mudasse de lugar. Não ia deixá-la ali, deitada na relva, para ter seu bebê. Tentou levantá-la mais uma vez, mas ela gritou e lutou com ele, e então, de repente, o rosto ficou todo contraído e ela fazia força para o bebê sair. Ele nunca tinha visto nada igual. Ela estava tendo o bebê e não havia nada que ele pudesse fazer para ajudá-la ou fazê-la parar. E, então, de repente, entendeu o quão profundamente Sarah precisava dele. Segurou-a pelos ombros, na tentativa de dar-lhe assistência. Ela estava totalmente concentrada em sua tarefa, e fazendo pequenos sons enquanto combatia a dor, como se uma força terrível a estivesse rasgando por dentro, mas ele se lembrava daquele som e reclinou-a gentilmente sobre a relva, ergueu-lhe as saias e rasgou-lhe as pantalonas, e ela voltou a gritar quando ele fez isso, e ele viu o bebê vindo para suas mãos, com seu rostinho radiante gritando para ele, furioso. E, dali a um instante, ele estava segurando o bebê. Era uma menina, perfeita; respirava e estava aprontando o maior esbregue com o pai.

— Sarah — disse ele, olhando para a esposa sobre a relva, à luz crepuscular, com um sorriso no rosto. — Você ainda vai me matar. Nunca mais faça isso comigo! Estou velho demais para isso! — mas nenhum dos dois estava. Ele inclinou-se sobre ela e beijou-a, e ela disse o quanto o amava.

— Foi bem mais fácil que da última vez — disse ela, ao que ele sentou-se ao seu lado e riu, pousando-lhe o bebê sobre o peito. Ele voltou a usar sua faca de caça e amarrou o cordão bem amarradinho.

— Como foi possível você não saber que ela estava chegando? — Ele ainda estava subjugado pela experiência e surpreendeu-se de ver como ela podia estar tão apaziguada depois de tanta dor. Ela e o bebê pareciam perfeitamente contentes, e ele ainda sentia os joelhos trêmulos.

— Eu estava ocupada, acho. Tinha tanto o que fazer na nova casa — disse ela, sorrindo para ele, abrindo a blusa, ao que o bebê achou facilmente o seio e começou a mamar.

— Nunca mais vou confiar em você. Se algum dia voltarmos a ter um bebê, vou acorrentá-la na cama durante as últimas semanas, para não acabar partejando um bebê na beira de alguma estrada. — Mas, ao dizer isso, voltou a beijá-la e deixou-a descansar um pouco, deitada sob as estrelas que tinham acabado de aparecer. Mas estava ficando frio.

— Agora, posso levá-la para casa, *Madame la Comtesse*? Ou vai querer dormir aqui? — Ele não queria que o bebê pegasse um resfriado ali. Nem Sarah, tampouco, queria isso.

— Pode me levar para casa, *Monsieur le Comte* — disse ela toda pomposa, ao que ele levantou-a no colo, cuidadosamente, e carregou-a pelos cinco minutos que levava para chegar de volta à casa, ela com o bebê nos braços. Para Sarah, não foi a situação mais confortável do mundo, e ela queria tentar caminhar, mas ele não deixou.

— É o tipo de coisa de que as índias falam — disse ele em voz baixa, quando chegaram à casa da fazenda —, mas que nunca acreditei que acontecesse de verdade.

Mas, com isso, os dois rapazes os viram e perguntaram o que havia acontecido a Sarah. Pensaram que ela tivesse caído ou torcido o tornozelo, e não perceberam que estava carregando o bebê, que estava dormindo, exausto por sua chegada apressada.

— Achamos o neném no campo — explicou François, divertido.
— É espantoso, é a cara da mãe. — Ele estava rindo e os rapazes pareciam atônitos.

— Ela a teve, assim, sem mais, a caminho da cachoeira? — perguntou em deles, meio incrédulo.

— Bem no caminho — ele lhes garantiu. — Nem uma vez ela tropeçou. Ela é ótima nisso — disse ele, piscando para a esposa, enquanto admirava o bebê.

— Espere só até conhecer a mamãe — disse o mais moço dos dois.
— Ela sempre leva uma eternidade e, na hora em que o bebê finalmente chega, papai está tão bêbado que cai no sono. Então ela fica furiosa com ele, porque ele não vê o bebê.

— Diabo de cara sortudo — disse François, carregando Sarah e o bebê para dentro. Os rapazes tinham ficado de babás de Alexandre, mas ele adormeceu antes de poder ver a irmã.

— Como vamos chamá-la? — perguntou Sarah, quando François deitou-se na cama a seu lado. Parecia mais cansada do que estava disposta a admitir.

— Sempre quis ter uma filha chamada Eugénie, mas não é tão bonito em inglês — confessou ele.

— E que tal Françoise? — perguntou Sarah, dando graças por estar de novo em sua cama e sentindo-se um pouco grudenta. Com a rapidez do parto, ela vertera um volume razoável de sangue.

— Não é muito original — disse ele. Mas estava comovido e finalmente concordou. Chamaram-na de Françoise Eugénie Sarah de Pellerin. E ela foi batizada em agosto, junto ao irmão, na igrejinha de Shelburne.

A essa altura, a casa já estava quase pronta, e Sarah andava ocupadíssima com as crianças. Mas ia até lá o máximo que conseguia, para obervar o progresso da obra. E, em outubro, já estavam nela.

A anotação de seu diário, nesse dia, é jubilosa. Ela descrevendo praticamente cada detalhe da casa. Charlie sorriu, lendo isso. A casa mal tinha mudado, desde que ela e François a haviam construído, pelo que dizia o diário, e quando o pôs de lado, sentiu-se melancólico, pensando nos filhos dela. Como Sarah e François tiveram sorte. Que vida plena tinham vivido. Gostaria de ter sido tão sábio e sortudo quanto eles foram.

Estava com uma ligeira pena de si mesmo quando o telefone tocou, e quase não atendeu. Mas ficou imaginando se não teria sido Francesca, para contar sobre sua primeira leitura do diário. E, com um sorrisinho, ele pegou o fone e falou:

— Tudo bem, Francesca, que tal? — Mas era Carole, e Charlie ficou chocado quando ouviu sua voz.

— Quem é Francesca? — Ela quis saber.

— Uma amiga. Por quê? O que há? — Estava completamente confuso por tê-la ouvido. O que ela poderia querer dele, agora? Já tinha telefonado para contar que ela e Simon iam se casar. O divórcio só sairia no final de maio. Portanto, ela não estava tendo de esperar mais do que o necessário. — Por que está ligando? — perguntou ele, ainda sem graça por tê-la chamado de Francesca. Isso o fez sentir-se muito tolo, e mais ainda quando se pegou imaginando se isso não faria Carole sentir ciúmes. Mas essa era uma idéia simplesmetne idiota.

— Há algo que quero lhe dizer — declarou ela, pouco à vontade, e ele teve uma forte sensação de *déjà vu*.

— Já não tivemos esta conversa? Já passamos por isso. — Ele não parecia exultante por escutá-la, e Carole percebeu. Mas ela ainda tinha a obsessão de ser decente com ele, o que Simon lhe disse ser maluquice. Ele lhe disse que ela não devia mais nada a Charlie, mas Carole não era burra. — Você já me contou que vai se casar — ele lembrou-lhe. — Recorda-se?

— Eu sei. Mas agora há uma outra coisa que acho que devia contar-lhe.

Ele não conseguia imaginar o que fosse, e não sabia ao menos se estava interessado, não queria saber dos detalhes íntimos da vida dela com Simon.

— Você está passando mal?

— Não exatamente — respondeu ela, e de repente ele ficou preocupado. E se algo terrível estivesse acontecendo com ela? Tinha certeza de que Simon não cuidaria dela como ele próprio, Charlie, faria. — Estou grávida — ela continuou, e foi como se lhe tivessem dado um soco no estômago, sem um pingo de ar no corpo. Ele ficou em silêncio, atônito. — Estou passando mal, enjoada como o diabo. Mas a questão não é essa. Achei que você devia saber, Charlie. Não sabia como ia se sentir a respeito. E vai dar para se ver, antes do casamento. — Ele não sabia se a amava ou odiava, por ter-lhe contado. Um pouco das duas coisas. Mas ele ficara realmente chocado e magoado de verdade.

— Por que Simon? — disse ele, num tom de infelicidade. — Por que não eu? Durante todos aqueles anos? Você nunca quis filhos, e de repente, pimba, arranja um namorado sexagenário e fica grávida. Talvez eu seja estéril — concluiu e ela riu baixinho.

— Difícil — disse ela. Ela fizera um aborto antes de se casarem. — Não sei, Charlie. Acabei de fazer quarenta anos, e tenho medo de nunca mais voltar a ter a oportunidade. Não sei o que lhe dizer a não ser que desta vez eu quero. Talvez se tivesse acontecido conosco, ia me sentir assim, também. Mas nunca aconteceu. Só isso. — Mas era mais do que isso, e ela sabia. Nos últimos poucos anos, Charlie não tinha sido a pessoa certa para ela. Não era feliz com ele. Ele era uma recordação de sua juventude, e Simon, não. Este era o homem com quem queria se casar e ter filhos. Era tudo o que Charlie não era. — Não telefonei para magoá-lo, Charlie. Só achei que você devia saber. — Ainda que fosse muito esquisito contar a ele.

— Obrigado — disse ele, tentando absorver o que ela lhe dissera, e pensando no futuro. — Talvez, se tivesse acontecido conosco, ainda estivéssemos casados. — Era impossível não pensar nisso.

— Talvez — replicou ela, honestamente. — Ou talvez, não. Talvez tudo isso tenha acontecido por um motivo. Não sei.

— Está feliz com isso? — perguntou ele, pensando de repente em Sarah e seus bebês com François. Talvez houvesse uma Sarah por aí, esperando por ele. Era um belo conto de fadas, mas no qual Charlie não acreditava de verdade.

— Sim, acho que estou feliz — disse Carole novamente, sendo honesta com ele. — Gostaria de não me sentir tão enjoada. Estou mesmo péssima, mas a idéia de um bebê é meio empolgante. — Algo no modo como ela disse isso o comoveu profundamente. Ele percebera que era importante para ela e, por um momento, sua voz soou como a de uma pessoa diferente.

— Cuide-se — disse ele, preocupado com ela. — O que Simon acha disso tudo? Ele deve sentir-se meio idoso para voltar a dobrar fraldas, ou isso o faz sentir-se jovial? — Era uma coisa má de se dizer, mas Charlie não conseguiu resistir. Estava com ciúmes do cara. Ele tinha lhe roubado a mulher e agora iam ter um bebê. Era difícil de engolir.

— Está nas nuvens, como ele mesmo diz — respondeu Carole com um sorriso e se interrompeu, com uma onda de náusea. — É melhor eu desligar agora, mas só queria que você soubesse, caso ficasse sabendo por fofocas. — Em alguns sentidos, Londres era uma cidade pequena e Nova York também, mas ele não estava mais em nenhum dos dois lugares. Tinha sido degredado.

— A rede de fofocas não chega a Shelburne Falls. — Ele a informou. — Eu provavelmente só ficaria sabendo quando voltasse a Londres.

— E isso, quando será?

— Ainda não sei. — Ele soou vago, mas não tinha nada mais para dizer a ela. Carole havia atirado suas notícias em cima dele, e ele agora precisava digeri-las. — Cuide-se, Carole. Um dia desses eu lhe telefono. — Mas ele não sabia, agora, se iria fazê-lo de verdade. Não restara nada a ser discutido, ou a dizer. Ela ia se casar, ia ter um filho. E ele tinha sua própria vida para levar em frente. Era a primeira vez que ele sentia isso para valer e, quando desligou, entendeu que isso tinha muito a ver com Sarah. De uma forma estranha, e sutil, a leitura dos diários realmente o havia modificado. E ele ainda estava pensando nisso quando o telefone voltou a tocar, e ele calculou que fosse Carole.

— Oi, Carole — disse ele. — E agora, o quê? São gêmeos? — Ele não atendeu com voz superemocionada, mas a voz não era a que ele esperava.

— Sou eu, Francesca. Estou interrompendo alguma coisa? — Ela soou intrigada e ele soltou um grunhido.

— Estou errando todas. Minha ex-mulher acaba de me telefonar e, quando atendi, eu disse: Oi, Francesca. Agora, você ligou e achei que fosse Carole, voltando a telefonar. De qualquer modo, ela acaba de me telefonar com mais um flagrante noticioso — ele soou estranhamente não emocional a respeito, o que surpreendeu. Era muito diferente de sua reação quando ela lhe ligou para comunicar que ia se casar, e ele havia se sentado e conversado com Francesca.

— Ela está largando o namorado? — perguntou-lhe Francesca com interesse.

— Não, pelo contrário, eles vão ter um bebê. Tudo indica que ela estará com seis meses quando se casarem. Muito moderno.

— Como está se sentindo quanto a isso? — perguntou ela, gentilmente, e ele pôs-se a pensar a respeito.

— Acho que deve ser um inferno achar um vestido de noiva num caso assim, e é melhor fazê-lo um pouco mais cedo. Talvez antes mesmo de ser derrubada na cama, só para ser antiquado. — Ele a estava provocando um pouquinho, e ela não seria capaz de dizer se ele estava histérico ou indiferente ao que Carole lhe contara. E ele tampouco sabia.

— Estou falando sério, Charlie. Como você está?

— Como estou? — Ele pensou a respeito por um longo tempo e então suspirou. — Meio pau da vida, meio decepcionado, gostaria que tivéssemos tido um filho, mas não tivemos. Mas, se fôssemos ser honestos a respeito, eu teria de dizer que nós não o quisemos. Eu *realmente* não quis ter filhos com ela, e ela *realmente* não quis tê-los comigo. Talvez tenha sido o nosso modo de reconhecer que havia algo errado, antes mesmo de ela conhecer Simon. De um jeito engraçado, acho que agora me sinto livre. Está definitivamente acabado, sei disso. Ela não vai voltar. Agora, ela é dele. Estou meio magoado, e meio no escuro. E, depois de ler o diário de Sarah, eu agora quero um filho meu próprio... Ou talvez Monique tenha provocado isso. Mas assim é que me sinto. E sabe do que mais? — Ele soava razoavelmente alegrinho, e ela gostava do que estava dizendo.

— Que mais? — perguntou ela, baixinho. Era tarde e Monique já estava dormindo.

— Estou com saudades de você. Tive esperanças de que fosse você, quando Carole ligou. Estava morrendo de vontade de saber o que você achou do diário de Sarah.

— Foi por isso que lhe telefonei. Estive sentada aqui a noite inteira, chorando sem parar, lendo o que Edward fez com ela, e sobre todos aqueles bebês que morreram. Como é que a pobrezinha agüentou?

— Eu lhe disse — falou ele, orgulhoso. — Ela era valentona. E você também. Nós todos passamos por um monte de coisas, mas isso é só o começo. Senti isso prontamente, assim que li os diários de Sarah. Onde você está, agora? — quis saber ele, lembrando-se de cada passo do caminho que trilhara. Invejava nela o fato de estar apenas começando a leitura. Mas ele imaginava um dia lê-los todos de novo. Um longo tempo depois de ter acabado, e de tê-los entregado a Gladys Palmer.

— Ela está no navio.

— Vai melhorar muito. — Era como se partilhassem de um clube secreto. E ela estava tão grata a ele, por permitir que os lesse. Mas ele tinha uma outra idéia. Vinha pensando nisso desde que a vira. Mas não sabia se ela estava pronta. — Que tal, um dia destes, um encontro de verdade? Um jantar verdadeiro, só nós dois? Eu pago pela babá.

— Você não tem de fazer isso. — Ela sorriu e ele sentira que ela lhe devia algo por ele deixá-la ler os diários de Sarah. — Eu adoraria.

— Sábado? — Ele falava, surpreso, como que em êxtase. Não achara que ela fosse aceitar.
— Sábado — disse ela.
— Pego você às oito horas. Boa leitura. — E então eles desligaram. Tinha sido um longo dia, uma longa noite. Sarah tivera dois bebês. Ele tinha vontade de sair saltitando e rindo, quando pensou nisso.

Capítulo Vinte e Dois

CHARLIE FOI DE CARRO PEGAR FRANCESCA às oito horas da noite de sábado, e ela estava linda. Usava um vestido preto simples, com um fio de pérolas e os cabelos caindo soltos sobre os ombros. Caía-lhe muito bem esse estilo, e o coração de Charlie teve um pequeno sobressalto quando Monique lançou-lhe um olhar grave, sentada em seu quarto com a babá. Não estava nada feliz por não ter sido incluída. Mas a mãe precisou explicar-lhe, com muito jeito, que às vezes os adultos precisavam ficar juntos. Monique disse achar essa regra bem idiota e esperava que nunca mais fizessem isso. E, além do mais, a babá era muito feia. Mas ela parecia dar conta do recado, jogando Banco Imobiliário e vendo TV, quando Francesca e Charlie saíram para jantar.

Ele a levou ao Andiamo, em Bernardston e, depois do jantar, foram dançar. Era um encontro de verdade, decididamente e, pela primeira vez desde que ele conhecera Francesca, ela não agiu como se estivesse pronta para sair correndo porta afora a cada cinco minutos quando estavam sozinhos. E ele não conseguiu deixar de se sentir curioso quanto ao que teria acontecido para isso.

— Não sei, estou crescendo, acho — disse ela, quando ele fez um comentário a respeito. — Às vezes eu própria me canso um pouco de minhas cicatrizes de guerra. Usá-las, por aí, feito jóias, fica meio chato e tedioso — disse ela e ele ficou impressionado. Imaginou se não teriam sido os diários que fizeram isso, ou simplesmente o tempo. Talvez ela estivesse sarando. E então, ela o surpreendeu dizendo que ia a Paris naquela semana. Seu advogado havia telefonado, e ela e Pierre iriam vender a última propriedade que lhes restara. E ela tinha de assinar toda a papelada.

— Não podem mandar a papelada para você? — disse Charlie, parecendo surpreso. — Parece-me uma distância muito grande a percorrer só para assinar uns papéis.

— Eles querem que eu faça isso pessoalmente. Pierre não quer que eu possa alegar que ele me obrigou, ou que houve alguma fraude envolvida na questão, nem que eu não entendi o que estava fazendo. Não que eu fosse fazer isso. Acho que ele pensa que, se fizer isso frente a frente, não haverá mal-entendidos.

— Espero que ele esteja pagando a viagem — disse Charlie, muito francamente, mas ela sorriu.

— Vou tirar da minha parte nos lucros. Não estou muito preocupada com isso. Estou mais preocupada em vê-lo e à mamãezinha feliz. Antigamente, eu tinha náuseas só de vê-los; agora, não sei dizer como será. Talvez seja um bom teste. Talvez eu não ligue tanto quanto costumava achar que ligava. Às vezes, fico me perguntando. — Ela parecia pensativa, olhando-o. Só no pouco tempo que se conheciam, dava para ver que ela estava mudando.

— Está com medo de ir a Paris, desta vez? — perguntou ele, honestamente, enquanto estendia a mão para pegar a dela. Às vezes, era difícil voltar. De certa forma, por mais que ele quisesse voltar, temia muito a perspectiva de estar de novo em Londres.

— Estou um pouco assustada — confessou ela, mansamente. — Mas não vou ficar muito tempo. Parto na segunda-feira e volto na sexta. Já que vou, quero rever alguns amigos e fazer umas comprinhas.

— Vai levar Monique com você? — perguntou ele, preocupado com as duas. Dava para ver que aquela viagem ia ser um desafio.

— Ela tem escola, e é melhor que não esteja presente a isto. Não quero que ela se sinta dividida entre nós. Ela vai ficar na casa de uma amiga da escola.

Ele assentiu com a cabeça.

— Telefonarei para ela.

— Ela vai gostar disso — disse Francesca, e então eles dançaram um pouquinho, e nenhum dos dois disse nada. Ele gostava de tê-la nos braços, mas não ousava ir além disso, embora lhe tivesse agradado. Mas conseguia sentir que ela ainda não estava pronta. Nem sabia dizer se ele próprio estava. Nos últimos dias, um monte de coisas lhe passara pela cabeça. Um monte de idéias novas, como querer ter filhos e como não estar assim tão zangado com Carole. Não sabia dizer com certeza se ainda estava zangado com alguma coisa. Queria bem a ela. Gostaria que ela pudesse ter tanto na vida quanto ele. Como Sarah e François.

Conversaram sobre os diários a caminho de casa, e ele gostaria de conseguir encontrar as plantas com que François havia trabalhado. Para ele, isso sim, teria sido empolgante. Mas os diários eram ainda melhores. Quando chegaram à porta de Francesca, ele a acompanhou até dentro de casa e pagou à babá. Monique, a esta altura, dormia um sono profundo, e era agradável estar a sós com Francesca, no silêncio.

— Vou sentir muito a sua falta, quando você viajar — disse ele e falava a sério. — Gosto de conversar com você. Há muito tempo eu não tinha uma pessoa amiga — e isso é o que ela vinha sendo, ultimamente. Ele ainda não sabia o que ela viria a ser, mas mesmo ter alguém com quem conversar era coisa rara e preciosa.

— Vou sentir sua falta, também — disse ela, baixinho. — Vou lhe telefonar de Paris. — Esperava que o fizesse, e Francesca lhe contou onde ia ficar hospedada. Era um hotelzinho na Rive Gauche, o que para ele foi uma evocação de antigos sonhos. Gostaria de poder ir lá com ela. Poderia ser muito romântico, e ele poderia apoiá-la quando ela visse o ex-marido, como François protegendo Sarah de Edward. Ele lhe disse isso, e ambos riram da imagem. — Você daria um ótimo cavaleiro numa armadura brilhante — concluiu ela gentilmente, colocando-se bem perto dele.

— Acho que estou um pouco enferrujado — disse ele, louco de vontade de beijá-la. Mas, em vez disso, pegou-lhe a mão e beijou-lhe os dedos, lembrando com isso o gesto habitual de François. — Cuide-se — acrescentou. Sabia que era hora de ir, antes que fizesse alguma besteira. E, ao sair com o carro, ela o ficou observando da janela.

Ele leu um pouco dos diários de novo naquela noite, mas a maior parte deles era sobre a casa e tudo que fizeram nela naquele inverno. Adormeceu, sonhando com Francesca.

No dia seguinte, pensou em passar para ver Francesca e Monique, mas no final, não foi. Em vez disso, levou a Sra. Palmer para almoçar, e teve de se esforçar para não lhe contar sobre os diários. Mas queria deixar Francesca terminá-los, antes de abrir mão deles. E Gladys Palmer ficou feliz com a atenção, e havia muito sobre o que conversar. Ele queria contar-lhe sobre Carole e Francesca.

Mas, conforme o dia foi seguindo, Charlie só conseguia pensar em Francesca. Telefonou para saber se ela e Monique queriam jantar com ele, mas elas estiveram fora a tarde inteira. Tinham ido patinar no gelo e quando ele finalmente as encontrou, elas já tinham comido. Mas Francesca pareceu comovida por ele ter-lhe telefonado. Atualmente, a voz dela andava soando tristonha, e ele suspeitava de que ela estivesse preocupada com sua viagem a Paris pela manhã. Ia partir depois de deixar Monique na escola, e ele se ofereceu para levá-la ao aeroporto. Mas ela já tomara outras providências.

— Eu lhe telefono de Paris — prometeu ela de novo, e ele novamente sentiu a esperança de que ela falava sério. Sentia-se como um menino sendo abandonado.

— Boa sorte — desejou, antes de desligarem. E ela lhe agradeceu e disse-lhe para dizer oi a Sarah. Ele bem que gostaria de poder e aquela noite, como sempre, ficou prestando atenção, mas não viu nada.

A semana arrastou-se interminavelmente e Charlie sentiu-se desesperado. Tentou realizar algum trabalho, começou um quadro e leu um pouco mais do diário de Sarah, e leu todas as revistas de arquitetura em que conseguiu botar as mãos. Visitou Monique umas duas vezes, mas só na quinta-feira conseguiu ter notícias de Francesca. Então, finalmente, ela lhe telefonou.

— Como foi?

— Ótimo. Ele continua a ser um cretino, mas ganhei um bocado de dinheiro. — Ela riu ao telefone e sua voz soou maravilhosa. — E a pequena campeã olímpica está engordando a olhos vistos. Pierre detesta mulheres gordas.

— Bem feito para ele. Espero que na próxima Olimpíada ela esteja pesando uns cento e cinqüenta quilos. — Ela voltou a rir e agora havia algo mais em sua voz, mas ele não conseguia perceber o que era. Para ele, era de manhã, e para ela, de tarde. Ela ia tomar o avião para Boston em poucas horas. Não estava exatamente cheia de pressa para telefonar-lhe. — Posso pegá-la amanhã, no aeroporto? — ofereceu e ela hesitou, mas depois, aceitou.

— É uma distância longa para você dirigir, não é?

— Acho que eu consigo. Vou preparar a carroça e contratar uns dois guias indígenas. Estarei lá no domingo.

— Está bem, está bem — disse ela. E então pareceu cheia de pressa. — Tenho de fazer a mala. — Ela deveria chegar ao meio-dia, hora local, na sexta-feira.

— Estarei lá — garantiu a ela.

No dia seguinte, dirigindo para Boston, sentiu-se como um garoto. E se ela nunca quisesse ser mais do que amiga dele? E se ficasse amedrontada para sempre?... E se Sarah jamais tivesse dado a volta por cima de Edward?... Ele estava começando a achar que talvez devesse ir recebê-la usando camurça e penas de águia, e só ter esse pensamento o divertiu.

Ela passou pela alfândega antes que ele pudesse alcançá-la. E já era uma hora da tarde, quando ela atravessou o portão e o viu. Estava mais bonita do que nunca. Usava um casaco de um vermelho luminoso, que comprara na Dior, e tinha cortado o cabelo. Parecia muito francesa e muito atraente. Ela impressionava.

— É formidável vê-la — disse ele, caminhando ágil ao lado dela e carregando suas malas para a garagem. E assim que acharam seu carro, partiram para Deerfield. Era estranho pensar quanto tempo isso tomara a Sarah, duzentos anos antes, quatro dias contra uma hora e dez minutos, e mais dez minutos até Shelburne Falls. Bateram papo com facilidade durante o trajeto e ela disse que havia terminado o primeiro diário. Falaram um pouco sobre isso e ela perguntou-lhe se ele havia lido mais durante aquela semana, mas ele lançou-lhe um olhar acanhado e sacudiu a cabeça, em negativa.

— Eu estava nervoso demais — confessou.

— Por quê? — Ela parecia surpresa, e ele, dirigindo, foi honesto na resposta.

— Não parava de pensar em você. Não queria que ele a magoasse.

— Acho que ele não pode mais me magoar — replicou ela, olhando pela janela. — Isso é que é engraçado. Fiquei um tempão sem vê-lo. Mas, de certa forma, não parei de atribuir-lhe esse poder mágico de arruinar a minha vida. O que ele quase fez. Mas não sei o que aconteceu desde a última vez em que o vi. Algo mudou isso. Ele é apenas um francês muito autocentrado e não tão bonito assim, a quem eu amava. E, sim, ele me magoou muito, mas acho que já superei. E isso me surpreendeu de verdade.

— Você agora está livre — disse ele, gentilmente. — Acho que foi o que aconteceu entre mim e Carole. Não a vi, mas que envolvimento você pode ter com uma mulher que está se casando com outro cara e tendo um filho dele?... E nunca quis ter um filho meu... É uma espécie de proposta destinada ao fracasso. — Essa era a diferença. Eles eram fracassados. Pierre e Carole haviam estragado as coisas, ou talvez só tivessem conseguido o que queriam e não tinham. Mas Francesca e Charlie queriam ser vencedores.

Sarah, no final, ganhara o grande prêmio. Havia encontrado tudo com François, quando teve a coragem de deixar Edward. Francesca concordou, assentindo com a cabeça, e ambos ficaram em silêncio. Ele continuou dirigindo até a casa dela e ajudou-a com a bagagem. À entrada, ele baixou os olhos sobre ela com uma pergunta.

— Quando vou ver você? — perguntou ele, com um tom de grande deliberação, e ela fitou-o direto nos olhos, deu um sorrisinho, mas não disse nada. — E quanto a jantar com você e sua filha, amanhã?

— sugeriu, não querendo ir depressa demais com ela, embora isso lhe houvesse agradado.

— Ela vai a uma festa de aniversário, e ficará para dormir — disse Francesca, sentindo-se levemente nervosa.

— Posso lhe preparar um jantar na minha casa? — perguntou, e ela assentiu com a cabeça. Era um pouco assustador, para ambos. Mas Sarah estaria presente, pelo menos em espírito. E Charlie, então, beijou-a no rosto.

Ela era agora uma mulher bem diferente da que ele havia conhecido. Era cautelosa, magoada, ainda medrosa, às vezes, mas não era mais amarga, zangada, nem destruída pelo que lhe acontecera. E tampouco Charlie.

— Pego você às sete — disse ele e virou-se para sair. Ela agradeceu por tê-la trazido de Boston.

E ele então voltou para sua casa e, por puro nervosismo, pegou o último dos diários. Havia-os deixado muito bem instalados em sua nova casa, e François há muito tempo não saía em suas cavalgadas com o exército. Mas Sarah continuava a dar notícias da situação no Oeste, entre os shawnees e os miamis e os colonizadores brancos espremidos no meio. A situação só tinha piorado.

E, no verão de 1793, um ano depois do nascimento de Françoise, François não estava cavalgando com o exército, o que não fazia há um tempo enorme. Continuou a aperfeiçoar a casa, e ela registrou todos os detalhes arquitetônicos em seus diários. Isso deu a Charlie a vontade de procurar de novo pela cascata e achar cada ângulo e cada fresta de que ela falou. Ele suspeitava de que a maioria dos detalhes descritos por ela ainda poderiam ser encontrados. Ela também escreveu que o coronel Stockbridge morrera nesse mesmo ano, sendo pranteado por todos que o conheciam. E o novo comandante era bem mais ambicioso. Era um amigo do general Wayne, que era o novo comandante do exército do Oeste e já havia passado um ano treinando soldados para perseguirem Pequena Tartaruga. Mas até agora nada havia acontecido, desde que o general St. Clair se reformara, caído em desgraça após sua esmagadora derrota da última vez. Era um tempo para sua família, e Sarah transmitia estar em paz e ocupada. E escrevia cada vez menos em seus diários. Era como se estivesse ocupada acima de suas forças, com três crianças, a fazenda e o marido.

Mas, no outono de 1793, Sarah mencionou com preocupação que um dos iroqueses, Árvore Grande, um amigo de François, havia ensaiado conversações de paz com os shawnees outra vez e fora repelido. O problema era que os shawnees haviam anteriormente se aliado aos ingleses. Por isso, quando os ingleses foram derrotados, o exército americano achou que os shawnees no território do Ohio deveriam desaparecer tal como eles, e entregar suas terras aos colonizadores. Mas os shawnees não queriam se deixar abater pelas chamas com os ingleses. E agora se recusavam a desistir de suas terras e exigiam uma indenização de cinqüenta mil dólares por elas, bem como uma anuidade de dez mil dólares, o que estava fora de questão. Nunca se ouvira falar de uma coisa dessas. E o general Wayne não queria ouvir. Nem por um minuto.

Ele continuou a treinar seus soldados no Forte Washington e nos fortes Recovery e Greenville, no Ohio, durante aquele inverno. Nada iria abalá-lo e, a essa altura, todo mundo concordava com ele. Casaco Azul e Tartaruga Pequena, os dois guerreiros mais orgulhosos, tinham de ser derrotados. Mas, até agora, ninguém conseguiu isso.

Falou-se de uma campanha organizada pelo general Wayne em maio de 1794, mas esta nunca deslanchou, e Sarah estava imensamente aliviada por isso. Ela esperava um verão pacífico e começou a provocar François, dizendo ser ele um colonizador, e não mais o guerreiro ou valente indígena. Ele agora era um "velho", um "fazendeiro". E ele adorava isso. Aos 43 anos, ela escreveu, ele estava mais bonito do que nunca, e ela, contente por ele não andar mais arriscando constantemente a vida para ir cavalgar com o exército. Na verdade, estavam pensando em ir visitar os iroqueses, naquele verão, com todos os três filhos, já que, ao menos uma vez, ela parecia não estar grávida. Era o primeiro descanso que tinha desde que se casara com François, e até mesmo desde antes disso. E ficava óbvio, pelo que escrevera, o quanto amava os filhos. Mas ficava igualmente claro que adorava o marido. François era mesmo o amor de sua vida e, mais do que qualquer coisa, ela queria envelhecer ao lado dele, para curtirem juntos sua família. Ela se preocupava por ele se mostrar às vezes inquieto, mas para um homem como ele, isso parecia normal e, na maior parte do tempo, ele estava contente de viver com a família.

Mas, quando Charlie leu sua anotação do início de julho daquele ano, deu para ver claramente que ela o fizera com a mão trêmula. Houvera um ataque a um comboio de carga e sua escolta de 140 homens, no Ohio, dia 30 de julho, comandado por Casaco Azul e Tecumseh, seguido de um ataque ao Forte Recovery pelos ottawas, e numa questão de dias, o novo comandante da guarnição de Deerfield enviou uma mensagem a François. Dali a um mês, quase quatro mil homens do exército e milicianos do Kentucky partiriam para o Forte Recovery, numa tentativa de acertar o problema. Era um número enorme de homens, e nem mesmo François jamais ouvira falar de uma coisa assim. E, previsivelmente, o general Wayne queria que François fosse com eles. Seu amplo conhecimento das tribos indígenas, sua habilidade para lidar com todos os guerreiros, salvo os mais hostis, eram-lhes valiosíssimos. Mas Sarah fez tudo que pôde para ir contra isso, incluindo suplicar-lhe que não fosse, em nome de seus filhos, e insultá-lo dizendo que ele estava velho demais para sobreviver. Mas ele se limitou a tentar tranqüilizá-la.

— Com tantos homens, como pode me acontecer alguma coisa? Eles não vão conseguir nem me encontrar — replicou com gentileza, profundamente cônscio de seu senso de obrigação.

— Isso não faz sentido, e você sabe — contrapôs ela. — Pode ser que haja milhares de homens mortos, e haverá. Ninguém pode derrotar Casaco Azul, e agora Tecumseh juntou-se a ele. — Graças a tudo que François lhe havia explicado, ela ficara entendida nessas coisas, e Tecumseh era famoso como o maior de todos os guerreiros. Sarah não queria nem pensar em François perto dele.

Mas, no final de julho, Sarah estava derrotada. François prometera-lhe que nunca mais ele iria de novo, se era isso que ela queria, mas ele não podia decepcionar o general Wayne agora, depois que este mandara chamar especificamente por ele, e ela sabia que, na verdade, François poderia ser muito útil.

— Seria errado abandonar meus amigos agora, meu amor. — Ele era, acima de tudo, um homem de honra. E, embora ela discutisse constantemente com ele sobre isso, Sarah sabia que não havia agora o que o parasse. Mas ela chorou dolorosamente durante toda a noite anterior à partida dele. Só o que ele pôde fazer foi segurá-la bem junto a si e beijá-la, enquanto ela soluçava. E, logo antes do dia nascer, ele fez amor com ela e Sarah viu-se rezando para ter ficado grávida. Desta vez, estava com as mais terríveis premonições sobre a partida dele. Mas François beijou-a gentilmente e lembrou-a de que ela tinha as mesmas sensações sempre que ele ia a Deerfield.

— Você me quer amarrado aos cordões do seu avental, tal como seus filhos — disse ele sorrindo. Era verdade, em parte. Mas ela também sabia que não seria capaz de suportar se alguma coisa acontecesse a François. E, mesmo quando o viu montado em seu cavalo, ao amanhecer, sabia bem quem ele era e a quem ela amava. Ele parecia o mesmo guerreiro que a aterrorizara quatro anos e meio atrás, quando ela o conheceu, na floresta. Ele era uma águia orgulhosa que planava bem alto nos céus, e até mesmo ela sabia que não poderia forçá-lo a descer tão depressa para a terra.

— Cuide de sua segurança — sussurrou, enquanto ele a beijava pela última vez. — Volte para mim depressa... vou sentir saudades suas.

— Eu te amo, indiazinha corajosa. — Ele sorriu para ela, no alto de sua égua sarapintada, que fora um presente dos iroqueses, muito tempo atrás, numa outra vida.

— Vou voltar para casa antes do próximo bebê. — Ele riu e então saiu cavalgando para o vale, a galope, enquanto ela o observava. Sarah ficou parada ali por um longo tempo, e ainda conseguia ouvir o barulho dos cascos do cavalo dele em seu coração, enquanto voltava para dentro, para seus filhos.

Naquele dia, passou horas deitada, pensando nele e desejando ter conseguido fazê-lo parar. Mas, não importava o que ela dissesse, sabia que ele teria ido de qualquer jeito. Tinha de ir.

E, em agosto, ela soube, na guarnição, que eles haviam chegado em segurança ao Forte Recovery. E construído mais dois fortes, o Defiance e o Adams, e seus espiões lhes contaram que Tartaruga Pequena estava pronto para negociar a paz. Mas nem Casaco Azul nem Tecumseh estavam dispostos a sequer ouvir falar disso. Estavam determinados a derrotar o exército. Mas o fato de que pelo menos um dos grandes guerreiros estava disposto a ceder era um bom sinal. E os homens da guarnição estavam seguros de que, com quatro mil homens sob seu comando, Wayne rapidamente derrotaria tanto Casaco Azul quanto Tecumseh. Mas, durante o mês inteiro, Sarah não conseguiu se sentir bem. Agosto zumbiu em torno dela como um enxame de abelhas, picando-a constantemente com seus próprios terrores. E, no final do mês, ela sentia-se ainda mais preocupada. Não havia notícias e então, finalmente, a guarnição inteira fervilhou com o que foi considerado por todos como uma derrota fragorosa. O general Wayne desfechou um ataque brilhante contra Casaco Azul, dia 20 de agosto, em Fallen Timbers. Quarenta índios haviam morrido ou sido gravemente feridos, enquanto o mesmo aconteceu a muito poucos do exército. Tinham usado uma estratégia ótima e derrotado os índios impiedosamente e, em uma questão de dias, Casaco Azul recuou. E o general Wayne estava voltando para casa, vitorioso, através do Ohio. Havia motivo para comemoração, e no entanto Sarah sentiu-se quase enjoada, enquanto ouvia. Sabia que não ia voltar a encontrar a paz enquanto François não voltasse para ela em segurança.

Esperou que ele voltasse, ou saber notícias dos que voltavam à área. Muitos haviam ficado no Oeste, para continuar a batalha. Casaco Azul tinha sido vencido, mas ainda não havia admitido a derrota total, tampouco Tecumseh. Talvez François também tivesse escolhido continuar no Oeste, para seguir com a guerra até a sua conclusão definitiva. Mas isso parecia improvável. Poderia levar meses. Ou todo um ano, e François não ia ficar para isso.

Mas, em meados de setembro, não tendo recebido nenhuma notícia, ela estava quase frenética, e apelou ao coronel Hinkley, o comandante da guarnição de Deerfield, para conseguir as notícias que pudesse dos homens que voltavam de Fallen Timbers. E agora, durante quase dois meses, ficou sem saber nada. E ele prometeu ver o que poderia fazer para aliviar sua angústia.

Naquela tarde, ela voltou para casa a cavalo acompanhada por apenas um de seus dois empregados e, ao chegar, encontrou as crianças rindo e brincando. Quando ela se sentou para olhá-las em suas brincadeiras, achou ter visto um homem olhando da orla das árvores. Ele usava roupas indígenas. Mas ela pôde ver que não era índio. Era um homem branco, mas antes que ela pudesse questioná-lo, ou mandar mais alguém fazê-lo, ele desapareceu. Ela ficou de pé um longo tempo, aquela noite, olhando o pôr-do-sol. Tinha uma sensação desagradável.

E, dois dias depois, voltou a ver o tal homem. Mas, dessa vez, ele parecia estar observando-a, e então desapareceu ainda mais depressa. E, na semana após sua visita à guarnição, o próprio comandante apareceu para vê-la. Ele acabara de receber notícias de um batedor que voltara do Ohio. E Sarah soube antes mesmo de ele dizer. François havia morrido em Fallen Timbers.

Somente 33 homens morreram, e François tinha sido um deles. E, no entanto, ela soube. Sempre soube que Casaco Azul o mataria. Ela o sentira. E então entendeu quem tinha sido o homem em frente às árvores. O homem que ela vira observando-a e que parecia ter desaparecido em pleno ar... tinha sido François, que viera dizer-lhe adeus. Ela o vira.

Ficou sentada muito quieta, quando o coronel Hinkley deu-lhe a notícia que estilhaçou seu mundo, e deixou-a bem depressa. E ela ficou olhando o vale que ele tinha amado, o lugar onde haviam se conhecido, e sentiu em seu coração que ele nunca a deixaria. E, ao alvorecer do dia seguinte, ela foi a cavalo, devagarzinho, até a cachoeira que eles haviam amado, onde ele a beijara pela primeira vez. Havia tantas recordações... tanta coisa ainda por dizer a ele... e ela já sabia que não haveria mais bebês... Marie-Ange tinha sido a última. François fora um grande guerreiro, um grande homem, o único homem que ela havia amado na vida... Urso Branco... François de Pellerin, ela sabia que tinha de ir até os iroqueses e contar-lhes.

E, parada diante da cachoeira, ela sorriu entre as lágrimas, lembrando tudo que ele tinha sido, tudo que ele tinha amado... e entendeu que ela nunca o perderia. E, enquanto Charlie lia aquela página, lágrimas enormes rolaram-lhe pelo rosto. Como aquilo podia ter acontecido? Eles só tiveram quatro anos juntos. Como aquilo era possível? Como poderia uma mulher dar tanto e receber tão pouco de volta? Só quatro anos com o homem que amava. E, no entanto, Sarah não se sentia assim. Sentia-se grata, por cada dia, por cada momento e por seus três filhos.

As anotações foram se tornando mais curtas e mais espaçadas com o correr dos anos e, no entanto, deu para ver que ela teve uma vida boa. Ela parecia em paz. Viveu até os oitenta anos, na casa que ele construíra para ela. Ela nunca amou outro homem, nem esqueceu François. Ele continuou a viver em seus filhos, tal como ela. Sarah nunca voltou a ver o homem na clareira. Tinha sido François, para dizer-lhe adeus, e ela sabia disso.

E a última anotação do diário era numa caligrafia diferente. Tinha sido escrita por sua filha. Dizia que sua mãe tivera uma vida boa e que vivera até uma idade avançada e, embora nunca tivesse conhecido o pai, soubera que homem ótimo ele tinha sido. Dizia que o amor e a coragem deles e o laço que os unia tinham sido um exemplo para todos que os haviam conhecido. Ela escreveu isso no dia em que Sarah morreu, quando achou os diários no baú no quarto dela, assinou sua anotação na última página, Françoise de Pellerin Carver, e escreveu em seguida Deus os Abençoe. A data era 1845. E a caligrafia era quase a mesma de sua mãe. Depois disso, não havia outras anotações. Nenhum meio de saber o que acontecera a seus filhos.

— Adeus — disse Charlie num sussurro, as lágrimas ainda rolando-lhe pelo rosto. Por um momento, não conseguiu imaginar o que ia fazer sem eles, que bênção Sarah tinha sido em sua vida, que mulher extraordinária... E François, o quanto tinha lhe dado em tão pouco tempo. Era difícil imaginar. Charlie estava profundamente comovido com tudo que havia lido e sabido sobre eles. E, naquela noite, quando foi para seu quarto, pensando nela, ouviu o som de uma saia de seda, arrastando-se rápido pelo chão, e ergueu os olhos, quase sem pensar. Viu uma forma movendo-se depressa sobre o assoalho, com um vestido azul, e então ela sumiu e ele não sabia mais dizer se tinha sido real, ou sua imaginação. Ou teria sido como o homem que ela vira na orla da clareira? Teria ela vindo dizer-lhe adeus? Poderia ela ao menos saber que ele havia encontrado seus diários? Parecia impossível acreditar nisso, e vê-la de novo foi como um presente de despedida dela, com ele ali, de pé, desolado, no silêncio. Charlie queria contar a alguém que ela tinha morrido. Telefonar a Francesca e falar com ela sobre Sarah e François. Mas isso não seria justo. Estragaria para ela a leitura do resto dos diários. Não podia fazer isso e, além do mais, eram três horas da manhã. Em vez disso, ficou deitado em sua cama, ainda vendo-a, tal como a tinha visto, ainda pensando em tudo que tinha lido e pranteando a morte de François em Fallen Timbers, e a dela, tantos anos depois. Não havia o menor som na casa e, em pouco tempo, ele dormia profundamente.

Capítulo Vinte e Três

CHARLIE ACORDOU NO DIA SEGUINTE com o sol filtrando-se por seu quarto e a sensação de um peso sobre o peito, como se algo terrível houvesse acontecido. Ele havia acordado desse jeito durante meses, depois que Carole o deixou, e ficou se perguntando se seria ela de novo. Mas sabia que não era. Era outra coisa, mas não conseguia lembrar... e então entendeu o que era. Era Sarah. François tinha morrido. E ela também, quase cinqüenta anos depois. Era um tempo longo demais para viver sem ele.

E o pior para Charlie era que agora não havia nada para ler. Ela o deixara. E ela lhe enviara ainda mais uma lição, a de que a vida era muito curta e os momentos muito preciosos. E se ela nunca tivesse aberto a porta de seu coração para François? Eles só tiveram quatro breves anos, e no entanto tinha sido a melhor parte da vida dela, e ela lhe deu três filhos.

Isso fez tudo que lhe acontecera antes parecer tão sem importância. E enquanto tomava um banho de chuveiro aquela manhã, pensando novamente nela, sua mente vagou de volta para Francesca. Ela havia mudado, desde a viagem a Paris. Viu isso em seus olhos quando a pegou no aeroporto, e foi ainda mais significativo ela ter deixado que ele a fosse pegar. E, de repente, enquanto se vestia, ele mal podia esperar para vê-la. Entendeu que uma vida nova inteirinha podia estar esperando por eles dois. O dia ia parecer infinito até as sete horas, quando ele devia ir pegá-la. E, enquanto pensava nisso, ouviu a aldrava da porta lá embaixo. Imaginou quem seria, provavelmente Gladys Palmer. Ninguém mais na cidade o conhecia, além de Francesca, e ele só a veria naquela noite, para jantar. Agora, não conseguia imaginar por que não pedira para passar o dia com ela. Pareceu-lhe tremenda burrice. Mas enquanto descia correndo e olhava pela janela, ele a viu. Ela estava lá, de pé, esperando por ele, e parecia preocupada. Era Francesca...

— Desculpe — disse ela, nervosamente, o cenho franzido, mas ela ainda parecia linda, quando a convidou a entrar, e ela ficou parada no saguão. Ele estava sorrindo. — Eu achei, apenas... deixei Monique na casa da amiga, não era longe daqui e... imaginei... — Havia lágrimas em seus olhos, ela estava muito nervosa, e achava que não devia ter vindo, mas viera. — Terminei o diário ontem à noite. Ela está em Boston, quase vindo para Deerfield.

— Você está só começando — disse ele, pensativo, baixando os olhos sobre ela. — Talvez todos nós estejamos. Terminei o último deles noite passada... estava me sentindo como se alguém tivesse morrido. — E alguém, de fato, tinha, só que muito, muito tempo atrás. Mas ele ainda a pranteava. — Estou contente que você tenha passado aqui. Não pude imaginar quem estaria me batendo à porta, tinha de ser ou a polícia, ou a senhoria... estou extremamente feliz que tenha sido você. — Baixou os olhos gentilmente sobre ela e de repente teve uma idéia. Talvez isso viesse a lhes dar sorte, ou a ter um significado especial, mais tarde, para eles. — Quer dar uma saída de carro comigo?

— Claro — disse ela, parecendo aliviada. Tinha precisado reunir tanta coragem para ir visitá-lo, que ela ainda estava um pouquinho trêmula. — Aonde vamos? — Ela perguntou, nervosamente.

— Você verá — disse ele, misteriosamente. Ele agarrou um casaco e voltou lá para fora com ela, e levou-a de carro a uma curta distância que Sarah havia percorrido tantas vezes a pé, mesmo quando estava grávida. E então Francesca reconheceu o caminho. Tinha ido até lá com Monique uma vez. Tinham adorado, fizeram um piquenique. Mas somente Charlie sabia que era a cachoeira sobre a qual Sarah escrevera tantas vezes em seu diário. — É linda, não é? — disse ele, parado ao lado dela. As quedas estavam geladas, mas ainda pareciam enormes e majestosas. Era um lugar especial para eles. Ele se lembrou por que, embora Francesca ainda não soubesse. E, sem mais uma palavra, puxou Francesca, leve e lentamente, para mais perto dele e beijou-a. Haviam se falado muito desde que se conheceram, sobre o passado, o presente e o futuro, e, sobre o que não queriam fazer, nem iriam agüentar as pessoas que os haviam traído, e as cicatrizes que levariam para sempre. Talvez estivesse na hora de parar de falar e seguir o exemplo de Sarah e François.

Francesca ainda sentia o coração dele batendo forte contra o peito e sorriu-lhe quando ele por fim afastou-a delicadamente. Ela pôs-lhe um dedo sobre os lábios, sempre com muita gentileza.

— Fico feliz por você ter feito isso — falou ela, num sussurro.

— Eu também — disse ele, meio sem fôlego. — Achei que não ia conseguir ficar longe de você por muito mais tempo...

— Que bom que tenha sido assim... fui tão burra — disse Francesca, quando sentaram-se numa pedra que tinha uma curvatura familiar para eles, e Charlie não pôde deixar de imaginar se não seria o mesmo lugar onde François tinha beijado Sarah. Ele esperava que fosse. — Quando leio sobre ela, percebo que tudo o que aconteceu foi bastante sem importância. — Francesca agora parecia muito mais livre.

— Não é sem importância. — Ele a corrigiu, e então beijou-a outra vez. — Só ficou para trás... isso é diferente. Você resolveu o problema. — E ela sabia que Sarah também havia ajudado.

Ela assentiu com a cabeça e eles caminharam um pouquinho, e ele passou o braço em torno dela.

— Estou tão contente por você ter vindo hoje de manhã — disse ele, e falava sério.

— Eu também. — Ela sorriu-lhe e parecia-lhe anos mais moça do que quando ele a conheceu. Ele tinha 42 anos e ela 31, e tinham uma vida inteira pela frente. Tinham aproximadamente as mesmas idades que François e Sarah ao final da vida que levaram juntos, e a deles estava só começando. Era uma sensação notável, particularmente após terem estado ambos tão convictos de que suas vidas estavam acabadas. Agora havia tanto em que pensar, tanto com que sonhar, e por que esperar.

Acabaram voltando de carro para a casa dele, e Charlie perguntou a ela se ainda poderia preparar-lhe o jantar esta noite e ela riu da seriedade da pergunta.

— Temia que a essa altura você já estivesse cansada de mim — explicou ele —, uma vez que você chegou tão cedo.

— Se isso fosse verdade, poderia ser um problema sério... mas, na verdade, não creio que seja — disse ela, enquanto ele a beijava no carro, e então novamente, quando ela saltou, e de repente ela não conseguia mais tirar as mãos dele, e toda a solidão e a dor pareceram escorrer deles, bem como a raiva. E não restou nada a não ser calor, alívio e felicidade, e amor um pelo outro. Ficaram um longo tempo do lado de fora, no jardim, conversando e se beijando, e ele lhe disse que ia falar com Gladys Palmer sobre comprar a casa e, durante os últimos dias, ele começara a pensar em abrir um escritório em Shelburne, para a restauração de casas antigas. E Francesca ouviu sorrindo. Estavam tão entretidos conversando que não viram em momento algum a mulher que sorria para eles de uma das janelas do andar de cima. Ela os observava com um olhar de satisfação e desapareceu lentamente por trás de uma cortina, enquanto Charlie abria a porta da frente e entrava em casa com Francesca. Ele estava dizendo a ela algo sobre a casa, e Francesca estava assentindo com a cabeça. E então eles subiram, de mãos dadas, cada qual tremendo um pouquinho, e nenhum dos dois fez um som quando entraram no quarto de Sarah. Lá não havia ninguém. Mas não tinham ido até lá para encontrá-la. Ela agora já não existia mais. Tinham ido para encontrar um ao outro. Para eles, era só o começo.

Este livro foi composto na tipologia Elegant
Garamond em corpo 11/14 e impresso em papel
Offset 75g/m² no Sistema Cameron da Divisão
Gráfica da Distribuidora Record.

Seja um Leitor Preferencial Record
e receba informações sobre nossos lançamentos.
Escreva para
RP Record
Caixa Postal 23.052
Rio de Janeiro, RJ – CEP 20922-970
dando seu nome e endereço
e tenha acesso a nossas ofertas especiais.

Válido somente no Brasil.

Ou visite a nossa *home page*:
http://www.record.com.br